개념비평의 인문학

개념
비평의
인문학

황정아 지음

창비

개념비평에서 출발하는 인문학 연구

위기라고도 하고 열풍이라고도 하며 숱한 구설수에 시달린 인문학을 또다시 소환하게 되어 민망한 마음이 없지 않다. 이 소환의 이유가 우리 시대에 인문학이 처한 사정을 진단하거나 그러저러한 진단을 받은 인문학의 나아갈 바를 처방하는 데 있지 않다는 점을 서둘러 밝혀야겠다. 다른 어떤 엄숙한 근거에 앞서 무엇보다 인간으로 살아가는 일에 가장 밀착해 있기에, 인문학의 미래는 그리 염려하지 않는다.

인문학 연구의 새로운 방향에 대한 모색도 그간 여러 각도에서 이루어졌고 공공성, 운동성, 개방성, 통합성 등 인문학 연구가 갖추어야 할 성격이나 중심에 놓아야 할 가치에 관해서도 다양한 논의가 있었다. 그런 문제의식에 공감하면서 이 책은 분과학문의 경계를 벗어나는 동시에 현실에 더 적극적으로 개입하는 인문학 연구의 방법으로 '개념비평'을 시도한다.

정직하게 말하면 이 책에 실린 글들을 쓰는 순간에 개념비평이라는 범주를 의식한 것은 아니었다. 이제껏 해온 작업의 일부를 책으로 묶어내면서 새삼 어떤 일관성을 찾아보려 했으니 이 범주는 실상 소급된 방법론에 불과할지 모른다. 더욱이 '개념비평'이라는 것 자체가 이미 존재하는 '개념'이 아니었는데, 이 책이 실제로 하고 있는 바에 비추어보면 개념에 '관한' 비평이면서 개념을 '중심으로 한' 비평이라 정의할수 있겠다. (개념비평은 필자가 확인한 범위에서는 이런 의미로 사용되고 있지 않으며, 이와 비슷한 의미로든 아니든 널리 통용되는 이름이 아니다.)

개념에 초점을 둔 연구방법으로는 훨씬 일반적이고 익숙한 개념사(conceptual history)가 있고, 개념비평이라는 용어도 개념사라는 명칭을 근간으로 필자가 구상해본 것이다. 개념사 연구를 정착시켰다고 일컬어지는 라인하르트 코젤렉(Reinhart Koselleck)은 역사란 특정 개념들로 분명히 표현되는 정도까지만 이해될 수 있음을 강조했다고 전해진다. 그에게 개념은 역사를 인식하는 매개에 그치지 않고 사회의 (재)구성과 역사의 변화에 관여하는 주된 요소였다는 사실도 널리 알려져 있다. 개념사는 개념이 가진 이런 인식적·실천적 역량을 토대로 구축된 방법론으로, 필자가 소속된 한림과학원 인문한국(HK)사업단의 프로젝트 '동아시아 기본개념의 상호소통'을 포함해 한국 학계에서도 꽤 자리를 잡은 방법론이라 할 수 있다.

여기서는 크게 두가지 이유로 개념사 대신 개념비평을 이야기하고자한다. 먼저, 특정 개념을 다루는 방식에 있어 일반적으로 개념사에 기대하듯이 긴 시기에 걸친 개념의 의미 변화를 포괄하기보다 그 개념이 지금 이 시대에 어떤 사회적·담론적 결절을 형성하며 어떤 운동을 추동하는가 하는 점을 포착하는 데 방점을 두기 때문이다. 말하자면 개념비평

은 개념사 서술에서 가장 최근에 해당하는 시기를 특화하고 있다고 할
수 있다. 또 한가지 이유는 '비평'의 측면을 강화하려는 의도 때문이다.
개념사 연구는 대체로 전근대에서 근대로 넘어가는 시기의 사회적·정
치적 기본개념들, 곧 그 시기에 중요한 사회적·정치적 변화를 매개하고
재현한 개념들을 다루어왔다. 그런데 어떤 개념이 그와 같은 '기본'개
념에 속하는가 하는 판단은 그 판단의 주체가 살아가는 시대에 어떤 개
념들이 현재적 중요성을 갖는가와 맞닿아 있는 문제다. 따라서 개념사
는 오늘날의 정치적·사회적 담론과 논쟁에서 중심적 위치를 차지하는
개념들에 민감해질 필요가 있으며, 그런 개념들이 개념사 서술에 알게
모르게 미치는 영향에 관해서도 더 의식할 필요가 있다. 개념비평은 개
념의 역사적 변화를 추적함으로써 사회사를 서술하는 개념사가 현재의
개념지형을 의식하고 문제화해야 한다는, 곧 분명한 비평적 관점을 지
향해야 한다는 주장을 함축한다.

　책의 1부는 '보편의 귀환'이라는 제목을 달고 인권과 법과 윤리처럼
보편을 표방하는 개념들과 지역(동아시아)과 공동체와 타자처럼 보편
과 문제적 관계에 놓여 있는 개념들을 살펴본다. 포스트주의의 이론적
득세와 '대안은 없다'는 이데올로기의 유포로 한동안 보편이라는 범주
자체가 기피되는 풍조가 지배했지만, 근래는 이 범주가 이론적·현실적
실천에 주요한 동력이라는 인식도 다시 등장하고 있다. 그간의 평가절
하가 불가피할 뿐 아니라 불가결했던 면이 분명 있지만, 그 지향점은 보
편의 폐기가 아닌 재구성이어야 한다는 문제의식을 기반으로, 여기서
는 보편의 귀환을 주도하는 개념들을 중심으로 이 귀환을 둘러싼 담론
구도를 비평적으로 고찰한다.

　'근대의 경계'라 이름 붙인 2부에서는 근대의 자기의식으로서의 근

대성 개념을 비롯하여 폭력, 정치, 민족, 국가 등 근대의 견고한 경계를 구축하고 있으며 따라서 탈근대 혹은 근대극복의 과제가 궁극적으로 직면해야 할 개념들을 살펴본다. 지난 수십년에 걸쳐 이 개념들은 하나같이 비판과 해체의 대상이 되어왔으나 그와 같은 비판과 해체를 통해 역설적으로 그 확고함이 입증되기도 했다. '경계'라는 표현은 뚫고 부수고 파괴해야 할 장벽을 암시하지만 경계를 구성하는 개념들은 어쩌면 '타고 넘는' 식의 한층 복합적인 대응을 요구한다는 점을 강조하려 한다.

3부 '문학과 현실'은 문학이 담아야 할 현실성과 운동성에 초점을 둘 때 재조명이 필요한 개념들을 살펴본다. 한국의 문학담론에서 현실성이나 운동성과 관련해 가장 중요하게 떠오르는 이름은 (사실주의로 불리는 문학사조와 구분되는) 특유의 '리얼리즘'이다. 리얼리즘 역시 90년대 이래의 포스트 담론에 밀려 한동안 거론조차 되지 않았는데, 여기서는 리얼리즘의 핵심요소로 특히 비난의 표적이 되어 온 총체성 개념을 재평가하고 더불어 정신분석 담론의 영향으로 널리 운위된 실재 개념을 리얼리즘에서의 현실 개념에 비추어 검토한다. 또한 최근 한국 문단에서 이루어진 '근대문학 종언' 및 '문학과 정치' 논의에 주목하여 문학과 비평에서 작동하는 정치 개념을 짚어본다.

한데 묶고 보니 공부의 수준을 드러내는 데서나 공부의 궤적을 반영하는 데서나 글은 역시 정직하다는 사실을 새삼 깨닫게 된다. D. H. 로런스 연구로 박사논문을 쓴 이래 내 사유가 얼마나 깊어졌는가 하는 질문에는 도무지 자신있게 답할 수 없지만 여러 주제로 계속 관심을 넓혀 온 것만은 사실이다. 물론 그런 관심의 확장조차 순수한 학문 내적 동기에서 비롯하기보다 여러 직장을 옮겨다녀야 했던 나의 사회적 위치가 강요한 것이기도 했다. 어떤 과정을 거치게 되든 언젠가는 더 풍부하면서도 분명한 자기 영역을 구축할 수 있기를 희망해본다.

현재 소속인 한림과학원을 비롯하여 내가 속했던 모든 공간에서 함께 일하고 공부했던 분들, 계간 『창작과비평』 편집진과 비평모임 '크리티카' 동인들과 그밖에 함께 읽고 토론했던 모든 분들, 한결같이 힘이 되어주는 가족들, 특히 책 한권이 없다고 구박함으로써 이 책의 출간에 결정적으로 기여한 남편 김중기, 그리고 미적대는 내 등을 떠밀며 격려해준 창비 출판사 염종선 편집이사, 난삽한 글을 꼼꼼히 읽어준 편집자들께 깊은 감사를 보낸다.

2015년 12월
황정아

• 일러두기
  인용문에서 필자가 이해를 돕기 위해 덧붙인 부분은 〔 〕로 표시했다. ( )는 원문의
  것이다.

제1부

보편의
귀환

제1장
인권의 보편성과 정치성

1. 인권의 아이러니

2009년 1월에 일어난 용산참사를 기억할 때 함께 떠오르는 강렬한 두 문장은 "여기 사람이 있다!"라는 절박한 외침과 "이것은 사람의 말"이라는 엄중한 선언이다.[1] 이 문장들에서 드러나듯 용산참사와 관련하여 우리를 떠나지 않았던 생각은 '사람'이라는 지극히 간결한 단어에 어떤 의미가 있으며 또 있어야 마땅한가 하는 문제였던 것 같다. 우리 자신을 규정하는 가장 기본적인 범주이면서도 어딘지 추상적인 느낌의 이 단어가 일종의 '한계'를 가리키는 것만큼은 분명하지만 그 한계가 어디쯤 위치하는지는 모호하기만 하다. 그것은 가장 먼저 오는 출발점으로 보

---

[1] 전자는 참사 당시 무차별적 폭력을 겪으며 철거민들이 외쳤던 말이고, 후자는 작가와 비평가 188인이 용산참사를 목도한 참담한 심경과 절박한 호소를 담아 발표한 「"이것은 사람의 말": 6.9 작가선언」의 마지막 문장이다.

이기도 하고 넘지 말아야 할 마지막 선으로도 보인다. 때로는 모든 것을 다 일으켜세우는 원래의 자리인 듯, 또 때로는 모든 것이 다 떠나버린 빈 자리처럼 느껴지기도 한다. 거부하지 못할 강렬한 호소로 발화된 '사람이 있다'는 외침에서 어떤 연약함이 감지되는 것도 마찬가지 이유일 것이다. 용산참사 이후의 일련의 과정 또한 어떤 이들에게는 이 호소가 삶을 뒤흔드는 강력한 울림을 실제로 만들어냈음을 증언해주지만, 그 도리 없는 정치적 연약함을 노출하는 방향으로 전개된 면도 없지 않다. '사람'이라는 범주에는 이렇듯 마지막에 확인되는 출발점, 비워진 다음에야 기억되는 원래의 자리라는 아이러니가 내재하는 듯 보인다. 그럼에도 근본적인 어긋남의 구조를 지시하는 이 아이러니를 찬찬히 들여다보면 무언가 극적인 전환의 잠재성을 감지할 수 있다. 이 점을 살펴보는 데는 인권 개념이 용이한 방편이 된다.

인권만큼 즉각적으로 '보편'과 관계되거나 '보편'을 연상시키는 개념도 드물다는 점에서, 알랭 쒸삐오(Alain Supiot)의 말대로 모든 인류에게 공통되는 신념 혹은 보편적으로 인정되는 가치를 문제 삼을 때 인권이 출발점이 되는 것은 지극히 당연한 일로 보인다.[2] 용산참사에서 제기된 '사람'에 대한 호소도 실상 인권의 보편성에 근거를 둔 정치적 실천이었다고 할 수 있을 것이다. 이렇듯 인권의 '정치적' (수단으로서의) 성격은 처음부터 그 '보편적' 성격과 분리될 수 없지만 한편으로 보편의 환기 자체가 오히려 정치성을 흐리는 방식으로 작용할 때도 많다. 마찬가지로 인권의 보편성은 암묵적으로 언제나 이미 정치적 의미를 갖

---

2 알랭 쒸삐오 지음, 김철효 옮김 「미로 속의 인권 ― 종교적 신념인가 공동의 자원인가」, 『뉴레프트리뷰 2』(도서출판 길 2009) 382~83면.

지만 그 정치성이 표면화될 경우 보편성은 쉽사리 의심받게 마련이다. 이와 같이 인권의 보편성과 정치성은 늘 연루되어 있으면서 또 항상 일 정하게 서로 반발하는 듯하다. 반드시 그럴 수밖에 없는 것일까. 인권이 보편적인 것으로 받아들여질수록 정치적 수단으로서의 효과가 극대화 되고 정치적이면 정치적일수록 보편적 개념으로서의 입지도 강화될 수 는 없을까.

인권이라는 문제는 '원칙적으로' 언제나 가장 긴급한 사안이지만 최 근의 담론들에서 그것이 새삼 중요한 논점으로 운위되는 주된 배경에 는 역시 인권 침해로 규정되는 사건과 인도주의적 개입으로 지칭되는 활동이 날로 늘어가는 세계적 현상이 있다. '역사의 종말'이라는 슬로 건 이후 도리어 격화된 전세계의 숱한 분쟁에 대체로 빠짐없이 인권이 거론된 사실로도 이 점은 확인된다. 물론 이런 현상을 설명하고 지칭 하는 일에서부터 의견이 분분하다. 어떤 이들에게는 이것이 이데올로 기와 국가, 민족, 계급 같은 기존의 정치적 범주들이 더는 적절치 않다 는 것을 보여주는, 따라서 인권이라는 가장 기본적인 개념을 중심으로 해석되어 마땅한 사태이다. 하지만 다른 사람들에게는 해당 사건을 인 권 침해로 규정하고 해당 활동을 인도주의적 개입으로 부르는 일 자체 가 바람직하지 못한 정치적 해석의 결과다. 가령 슬라보예 지젝(Slavoj Žižek)은 과거에는 정치적 문제로 생각되던 일들이 이제는 '도덕적' 혹 은 '문화적' 문제로 뒤바뀌는 '비유적 전치(轉置)'를 개탄하며 이를 '재 자연화'(re-naturalization)라는 용어로 지칭한다.[3] 사태의 정치적 성격 을 탈색하고 일종의 자연현상, 특히 자연재해와 다를 바 없는 의미로 선

---

3 슬라보예 지젝 지음, 김영희 옮김 「반인권론」, 『창작과비평』 2006년 여름호, 384면.

과 악, 폭력과 희생 같은 용어를 사용하게 되었다는 것이다. 그가 보기에 인권이라는 용어가 빈번하게 등장하는 것도 대체로 그런 재자연화의 연장이다. 2002년 당시 미 국방장관 럼스펠드(D. Rumsfeld)가 테러와의 전쟁을 '인권을 위한 전쟁'으로 옹호한 발언 같은 것이 가장 눈에 띄는 사례일 것이다.

현상에 대한 평가가 얼마나 다양하든 인권의 이름으로 해석되고 행해지는 사건과 행위가 늘어나면서 인권을 적극적으로 다루는 논의 또한 많아졌고 입장들 간의 차이도 한층 첨예해졌다. 이들 인권 담론에서 가장 두드러진 결절은 역시 보편성과 정치성(혹은 특수성)을 둘러싸고 형성되는데, 이를 두고 온갖 다양하고 대립적인 입장들이 펼쳐진다는 사실은 다시 인권의 복잡하고 모호한 성격을 반증해준다.

2. 인권의 태생적 한계

맑스주의의 비판에서부터 해체주의에 이르기까지 '보편성'에 대해 이제껏 진행되어온 이론적 비판의 역사를 깡그리 무시한 채 인권의 보편성을 어떤 초월적 진리나 궁극의 지평으로 옹호하는 일은 사실상 불가능해졌다고 할 수 있다. 따라서 인권에 대한 전형적인 옹호는 이제 일종의 '최소주의' 혹은 '실용주의'의 형태를 띤다. 웬디 브라운(Wendy Brown)은 이런 입장을 대표하는 예로 마이클 이그내티에프(Michael Ignatieff)를 든다. 그의 주장에 따르면 인권은 무엇이 옳고 정당한가 하는 규정이 아니라 무엇이 참을 수 없고 분명히 잘못된 것인가 하는 데 대한 동의에 의존한다.[4] 다시 말해 거창하고 적극적인 목표를 달성하기보다 정치권력이 야기하는 폭력과 고통에서 개인을 보호하는 방패 역할을 하는 것이 인권이며, 그런 의미의 인권은 무엇보다 도덕적 담론의 성격을 갖는다.

이처럼 인권 개념을 최소한의 해독제라는 '실용적'인 역할에 한정하는 입장은 가장 낮은 자세를 취함으로써 인권에 대한 불신, 특히 그 정치적 이면에 대한 불신을 미연에 차단하는 동시에 가장 포괄적으로 인권을 옹호하는 시도라 할 만하다. 그러나 일견 정치적으로 무색무취한 듯 보이거나 심지어 반(反)정치적임을 내세운다고 해서 '비정치성'이 입증되지는 않는다. 모름지기 모든 중요한 기획은 공언된 목표 너머로 파급되는 속성이 있어서 설사 인권이 고통을 줄이는 일만 하겠다고 표방하더라도 그 일을 행하는 다른 방식들, 이를테면 공공연히 정치적 활동임을 표방하는 방식들을 차단하는 결과를 피할 수 없다. 따라서 그 과정에서 특정 종류의 주체와 정치문화가 만들어진다는 비판을 떨치기란 어려운 일이다.[5] 브라운은 이그내티에프식 인권 담론이 개인에게 적극적 정치행위자로서의 권한을 부여할 길을 차단하여 결국 또다른 형태로 (폭력적 국가권력에서 개인을 보호해주겠다고 약속하는 외부의 대리자나 제도들에) 종속적인 주체를 만들어내며, 공동체적 삶과 거버넌

---

4 Wendy Brown, ""The Most We Can Hope For…": Human Rights and the Politics of Fatalism," *South Atlantic Quarterly* 103:2/3 (Spring/Summer 2004). 여기서 웬디 브라운은 마이클 이그내티에프가 그의 책 *Human Rights as Politics and Idolatry* (Princeton: Princeton UP 2001)에서 개진한 인권 옹호론을 조목조목 반박하고 있는데, 이 글에서 언급하는 이그내티에프의 논의는 브라운의 글을 참조한 것이다. 지젝 또한 이그내티에프의 주장을 윤리화된 인권 담론의 한 전형으로 꼽는다(슬라보예 지젝, 앞의 글 400면 참조).

5 같은 글 452~53면.

스에 대한 정치적 사유를 제한하는 '정치성'을 함축하고 작동시킨다고 본다.

그렇다면 이런 최소한의 규정조차 떨어버리고 인권 개념의 불충분함을 시인하고 개방하는 방식은 어떨 것인가. 알랭 쒜삐오는 인권이 무슨 과학적 진실이나 생물학적 토대 같은 굳건한 보편적 기초 위에 구성되기는커녕 실상 서구 기독교에 뿌리를 둔 교조적 신념이라는 점을 먼저 인정하고 들어가자고 제안한다.[6] 그는 인권의 주체로 설정된 '개인'이란 인간에 대한 서구의 이미지를 조합한 것이며, 무엇보다 어떤 보편법칙이 세계를 지배한다는 발상 자체가 성경문명권에서 비롯되었다고 설명한다. 그가 이런 출발점을 택한 이유는 인권 개념을 해체하려는 의도에서가 아니라 그것을 위협하는 두가지 '근본주의', 즉 인권을 새로운 십계명으로서 문자 그대로 이행할 것을 강요하는 절대주의 관점과 인권이 서구에만 적합하다고 치부하는 상대주의 관점 혹은 정체성주의적 근본주의를 경계하고자 함이다. 그는 인권을 '개방'함으로써 모든 인류가 가져다 전용(轉用)할 수 있는 공동의 자원으로 만드는 일, 다시 말해 개방의 방식으로 보편성을 실현하는 일이 가능하다고 믿는다. 그가 인권이 여전히 중요한 가치라고 주장하는 근거가 여기에 있는데, 쒜삐오는 비서구세계가 서구적 근대성을 전용한 사례들을 상기시키며 바로 그런 식으로 인권의 내용들이 상호전유되고 교정될 수 있다고 주장한다.

인권 개념, 특히 그것의 '보편성'이 지닌 심각한 문제점을 지적하되 그것을 계속해서 보충하고 교정할 수 있다고 보는 입장의 또다른 예로 가야트리 스피박(Gayatri Spivak)의 논의를 들 수 있다. 스피박은 권리/

---

6 알랭 쒜삐오, 앞의 글 383~88면.

옳음(right)의 반의어로 사용되는 잘못(wrong)이나 책임(responsibil-ity)이라는 영역을 들여와 인권의 문제점을 짚어나간다.[7] 인권은 권리를 갖거나 주장하는 일뿐 아니라 잘못을 바로잡고 권리를 나누는 일과 관련되며, 그런 점에서 일종의 사회적 다윈주의, 즉 '적자'(fittest)가 그렇지 못한 자의 잘못을 바로잡는 짐을 진다는 '알리바이'를 내포한다. 그러면서도 정작 인권은 본격 식민주의가 식민주체에게 했던 만큼의 권한증진(empowerment)도 하지 못하며, 책임과 집단성 문제와 관련해서는 더욱이 어떤 내재적이고 필연적인 답도 도출하지 못한다는 것이다. 스피박은 이런 문제점들을 바로잡기 위해 "강압에 의하지 않은 욕망의 재배치"(uncoercive rearrangement of desires)로서의 인문교육을 강조한다. 인문교육을 통해 한편으로는 피억압자들 사이에 지속적인 인식론적 변화를 가져오고 다른 한편으로는 서구가 적자로서 '명백한 운명'을 지닌다는 전제를 뒤흔드는 동시에 서구인들 사이에서 집단성을 구축하는 임무도 수행해야 한다는 것이 스피박의 주장이다.

세부 내용의 차이는 있지만 두 사람의 논의는 인권 개념이 노정하는 태생적 혹은 실천적 한계를 인식하는 일이 중요하다는 데서 출발하며 국제적 인권활동의 주체와 대상으로 구분되기 십상인 서구/비서구 간의 상호교정을 강조한다는 공통점을 갖는다. 인권 담론의 문제점을 상당히 핵심적인 차원에서 짚어낸 이들의 논의는 그럼에도 여전히 다소간 절충적이라는 인상을 남긴다. 무엇보다 인권이 현재의 정치적 지형에서(혹은 그 지형에 대항하여) 주요한 의제로 등장하는 것이 바람직한

---

7 Gayatri Chakravorty Spivak, "Righting Wrongs," *South Atlantic Quarterly* 103:2/3 (Spring/Summer 2004).

가, 또 어떤 근거에서 그런가 하는 더욱 근본적인 질문을 천착하지는 않았기 때문이다.

3. 인권과 시민권

그렇다면 이번에는 인권에 내재한 본질적 역설을 지적하면서 이 개념의 폐기를 주장하는 좀더 단호한 관점을 살펴보자. 이론적으로나 실천적으로나 인권은 보편과 특수 사이의 긴장을 수반해왔고 "이런 긴장은 프랑스혁명 시기부터 선명했지만" 이 문제를 "가장 정교하고 또 가장 영향력 있게" 다룬 인물은 한나 아렌트(Hannah Arendt)로 꼽힌다.[8] 특히 아렌트가 『전체주의의 기원』(*The Origins of Totalitarianism*, 1951)의 '국민국가의 몰락과 인권의 종말'이라는 장에서 제시한 인권 분석은 거듭 인용되는 대목이다. 여기서 핵심 주제는 시민권과 인권 사이의 관계로 요약된다. 아렌트는 제1차 세계대전 이후 유럽에서 무국적 난민이 급증한 사실을 포착하고 "아무런 권리가 없는 지구의 쓰레기"가 된 이들의 고통스러운 실존에 주목한다.[9] 국제회의를 통해 무국적자에게 합법적 지위를 부여하려는 시도가 실패하면서 이들에게 "존재하지 않는 고국을 대신할 수 있는 유일하게 실용적인 것이 포로수용소"라는 사실이 제2차 세계대전 이전에 이미 분명해졌다.[10] 아렌트에 따르면 난민은

---

8 Ian Balfour and Eduardo Cadava, "The Claims of Human Rights: An Introduction," *South Atlantic Quarterly* 103:2/3 (Spring/Summer 2004) 280면.
9 한나 아렌트 지음, 이진우·박미애 옮김 『전체주의의 기원 1』(한길사 2006) 490면.
10 같은 책 513~14면.

국적을 잃으면서 법과 권리를 상실했고, 그와 동시에 양도할 수 없는 권리를 갖는다고 가정되는 '인간'의 범주에서도 추방되어 생명의 존속 자체를 자선에 기대는 상황에 처한다.

이런 논의 끝에 아렌트는 "'인권'이라는 구절은 … 절망적인 이상주의나 어설프고 의지 박약한 위선의 증거가 되었다"고 개탄한다.[11] 인간이라는 것 말고는 어떤 소속도 정치적 참여자격도 상실한 무국적 난민이 되는 순간, 다시 말해 국가의 시민으로서의 권리와 구분되는 인권의 가장 적절하고 순수한 담지자가 되는 순간 일체의 권리를 박탈당하는 역설이 발생하기 때문이다. 이런 점에서 아렌트의 논의는 인권이란 "권리 없는 자들의 권리"이며 "권리에 대한 조롱일 뿐"임을[12] 간파하고 "인간에 의해 시민이 만들어지는 게 아니라 시민에 의해 인간이 만들어진 점을 보여줌으로써 토대(foundation)라는 개념 자체를 해소"했다고[13] 평가된다.

인권 개념 자체를 해체하는 듯한 아렌트의 논의는 조르조 아감벤(Giorgio Agamben)에 의해 계승된다. 그는 아렌트의 분석이 국가 없는 난민을 "새로운 역사의식의 패러다임으로 제시"했다고 평가하고, 난민의 지위가 통상 일시적인 조건으로 간주되는 데서 나타나듯이 "인권이

---

11 같은 책 493면.

12 Jacques Ranciére, "Who is the Subject of the Rights of Man?," *South Atlantic Quarterly* 103:2/3 (Spring/Summer 2004) 298면.

13 Étienne Balibar, "Is a Philosophy of Human Civic Rights Possible?: New Reflections of Equaliberty," *South Atlantic Quarterly* 103:2/3 (Spring/Summer 2004) 321면. 발리바르 자신도 이 글에서 시민권과 인권을 등치시킨 근대 민주주의 원칙에 근본적인 모호함이 있다고 지적하고 이를 인간의 보편적 기본권과 인민주권 사이의, 또는 민주주의 담론 내의 개인주의적 측면과 공동체주의적 측면 사이의 환원 불가능한 이중성이라는 견지에서 분석한다.

란 실상 언제나 이미 시민권에 포함"되어 있으며 "인간 그 자체에 대한 안정적인 법규는 국민국가의 법 내에서는 생각할 수 없다"고 강조한다. 아감벤에게 인권이란 무엇보다 자연적인 맨몸뚱이 혹은 '벌거벗은 생명'(bare life)이 국민국가의 정치적·법적 질서에 기입되면서 취하는 형상이다. 고대세계에서는 '정치적 삶'과 분명히 구분되어 그저 연명의 영역에 속했을 이 '벌거벗은 생명'은 자연적 요소인 출생을 주권의 토대로 삼은 국가에 의해 국가 운영의 전면에 나서게 된다. 아감벤은 난민이 국민국가의 질서를 뒤흔드는 요인이 되는 이유는 그것이 "인간과 시민의 동일시, 출생과 국적의 동일시를 단절시켜 주권이 지닌 시원적 허구를 위기로 몰아넣기 때문"이라고 설명한다. 특히 유럽에 존재하는 영구적인 비시민 거주민들이 보여주듯이 "인류의 점점 더 많은 부분이 국민국가 내부에서 대표되지 못하는 우리 시대의 새로움"은 국가의 토대를 더 한층 무너뜨리고 있다.[14]

이런 분석에 기초하여 아감벤은 "난민이 현 시대 유일하게 사유 가능한 인민(people)의 형상이며 다가올 정치공동체의 형태와 한계를 볼 수 있는 유일한 범주"라고 주장하고 "난민 개념은 인권 개념에서 단호히 분리되어" 다름 아닌 "그것 자체로" 간주되어야 한다고 강조한다. 뫼비우스의 띠가 그렇듯 난민은 국민국가의 공간에 "구멍을 내고" "위상학적인 변화를 만들어" 넘으로써 정치적 범주들을 새롭게 사유하게 해주는 '한계개념'으로 받아들여져야 한다는 것이다.[15] 이런 논리의 연장으

---

14 이 단락 전체의 인용은 Giorgio Agamben, *Means Without End: Note on Politics*, tr. Vincenzo Binetti & Cesare Casarino (Minneapolis: U of Minnesota P 2000) 15, 20면 참조.

15 같은 책 16, 22, 25면.

로 아감벤은 모든 시민이 스스로를 난민으로 알아볼 수 있는 세계에서만 인류의 정치적 생존을 생각할 수 있다고 결론 내린다. 요컨대 '우리 모두는 인간이다'가 아니라 '우리 모두는 난민이다'라는 발상의 전환을 요청하면서 인권에 속한다고 생각되는 허구적 보편성에 난민 개념이 제기하는 문제적 보편성을 대치시킨 것이다.

흥미로운 점은 아감벤이 이런 식의 분석을 근대 국민국가에 한정하지 않았다는 사실이다. '주권권력과 벌거벗은 생명'(Sovereign Power and Bare Life)이라는 부제를 단 『호모 사케르』(*Homo Sacer*, 1995)에서 그는 아렌트의 논의를 푸꼬(Michel Foucault)의 근대 생명정치 분석 및 예외상태에 대한 슈미트(Carl Schmitt)의 이론과 연결한다. '예외상태'를 통해 '벌거벗은 생명'을 법질서에서 배제하는 방식으로 포섭하는 역설이 주권권력 일반의 본래적인 구조라고 제시한 것이다.[16] 이 구조를 설명하는 과정에서 아감벤은 고대 로마법이 규정한 (존엄하면서도 저주받았다는) 이중적 의미의 '신성함', 그리고 '신성한 생명' 곧 호모 사케르에 대한 (존엄하므로 희생제의의 대상이 아니지만 저주받았으므로 죽여도 법의 처벌을 받지 않는다는) 이중적 배제를 환기한다. 이렇게 볼 때 무국적 난민은 어디까지나 주권권력의 토대가 되는 벌거벗은 생명이라는 '예외'가 근대세계에서 취하게 된 형태에 다름 아니다. 그러나 여기에 이르면 아감벤의 논의 내부에 일정한 균열이 발생한다. 예외상태가 주권권력 성립의 내재적이고도 근원적인 요소라는, 즉 예외가 권력의 요소로 이미 병합되어 있다는 주권권력 일반에 대한 설명과,

---

16 조르조 아감벤 지음, 박진우 옮김 『호모 사케르: 주권 권력과 벌거벗은 생명』(새물결 2008) 1, 2부 참조.

난민이라는 예외적 존재가 근대의 주권권력인 국민국가를 위기에 몰아넣는다는 앞의 논지는 적어도 논리의 차원에서는 다분히 상치되는 구도를 만들어내기 때문이다.

난민의 인권 박탈에서 국민국가의 몰락을 읽어내는 시도는 실상 아렌트의 인권 논의에서 비롯된 것이다. 그러나 아렌트에서는 무국적자의 '극단적인 궁지'가 지시하는 국가의 몰락이란 아감벤에서와 같이 국가권력에 애초부터 내장된 허구가 폭로됨으로써 빚어지는 사태가 아니다. 오히려 많은 거주자들이 법적 보호를 받지 못하게 될 때 해당 국가의 민주주의적 법제가 지닌 정당성이 치명적 손상을 입는 것을 뜻한다. 아렌트에 따르면 "국민국가는 법 앞에서의 평등이라는 중요한 원칙이 무화가 되면 더이상 존재할 수 없"고 "만인에게 평등하지 않은 법은 권리와 특권으로 변질되고, 이것은 국민국가의 성격에 배치"된다.[17] 스스로의 원칙을 배반한 국가는 무국적자에 대한 처분을 경찰의 손에 맡기게 되고 경찰은 이 달갑지 않은 존재들에게 비합법적 처분을 개의치 않게 되면서 국가의 합법성은 더욱 훼손되는 악순환이 발생한다. 이와 같은 국민국가의 몰락은 결국 "문명이 그 문명의 한가운데서 야만을 산출"하는[18] 상황, 곧 전체주의의 등장으로 이어진다. 따라서 어느 쪽이 국가와 정치공동체의 토대에 관해 더욱 냉철한 인식을 갖고 있는가 하는 문제를 떠나서, 적어도 아렌트에게는 아감벤 식의 논리적 어긋남은 없는 셈이다.

논리의 일관성 문제를 접어둔다 해도 선뜻 수긍하기 어려운 지점은

---

17 한나 아렌트, 앞의 책 523면.
18 같은 책 542면.

남는다. 아감벤의 논의는 난민 개념에서 허울뿐인 인권을 넘어선 새로운 정치공동체를 사유할 가능성을 보면서도 실제로 어떤 기제를 통해 난민이 새로운 정치적 권리의 주체가 되는가에 관해서는 선언 이상으로 밝혀주는 바가 없다. 가령 이 전환과정에 다시 인권이 어떤 역할을 할 여지도 있지 않은가 하는 반문이 제기될 법한 것이다.

4. 보편의 물질성과 정치적 주체화

자끄 랑시에르(Jacques Ranciére)는 바로 이런 점을 파고들면서 아감벤의 인권 담론을 비판한다. 그는 아감벤이 논의의 첫 단계에서 아렌트와 마찬가지로 고대 그리스에서 연원한 조에(zōe, 단순한 생명)와 비오스(bios, 자율적이고 참된 인간의 삶)의 대립을 들여오지만, 아렌트가 양자를 혼동하여 비오스를 조에로 환원한 점을 인권과 근대 민주주의의 결합으로 비판한 데 비해[19] 아감벤은 이를 권력 일반의 실증적 내용으로 제시한 차이가 있다고 지적한다. 그리하여 아감벤에 와서는 주권권력과 근대 생명권력 사이의 구분이 사라지고 민주주의와 전체주의 사이의 차이도 희미해지며, 정치적 갈등의 자리에 들어선 주권권력과 벌거벗은 생명 사이의 양극적 상관관계가 들어서고 그것이 "일종의 존재론적

---

19 랑시에르에 따르면 아렌트는 근대 민주주의가 두가지 자유, 즉 지배에 맞서는 정치적 자유와 '필연의 영역'(realm of necessity)에 맞선 사회적 자유를 혼동함으로써 소진되었다고 본다. 한편 랑시에르는 아렌트가 공적(정치적) 삶과 사적 삶, 비오스와 조에를 구분한 것 자체가 권력과 억압을 탈정치화하는 데 꽤 효과적인 '정치적' 입장이라고 비판한다. Jacques Ranciére, 앞의 글 298~99면 참조.

운명"으로[20] 작용하면서 어떤 종류의 권리 주장과 투쟁도 그 양극성 안에 갇힌다는 것이다.

이와 같은 난관을 벗어나기 위해서는 아렌트가 제시하고 아감벤이 승인한 인권에 대한 주장, 곧 인권이란 권리 없는 자들의 권리(따라서 아무 내용 없음)이거나 권리 있는 자들의 권리(따라서 동어반복)일 뿐이라는 주장을 다시 들여다보아야 한다고 랑시에르는 제안한다. 그는 인권의 주체를 어떤 권리도 갖지 못한 주체와 동일시하는 이런 발상은 결국 탈정치화 과정의 산물이라고 본다. 그가 들여오는 대안적 발상은 권리 없는 자들의 권리와 권리 있는 자들의 권리라는 양자 구도를 넘은 제3의 가정, 곧 인권이란 "가진 권리를 갖지 않으며 갖지 않은 권리를 가진 자들의 권리"(the rights of those who have not the rights that they have and have the rights that they have not)라는 것이다.[21] 법으로든 선언으로든 현실에 분명 기입되어 있으면서도(현실에 기입된 권리) 실제로는 지켜지지 않는 현실(권리 없음의 현실) 사이의 간극을 강조하고 이를 통해 인권을 통한 정치적 주체화의 가능성을 입증하려는 의도다. 이를테면 우리에게 주어진 것이 불평등한 현실임은 분명하지만 모두가 자유롭고 평등하다고 진술하는 인권선언 또한 그 주어진 현실의 일부를 이루고 있다. 따라서 그 선언에 근거하여 권리 박탈을 항의하는 동시에 박탈된 권리를 원칙적으로는 이미 갖고 있음을 시위하는 일이 가능해진다. '가졌다고 선언된 권리를 갖지 않은' 현실과 '갖지 않은 권리를 가졌다고 한' 선언 사이의 불일치가 정치적 주체화를 가능하게 해주는

---

20 같은 글 301면.
21 같은 글 302면.

것이다. 랑시에르에 따르면 인권은 특정 주체에 할당된 권리가 아니라 주어진 전체 공동체에서 자리를 갖지 못한 자들이 권리 박탈에 대항해 무언가를 할 때 갖게 되는 권리이다. 따라서 그가 말하는 인권의 '주체'는 곧 정치적 '주체화 과정'과 다름없다.

랑시에르의 주장은 '정치성'의 회복을 통해 인권 개념을 옹호한 시도라고 할 수 있는데, 흥미로운 대목은 이와 같은 정치성의 회복이 인권의 '보편성'이 안고 있는 허구적 성격을 적극적으로 재해석하는 방식을 띤다는 점이다. 이런 방식은 지젝의 인권 담론에도 발견된다. 지젝은 무엇보다 인권과 인도주의를 내세운 국제적 개입들이 보호대상을 권력의 무력한 희생자로 환원시키는 사태를 '도덕주의적 탈정치화'로 비판한다.[22] 앞서 살펴본 '재자연화'라는 용어도 이 점을 경계하고 비판하려는 취지에서 비롯된 것이었다. 그럼에도 그는 탈정치적인 의도로 사용된다고 해서 인권 개념 자체나 인권의 보편성을 폐기해서는 안 된다는 주장을 펼치는데, 이때 근거로 내세우는 것은 바로 보편성이라는 형식이 갖는 '물질성'이다. "형식이란 절대 단순한 형식이 아니라 그 나름의 역학을 갖고 있어서 사회생활의 물질성에 자국을 남긴다"고 그는 강조한다. 이 점을 무시한 채 "현실을 은폐하는 환영"과 "생활세계의 경험의 진정한 표현"을 대립시키는 도식적 구도는 부적절하다. 이런 구도는 보편에 대한 어떤 사유나 모색도 환영으로 치부함으로써 결과적으로 "권력자들에게 재전유되어 그들의 특수한 이해를 추구하거나 피지배자를 사회적 기계의 양순한 부속품으로 만드는 데 사용"될 것이기 때문이다.[23]

---

22 슬라보예 지젝의 1999년 11월 15일자 강연 "Human Rights and Its Discontents" 참조. http://www.egs.edu/faculty/slavoj-zizek/articles/human-rights-and-its-discontents.
23 슬라보예 지젝, 앞의 글 402~03면.

지젝은 랑시에르의 인권 논의를 긍정적으로 평가하면서, 보편적 인권은 "비역사적인 본질주의적 피안"도 "구체적 역사과정" 자체도 아닌 "본래적인 정치화의 적실한 공간"을 가리킨다고 말한다. 정치화의 공간으로서 인권이 결국 뜻하는 바는 "보편성 자체에 대한 권리", 곧 "정치행위자가 특정 정체성의 담지자인 자신과 근원적인 불일치를 주장"하고 그래서 스스로를 "사회 자체의 보편성의 주체로 상정할 권리"다.[24] 따라서 지젝이 보편적 인권을 폐기한 채 정치적 권리를 구상하는 순간 정치 자체가 실종된다고 본 것은 당연한 귀결이다.

랑시에르와 지젝의 인권 담론은 모호함이나 역설, 혹은 모순이나 이율배반의 관계로 설정되곤 하는 인권의 보편성과 정치성을 적극적 상호규정의 관계로 역전시킴으로써 돌파구를 마련한다. 이런 담론상의 역전을 떠받치는 것이 결국 현실에서의 '실천'이라는 점에 주목할 필요가 있다. 예컨대 랑시에르가 주장하듯 인권이 정치적 주체화 과정이 되는 것은 권리를 갖지 못한 자들이 주어진 상황에 대항하여 실제로 무언가를 할 때이다. 마찬가지로 지젝에게서도 인권의 보편성이 정치화의 공간으로 실현되는 것은 정치행위자가 보편성에 대한 권리를 주장하는 순간이다. 그렇다면 아렌트가 얘기한 것과는 다른 내용이지만 이 또한 '이미 실천하는 자들의 실천'이라는 '동어반복'이 될 가능성이 있지 않을까. 이와 같은 실천에 아직 도달하지 않은 사람들, 혹은 도달하기에 아직 너무 많은 난관이 있는 사람들의 권리는 '정치적 인권'의 틀에서 어떻게 해명될 수 있는가. 여기에 대한 랑시에르의 답은 사실 너무나 간단명료하다. 권리 거부에 대항하여 무언가를 하는 사람들이 '언제나 있

---

24 같은 글 404면.

었다'는 것이다.

5. '언제나 있는' 인권의 주체

'언제나 있었다'고 증명하기 위해서는 얼마나 많은 사례들이 필요할지, 혹은 차라리 얼마나 많은 '믿음'이 필요할지 모르지만, 분명 2009년의 용산에는 있었다. 참사에 앞서 정치적 주체화로서의 인권이 있었던 것이다. 그러니 '여기 사람이 있다'는 발견은 끝내 이를 인정하지 않은 공권력에 비해서는 빨랐지만 인권의 정치를 기준으로 볼 때는 뒤늦은 것이었다고도 할 수 있다. 용산참사를 두고 '아우슈비츠'를 말하는 일이 적절하지 않은 것도 그 때문이다. 그것은 우리가 용산에서 뒤늦게나마 발견한 '사람'이 권리의 기입과 현실 사이의 불일치를 실천적으로 구성하는 정치적 주체가 아니라 잔혹한 국가폭력에 의해 권리 없음의 현실을 강요당한 희생자로만 보이게 만든다.

실상 용산참사뿐 아니라 다른 많은 사태에서도 비슷한 유형의 어긋남이 반복된다. 한편에서는 정치의 부재를 개탄하고 다른 한편에서는 늘 뒤늦게 정치를 발견하는 이 시차를 우리는 인권의 이름을 빌려 애매하게 메워왔는지 모른다. 그렇다면 '마지막에 가서야 확인되고, 비워진 다음에야 기억되는' 인권의 아이러니는 인권 개념에 근본적으로 내재한 한계를 가리키기보다는, 권리의 박탈로서의 '벌거벗은 생명'보다 실천하는 '정치적 주체'를 더욱 외면하는 태도가 야기한 결과라 할 수 있다. 이 태도가 '정치'가 아닌 '윤리'가 더 주목받은 지난 몇년간의 기류와 무관한 것일까. 용산이 지시하는 인권의 위기가 정치의 위기, 정치적 연대의 위기인 까닭이 여기에 있다.

인권의 보편성과 정치성이 근본적으로 연동되어 있다는 관점에서 볼 때 정치의 위기가 갖는 다른 이름은 보편에 대한 적극적 모색의 부재일 것이다. 인권의 보편성이라는 형식이 뚜렷한 '물질적 자국'을 남기기 위해서는, 다시 말해 그것이 정치의 공간이나 정치적 주체화의 공간으로 활발히 작동하기 위해서는 이미 '기입'되어 있다는 정태적인 상태로는 충분치 않다. 지속적인 참조와 인용, 재해석을 통해 계속해서 '기입' 자체를 갱신하지 않을 때 보편은 금세 낡고 쓸모없는 공간이 되어버리기 때문이다. 이런 갱신에는 현존하는 보편 개념에 대한 비판, 그리고 심지어 해체마저 당연히 뒤따르겠지만, 비판과 해체가 아예 공간을 폐쇄하는 결과에 이르지 않으려면 역시 새로운 보편을 부단히 지향하고 정의하는 작업이 가장 중요할 것이다.

제2장

동아시아 담론과 보편성

1. 동아시아와 보편

'동아시아'와 '보편'은 둘 다 자명하지 않은 것은 물론이고 더는 사용하지 않는 편이 낫다는 제안마저 나올 정도로 문제적인 개념들이다. '동아시아'의 경우 인접개념이라 할 '아시아'에 비해 전후 미국의 지역 정책이 부과한 '밖으로부터의' 구획이었다는 이유로, 혹은 유교문화와 밀접히 연결되어 있어 해당 지역의 문화적 다양성을 설명할 수 없다는 이유로 종종 비판받는다. 하지만 동일한 사실을 근거로 삼아 그것이 실체감을 갖는 안정된 개념이라거나 내적 연관을 확보한 개념이라 내세우는 주장도 있다. '보편'과 관련해서도 사정은 크게 다르지 않다. 이 개념이 어디까지나 유럽적 관념과 이해관계가 만들어낸 허구에 불과하고 따라서 철저히 해체해야 마땅하다는 견해부터, 유럽산(産)이기는 해도 이미 인류 공통의 유산이 되었으며 앞으로 더 굳건히 실현되어야 할 미래의 가치라는 것까지, 합의하기 어려운 입장들이 분분한 형편이다.

개념을 둘러싼 복잡한 갈래와 층위를 분류하고 검토하는 일이 목표가 아니므로 이 글에서는 동아시아와 아시아를 엄밀히 구분하지 않은 채 '동아시아 담론'이라는 범주에 포함시켰음을 미리 밝혀두어야겠다. 보편 개념을 사용함에 있어서도 특정한 정의와 평가를 전제하지 않는 대신, 동아시아론자들이 보편을 두고 각기 다른 암묵적 혹은 명시적 입장을 갖고 있다는 점을 유의할 것이다. 이런 전제 위에서 대략 1990년대 이후 새로이 부상한 동아시아 담론을 보편성 비판 및 재구성이라는 측면에서 분석하는 것이 이 글이 하려는 바다.

보편성과 관련하여 동아시아 담론에서 자주 거론되는 사안 하나는 일국패권주의와 보편적 연대 사이의 대립이다. 가령 동아시아 담론의 역사적 계보에서 자주 앞자리를 차지하는 오까꾸라 텐신(岡倉天心)을 두고 그의 아시아문명론이 "일본을 특권화한 점은 그후 일본 아시아주의의 주요한 특질을 이"루며 "대동아공영권 구상에도 일정한 영향을 끼"쳤다는 단호한 결론도 있고,[1] 아시아인을 향한 평등주의적인 요소가 있다거나[2] 서양 중심의 문명관에 도전한 면은 일정하게 평가해주어야 한다는[3] 비교적 유연한 입장도 있다. 유사한 대립이 쑨 원(孫文)의 아시아주의를 둘러싸고도 발견된다. 일본의 팽창을 비판하지 않았고 중화주의의 혐의가 있다는 판단이 앞서거나, 다원성에 대한 상호인정

---

1 백영서 「진정한 동아시아의 거처 ─ 20세기 한·중·일의 인식」, 최원식·백영서 엮음 『동아시아인의 '동양' 인식』(창비 2010) 17면.

2 Prasenjit Duara, "Asia Redux: Conceptualizing a Region for Our Times," *The Journal of Asian Studies* 69:4 (2010), 969~70면.

3 쑨 꺼 지음, 류준필 외 옮김 『아시아라는 사유공간』(창비 2003) 73~75면.

원리로서 '왕도'를 강조했다는 판단이 앞서거나 하는 식이다.[4]

　다소간의 차이는 있겠지만 근대 초입의 동아시아 담론들이 적어도 '동아시아'나 '아시아'를 이야기하는 한에서는 자국중심주의나 패권주의에 전적으로 매몰된 사례는 드물고, 아시아를 향한 보편적 연대와 평등의식을 전혀 담고 있지 않다면 오히려 이상한 일이다. 그럴 때 패권과 연대 중 어느 쪽이 얼마나 많은가를 정확히 가늠하기란 어려우며, 어려운 만큼의 소득이 있을지도 의문이다. 문제는 오늘날의 동아시아 담론이 패권주의에 대한 지속적인 우려를 잠재울 방도를 제시할 수 있는가 하는 점이기 때문이다. 따라서 패권과 연대라는 양가성 자체나 각각의 배합비율보다는 패권주의 극복의 단서를 찾아내는 일이 중요해진다. 이 점은 동아시아 담론과 보편성의 거리를 가늠하는 하나의 잣대가 될 수 있을 것이다.

　동아시아 담론의 역사를 고찰할 때 흔히 제기되는 또 하나의 비판은 이 담론이 유럽중심주의, 특히 오리엔탈리즘에서 벗어나지 못했다는 것이다. 오까꾸라나 타고르(R. Tagore)의 예를 비롯하여 동도서기(東道西器)처럼 아시아문명을 서구문명에 곧바로 대립시킬 경우 '서구적이지 않다'는 것으로 정체성을 규정하는 점에서 오리엔탈리즘의 기제를 반복할 위험에 손쉽게 노출된다. 유럽중심주의 비판을 목표로 삼을 때도 비(非)유럽 혹은 반(反)유럽을 의식적으로 추구한 나머지 역설적으로 '유럽 대 동아시아'라는 이분법 구도를 더 단단하게 만들 우려가 있

---

4 전자의 견해는 백영서, 앞의 글 22면을, 후자는 왕 후이 지음, 송인재 옮김 『아시아는 세계다』(글항아리 2010) 63~65면을 각각 참조. 쑨 원과 관련하여 식민지 경험이 더 통렬했던 한국과 타이완의 지식인들이 상대적으로 더 비판적이라는 지적은 김경일 「동아시아의 지식인과 동아시아론」, 『창작과비평』 2003년 겨울호, 353~54면 참조.

다. 따라서 동아시아 담론과 보편성의 관계를 검토할 때 유럽중심주의를 둘러싼 함정을 어떻게 우회하는가 하는 문제도 주요하게 살펴볼 지점이다.

2. 동아시아 역사의 복권과 유럽중심주의 비판

유럽중심주의를 해체하려는 시도 가운데 근대 자본주의 세계체제의 성립기인 14~16세기 동아시아 역사를 재해석함으로써 더욱 보편적인 세계사 쓰기를 실행하는 움직임은 특히 주목할 만하다. 사또시 이께다는 "자본주의 세계체제 이전부터 존재해왔던 아시아의 지역적 네트워크 또는 지역권이 자본주의 세계체제의 생성과 변화에 중요한 역할을 수행해왔다는 연구결과"와 이런 연구들이 입증하는 "아시아 지역의 역동성"에 주목한다.[5] 사또시에 따르면 이와 같은 연구는 아시아 지역이 유럽발 세계체제에 통합됨으로써 성장했다기보다 통합 이전은 물론이고 이후에도 오히려 내부의 역동성에 힘입어 성장했음을, 그뿐 아니라 더 적극적으로 유럽의 세계체제야말로 아시아와의 무역을 통해 형성될 수 있었음을 보여준다.[6] 여기서 한걸음만 나아가면 근대적 발전 가능성이 유럽보다 비유럽권에 더 풍부하게 있었으며 "초기 근대는 서구가 아

---

5 사또시 이께다 「자본주의 세계체제의 역사와 동-동남아시아의 역사」, 최원식·백영서 엮음 『동아시아인의 '동양' 인식』(창비 2010) 93면. 이 글의 원문은 Satoshi Ikeda, "The History of the Capitalist World-System vs. the History of East-Southeast Asia," *Review* 1 (1996).

6 같은 글 95~96면.

니라 비서구에서 먼저 시작"되었다는 결론까지 도출될 수 있다.[7]

아시아로부터의 세계사 재구성에서 종종 주목받는 사례가 하마시따 타께시(濱下武志)의 '조공무역체제' 분석이다. 사또시는 동-동남아시아에 존재했던 경제 네트워크를 가시화한 하마시따의 연구가 유럽세계체제를 상대화하고 다양한 지역체제들의 교섭에 주목할 수 있게 해주며, 특히 아시아 지역이 유럽의 변화를 초래하는 능동적인 역할을 했음을 입증한 공로가 있다고 본다.[8] 왕 후이(汪暉)도 조공체제론에 특별히 주목하는 논자에 속한다. 그는 하마시따의 연구가 '탈아론'과 '일본예외주의'에 대한 비판이며 아시아 내부의 연계성을 밝힘으로써 동아시아가 내재적 정체성을 갖춘 역사적 세계임을 보여주었다고 평가한다.[9] 이밖에도 동아시아가 원자재와 시장을 제공하지 않았더라면 유럽에서 산업혁명이 불가능했으리라는 미야자끼 이찌사다(宮崎市定)의 주장이나 13, 14세기에 이미 아시아와 유럽이 긴밀히 연관되어 있었고 유럽의 자본주의는 내부 생산관계의 변화뿐 아니라 아시아와의 관계가 낳은 결과였다는 안드레 군더 프랑크(Andre Gunder Frank)의 논의 들이 "'세계사'에 대한 새로운 서사를 창조할 가능성을 제공"해준 것으로 인정받는다.[10] 아시아 내부의 상호작용에 대한 규명은 하마시따의 연구보다 시기적으로 더 거슬러 올라가기도 하는데, 탄센 쎈은 심지어 첫 천년간의 아시아 내부의 상호작용을 언급하고 있다.[11]

---

7 김상준 『맹자의 땀, 성왕의 피』(아카넷 2011) 63면.

8 사또시 이께다, 앞의 글 110~11면.

9 왕 후이, 앞의 책 83~98면.

10 Wang Hui, "The Idea of Asia and Its Ambiguities," *The Journal of Asian Studies* 69:4 (2010) 985~86면.

11 Tansen Sen, "The Intricacies of Premodern Asian Connections," *The Journal of Asian*

그런데 근대 이전에 작동했다는 아시아 무역체제가 정확히 어떤 성격이었는가 하는 점에 관해서는 여러 해석이 제출된다. 가령 프라센짓 두아라는 아시아의 해양 네트워크가 가진 상호성의 원리와 국가 차원의 정치적 지배를 동반하지 않은 풍성한 문화적 다양성을 높이 평가하고, 이런 옛 아시아 모델이 국가주의를 넘어설 가능성을 탐색하는 데 긴요한 역사적 자원이라 본다.[12] 반면, 쎈은 유럽의 식민화 이전에 있었던 아시아의 상호작용과 교류를 평화롭고 조화로운 것으로 파악하는 주장들에 제동을 걸면서 인도와 중국이 해양무역체제의 주도권을 장악하고자 초래한 군사적 대결 사례들을 고려해야 한다고 지적한다.[13] 쎈의 관점에서라면 일국 중심의 패권이라는 문제가 이 시기의 아시아 네트워크까지 소급될 수밖에 없다.

아시아 네트워크의 성격에 관한 해석은 이렇듯 상이할 수 있으나 이런 분석들이 유럽중심주의적 세계사를 좀더 보편사에 가깝도록 수정한 의의가 있다는 점만큼은, 적어도 그에 주목하는 입장들 사이에서는 대체로 합의가 이루어진 것으로 보인다. 유럽적 계몽과 자본주의의 세례를 받기 전까지 아시아가 야만과 정체를 본질로 했다는 노골적인 유럽중심주의 역사관이 근대 이전부터 엄연했던 아시아의 경제적 역동성과 양립할 수 없음은 자명하다. 그러나 이매뉴얼 월러스틴의 지적대로 유럽중심주의가 하나를 베면 또 하나가 생기는 "히드라의 머리를 가진 괴물"이고 "수많은 화신(avatar)"을 갖는 것이라면[14] 교정된 유럽중심주

Studies 69:4 (2010) 991면. 다만 그는 이 시기의 내적 연관성은 엄밀히 아시아라기보다 아프리카–유라시안 네트워크라는 더 큰 맥락에서 생각되어야 한다고 본다.

12 Prasenjit Duara, 앞의 글 982~93면.
13 Tansen Sen, 앞의 글 994~97면.

의 역시 그것의 또다른 화신은 아닌지 의심해볼 필요가 있다.

실제로 월러스틴의 지적은 다름 아닌 '반유럽중심주의의 주장들'을 겨냥한 것이다. 그 대표적 사례를 그는 다음 두가지로 요약한다. 하나는 근대를 지배한 유럽이 무엇을 했건 다른 문명도 그와 동일한 것을 하는 과정인데 유럽이 지정학적 권력을 이용해 그 과정을 막았다는 주장, 그리고 다른 하나는 유럽이 한 것은 다른 지역이 이미 했던 것의 연장이며 다만 유럽이 잠시 전면에 나선 것일 뿐이라는 주장이다. 월러스틴에 따르면 전자는 세계의 다른 지역들도 모두 근대자본주의를 목적지로 하고 있었다고 전제함으로써, 그리고 유럽을 사악하지만 어쨌든 영웅으로 만듦으로써 오히려 유럽이 했던 것을 분명한 '성취'로 인정해주는 점에서 유럽중심주의다. 후자의 논리는 결국 유럽만이 아니라 세계 모든 곳이 사실상 수천년간 이미 자본주의적이었다는 이야기로 귀결되며, 이는 자본주의적 근대성이 대단히 훌륭한 것임을 일단 받아들인 다음 모두가 언제나 이미 이런저런 방식으로 그것을 해왔다고 덧붙임으로써 사실상 유럽을 비판할 근거를 없앤다는 점에서 유럽중심주의적이다.[15]

조공무역체제론을 비롯하여 전(前)근대 이래 아시아 경제의 내적 역동성에 관한 주장들 각각이 월러스틴이 말한 '반유럽중심주의적 유럽중심주의'에 해당하는가는 개별적이고 정교한 분석을 요구하는 사안이다. 다소 거친 판단을 무릅쓴다면, 전체적으로 자본주의적 근대성이 불가피하지도 바람직하지도 않았다는 점을 분명히 하지 않은 점에서 이

---

14 Immanuel Wallerstein, "Eurocentrism and Its Avatars: The Dilemmas of Social Science," *New Left Review* 226 (1997) 94면.

15 같은 글 101~04면.

논의들은 적어도 '유럽중심주의 극복'에 대한 월러스틴의 기준에는 미치지 못했다고 보인다. 유럽세계체제가 유럽이 주장하듯 자체 동력이 아니라 아시아와의 연관 속에서 형성되었다고 보면서도, 아시아의 경우는 유독 내적 역동성을 통한 자체완결적 발전인 듯 묘사하는 점 또한 논리적 모순이자 '아시아 예외주의'의 기색이 묻어나는 대목이다.

이런 유의 동아시아 담론이 갖는 특징은 지역사를 토대로 반유럽중심주의를 표방한 또다른 사례인 아메리카 담론과 나란히 놓을 때 비교적 뚜렷해진다. 아메리카 역시 아시아나 아프리카와 한데 묶여 칸트(I. Kant)와 헤겔(G. W. F. Hegel) 같은 유럽의 대표 사상가들로부터 역사의 유아기 혹은 유년기라거나 심지어 역사를 결핍했다는 폄하를 받은 지역이다. 동아시아 담론이 그렇듯이 아메리카 담론도 유럽이 '발견'함으로써 비로소 역사다운 역사가 시작되었다는 시각에 도전하여, 아메리카 대륙에 그보다 훨씬 오랜 역사가 있었음은 물론이고 아메리카야말로 유럽이 주도한 근대세계체제 형성의 시발점이자 토대라는 시각을 제출한다. 일례로 월터 미뇰로는 아메리카를 한 축으로 삼은 지중해-대서양 통상로가 확립되고 아메리카가 유럽에 "가장 크고 풍부하고 오래된 식민지"를 제공함으로써 '근대성/식민성'이 형성되었다고 본다.[16] 이런 주장은 아시아와의 무역이 유럽으로 하여금 산업혁명에 이르게 했다는 동아시아 담론과 동일한 논리구조를 갖는다. 엔리께 두셀 역시 아메리카가 유럽세계로 통합됨으로써 유럽이 '역사의 중심'이라는 생각이 도입되고 그전까지 아랍세계의 주변에 불과하던 유럽이 "새로운

---

16 Walter Mignolo, *Local Histories / Global Designs: Coloniality, Subaltern Knowledges, and Border Thinking* (Princeton: Princeton UP 2000) 51~60면.

발견의 주체"로서의 "보편"으로 지위가 상승했다고 지적한다.[17] 최근 사례로는 아이티혁명이 헤겔 철학을 비롯한 유럽의 보편적 계몽에 지대한 영향을 끼쳤음을 입증함으로써 '보편사'를 재구성한 쑤전 벅모스(Susan Buck-Morss)의 시도를 들 수 있다.[18]

이와 같은 아메리카 담론에는 주로 '식민성'을 비롯한 근대성의 태생적 부정성에 대한 증거로서의 아메리카를 통해, 그리고 그런 근대성에 대한 저항으로서의 아메리카를 통해 보편사를 재구축한 측면이 두드러진다. 그리고 이를 통해 유럽중심주의에 대한 비판이 궁극적으로 근대성 극복이라는 차원을 동반할 수밖에 없다는 중대한 사실도 암시되어 있다. 그런 점에서 동아시아에서 출발하는 보편사 다시쓰기가 아시아 버전의 '내재적 발전론'이나 아시아적 근대화 담론에 그치지 않기 위해서는 아메리카 담론을 비롯한 다른 지역 담론과의 비교연구에서 참조점을 얻는 것이 여러모로 도움이 되리라 본다.

3. 동아시아의 정체성과 보편성

동아시아의 정체성이라는 주제는 동아시아 역사의 재해석과 복권보다 어떤 면에서 더 복잡하고 민감한 사안이다. 무엇보다 정체성 개념에 대한 이론적 해체와 이른바 정체성 정치에 대한 실천적 비판의 물결이 휩쓸고 지나간 마당에, 동아시아든 다른 어떤 것이든 본질주의의 혐의

---

17 Enrique Dussel, *The Invention of Americas: Eclipse of 'the Other' and the Myth of Modernity*, tr. Michael D. Barber (London: Continuum 1995) 27~36면.
18 수전 벅모스 지음, 김성호 옮김 『헤겔, 아이티, 보편사』(문학동네 2012).

를 피하면서 정체성을 말하는 것 자체가 쉬운 일이 아니다. 사정이 이러하므로 앞서 살펴본 동아시아 네트워크의 역사만 해도 곧바로 동아시아 정체성으로 번역되지는 않는다. 왕 후이의 경우 조공모델과 함께 주자학 전파를 토대로 한 문화적 연관성 논의를 두루 검토하고도 이런 서술들이 차라리 "아시아 개념의 애매성과 모순성을 증명"했다고 이야기한다. 식민주의와 반(反)식민주의, 보수성과 혁명성, 민족주의와 국제주의 같은 대립 요소들이 한데 얽혀 있다는 의미다.[19]

하지만 동아시아를 주제로 발언하려면 적어도 그 발언의 근거와 지시대상을 확보하기 위해 소극적, 부정적, 혹은 가설적 방식으로라도 동아시아를 일정하게 한정하는 일이 불가피하다. 그리고 그럴 때 바로 그렇듯 어느 하나로 정체성을 규정할 수 없다는 점으로 동아시아의 정체성을 정의하는 것이 한가지 편리한 해법이 될 수 있다. 동아시아 개념에 내재한 모순성을 지적한 왕 후이 자신도 가정(假定)의 형태로나마 고도의 문화적 이질성과 다원성을 아시아의 특징으로 제시한다. 이런 특징 때문에 지역구조를 갖춘 아시아가 실제로 성립한다면 그것은 곧 다원성에 대한 새로운 모델이자 배타적 팽창논리를 극복하는 계기가 되리라는 것이다.[20] 두아라의 논지도 여기에 근접한다. 그는 현재의 아시아라는 공간이 이질성과 다문화를 긍정하고 있다고 보며, 유럽과 비교하여 아시아의 지역 형성은 내부를 동질화하려는 움직임이 없는 불균등하고 다중적인 경로를 갖는다고 묘사한다.[21] 야마무로 신이찌(山室信一)의 경우, 현재 아시아가 하나의 지역으로서 갖는 통일성은 다양성밖

---

19 왕 후이, 앞의 책 101면.
20 Wang Hui, 앞의 글 988~89면.
21 Prasenjit Duara, 앞의 글 980~81면.

에 없다는 다소 소극적인 진술에서 출발하지만 결론적으로는 "여럿이며 하나, 하나이며 여럿인 존재양식"을 적극적인 아시아적 가치로 내세운다.[22]

각각 강조점이 다르긴 하지만 대체로 '다원성'으로 요약되는 최대한의 개방적 원리로 아시아의 정체성을 설명함으로써 이 논의들은 본질론이라는 비난을 피해나간다. 또한 여기서 다원성은 하나의 독특한 자질이기보다 어디서든 실현되어야 할 보편가치로 전제되어 있다. 그런데 보편가치로서의 다원성이 남다른 규모와 정도로 잠재된 곳(그리하여 실현될 가능성도 더 큰 곳)이 아시아라는 식으로 진술의 순서를 바꾸어보면, 아시아와 다원성의 연결이 얼마나 근거 있는 주장인지 의문스러워진다. 이를테면 인종의 집결지라는 북미나 혼종성(hybridity)을 문화적 특징으로 내세우는 중남미보다 더 다원적이라고 주장할 수 있을까. 더욱이 다원성이 보편가치인지도 반드시 자명하지는 않다. 다원성이 주목받는 상황이 엄연히 역사적 현상임을 감안한다면, 이들이 이른바 세계화의 문화적 논리로서의 다문화주의를 비판 없이 수용했다고 볼 여지도 있다.[23] 다원성을 주장하는 배후에 스스로를 '비어 있는 중심'의 자리와 동일시하는 태도가 있지 않느냐는 것이다. 그에 비하면 사

---

22 야마무로 신이찌 지음, 임성모 옮김 『여럿이며 하나인 아시아』(창비 2003) 168~71면.
23 다문화주의에 대한 비판으로는 그것이 과거의 식민주의처럼 타자들의 문화를 무시하고 자신의 특수한 문화를 우월하다고 내세우지는 않지만, 자신의 위치를 모든 실정적(positive) 내용이 제거된 "일종의 텅 빈 지구적 위치"(a kind of empty global position)라는 또다른 특권적 위치로 설정한다는 지젝의 주장이 특히 날카롭다. 그는 바로 이렇게 비어 있는 특권적인 보편적 위치에서 다른 문화들을 '존중'한다는 점에서 다문화주의란 "부인되고 역전된, 자기지시적 인종주의"라고 본다. Salvoj Žižek, "Multiculturalism, or, the Cultural Logic of Multinational Capitalism," *New Left Review* 225 (1997) 44면 참조.

회적으로 배제되고 교육받지 못한 사람들에게 다문화적 현실이란 어떤 가치 혹은 "인식의 선택 문제가 아니라 나날의 생존 문제"임을 지적하는 아시스 난디의 문제의식이 더 통렬하다.[24]

다원성을 내세우는 입장들은 그것이 현재의 아시아에 일정하게 혹은 단초의 형태로 이미 확인된다고 암시하면서도, 기본적으로는 장차 구현되어야 할 가치라고 주장하는 방식으로 비판을 우회하고자 한다. 그렇다면 아예 일체의 지역적 정체성을 부인함으로써 정체성을 둘러싼 논란을 봉쇄하고 곧장 보편성에 접속한다면 어떨까? 사까이 나오끼(酒井直樹)는 아시아의 통일성을 뒷받침할 내재적 원리 같은 건 없으며, 서양에 의해 대상화되고 종속되었다는 사실을 제외하면 아시아의 대다수 지역은 어떤 공통성도 없다고 잘라 말한다. 그러니 아시아를 이야기하는 것은 항상 서양을 말하는 것이 되며, 서양과 다르다는 것으로 아시아의 고유성을 주장하는 것조차 서양의 차별적 독자성을 강화해줄 따름이다.[25]

사까이는 있지도 않은 특징을 토대로 아시아의 정체성을 설정하지 말고, 차라리 '아시아인'이라는 호칭으로 '야만인'으로 규정되는 사람들이나 사회적 약자를 지시하자고 제안한다.[26] 물론 그가 "새로운 야만인"으로서의 아시아인을 말하는 배후에는 과거 아시아가 유럽인들에 의해 '야만'으로 규정되었던 역사가 놓여 있다. 그의 제안은 일면 반유대주의에 저항하기 위해 사용되었던 '우리는 모두 유대인이다'라는 구

---

24 Ashis Nandy, "Defining a New Cosmopolitanism: Towards a Dialogue of Asian Civilization," http://vlal.bol.ucla.edu/multiversity/Nandy/Nandy_cosm.htm.
25 사까이 나오끼 지음, 이규수 옮김 『국민주의의 포이에시스』(창비 2003) 51, 54면 참조.
26 같은 책 70~71면.

호를 연상시키는데, 연대를 향한 진정성과는 별도로 이 구호는 아우슈비츠에서 학살당한 유대인들과 병치될 때 터무니없을 수밖에 없다. 차라리 이 구호를 뒤집어 아우슈비츠의 유대인 형상이 우리 모두가 살아가는 근대의 궁극적 조건을 보여준다고 하면 훨씬 공감을 자아내기 쉬울 것이다.[27] '아시아인'이라는 호칭이 사회적 소외의 보편성을 대표하는 '특권적' 용법을 감당할 자격이 있는가, 있다면 어떤 근거에서인가 하는 문제 또한 입증이 필요한 사안으로 남아 있다.

동아시아의 정체성에 얽힌 난관을 감안하면 타께우찌 요시미(竹內好)의 '방법으로서의 아시아'가 동아시아 담론에서 그토록 자주 소환되는 연유를 이해할 수 있다. "실체로는 존재하지 않"지만 "서양이 낳은 보편가치를 보다 고양하기 위해 동양의 힘으로 서양을 변혁"하는 "방법으로는, 즉 주체 형성의 과정으로는" 존재하는 아시아라는 그의 가설은[28] 실체가 없다는 고백으로 본질론을 봉쇄하고, 보편의 고양에 동양의 힘이 필요하다는 주장으로 유럽중심주의의 혐의를 에두른 다음, 방법이라는 미완성의 문구로 해석적 상상력을 향해 스스로를 개방한다. 이 대목만 놓고 본다면 아시아는 현재 실체가 아닐 뿐 아니라 앞으로도 여하한 실체 형성을 지향하지 않는, 다만 '보편가치'를 전인류적으로 관철하기 위한 일종의 '사라지는 매개자'(vanishing mediator)로 보인다. 매개행위로서만 존재하는 아시아라는 개념은 '방법'뿐 아니라 (지적)실험, 기능, 혹은 실천과제로서의 동아시아라는 명칭으로 거듭 변주된다.

---

27 일례로 근대의 생명정치를 논하면서 죽음의 수용소가 근대정치의 노모스(nomos)라고 한 조르조 아감벤의 작업이 이런 논리를 보여준다.

28 다케우치 요시미 「방법으로서의 아시아」, 마루카와 데쓰시·스즈키 마사히사 엮음, 윤여일 옮김 『다케우치 요시미 선집 2: 내재하는 아시아』(휴머니스트 2011) 64면.

4. 인류와 국가 사이의 동아시아

보편가치 실현의 방법이라는 타께우찌의 정식은 근래 대안담론을 표방하는 동아시아 담론 대다수가 가진 지향을 잘 요약해준다. 하지만 타께우찌 시대에 선명했던 서양과 동양이라는 구도가 더는 합당하지 않다면, 그리고 보편가치의 고양을 막는 세력을 서양으로 환원하는 것이 더는 적절하지 않다면, 어째서 동아시아인가라는 질문으로 부득이 돌아가게 된다. 짐작건대 내놓을 수 있는 한가지 답은 동아시아가 (전인류나 세계로 곧장 비약하지 못할지라도) 적어도 국가 이상이라는 것이다. 동아시아 담론의 역사를 두고 빈번하게 제기된 일국패권주의에 대한 우려는 사실 동아시아를 통해 무엇보다 국가 혹은 국가주의의 난제를 해결하고자 하는 동아시아 담론의 욕망을 반영하는지도 모른다.

앞서 살펴본 조공무역체제에 대한 관심에도 조공체제에 국가들의 성격이나 상호관계가 갖는 '차이'를 도입함으로써 근대국민국가를 상대화하고 국가의 다른 모델을 구상하려는 문제의식이 담겨 있다. 국민국가의 "높은 문화적 동질화"와 정치독점 경향이 혁명과 연대의 아시아 역사가 보여준 초국가적 '정치적 시각'의 능동성을 상실하게 만든 점을 비판하고자 한 것이다.[29] 이런 시도가 국민국가의 바깥으로서의 지역을 통해 대안을 모색하는 방식이라면, 지역 내부의 엄연한 현실로서의 국민국가를 어떻게 할 것인가에 관해서는 한국의 동아시아 담론이 적극적인 논의를 내놓는다. 이른바 중화질서에 이어 식민지를 겪었고 지금

---

29 왕 후이, 앞의 책 64~77면 참조.

도 분단체제하의 두개의 국가라는 독특한 국가형태를 살아가는 한국의 체험이 이 문제에 남다른 감각을 길러주었기 때문일 것이다. 백영서(白永瑞)는 구체적으로 국민국가의 패권주의적 성격을 극복하는 것을 목표로 삼아 "국가권력에 대한 획기적인 민주적 통제의 원리를 관철시킴으로써 … 다층적 복합구조의 정치체제"를 모색한다.[30] 이 모색의 결과물로 그가 제시하는 '복합국가' 개념은 연합이나 연방 등 다양한 국가결합형태를 포괄하는 것으로, "국가 간의 결합 양상이자 국민국가의 자기전환의 양상을 겸한"[31] 구상이다. 또한 "동아시아론이 이 지역에 특히 우심한 일국주의 또는 국가주의를 넘어서기 위한 훈련"이라는[32] 관점에서 최원식(崔元植)은 도가와 유가 전통에 담긴 국가관을 재해석하여 소국들의 연합을 지칭하는 기호로서의 대국 개념이나 사대(事大)원리 속에 확인되는 사소(事小)의 전통을 발굴하고, "소국주의를 평화의 약속으로 회상하면서 대국 또는 대국주의의 파경적 충돌을 완충하는" 현실적 방안으로서 '중형국가'를 제시한다.[33] 그밖에도 오끼나와와 진먼다오(金門島)를 비롯해 이 지역의 근대국가체제에 '포함되면서 동시에 배제되어온', 더 정확히는 그와 같은 '포함과 배제'를 통해 지역의 국가체제를 성립시킨 현장들도 국가주의 극복을 위한 중요한 고리로 동아시아 담론의 주목을 받고 있다. 동아시아 담론이 이 지역에서 근대세계체제를 떠받치는 국민국가의 변화를 실제로 촉발할 수 있다면 그것

---

30 백영서 『동아시아의 귀환』(창비 2000) 34면.

31 백영서 「복합국가와 '근대의 이중과제': 20세기 동아시아사 다시 보기」, 도시인문학연구소 엮음 『경계초월자와 도시연구: 지구화 시대의 매체, 이주』(라움 2011) 54면.

32 최원식 「주변, 국가주의 극복의 실험적 거점」, 『주변에서 본 동아시아』(문학과지성사 2004) 322면.

33 최원식 「대국과 소국의 상호진화」, 『창작과비평』 2009년 봄호, 246~61면.

만으로도 이 담론의 보편성은 상당히 입증될 수 있다.

동아시아가 보편가치의 대대적 실현에 '남다른' 기여를 할 잠재성이 있는지 여부를 탐문하는 일은 최소한 다른 지역과의 비교연구가 뒷받침되지 않는 한 또다른 '지역중심주의'가 아니냐는 비판을 자초할 우려가 있다. 하지만 동아시아 담론이 미래를 갖기 위해서는 적어도 '지속적으로' 기여할 잠재성은 강조할 필요가 있다. 여기에 관해서는 "아시아를 아시아가 되도록 구성하는 것은 … 아시아 국가가 세계 자본주의 체제 속에서 갖는 특수성"이라는[34] 지적을 참고할 만하다. 현재 동아시아가 세계체제에서 차지하는 위치는 보편가치의 부분적 실현에 대한 저항의식을 강화하는 동시에 그 전면적 실현을 지구적 아젠다로 제출할 만큼의 역량을 제공해주지 않을까. 그렇듯 동아시아가 "세계사의 향방에 관건으로 작용할 가능성을 풍부하게 내포한 세계사적 지역"이라면,[35] 동아시아 내부의 모순이 조성하는 긴장이야말로 이 가능성의 중요한 요소일지 모른다.

34 왕 후이, 앞의 책 67~68면.
35 최원식 「탈냉전 시대와 동아시아적 시각의 모색」, 정문길·최원식·백영서·전형준 엮음 『동아시아, 문제와 시각』(문학과지성사 1995) 94면.

제3장

'윤리'에 묻혀버린 질문들

1. '윤리'비평과 외국 이론 수용

'해체' '윤리' 그리고 더 최근에는 '정치' 같은 단어를 매개로 외국 이론들은 이제 국내 비평에서 부동의 자리를 차지한 인상이다. 이론가의 배경도 다양해졌고 주목받다가 사라지는 주기도 빨라졌다. 이런 경험이 쌓이면서 유행하는 이론을 두고 '이 또한 지나가리라' 하는 냉소도 생긴다. 냉소적 태도를 권장할 일은 아니지만 필경 지나가기 마련인 하나의 이론에 과도하게 몰입하는 경향에 대한 경고로 삼을 법은 하다. 특정 이론을 모르면 논의에 끼어들 수 없는 사태는 지적 나태함보다는 해당 논의 자체가 이론을 그저 반복하는 탓이 클 것이다. 지금쯤은 오가는 이론들을 차분하게 바라볼 내공이 쌓일 만한 시점이 아닌가 싶다.

어쨌든 이즈음의 비평들을 들추다보면 각종 이론의 향연처럼 보일 때가 많다. 여전히 강력한 정신분석학의 영향으로 분열적 주체와 상징계의 결핍과 실재가 논의되는 사이에 한쪽에서는 사건, 진리, 절대적 타자, 환대 같은 개념이 운위되고 또 어느새 '감각적인 것' 혹은 '정치적인 것' 하는 말들이 중심으로 진입하고 있다. 이런 복잡한 양상들이 보기보다 서로 더 깊이 연관되어 있으리란 추측도 한편으로 해보게 되는데, 그 유행의 흐름에서 한동안 우리 곁에 머무는 뚜렷한 이론적 키워드 가운데 하나가 '윤리'다.

'윤리'는 지난 몇년간의 비평에 빈번하게 등장하는 주제였지만 사실 그보다 더 오래된, 익숙한 단어이기도 하다. 새삼 '국민윤리'까지 거슬러가지 않아도 돌아보면 짧지 않은 기간 동안 우리는 윤리(라는 말)의 과잉을 겪었다고 할 만하다. 이념의 시대로 지칭되는 1980년대가 많은 이들에게는 윤리적 강박의 시대로도 경험되었으며, 그에 대한 반발의 발로로 90년대 이래 또다른 유행어가 된 '욕망'은 윤리과잉의 억압에 저항한다는 명분으로 스스로를 정당화하기도 했다. 그에 대한 재반발의 발로인지 어떤지는 더 따져볼 일이겠으나, 최근의 비평담론에서 '윤리'는 때로 '절대적'이라거나 '무조건적'이라거나 하는, 겉보기에 무시무시하게 억압적인 형용구를 당당히 동반하면서 한층 강화된 모습으로 나타난다. '윤리'를 둘러싼 현재의 지형에는 '비동시적인 것의 동시성'이라는 상투어를 연상시키는 묘한 이중적 태도가 엿보인다. 한편에는 여전히 윤리의 억압성에 대한 강조가 있고, 다른 한편에선 유례없이 강력한 위상을 부여받은 윤리가 거론되는 것이다. 이런 모호한 공존 양상이 윤리이론의 범람을 더 흥미로운 상황으로 만들어주는지 모른다.

우리 비평계에서 '윤리'의 출현이 해당 주제를 내세운 외국 이론에 크게 영향받았음은 부인할 수 없다. '윤리'의 유행 이전이든 이후든 '언제나 이미' 외국 이론들의 존재가 개입되어 있기 때문에 이 유행을 두고

자생적 필요 따로, 수입 이론의 영향 따로, 이렇게 구별하는 일은 거의 무의미하다. 이념 혹은 거대담론의 종말과 해체, 욕망의 분석, 윤리와 정치 담론의 재조명 같은 대체적인 수순이 우리뿐 아니라 서구 학계에도 일반적으로 일어나고 있다면 그 현상은 나날이 동질화되는 현실세계의 경험과 그 경험이 만들어내는 요구와 관련되어 있음이 분명하다.

이 글에서는 '윤리'와 관련하여 많이 거론되는 두 외국 이론가 알랭 바디우(Alain Badiou)와 조르조 아감벤이 국내 비평에서 어떻게 다루어지는가에 초점을 두고자 한다. 왕성하게 활동 중인 이들의 진면목이나 사상사적 중요성을 본격적으로 분석하기보다 국내 비평에 수용된 부분을 중심으로 논의하려는 것이다. 그런데 '수용'만 해도 정색하고 접근하기가 애매한 면은 있다. 특정 이론가의 주장에 기댄 것이 분명한데도 인용임을 표시하지 않은 채 이제는 상식이 되었다는 투로 시치미를 떼거나, 이론의 맥락과 관련 없이 다분히 수사적인 차원에서 활용한 사례가 많기 때문이다. 그러한 수용방식에도 문제를 제기할 필요가 있겠으나, 여기서는 이론가들을 본격적으로 인용하고 논평한 (따라서 좁은 의미의 문학비평이 아니라 인문학 담론 성격이 더 강한) 몇몇 글에 국한하겠다. 특히 이들 이론가의 중요한 주장임에도 국내 비평에서 '묻혀버린' 대목들에 유의하면서 그에 관해 질문을 제기하려 한다.

2. 진리의 윤리학

어떤 암묵적 의도 혹은 어떤 '정치적 무의식'이 작용했는가를 떠나 윤리를 논한 비평들이 명시적으로 제시하는 배경이자 윤리가 시급히 요청되고 실현되어야 할 근거로 거론하는 개념은 '타자'이다. 이때 타자는 대개 이방인 혹은 외국인이라는 구체적인 범주와 짝지어지며, 타자가 어떤 성격이며 어떤 종류의 윤리를 요구하는가를 논하는 지점에서 자주 등장하는 이론가가 바디우다.

그런데 윤리론을 적극 개진하는 비평에서 바디우를 언급하는 것은 당연하면서도 아이러니한 면이 있다. 그가 『윤리학』(*L'Éthique*, 1993)의 저자기는 하지만, 서문에 공공연히 표명되다시피 이 책은 윤리가 중심 무대로 등장하게 된 현재의 "윤리로의 회귀"[1] 현상을 비판하는 일을 한 축으로 삼기 때문이다. 바디우는 이 현상이 사회혁명을 희망하지 못하고 집단적 해방을 위한 새로운 정치용어를 모색하지 못하게 된 지식인들의 무능함과 일정하게 연관되어 있다고 본다. 이 무능함 때문에 지식인들이 추상적이고 보수적이며 서구중심적인 자유주의 인권론과 그 근거인 보편적 인간주체 같은 개념에 굴복하게 되었다는 것이다(『윤리학』 11~12면). 그런데 바디우의 비판에서 또 하나의 주된 표적은 "일종의 윤리적 급진주의"(『윤리학』 27면)인 레비나스(E. Levinas)의 타자의 윤리 혹은 차이의 윤리다. 그가 보건대 타자의 윤리란 타자의 윤리적 우선성에 기반하고 이는 다시 근본적이고 절대적인 타자성을 담보로 요구하는데, 그러한 절대적 타자성은 결국 종교에 다름 아니다. 바디우는 타자와 차이의 윤리가 현실에서는 결국 '나처럼 되어라, 그러면 너의 차이를 존중하겠다'로 귀결된다고 지적한다(『윤리학』 34면). 이런 '윤리 이데올로기'들은 (인간이니 권리니 타자니 하는) 추상적 범주에 기댈 뿐 어

---

1 알랭 바디우 지음, 이종영 옮김 『윤리학』(동문선 2001) 8면. 앞으로 이 책의 인용은 대체로 국역본에 근거하되 필요한 경우 영역본을 참고한다. 이하 괄호 안에 제목과 면수만 표기한다.

떤 적극적인 것에도 근거를 두지 못한 탓에 현존 질서를 추인하거나 심지어 '무'와 죽음을 열망하는 허무주의에 빠지게 된다. 그에 비해 바디우에게 윤리란 오로지 진리와 관련하여 존재할 수 있을 뿐이다(『윤리학』 38면).

여기서 바디우를 매개로 윤리론을 펼치는 비평을 한번 들여다보자. 김형중(金亨中)은 이방인-타자-윤리라는 구도를 전형적으로 보여주는 글에서 이방인이 "철학에 있어서나 예술에 있어서나 정치에 있어서나 사랑하고 결혼하는 방식에 있어서나 공히 기존의 패러다임 내에서는 해결할 수 없는 문제들을 제기"한다는 의미에서 "바디우적인 의미에서의 사건"이라고 정의한다.[2] 이렇게 바디우를 들여온 다음 그는 이방인이라는 "완전히 다른 타자, '절대적으로 외부에 있는' 타자는 '무조건적인 환대'를 위한 전제조건"이며 이렇듯 "타자의 절대적 외부성이 보장될 때만 환대는 윤리가 된다"고 주장한다(김형중 37~38면).

바디우에서 출발해 절대적 타자로 오는 과정의 가장 큰 장애물이 바로 바디우 자신이 '타자의 윤리'를 누누이 비판한 사실임을 김형중도 무시할 수는 없었을 것이다. 그는 "이 양자(바디우의 진리의 윤리학과 레비나스/데리다의 환대의 윤리학)의 대립은 보편과 차이의 대립처럼 보인다. 바디우는 유행과는 달리 차이라는 것, 그리고 그 차이의 담지체로서의 타자의 중요성을 인정하지 않는다"는 점을 일단 상기시킨다(김형중 33면). 하지만 김형중은 그같은 '대립'을 찬찬히 규명하는 대신 이내 "바디우의 진리의 윤리학이 최종적으로는 다시 환대의 윤리학으로 회귀하는 듯한

---

2 김형중 「사건으로서의 이방인: '윤리'에 관한 단상들」, 『문학들』 2008년 겨울호, 28~29면. 이하 국내 필자의 글은 괄호 안에 이름과 면수를 밝힌다.

인상을 준다"라는 진술을 내놓는다(김형중 35면). 그리하여 바디우가 진리란 "굳어진 의견들 사이에서 사건에 의해, 느닷없이 도래"한다고 말한 대목을 두고 그러니 진리라는 사건은 기존의 것들과 절대적 '차이'를 갖는다는 해석을 적용함으로써, "바디우에게 진리인 것이 레비나스와 데리다에게는 타자이자 이방인"이라고 결론 내린다(김형중 36면).[3]

　이쯤 되면 '진리가 절대적 차이를 갖는다'는 것과 '절대적 차이가 진리다'라는 명백히 상이한 두 진술 사이의 논리적 비약을 무릅쓰면서 구태여 왜 바디우를 동원했을까 의아해진다. 결과적으로 여기서 바디우가 기존의 것들을 뒤흔드는 타자의 '절대성'과 환대의 '무조건성'을 한층 강조해주는 수사 이상의 역할을 하는지 의문이다. 실상 바디우를 인용하는 비평에서 가장 흔하게 등장하는 대목은 '사건으로서의 진리' 또는 '진리의 사건성'이라는 개념이다. 바디우는 사건으로서의 진리가 이미 확립되고 승인된 지식, 사실, 구조, 공리, 법 등의 영역과 대비되며 그 영역으로 결코 환원될 수 없는 잉여나 초과로서 예외적인 영역을 구성한다고 설명하는데, 이 과정에서 그가 구사하는 어구들은 급진적인 분위기를 만들어내기에 더없이 적절하다. "우리로 하여금 새로운 존재방식을 결단하도록 강요"한다든지(『윤리학』 54면), "내재적 단절"이라든지(『윤리학』 56면), "새로운 시대를 열어" "가능성과 불가능성의 관계를 바꾼다"든지,[4] "주어진 상황의 내재성"이 결코 아니라든지, "모든 법규에

---

3 김형중의 글 후반부는 어떤 것이 되었든 윤리 담론을 문학에 그대로 적용할 수는 없으며 문학은 "이방인이라는 사건에 대해 문학적인 방식으로 충실해야 한다"(50면)라는 주장을 담고 있다. 여기서는 바디우와 관련된 논의에 한정한다.

4 Alain Badiou, *Saint Paul: The Foundation of Universalism*, tr. Ray Brassier (Stanford: Stanford UP 2003) 45면. 국역본으로『사도 바울: '제국'에 맞서는 보편주의 윤리를 찾아서』(새물결 2008)가 있으나 미처 참조하지 못했다. 이 책의 인용은 영역본에 근거하

대해 순수과잉"이라든지(*SP* 57면) 하는 사건과 진리에 대한 설명들은 모두 어떤 근본적 차이와 새로움을 내세우는 수식어로 풍부하기 때문이다.

수사적 활용 자체가 문제는 아니지만 거기에는 수사의 대상인 개념어들이 동반되는 만큼, 문맥에서 지나치게 멀리 끌어와 바디우 자신이 강조하려 한 논지를 덮어버리거나 심지어 논지와 화해할 수 없는 방식으로 배치하는 건 곤란하다. 진리에 관한 바디우의 논의는 무엇보다 보편주의에 관한 모색이며 보편성이야말로 진리의 사건성을 이루는 핵심이므로, 그의 '보편'은 김형중의 글에서처럼 간단히 지나칠 사안일 수 없다. 기독교를 보편적 진리로 세운 인물로서 사도 바울을 평가하고 그를 통해 보편주의 논의를 펼치기 위해 바디우는, 오늘날 어떤 사소하고 불명료한 기제라도 이를 뒷받침하는 인류 집단이 있으면 동등한 가치를 인정해주고 이 집단이 희생자로 여겨질 때는 더더욱 인정해주는 문화주의 이데올로기 혹은 공동체주의/정체성주의 때문에 보편에 관한 접근이 차단되었다는 비판(*SP* 6면)으로 시작한다. 그는 진리가 어떤 종류의 정체성이나 공동체에 의해서도 뒷받침되지 않을 뿐 아니라, 진리의 '단독성'(singularity)이란 바로 그것이 "즉각 보편화할 수 있다"는(*SP* 11면) 것이라고 강조한다. "진리와의 통약 가능성을 통해 익명의 개인들은 언제나 인류 전체의 담지체로 변형"되며(*SP* 20면), 진리의 표지는 "모두를 위한 것이며 예외가 없다"는(*SP* 76면) 설명도 같은 맥락이다. 바디우에게는 실상 "진리만이 그 자체로서 차이에 무관심"하고 "모든 자에게 동일"한(『윤리학』 38면) 것이며, 사건으로서의 진리가 갖는 새로움은

며 제목은 *SP*로 약칭하고 면수를 표기한다.

바로 이런 의미의 보편성이 기존의 것들에 대해 갖는 절대적 새로움을 뜻한다.

따라서 바디우의 진리 혹은 진리에 대한 충실성을 내용으로 하는 '진리의 윤리학'을 차이나 타자, 혹은 타자로서의 이방인/외국인과 연결시키는 것은 단순히 "차이들이란 모든 진리가 내버리는 것"이고 "어떤 구체적 상황도 '타자의 인정'이라는 주제를 통해 해명될 수 없"으며(『윤리학』 37면), "대단히 어려운 진짜 문제는 오히려 동일성의 인정"이라는(『윤리학』 35면) 명시적 발언과 어긋나는 데 그치지 않는다. 그것이 갖는 또 한가지 중대한 문제는 그가 공들여 강조한 보편성 논의를 사실상 외면하게 된다는 점이다.

3. 보편주의와 법

보편성과 관련된 논지를 외면하는 경향은 바디우의 강조점이 무엇보다 보편주의에 있음을 인정하는 경우에도 크게 다르지 않은 듯하다. 가령, 서동욱(徐東煜)은 바디우(와 아감벤)가 사도 바울을 통해 보편주의에 천착한 점에 초점을 맞추어 "현금의 전세계적인 징후인 외국인에 대한 배타적 정치를 극복하기 위한 하나의 정치모델 확립을 위해" "바울을 다시 읽을 때가 온 것"이라며 공감을 표한다.[5] 그런데 바디우의 논의가 바울을 통한 보편주의 정립이었음을 지적하면서도 서동욱은 보편

---

5 서동욱 「사도 바울, 메시아, 외국인: 익명적 주체 또는 보편주의」, 『세계의 문학』 2008년 가을호, 259~60면. 뒤에서 다룬 김재희의 글과 더불어 ''외국인'이란 무엇인가?'라는 기획에 속한 글이다.

주의의 의미를 주로 (율)법의 '파괴'와 '철폐'라는 견지에서 해석해낸다. 그는 바디우에게 "율법은 늘 특수한, 즉 국지적인 규정에 불과"하고 "이런 지엽적 규정이 바로 차이(차별)를 만들어낸다"고(서동욱 262면) 강조한 다음, "자국민에 대한 규정이 실질적으로 가지는 함의는 외국인에 대한 차별과 박해라는 것이다. 바디우가 바울의 보편주의의 중요성을 부각시키는 까닭은 바로 여기 있다"고 주장한다(같은 곳). 따라서 "율법을 파괴하지 않고는 불가능하다"는 것이 바디우 보편주의의 핵심으로 제시되며(서동욱 260면), 이는 그의 글에서 바디우를 다룬 절의 제목이 '바디우: 율법에 맞서는 바울의 보편주의'인 데서 단적으로 드러난다.

하지만 바디우에게 보편주의적 진리와 법의 관계는 철폐라는 말로 요약될 만큼 그리 단순하지 않다. 서동욱은 '법'이 의미하는 바를 "개인의 행위지침을 알려주는 도덕법이나 외국인들을 토박이로부터 갈라내는 특정 규정 등등으로 읽을 수도 있다"고(260면) 설명하며 이는 대체로 자국민을 규정/보호하면서 외국인을 차별/박해하는 법을 지시하는 것으로 보인다. 바디우에게 법이 진리와의 관계에서 등장하며 진리와 대비되는 영역, 요컨대 기존의 정립된 지식, 차이, 집단, 구조 등과 같은 영역에 속하는 것은 사실이다. 하지만 바디우에게 이런 것들은 철폐나 폐지가 아니라 무엇보다 진리가 "내버리는 것"(『윤리학』 37면), 혹은 "내버려두어야 하는 것"(SP 103면), 진리에 의해 "중요하지 않은"(indifferent) "긍정적이건 부정적이건 아무 가리키는 바(signification)가 없는 것"(SP 23면)이며, "보편성이 건설되기 위해 가로질러야 하고"(SP 98면) "무심함"(indifference)으로 "초월되어야" 하는(SP 100면) 것이다.

이런 진술들은 '법의 철폐' 같은 도식이 성립하기 어려움을 확인시키는 동시에 실제로 바디우가 이 두 층위의 관계를 설명하는 데 상당히 고

심하고 있음을 보여준다. 진리와 법의 관계를 시원하게 해명해주기보다는 더욱 의심하고 고민하게 만드는 대목인 것이다. 그런데 서동욱의 논의는 바디우를 한층 '심문'해야 마땅할 것 같은 지점에서 납득하기 어려운 주장으로 이어진다. 그는 역시 바울의 텍스트를 다룬 아감벤의 분석을 바디우와 연결시키고 아감벤의 '잔여로서의 주체'가 바디우의 보편적 주체와 유사하다고 지적한 다음, 돌연 다음과 같이 주장한다.

> 보편적 주체의 성립과 더불어서만 토박이와 외국인을 가르는 모든 장치는 폐기 가능하게 된다. 그러나 이 주체가 '외국인에 대해서' 특별한 위치(물론 사실적 위치가 아니라 '도식'이 되는 위치)를 점해야 된다는 점을 기술할 필요가 있지 않을까? 주체는 어떻게 외국인과 토박이들의 이익을 가르는 율법에 대해 구체적인 저항을 할 수 있는가? 바로 외국인을 '환대'할 수 있는 위치, 즉 외국인보다 더 낮은 자리에 위치하는, (외국인과의) '비대칭성'—그러므로 '평등'이 아닌—을 구현할 때 그럴 수 있지 않겠는가? (서동욱 271면)

여기서 '환대'와 '낮은 위치'의 연결이 갖는 논리적 문제점 같은 것은 접어두기로 하자. "보편성의 필연적 상관물이 평등"이라는(SP 60면) 발언을 포함하여 바디우가 차이, 타자, 정체성 등에 관해 제시한 명시적 진술들과 정면으로 어긋날뿐더러, 앞서 서동욱 자신이 요약한 바디우의 보편주의 및 보편적 주체 개념과도 연결되지 않는 이런 주장이 등장한 이유는 무엇일까. 이 글의 맥락에서는 바로 다음에 이어지는 레비나스로 가기 위한 포석이라는 설명 외에 달리 답을 구할 도리가 없다. 그리하여 결국 다시 "다양성을 오로지 평등에만 내맡겨 놓는다면, 그것은 잠재적 분쟁, 폭력, 억압의 위험에 원리상 노출될 수밖에 없지 않는가? 평등한 항들 사이의 대칭성은 늘 경쟁적이고 교환적이지 않은가? 타자에 대한 절대적 책임성이 보편성의 핵심에 자리하고 있음을 인지하는 것이 중요하다"는 방향으로 나아간다(서동욱 73면). 여기서도 바디우의 보편주의는 '(타자/외국인을 차별하는) 율법 철폐'로 환원되는 절차를 거쳐 다시금 레비나스와 연결되는 것이다.

이렇듯 바디우의 인용이 어디서 출발하든 상당히 무리한 경로를 거쳐 결국 '차이(에 대한 인정)'와 '타자(에 대한 환대)'로 이어지는 것을 볼 때 우리의 비평담론이 이런 단어들에 대해 어떤 '정치적 정답'의 특권을 부여하는 것이 아닌가 하는 의구심이 솟는다. 아니, 어쩌면 보편성, (혹은 보편성까지는 용인한다 치더라도 그에 동반되는) 동일성과 평등은 곧 전체주의적 억압에 이른다는 또다른 '정치적 정답'을 염두에 둔 것일까. 정작 바디우 자신은 바로 그런 식의 통념에 저항하여 말 많고 탈 많은 보편주의를 과감히 제시했다는 점에서, 이는 아이러니가 아닐 수 없다.

4. 주권의 구조와 전복의 가능성

앞에서 제기한 '진리와 법의 관계'에 대한 물음이 여전히 남아 있음을 기억하면서 이번에는 윤리와 관련하여 자주 인용되는 또다른 이론가 아감벤으로 옮겨가보자. 아감벤 역시 바울 연구서를 통해 바울의 글을 "근본적인 메시아주의 텍스트의 지위로 회복"시키며[6] 이 메시아주의를 중심으로 새로운 주체와 새로운 정치를 모색했음은 앞서 언급한 바 있다. 그런데 아무래도 비평에서 많이 언급되기로는 그전에 국내에 소개된 '호모 사케르'(homo sacer)라는 개념일 것이다.[7] 바디우가 그랬던 것처럼 아감벤이 비평에 들어오는 경로는 김재희가 말하고 있듯이 주로 "국적, 인종, 종교, 언어, 문화, 계급, 성 등 기존의 패러다임으로는 동질적인 실체적 집단으로 구성할 수 없는, 새로운 차원의 정치적 소외와 고통 속에서 겨우 살아가는" "외국인들의 헐벗은 삶과 소외된 정치적 위상을 사유하는 데 적절한 개념적 도구를 제공한다"는[8] 맥락에서이다.

아감벤의 『호모 사케르』는 '생명정치'[9]로서의 근대정치를 분석한 푸꼬의 논의에서 출발해 생명정치적 신체를 생산하는 것이 근대에 국한되지 않는 주권권력의 본래적 활동임을 밝히고, 따라서 근대의 생명정치를 가능하게 한 토대가 바로 이런 주권의 근원적 구조라고 설명한다. 여기서 주권의 구조는 '예외상태'의 창출에 근거를 두는데, 이는 법질서의 효력을 정지시키는 예외를 만들어냄으로써 비로소 법질서가 효력을 발생하는 공간을 구성한다는 의미다. 아감벤이 중점을 두고 해명하

---

6 Giorgio Agamben, *The Time That Remains: A Commentary on the Letter to the Romans*, tr. Patricia Dailey (Stanford: Stanford UP 2005) 1면. 국역본 『남겨진 시간: 로마인들에게 보낸 편지에 관한 강의』(코나투스 2008)는 거의 참조하지 못했다. 이 책에서의 인용은 영역본에 근거하며 제목은 *Time*으로 약칭하고 면수를 표기한다.

7 조르조 아감벤 지음, 박진우 옮김 『호모 사케르: 주권 권력과 벌거벗은 생명』(새물결 2008) 2부 참조. 이하 제목과 면수를 표기한다.

8 김재희 「외국인, 새로운 정치적 대상—아감벤과 데리다를 중심으로」, 『세계의 문학』 2008년 가을호, 239~40면.

9 '생체정치' 혹은 '생명체정치'로 옮길 때 더 의미가 분명해지는 '생명정치'(biopolitics) 개념은 개인이 무엇보다 생물학적인 신체로서 권력과 정치기술의 지배대상이 되는 사태를 뜻한다. 이와 관련하여 '벌거벗은 생명'(bare life) 또한 다른 모든 것이 박탈되고 한낱 '맨 목숨'으로 남은 존재를 가리키는데, 여기서는 『호모 사케르』 국역본의 번역에 따른다.

는 '예외상태'는 주권자가 '벌거벗은 생명'인 '호모 사케르'를 추방령을 통해 법질서에서 배제하면서 동시에 여전히 권력의 대상으로 포섭하는 방식으로 작동할 뿐 아니라, 애초에 추방령을 통해 정치권력의 대상으로서 '벌거벗은 생명'을 만들어낸다는 점에서 더욱 문제적이다. 말하자면 예외도 규칙만큼, 아니 그보다 더욱 근본적으로 권력에 연루되어 있고, 따라서 내부와 외부가 실상 구성적으로 연결되어 있어서 전체 구조에서 벗어나는 것 또한 극히 어려운 일이 된다. "주권이란 법이 삶을 참조하며 삶을 보류함으로써 삶을 자기 내부에 포함시키는 본래적인 구조"(『호모 사케르』79면)라는 표현은 이런 점에서 실감을 확보한다. 아감벤의 사유에서 "문제는 누가 주권을, 정의를, 법을, 언어를, 진리를 '차지하느냐'가 아니다. 보다 근본적인 것은 역사와 주권을 성립시키는 저 분할선, 즉 생명-목소리를 인간의 질서 바깥으로 몰아내면서 인간의 질서(역사-주권-법-언어)를 성립시키는 분할선에 다름 아니다"라고 말한 김항(金杭)의 지적도[10] 같은 맥락일 것이다. 그러므로 주권의 구조에서 벗어나 "새로운 정치, 더이상 벌거벗은 생명의 예외화에 기반하지 않는 정치"를(『호모 사케르』50면) 실현하기란 '인간의 질서'에서 벗어나는 일에 육박하는 어떤 발본적 변화에 다름 아니게 된다.

예외상태에 대한 아감벤의 분석을 곱씹어볼수록 특정 인물 범주에서 '호모 사케르'의 특징을 발견하는 일 자체가 그리 생산적인 행위가 되지 못함은 물론이고 어떤 '바깥'을 상상하기가 여간 어렵지 않으리라는 무거운 느낌이 남는다. 그런 점에서 "바로 이 주권의 구조가 또한 폭력

---

10 김항 「독재와 우울, '마지막 인간'을 위한 결정 혹은 각성: 칼 슈미트와 발터 벤야민의 1848년」, 『자음과모음』 2008년 겨울호, 6면.

적인 법의 지배로부터 삶이 벗어날 수 있는 독특한 '전회'의 자리임을 발견한다"거나(김재희 246면) 예외상태에서 "전복의 가능성, 오히려 삶이 법으로 탈바꿈할 수 있는 가능성 … 을 찾을 수 있다"고(김재희 247면) 아감벤이 주장했다는 김재희의 설명은 아감벤이 새로운 정치를 위해 반드시 대면해야 할 역설적 지점을 표시한 대목들을 '대안'의 제시로 과잉해석한 인상이 짙다. 김재희는 아감벤이 벤야민(W. Benjamin)의 '신의 폭력'과 아리스토텔레스의 '잠재태' 개념, 멜빌(H. Melville)의 「필경사 바틀비」의 주인공 바틀비의 '거부', 카프카(F. Kafka)의 「법 앞에서」에 등장하는 시골사람의 '무위', 그리고 (하이데거M. Heidegger와 낭시 J. L. Nancy의) '내버려짐' 등등을 예외상태 전복의 가능성으로 제시했다는 입장이다(김재희 244~47면). 하지만 아감벤은 그런 지점들이 "주권원리를 넘어선 존재를 사유하려는, 드물지만 중요한 몇가지 시도"라고 하면서도(『호모 사케르』 116면) 여전히 "주권자의 추방령으로부터는 완전히 자유롭지는 않은 상태"라거나(『호모 사케르』 117면) "우리 시대가 주권자의 추방령을 완전히 극복하고자 할 때 부딪히게 되는 어려움을 표현하고 있다"는(『호모 사케르』 134면) 단서를 붙인다. 심지어 (벤야민의 '진정한 예외상태'와 유대교 메시아주의를 논할 때처럼) 어떤 '전회(轉回)'의 단초를 기술하는 듯 보이는 대목에서조차 적어도 『호모 사케르』에서는 소개 이상의 적극적인 태도를 유보한다.

그러므로 김재희가 아감벤의 '새로운 삶과 정치의 가능성'을 적극 부각한 다음 순간, 아감벤이 "호모 사케르의 헐벗은 삶들이 제기하는 긴급한 호소에 대한 응답으로는 정치적 행위의 가능성을 지나치게 추상화하고 축소하는 것은 아닌가?"(『외국인』 248면)라고 물으며 데리다의 '환대'에서 해답을 구한 것은 아감벤에 대한 이중의 부당대우로 보인다.

'전회'의 근거와 논리를 이렇다 하게 규명하지 않은 상태에서 '전회'의 언급 자체를 대안으로 판정한 독법의 귀결인 셈이다. 아감벤의 주안점이 가능성보다는 극복해야 할 지점을 보여준 데 있음을 감안할 때 오히려 데리다의 '환대' 개념이 아감벤의 '예외상태'를 넘어섰는지 묻는 편이 적절한 방향인지 모른다.

이렇게 아감벤에게서 서둘러 대안을 찾다보면 자칫 호모 사케르의 극단적 형상으로 그가 제시한 나치 수용소의 '무젤만'(Muselmann)에서[11] 가능성을 보는 발상마저 제기될 수 있다. 아감벤이 무젤만, 곧 "굴욕감, 두려움 및 공포가 … 모든 의식과 모든 인격을 완전히 제거시킴으로써 결국 절대적인 무기력 상태에 이르게 된 사람"이(『호모 사케르』 347면) "규칙(법)과 절대적으로 구분되지 않는 어떤 생명"으로서 수용소의 법을 위협한다고 한 대목(『호모 사케르』 348면)을 근거로 무젤만을 저항의 전범으로 끌어내는 독해는 지젝이 지적하듯 '외설적인'(obscene) 주장이 아닐 수 없다.[12] 무젤만이 법을 위협한다면 그것은 철저히 법적 대상이 됨으로써 법이 더이상 할 일을 찾을 수 없게 만드는, '인간'이기를 그침으로써 정치적 주체와 벌거벗은 생명 사이의 차이를 무화하는, 남김없는 자기파괴에서 나온 부산물이기 때문이다. 그런 점에서 무젤만 대목과 관련하여 "본능적인 것이 모두 말소된 그러한 삶의 형식으로부

---

11 원래 무슬림을 뜻하는 독일어로, 수용소에 갇힌 유대인 중 곧 죽음을 맞을 이들을 가리키는 은어로 사용되었다.

12 Slavoj Žižek, "Neighbors and Other Monsters: A Plea for Ethical Violence," Slavoj Žižek, Erick L. Santner and Kenneth Reinhard, *The Neighbor: Three Inquiries in Political Theology* (Chicago: U of Chicago P 2005) 160면. 이하 *Neighbor*로 약칭하고 면수를 밝힌다. 지젝은 희생자와 동일시하는 상징적 제스처 즉 '우리 모두는 무젤만이다'라는 식의 동일시가 불가능하다는 점이야말로 무젤만이 제기하는 중요한 문제라고 지적한다.

터 해방을 말할 자신이 아직 우리에게는 없다"라고 한 차미령(車美怜)의 토로는[13] 자신의 부족이 아니라 분별의 증거로 받아들여져야 하며, 다른 형식의 해방을 더 적극적으로 모색할 이유가 되어야 한다.

5. 메시아주의와 법

아감벤이 좀더 적극적으로 가능성을 탐구하는 것은 아무래도 앞서 말한 사도 바울의 메시아주의 분석을 통해서이다. 서동욱은 바디우와 아감벤 "양자가 표면적으로 매우 대립적인 바울 해석을 보여주면서도 많은 공통점을 가지고" 있다고 보고, 그같은 공통점으로 "정체성을 지닌 민족들——외국인에게 배타적인——을 초월하는 보편적 주체"를 내세운 점과 이런 주체의 성립이 "율법과의 거리 두기에서 가능"한 점을 든다(서동욱 264~65면). 사실 아감벤은 바디우가 바울을 통해 "보편적 사유가 … 어떻게 동일성과 평등을 만들어내는가를 보여주려"(*Time* 51~52면) 했지만 바울에게 이런 식으로 "차이를 관용하거나 지나치는" "초월적"인 보편자는 없고, 잘리고 갈라져 스스로와 결코 일치할 수 없는, 다시 말해 '자기동일성'을 가질 수 없는 "잔여/나머지"(a remnant)

---

13 차미령 「소설과 정치: '소설은 무엇을 할 수 있는가'에 대한 단상」, 『문학동네』 2009년 봄호, 361면. 이 글은 황정은의 작품 「오뚝이와 지빠귀」에서 "오뚝이와 보통인 상태를 오가"다가 마침내 완전히 오뚝이가 된 인물을 어떻게 볼 것인가 논하는 대목에서 무젤만으로 이어진다. 인용이 보여주듯 차미령은 무젤만식 '해방'에 대한 동의를 유보하고 "황정은의 오뚝이가 '말 없는 저항의 형식'으로 자리할 수 있는 한 여백만을 그저 조그맣게 짚어둘 수 있을 뿐"이라고 결론을 내린다. '오뚝이'와 '무젤만' 사이의 상동성 여부는 별개의 문제일 것이다.

가 있을 뿐이라며(*Time* 52~53면) 스스로를 바디우와 구분하고 있는데, 이 '잔여의 주체'가 바디우의 주체만큼 '정체성주의'에 대립하는 것은 분명하다. 그렇다면 이번에는 메시아주의적 주체와 '율법'의 관계가 서동욱이 주장하듯 (그에 따르면 바디우와 더불어) "아감벤에서 반복(즉결심판)을[14] 통한 토라(율법)의 완성은 사실 율법을 '위반'하고 '금지'하는 일"(서동욱 269면)이라는 것으로 귀결될 수 있는지 살펴볼 차례다.

아감벤은 바울이 아브라함의 '약속'과 모세의 '법'을 대립시키고 '법'이 '약속'을 폐지할 수 없다고 한 대목에서 출발하여 이 문제에 접근한다. 그런데 약속(혹은 믿음)과 법의 대립은 간단치가 않아서 바울 스스로 이 대립을 무화시키고 법의 존엄을 재확인하는 태도를 보일 때도 많으며 나아가 "믿음의 법"(the law of faith)이라는 이율배반적 표현을 쓰기도 한다. 아감벤은 결국 "약속과 믿음에 대립하는 것은 법 그 자체가 아니라 그것의 규범적 측면"이라 구분함으로써 이 문제를 해결하려는 것으로 보인다(*Time* 93~94면). "법에는 구조적으로 규범을 초과하고 규범에 환원되지 않는 것이 있"다는 것이다. 메시아의 법('믿음의 법' 혹은 '사랑')은 "법의 단순한 부정이 아니"고 "낡은 규정을 새로운 규정으로 대체하는 것을 뜻하지 않"으며, "법의 규범적 상과 대립하는 법의 비규범적 상을 정립하는 것"을 말한다(*Time* 95면).

---

14 아감벤에게서 반복(recapitulation, 때로 요약반복summary recapitulation으로 표현됨)은 물론 동일한 형태의 단순반복이 아니라 요점이나 핵심을 반복하는 것을 말하고, "이를 통해 과거의 사건들이 진정한 의미를 획득하고 그럼으로써 구원받을 수 있게 된다"(*Time* 77면). 서동욱이 '즉결심판'으로 옮기는 'summary judgment'도 '즉결심판'이라는 단어가 자칫 연상시킬 수 있는 살벌한 의미가 아니라 바로 이와 같은 반복과 연관된다. '즉결심판'이라는 "이 결정적 순간에 우리는 무엇보다 과거와의 빚을 청산할 수 있게 될 것"이라고 아감벤은 말한다(*Time* 78면).

아감벤은 메시아적 힘이 법의 영역에 영향을 미치는 방식은 "부정하거나 폐지하는 게 아니라 활동력을 없앰으로써(de-activating) 작동하지 않게"(inoperative) "집행할 수 없게"(inexecutable) 만드는 식이라고 설명한다. 이런 방식으로 법을 "잠재성의 상태"(state of potentiality)로 복원해주는 것은 곧 법을 "보존하고 완성"하는 일이며 이는 "파괴가 아니라 더 나은 상태를 향한 전진"이다. 그는 이렇듯 '작동하지 않는' 법이 어떤 성격인지를 예의 그 '예외상태'와 비교하면서 부연한다. 예외상태에서 법이 갖는 근본 특징이 첫째, 내부/외부의 절대적 결정 불가능(즉 예외의 형태로 외부를 포함함으로써 결국 법의 외부란 없고 법이 현실 그 자체와 일치됨), 둘째, 법의 준수와 위반 사이의 구별 불가능(즉 법 준수가 위반을 함축하거나 거꾸로 위반이 법의 집행으로 여겨질 수 있음), 셋째, 정식화 불가능(즉 규정이나 금지의 형태를 갖지 않음)으로 정리한 다음, 여기에 메시아적 지평에 놓인 법의 상태를 대비시킨다. 메시아주의의 '잔여의 주체'는 딱히 법의 내부에도 외부에도 '있지 않기' 때문에 법을 작동하지 않게 만드는 "암호"이며, 이렇듯 '법을 작동하지 않게 하는 것'의 다른 이름인 '믿음의 법'은 "'법 없는 정의'의 현시"이자 "법 없이 법을 준수하기"이다. 메시아주의가 "법의 부정이 아닌 실현이자 완성"이라는 것, 그리고 그런 메시아적 법의 완성이 "예외상태의 지양"이 되는 것은 바로 이런 의미다(Time 104~07면).

여기까지 오면 아감벤이 메시아주의와 법의 관계를 폐지나 위반으로 보지 않았음이 분명해진다. 어떻게 보면 규범과 의무로서의 법이 작동할 필요가 없도록 그보다 상위 차원에서 강력한 힘을 발휘함으로써 문제의 소지 자체를 해소한다는 주장으로 들리는데, 다른 한편으로 약속(메시아적인 것)과 법의 관계를 해명하다가 법 내부의 양면성(이 양면성은 다시 '법 이전'prelaw 상태에서 가졌던 종교와 법의 통일성으로 부여되기도 한다)으로 옮겨가는 그의 설명을 따라가다보면, 대립을 해결하기 위해 또다른 대립을 들여오고 한 층위에서 발생한 일을 수습하기 위해 또다른 층위를 설정하는 방식으로 끝없이 물러나는 태도가 아닌가 하는 느낌도 받는다. 이것으로 해명이 된 것일까. '법 없이 법 준수하기'는 '법 준수하기'와 어떤 관계가 있으며, '법 없는 정의'에서 '법적 정의'는 전제로서 실현되는 것일까.

6. 윤리에 대한 우려와 기대

바디우적 '보편주의'나 아감벤적 '메시아주의'와 법의 관계를 더 캐묻고자 하는 것은 그들의 논리를 세심하게 이해하려는 의도만은 아니다. 진리, 사건, 절대적 타자, 무조건적 환대, 법의 폐지, 새로운 정치 등 이들 이론가를 매개 삼아 등장하는 급진적 언사들이 얼마나 탄탄한 인식에 근거하는가를 살펴보려는 것이며, 탄탄한 인식의 부재가 새로움에 대한 강박적 선언과 연결되어 있지 않은가 하는 문제제기를 겸한 것이다. 그러나 무엇보다 절실한 이유는 이론을 통해 윤리의 영역으로 비약하거나 포복하는 과정에서 때로 너무 간단히 처리된, 하지만 현실에선 계속 발목을 붙잡는 엄연하고 실정적인 '법(으로 대표되는 권력기제)의 영역'을 어떻게 할 것인가라는 의문에 답을 구하기 위해서다. 바디우와 아감벤의 논의에서 얻을 수 있는 최소한의 결론이 있다면 그들에게 이 문제가 '법에 어떻게 저항할 것인가' 혹은 '법을 어떻게 폐지할 것인가'로 단순화되지 않는다는 점이다. 이것은 또한 그들이 법의 영역에 일면적 평가를 내리지 않았음을 말한다.

그렇더라도 바디우와 아감벤은 진리라는 사건 혹은 메시아의 도래라는 별도의 영역에서 '법'을 바라보는 방향을 취했음이 분명하고, 그 선택은 '법'의 영역에서 이러저러한 변화를 도모하는 일이 해결책이 될 수 없다는 전제를 갖는다. 이런 방향에 선뜻 동참하기 전에 그들의 이야기를 더 세심히 들여다보아야 마땅하다는 것이 이 글의 주장이었거니와, 그와 더불어 '법'의 편에서 할 수 있는 '이야기의 다른 절반'에도 같은 대접을 해주는 일이 필요하다. 다시 말해 이번에는 '법'에서 출발해 진리와 메시아적인 것으로 향하는 경로를 점검하는 작업이 있어야 한다는 것이다.

실상 바디우와 아감벤에게서도 '이야기의 다른 절반'을 경청할 필요가 암시되고 있다. 바디우는 '반유대주의'라는 비판에서 바울을 변호하며 바울이 "유대적 특수성을 폐지"하는 게 아니라 새로운 담론과 관계 맺어 새로운 주체가 될 수 있도록 "내적으로 그것에 활력을 불어넣는" 임무를 스스로 부여했다고 말한다(SP 101면). 또 반여성주의라는 비판과 관련해서는 바울이 "보편화하는 평등주의가 하나의 불평등한 규칙의 역전 가능성을 통과하도록 만들"(making universalizing egalitarianism pass through the reversibility of an inegalitarian rule)었다는 표현을 사용한다(SP 104면). 특수한 차이에 대해 때로는 '활력을 불어넣고' 또 때로는 '역전시키는' 서로 다른 대응책을 언급한 것은 바디우가 말하는 '무심함'이 단순한 방치를 의미할 수 없고 (차이를 만드는) 법의 차원에서 구사할 적극적 전술이 있어야 함을 방증한다. 마찬가지로, 바울에게 법이란 "법[자체]의 실행이 불가능함을 보여주는 임무"를 수행하여 "메시아적인 것으로 인도하는 '교육자'"였다고 아감벤은 말하지만(Time

120면), 법과 믿음의 대립이 법 자체에 내재한다는 그의 논지로 보건대 그렇듯 내재된 양면성을 포착하기 위해서라도 법의 영역을 천착해야 한다는 얘기가 되지 않을까.

그렇다면 여기서 바디우나 아감벤과는 전혀 다른 태도로 접근한 지젝을 참조하는 것도 한가지 방법일지 모른다.[15] 지젝 또한 레비나스가 제시한 절대적 타자의 무조건적 윤리적 명령이라든가 타자와의 비평형 관계를 문제 삼고 이런 비평형의 '비밀'이 특정 집단의 '특권화'라고 비판한다(*Neighbor* 155면). 또한 레비나스가 "근본적인, 비인간적 타자성", 말하자면 '무젤만'으로 예시되는 타자성이자 "실재의 차원에 있는 타자"(the Other in his or her dimension of the Real)를(*Neighbor* 160, 162면) 고려하지 못했음을 지적하기도 한다. 그런 점에서 레비나스적인 '이웃의 얼굴'이란 그 자체로 이미 '괴물 같은 비인간적인 이웃'에 대한 방어기제인데, 이렇듯 감당할 수 없는 이웃을 적절한 거리에 두려는 시도가 "율법의 궁극적 기능"이라는 것이다(*Neighbor* 162~63면).

정확한 비교를 위해서는, '법'에 대한 상이한 평가를 함축한 지젝의 이런 발언이 법이 외적으로 허용하는 것, 다시 말해 기존 질서가 암묵적으로 금지하지만 명시적으로 허용하는 것에 철저히 따르는 일이야말로 가장 전복적이라는 주장과[16] 연결되고 인권 같은 개념도 결과적으로 더

---

15 서동욱의 글에서도 각주를 통해 지젝이 언급된다(서동욱 263면 주8). 그는 "요컨대 바디우의 바울에서 가장 근본적으로 대립하는 것 가운데 하나는 '법'과 '사랑'이다"라고 정리하면서 지젝이 "법과 사랑의 문제와 관련하여서는 바디우와 대립적"이고 "지젝의 입장은 근본적으로 후자('법을 경험의 최종 지반'으로 보는 시각)의 견지에서 사랑을 법에 매개시키는 것"이었다고 소개한다. 그러나 본문에서 이와 같은 지젝의 견해를 중요한 입장으로 제시하거나 참조하지는 않는다.

적극적으로 평가되는[17] 과정을 세세히 따라가는 일이 필요하다. 지젝을 참조한다면 바디우를 논하며 언급한 보편주의와 평등이라는 오래된 주제를 다른 각도로 조명할 수 있으리라 생각하지만, 여기서는 양자의 입장 차이를 언급하는 데 그치겠다. 다만 이런 맥락에서 지젝을 살펴보는 것이 라깡주의자의 면모만 강조하는 지젝 '수용'의 방식을 다변화하는 효과도 있음을 지적하고 싶다.

지금까지 외국 이론을 인용한 몇몇 윤리비평이 상당히 급진적인 수사를 동반한 데 비해 치밀한 점검을 생략하고 해당 이론가 스스로 강조한 주장을 덮어버린 면이 있음을 살펴보았다. '거대담론'의 문학적 변형인지 문학적 변명인지, 혹은 새로운 정치에 대한 모색인지 회피인지, 윤리에 관한 비평을 둘러싸고 우려와 기대가 엇갈리는 것도 이와 무관하지 않을 것이다. 우려가 아니라 기대에 부합하기 위해서는 개념과 사유의 진화 가능성에 좀더 열려 있어야 하며, 이제 '상수(常數)'가 된 외국 이론들을 더 면밀하게 들여다보고 때로 몰아세워야만 '윤리'에 관해서건 '정치'에 관해서건 우리의 비평담론이 더 풍성해지리라 믿는다.

---

16 이 점에 관해서는 Slavoj Žižek, *The Fragile Absolute: or, Why is the Christian Legacy Worth Fighting For?* (New York: Verso 2000) 147~50면 참조.

17 슬라보예 지젝 지음, 김영희 옮김 「반인권론」, 『창작과비평』 2006년 여름호, 402~04면 참조. 또한 이 책 1부 1장 29~30면에서 지젝의 인권 논의를 간략히 다룬 바 있다.

제4장

이방인, 법, 보편주의에 관한 물음

1. 이론의 수용과 독해

이 글은 3장 「'윤리'에 묻혀버린 질문들」에 이어지는 논의다.[1] 그러나 한편으로는 그 앞에 덧붙여져야 할 내용도 담고 있다. 의도가 어떠했든 3장은 외국 이론가들을 '제대로 읽자'는, 다분히 협소한 논의로 흐를 소지를 안고 있었고, 이 점은 그 글에서 다룬 필자 중 한 사람이 지적한 바이기도 하다.[2] 외국 이론의 생산적 수용에 도움이 되지 못했다는 비판은 마땅히 더 고민해야 할 지점이지만, 그 지적에 다 동의하는 것은 아니다. 거의 전적으로 외국 이론들을 근거로 논의를 진행한 글을 대상으로

---

1 『창작과비평』 2009년 여름호에 「묻혀버린 질문: '윤리'에 관한 비평과 외국이론 수용의 문제」로 실렸다.

2 김형중 「문학과 정치 2009: '윤리'에 대한 단상들 ②」, 『문학과사회』 2009년 가을호, 352면 주14 참조.

해당 이론들을 제대로 읽었는지 점검하는 것이 그 자체로도 쓸모없는 작업이라고는 생각되지 않는다. '생산적 수용'이 이론과의 불일치를 부득이하게 초래한다면 이론을 비판하면서 진행할 일이지 그 이론이 하지 않은 이야기를 애써 끌어내거나 이어붙인다면 공연한 혼란만 초래하기 십상인 것이다. 하지만 3장에서는 특정 이론들에 대한 독해가 적절한지 여부를 살피는 데 많은 분량을 할애하면서 애초에 그 점에 주목하게 된 문제의식은 단편적으로만 제시되었고 또 검토과정에서 자연스럽게 부각된 몇몇 사안을 따로 규명할 여유가 없었다. 그러니까 이번 글은 애초의 문제의식을 더 상세히 풀어쓴다는 면에서는 3장의 '앞'에 해당하며, 쟁점에 대한 분석을 시도한다는 면에서는 '뒤'로 이어지는 셈이다.

그러나 이 과정에서 부득이 '협소한' 독해 문제를 또 언급할 수밖에 없을 듯하다. 무엇보다, 3장에 대한 반론인 서동욱의 「무엇이 외국 이론 수용의 문제인가: 지난호 황정아의 비판에 대한 반론」이[3] 세부적 독해를 중심으로 반박을 펼치고 있으므로 다시금 해당 대목들을 들추지 않고서는 합당하게 반응하기 어렵게 되었다. 미리 밝히자면, 독해를 둘러싼 필자의 입장은 사실 서동욱의 반론을 읽고서도 달라지지 않은 편이라 그 문제를 다시 거론하는 것이 지루한 반복에 그칠 위험이 있다. 그런 위험을 피하기 위해 이 글에서는 세부사항에 대한 재반론은 가급적 최소한으로 줄이는 대신, 3장의 문제의식을 점검하면서 거기서 거론된 이론들의 중요성에 대한 생각을 밝힐 기회로 삼고자 한다.

---

3 『창작과비평』 2009년 가을호. 이하 「반론」으로 약칭하고 면수를 밝힌다.

2. 윤리비평의 정치성

최근의 글들을 훑어보면 어느새 비평담론의 주된 관심사가 '문학(혹은 미학)과 정치'라는 문제로 옮겨간 인상인데, 필자가 '윤리'에 관한 비평들에 관심을 둔 것도 상당부분 그런 비평들이 제시한 윤리의 '정치성'에 대한 의문에서 비롯된 면이 있다. '윤리'라는 주제가 정치에 대한 회피나 억압으로 빈번하게 활용되어왔다는 사실을 생각하면 그런 의문은 당연한 반응이라 할 만하다. 지금 새로이 부각되는 강력하고도 정언적인 윤리의 환기는 정치성을 포기하고 얻은 더욱 은밀한 댓가 혹은 보상인가, 아니면 한층 정당하고 진정성 있는 정치를 향한 요청이자 진전인가. 물론 답은 성급한 양분법에 잘 걸리지 않는 어느 지점에 있을 공산이 크지만 질문을 던지는 일만큼은 생략할 수 없는 절차로 보인다.

그럴 때 질문 자체가 막연해지지 않으려면 비평에서 개진된 윤리 담론의 구체적 맥락을 고려해야 한다. 이런 비평들이 실질적으로 염두에 둔 윤리 문제는 대체로 '타자'라는 개념으로 수렴되며 '타자'는 다시 한국사회의 '이방인' 혹은 '외국인'으로 구체화된다. 그러니 윤리비평의 정치성을 둘러싼 의문은 실상 그런 비평이 제안하는 윤리가 현재 '이방인'을 통해 우리가 대면한 정치적 문제들에 더욱 근본적으로 접근할 길을 보여주는가에 대한 것이다. 그런데, 이런 담론들이 넓게 보아 문학비평 영역의 한 자리에서 전개된 점을 차치하더라도 여기서의 '정치성'은 어떻든 문학적·미학적 문제와 연결되어 있다. 추상화된 철학적인 층위를 중점적으로 다룬 윤리 담론이라 해도 결국 지금 여기서 우리와 세계를 공유하는 구체적 개인으로서의 '이방인'에 대한 인식으로 이어질 것이기 때문이다. 한 사람의 이방인에 대한 새로운 이해 가능성을 촉구하고 자극하는가, 설사 '이해 불가능'으로 귀결되더라도 그런 불가능을 더욱 절감하게 만들어주는가 하는 문제에 걸쳐 있다는 의미에서 이들 담론은 '문학성'의 차원을 함축하고 있다.

그렇다고 문학을 인식의 층위로 환원하자는 뜻은 아니고, 오히려 지금의 문학 텍스트들이 이론과 전에 없는 자의식적 관계를 맺기 시작했음을 상기하려는 것이다. 문학뿐 아니라 문화의 여러 분야를 다루는 비평들에서 이론이 중심적 역할을 담당하게 된 점은 누구나 실감하는 사실이다. 이는 비평이 일종의 이론과잉 상태에 빠진 탓만은 아닐 것이다. 비평이 텍스트를 특정한 이론의 틀에 비추어보는 경향과 더불어, 그렇게 하기를 요구하는 듯한 텍스트가 많아지는 현상 또한 엄연하다. 그 이면에는 따지고 보면 철학도 아니고 특정 분야의 비평도 아닌, 그러면서도 문학이나 문화 텍스트들을 자유로이 건드리는 '이론'이라는 영역 자체의 애매함과 느슨함이 작용하고 있다. 이같은 추세가 얼마나 긍정적인 혹은 부정적인 결과를 낳는지는 이 글의 관심사가 아니다. 다만 이론비평이 문학적 상상력을 얼마나 열어주는지 묻는 일이 필요하다는 것이다.

이런 점을 염두에 두고 다시 3장으로 돌아가면, 이론의 적절한 독해여부보다 거기서 다룬 이론비평들이 결론적으로 제시한 '절대적 타자'로서의 이방인/외국인이라는 규정과 그들을 향한 '무조건적 환대'로서의 윤리에 대한 의구심이 그 주된 문제의식이었다고 할 수 있다. 그것은 무엇보다 타자에 대한 깊이있는 이해라는 측면에서 그런 주장들이 과연 어떤 시사점을 던져주는가 하는 의구심이었다. '절대적 타자'라는 표현은 이방인이 우리의 인식체계로 포착할 수 없고 표상 불가능한 존재라는 의미일 것이며, 이는 우리 사회에 만연한 외국인에 대한 편견과 자국의 문화적 기준을 들이댄 몰이해를 경고하고 비판하는 것으로서는 강력한 효과를 발휘할지 모른다. 하지만 그런 차원을 넘어선 다음에도 여전히 유효할 것인가. 이방인의 미학적 위치를 '표상 불가능함' 자체로 확정함으로써 다른 의미의 단순화를 야기하는 것이 아닌가. 그리고 이것은 다시 주체의 인식능력과 상상력의 결핍에 대한 손쉬운 핑계로 활용될 소지가 있지 않은가. 단순화의 위험은 타자가 '무조건적 환대'의 윤리적 요청을 제기한다는 논의에도 적용된다. 이를테면 환대의 관계망으로 들어갈 이유가 없거나 도무지 들어올 수 없는 타자를 배제한 것은 아닌가.

'정치성'과 관련된 질문도 마찬가지 맥락이다. '무조건적 환대'의 요구가 이방인의 정치적·경제적 열악함을 비판한 점은 분명하지만 그것이 지닌 정치적 함의를 읽어내기는 쉽지 않다. 이를테면 이주노동자에 대한 인권침해나 노동착취 문제와 '무조건적 환대' 사이의 간극은 너무 아득해서 정치적 무의미에 가까운 느낌이다. 그런 점에서 '절대적 타자' 논의들이 "이미 미세한 '고급화'와 '교화'를 거친" 타자를 말하고 있다는 지적의 평가나[4] 그것들이 "동일성의 인정"이라는 정말로 중요한 정치적 문제를 회피한다는 바디우의 비판에[5] 공감하게 되는 것이다.

다소 장황하게 서술했지만 이상의 생각들이 3장에 깔린 문제의식이었다고 할 수 있다. 이런 문제들을 군이 이론의 정확한 독해를 중심으로 풀어나간 이유는 주된 근거로 동원된 이론들조차 그런 '타자의 윤리'에

---

4 Slavoj Žižek, *The Parallax View* (Cambridge, MA: MIT Press 2006) 114면. 이하 *PV*로 약칭하고 면수를 표기한다.

5 알랭 바디우 지음, 이종영 옮김 『윤리학』(동문선 2001) 35면. 이 부분은 3장에서도 인용한 바 있다.

동의하지 않았음을 강조하기 위함이었다. 그런데 3장이 다룬 사안 가운데 '정치성'의 문제와 특히 뚜렷이 관련된 '보편주의/메시아주의와 법'에 관해서는 서동욱의 반론이 집중적으로 거론하는 문제인 만큼 더 자세히 논의할 필요가 있다.

3. 다시, 보편주의와 법

'보편주의/메시아주의와 법'과 관련해 거론된 이론가는 바디우와 아감벤이었는데, 두 사람이 법에 관한 주장을 펼치는 직접적인 계기는 공통적으로 사도 바울에 대한 분석이다. 그들이 바울에 주목한 것은 물론 각자의 시대 진단에 근거한 선택이었으며 바울을 해석하는 형식으로 이 시대의 중요한 문제들을 돌파하려는 의도였다. 비슷한 맥락에서 그들이 말하는 법 또한 바울이 씨름한 유대 율법에서 비롯되기는 했어도 기존의 질서, 규범, 지식, 역사 등을 지칭하는 더 폭넓은 의미로 사용되었다.

먼저, 바디우에게 이 시대는 한편으로는 모든 것을 일반적 등가(等價)의 대상으로 만드는 자본주의의 공허한 보편성, 다른 한편으로는 그런 식의 보편성과 아무런 갈등도 빚지 않는 공동체 집단들의 폐쇄적이고 파편화된 정체성주의(identitarianism) 및 그에 동반하는 문화주의적이고 상대주의적인 이데올로기의 공존으로 특징지어진다.[6] 그는 자본의 세계화 논리와 정체성주의 논리가 사실상 공모하고 있음을 지적하면서 "지금 우리 눈앞에서 만들어지는 것은 공적 영역이 집단주의로 잠식되고 법의 초월적 중립성이 포기되는" 사태이자 "모든 보편적 원칙을 포기한 채, 결국 치안 감시에 불과한 정체성 검증이 법의 정의(定義)나 적용보다 우선하게 된" 상황이라고 진단한다(*SP* 9면). 바디우가 사도 바울에게서 찾고자 한 것은 그와 같은 자본의 공허한 보편과 무력한 정체성주의를 극복할 진정한 보편주의와 보편주체의 가능성이었다.

3장이 독해의 적절함이란 면에서 쟁점으로 삼은 것 가운데 한가지는 보편주의와 법의 관계를 이해하는 문제였다. 이 문제에 대한 3장의 주장을 그대로 인용하자면 "서동욱은 보편주의의 의미를 주로 (율)법의 '파괴'와 '철폐'라는 견지에서 해석해낸다. … 하지만 바디우에게 보편주의적 진리와 법의 관계는 철폐라는 말로 요약될 만큼 그리 단순하지가 않"으며, 바디우의 논지는 "진리와 법의 관계를 시원하게 해명해주기보다는 더욱 의심하고 고민하게 만드는" 면이 있다는 것이었다.[7] 그러니까 여기서 쟁점은 바디우가 보편주의를 설명하면서 '법의 철폐를 이야기했는가' 여부가 아니라, 그가 말한 보편주의와 법의 관계를 '가능한 한 전체적으로 파악'하는 문제였던 것이다. 따라서 서동욱의 반론이 "바디우의 바울론은 문자 그대로 법의 철폐를 강조하고 있다"고 주장하면서 "게다가 그리스도라는 사건은 본질적으로 단지 죽음의 제국일 뿐인 율법에 대한 폐지이다"라는 바디우 글의 한 대목을 결정적 증거로 인용한(「반론」 337면) 것은 애초의 쟁점을 오히려 흐리는 감이 있다.

그러나 기왕에 나온 인용이니만큼 서동욱의 반론에 등장한 바로 이 대목을 바디우의 관점을 점검하는 계기로 삼아도 좋을 듯싶다. 해당 인용문이 포함된 단락 전체는 바울의 서신들을 언급하면서 진리가 법에

---

6 Alain Badiou, *Saint Paul: The Foundation of Universalism*, tr. Ray Brassier (Stanford: Stanford UP 2003) 6~11면 참조. 이하 *SP*로 약칭하고 면수를 표기한다.

7 이 책 1부 3장 56~58면.

속하지 않으며, 법적 계명을 준수함으로써 진리와 정의가 이루어진다는 생각은 부활을 부정하는 것이라는 내용을 담고 있다. 그런데 바로 이어지는 단락에서 바디우는 그렇다면 "이것이 기독교 담론을 따르기로 맹세한 주체가 전적으로 **법을 갖지 않는다는**(lawless) 뜻인가?"(강조는 원문)라고 자문하고, 이어 바울의 로마서를 읽어보면 그 반대를 나타내는 많은 단서들이 있는바 "우리의 임무는 두 진술 사이의 분명한 모순을 사유하는 데 있다"고 정리한다(*SP* 86~87면). 이때 두 진술이란 바울이 "그리스도는 법의 종말이다"라고 해놓고 다른 한편으로 "사랑은 법의 완성이다"라고 한 것을 가리킨다. 바디우는 이 모순을 두고 사랑은 법의 완성이되 이 법은 "문자를 넘어선 법" "정신의 법" 혹은 "보편적인 법"이라고 해석함으로써 해결책을 마련한다. 말하자면 기존의 법을 대체하는 또 하나의 법이 아니라 전적으로 새로운 종류의 법이라는 점을 강조하여 이 명백한 모순을 해소하는 것이다. 그러나 이렇듯 전혀 다른 종류의 법이라면 왜 굳이 '법'이어야 하는가. 선명하고 순수하게 모든 종류의 법의 철폐라고 하는 것으로는 왜 충분하지 않은가. 어떤 '법으로서의 성격'이 여전히 남아 있다는 것인가.

애초에 바울의 서신에 '법의 완성'이라는 난감한 진술이 들어 있으니까,라는 것이 대답이 될 수 없음은 분명하다. 바디우는 "진리의 사건적 보편성이 **지속적으로** 세계 속에 스스로를 기입하고 주체들을 삶의 길로 결집시킬 수 있도록 사랑은 **법이 될 의무가 있다**"고 주장한다(*SP* 88면). 그리고 그런 점에서 "사랑은 비록 문자적인 것은 아니지만 **그럼에도** 믿음의 선언으로 시작된 주체의 에너지에 **원칙과 일관성으로 작용하는** 법의 귀환을 승인"하며, 그럴 때 "사랑의 법은 심지어 옛 법의 내용을 다시 모으는 데서 지원을 얻을 수도 있다"고 설명한다(*SP* 89면, 강조는 인용자). 그러니까 보편주의적 진리는 "단순히 사사로운 확신"이 아니라 "공적 선언"이며 이 공적 선언이 새로운 가능성을 알려주는 데 그치지 않고 모두에게 "효력을 갖는 선언"이 되기 위해 사랑은 또한 일정한 규범과 원칙이 되어야 한다는 말이다. 바디우에 따르면 즉각적인 구원이 아니라 '노고'(labor)로써 정립되는 보편적 주체가 있을 뿐이며 "사랑은 그 노고의 이름"이므로(SP 92면), 이 장(章)의 제목이 '보편적 힘(Power)으로서의 사랑'인 데는 다 그만한 이유가 있었던 것이다.

이런 대목들로부터 기존의 체제와 권력구조를 극복하려는 시도가 어떤 문제들과 대결해야 하며 또 어떤 '의무'와 '노고'를 포함해야 하는가를 상기하는 것은 실없는 연상이 아니라고 믿는다. 그리고 진리의 사건성을 강조한 나머지 바디우를 새로움과 단절의 맥락으로만 인용하는 것이 다분히 일면적임을 다시 한번 확인할 수 있다. 그가 말하는 보편주의적 진리는 '모든 단단한 것이 녹아' 사라질 것이며 심지어 그래야 마땅하다는, 새로운 것들의 등가적이고 무정부적인 무한연쇄에 대한 승인과는 분명히 구별되는 것이다. 바디우의 진리는 기존 질서를 넘어서 있지만 그럼에도 역시 주어진 질서에 개입하여 스스로를 구축해나가야 한다는 점에서, 다시 말해 폐지와 완성을 함께 추구해야 한다는 점에서 일종의 '이중과제'를 수행하는 셈이다. 그가 윤리로 내세운 '진리에 대한 충실성' 또한 바로 이런 내용으로 구성되리라 본다.

그런데 '보편주의와 법'에 관한 바디우의 설명이 혼란을 야기하는 면이 있다는 필자의 불만도 이 지점과 관련되어 있다. '세계로의 기입과 주체들의 결집'을 말한 것에 비추어보면 애초에 단절과 과잉을 강조한 표현들이 자칫 '초월성'을 환기한 감이 있지 않았던가. 사건 개념을 확립된 존재질서와 대비시켜 지나치게 이분법적으로 정의한 대목들도 여기에 해당한다. 지젝이 바디우의 사건 개념과 관련하여 유물론과 관념론의 대립을 거론한 것도 이런 맥락이다. 그는 사건 개념에 관념론적 위험이 내재한다고 비판하면서도 실상 바디우 자신이 유물론자로서 이를 감지했고 그리하여 "사건이란 주어진 상황의 일부임을, 존재의 파편에 다름 아님을 받아들여야 한다"고(PV 167면의 재인용) 부연한 점을 놓치지 않는다. 그러나 지젝은 바디우보다 한걸음 더 나아가 "존재의 질서에 스스로를 기입하는 존재의 너머(Beyond)란 없다. 존재의 질서만이 있을 뿐"임을 강조해야 한다고 말하고 "사건이란 존재의 질서로 스스로를 기입함 그 자체(its own inscription)일 뿐이며 존재가 하나의 일관된 전체가 결코 될 수 없게 만드는 존재질서 내부의 단절/틈에 다름 아니다"라고 정리한다(PV 167면). 이와 같은 논평은 바디우의 진리 개념에 연루된 문제를 분명히 짚어준다.

좀더 구체적인 맥락에서 가령 바디우는 우리가 사는 현실이 두 세계로 "인위적이고 살인적으로" 분열되어 있다고 지적하고 여기에 대응하는 정치의 방식으로 "우리는 반드시 출발점부터 줄곧 공리와 원칙으로서의 단일한 세계의 존재를 단언해야만 한다"고 주장한다.[8] 이것은 세계에 대한 객관적 분석이 아니라 그래야만 하는 것을 이미 그렇다고 결정함으로써 '수행적' 효과를 만들어내는 전략이다. 그는 '오직 하나의 세계가 있다'는 공리가 분열된 정체성들을 보편적인 것으로 통합해주리라 믿는다. 그렇지만 이런 '수행적 통일성'이 자본주의의 허위 주장, 즉 세계화가 전지구적 질서와 통합된 세계를 창조했다는 주장이 만들

---

8 알랭 바디우 지음, 서용순 옮김 「사르코지라는 이름이 뜻하는 것」, 『뉴레프트리뷰』(길 2009) 369면.

어내는 수행성과 다른 방식으로 '세계에 스스로를 기입'하려면 무엇이 필요한가. 어쩌면 그것은 다시 '오직 두 세계로의 분열이라는 현실이 있을 뿐이다'라는 단언을 요구하는 것이 아닐까.

4. 다시, 메시아주의와 법

아감벤이 천착한 메시아주의에서도 법의 문제는 매우 중요하게 제기된다. 주지하다시피 그는 주권권력의 근원적 구조를 분석하면서 그것이 예외상태를 만들어냄으로써, 즉 법질서의 효력을 정지시킴으로써 법질서가 효력을 발생하는 공간을 비로소 구성하는 역설을 포착했다. 그렇다면 주권권력의 구조를 넘을 새로운 정치를 구현하려는 시도는 반드시 이 예외상태와의 극히 난해한 대결과 극복을 거칠 수밖에 없다. 주권의 구조 자체가 이렇듯 예외상태를 매개로 안팎을 교묘히 얽어놓았기 때문에 이 구조의 밖으로 나가려는 시도는 그 안에서 이름만 바꾸는 데 그칠 공산이 크기 때문이다. 따라서 메시아주의는 '권력이 자체의 법질서 창출을 위해 마련한 법질서의 중지' 즉 예외상태와 다르다는 것을 스스로 입증해야만 한다.

여기서도 서동욱의 반론을 출발점으로 삼아보자. 3장의 취지는 바디우와 마찬가지로 아감벤에서도 메시아주의와 법의 관계가 법의 폐지나 위반으로 귀결되지 않는다는 것이었다. 이에 대해 서동욱은 "황정아의 주장과 달리 아감벤은 메시아주의에서 다음과 같이 '율법의 위반' ── 더 정확히는 '율법의 위반을 통한 율법의 완성' ──을 강조한다"고 하면서 급진적인 메시아주의 운동이 "토라(율법)의 완성이란 그것의 위반"

임을 확신했다는 『호모 사케르』의 한 대목을 인용한다(「반론」334면). 이 지점에서 먼저 한가지만 지적한다면, 법의 완성이 법의 위반이라는 얘기는 법의 위반을 '통한' 법의 완성이라는 주장과 논리적으로 차이가 있다. 서동욱은 계속해서 아감벤의 논지를 두고 "법의 완성은 법의 위반을 통해 달성된다"거나(「반론」335면) "법을 위반하거나 폐지함으로써 법을 성취하는 일"이라는 표현을 구사하는데(「반론」336면, 강조는 인용자) 이를 정식화하면 '메시아주의는 법을 위반함으로써 법을 완성한다'는 것이 되며, 그렇게 보면 당연히 법의 위반 자체가 가장 중요한 측면이 된다. 그러나 여기서 아감벤의 주장은 '메시아주의는 법을 완성하는 동시에 위반한다'이고, 그렇게 해야만 또다른 의미로 '법의 위반이자 완성'인 예외상태와의 맞대면이 이루어진다. 서동욱이 인용한 대목을 한 군데 더 살펴보자.

> 예외상태의 여러가지 역설들 중의 하나는 바로 예외상태에서는 법의 위반과 법의 집행을 구별하는 것이 불가능하며, 따라서 규칙에 부합되는 것과 규칙을 위반하는 것이 전적으로 완전히 일치한다는 점이다. … 이 것이 바로 유대교 전통(실제로는 모든 진정한 메시아주의 전통)에서 메시아가 도래하는 순간 벌어지는 상황이다.[9]

서동욱은 이 인용을 "메시아의 도래라는 '예외상태'에서는 다음과 같은 일이 일어난다"고 소개함으로써 이 대목이 순전히 메시아적 상황

---

9 조르조 아감벤 지음, 박진우 옮김 『호모 사케르: 주권 권력과 벌거벗은 생명』(새물결 2008) 134면.

에만 한정된 진술인 듯 제시한 다음, 각주에서 "이 예외상태는 기존의 권력이 만들어내는 예외상태와는 다음과 같이 다르다"고 하면서 별도의 구분을 시도한다. 그렇다면 '기존의 권력이 만들어내는 예외상태'에서는 '법의 위반과 집행의 구별 불가능'이란 사태가 벌어지지 않는다고 이해한 것인가? 여기서 아감벤이 말하고자 하는 바는 바로 다음에 이어지는 "정치적·법률적 관점에서 볼 때 메시아주의란 따라서 예외상태에 관한 이론이다"라는 진술에 담겨 있다.[10] 달리 말하면 적어도 법의 위반이라는 측면에서 볼 때 메시아주의와 예외상태는 같은 구조를 갖는다는 것이다. 3장에서 꽤 길게 정리했다시피 아감벤이 예외상태에서의 법과 메시아주의적 지평의 법을 고심하여 정교하게 구분한 것도 바로 동질성에서 출발하여 차이점을 규명해야 했기 때문이다.

앞서 바디우의 '보편주의와 법' 논의를 살펴보며 초점을 둔 사안은 대안적이고 혁명적인 전망이 어떻게 현실에서 지속적인 효력을 발휘할 것인가의 문제였다. 그에 비해 아감벤에게 메시아주의와 법의 관계는 넘어서고자 하는 질서가 이미 스스로의 중단과 위반을 함축한 상황을 어떻게 타개할 것인가가 주된 문제가 된다. 아감벤은 메시아적인 것이 법의 작용에 미치는 영향을 말할 때 사도 바울이 계속 사용하는 동사인 'katargēo'를 중심으로 논의를 전개한다. 반복을 무릅쓰고 말한다면

---

10 이 부분은 영역본을 참조하여 국역본을 약간 수정한 것이다. 그리고 이 뒤에 이어지는 대목도 국역본에서는 "단 유효한 권력이 그러한 예외상태를 선포하는 것이 아니라, 권력을 전복시키는 메시아가 그것을 선포한다는 차이가 있을 뿐이다"라고 했는데, 영문판의 대칭적 문장구조를 보면 "단 메시아주의에서는 효력을 행사하는 권위가 예외상태를 선포하는 것이 아니라 메시아가 그것(즉 예외상태)의 힘을 전복시킨다"라고 하는 편이 타당할 듯하다. 이딸리아어 원문에 근거한 국역본이 정확할 수도 있겠지만 혹시나 하는 생각으로 덧붙인다.

이는 '작동하지 않게 하다' '활동력을 없애다' '효력을 정지시키다'라는 뜻이라고 한다.[11] 계속해서 아감벤은 "활동력이 없어진(deactivated) 것은 … 폐기된(annulled) 것이 아니라 자체의 완성을 위해 보존되고(conserved) 붙잡혀 있다(held onto)"고 부연하며(*Time* 98면) 메시아적인 것은 바로 그렇듯 "작동하지 않음과 효력 없음이라는 형태로 그것(법의 영역)에 잠재성을 돌려준다"고 말한다(*Time* 97면). 이것이 단순한 폐지를 의미하지 않음은 거의 자명해 보인다.[12]

아감벤은 예외상태가 사실상 "아무것도 의미하지 않지만 효력이 있는 법"에 다름 아니라고 정의하면서 이런 의미의 예외상태가 오늘날 어

---

11 Giorgio Agamben, *The Time That Remains: A Commentary on the Letter to the Romans*, tr. Patricia Dailey (Stanford: Stanford UP 2005) 95면. 이하 *Time*으로 약칭하고 면수를 표기한다.

12 그런데, 서동욱은 "아감벤은 문자 그대로 '폐지'라는 표현을 쓰며, 법적인 것들은 그 것들의 폐지를 통해 자유롭게 사용된다고 주장하고 있다"고 하면서(「반론」 336면) 아 감벤의 다른 대목을 인용하는데 여기에는 약간의 번역 문제가 개재하는 듯하다. 해당 대목을 서동욱은 "그것은 … 사실상의 사태들이나 율법상의 사태들을 폐지하고 버리는 데서 작동하고, 그 사태들을 자유롭게 사용할 수 있는 것으로 변화시키는 것이다"라고 보았다(「반론」 335~36면). 그렇지만 서동욱이 이 대목에서 근거를 둔 영역본에 따르면 '폐지하고 버리는'에 해당하는 단어는 'de-creating and dismantling'인데 이를 근거로 폐지를 주장하기에는 무리가 많다. 먼저 'de-create'에서 'de'는 물론 일종의 부정을 의미하지만 가령 'de-construction'을 파괴가 아니라 해체로 보아야 하는 것처럼 여기서의 'de' 또한 '제거하다'라기보다는 '거꾸로 되돌리다'라는 의미에 가깝고 따라서 create의 과정 자체를 거슬러 돌이킨다는 뜻으로 보는 편이 타당하다. 중복되는 감이 있지만 '해체'로 옮겨도 무방할 듯하다. 'dismantle'의 경우는 훨씬 간단하다. 이 단어는 일반적으로 부분이나 구성요소로 '분해하다'라는 뜻을 갖는다. 핵무기를 '해체한다'고 할 때 많이 쓰이고 종종 '폐기한다'고 옮겨지기도 하지만 이때 핵무기를 어디엔가 '버리는' 걸 뜻하지는 않는다. 이런저런 점을 다 떠나서라도 '폐지하고 버린다'는 번역은 뒤에 이어지는 '자유롭게 사용할 수 있는 것으로 변화시킨다'는 구절과 의미상 조응하지 않는다. *Time* 137면 참조.

디에나 만연하고 있다고 진단한다.

그리고 민주주의적이든 전체주의적이든 전통적이든 혁명적이든 모든 권력이 정당성의 위기에 접어들었는데, 이런 위기에서는 체제의 숨겨진 토대였던 예외상태가 백일하에 드러나게 된다. 주권의 역설이 한때는 '어떤 것도 법 바깥에 있지 않다'는 명제의 형태를 가졌다면, 예외가 규칙이 된 우리 시대에는 정확히 그에 대칭적인 형태 즉 '어떤 것도 법 안에 있지 않다'가 되었다. 모든 것, 모든 법이 법 바깥에 있는 것이다. 지구 전체가 이제 법이 금지를 통해 봉쇄해야 하는 예외가 되었다. 오늘날 우리는 이런 메시아적 역설에 살고 있고, 우리 존재의 모든 면면이 이런 특징을 띠고 있다.[13]

'법이 법 바깥에 있다'는 역설은 과연 오늘날 우리가 목도하는 상황을 문자 그대로 묘사해주는 표현이 아닌가 싶다. 스스로를 공공연히 부정하면서도 효력을 발휘하는 법의 실상을 '인명 희생을 야기했으나 정당한 법 집행이었다'거나 '절차상 불법이지만 무효가 아니다'라는 기상천외한 논리의 형태로 나날이 경험하고 있지 않은가. 그러면서도 어이없는 '법치'가 강조되고 국민을 상대로 협박성 재판이 남발되는 사태 또한 예외상태의 일반화를 보여주는 증상이 아닌가. 법이 일말의 공적 규범으로서의 의미를 상실하고 법의 집행 또한 최소한의 정당성 확보 노력마저 내팽개치지만, 그러면서도 엄연히 효력을 갖고 굴러가는

---

13 Giorgio Agamben, *Potentialities*, tr. Daniel Heller-Roazen (Stanford: Stanford UP 1999) 170면.

상황인 것이다. 법의 적용을 통해 법을 위반하는 이 아이러니한 사태는 "법률의 적용은 정지되지만 법률 자체는 효력을 갖는" 예외상태의 통상적 작동방식의 이면을 이루면서, "궁극적으로 규범의 적용을 가능하게 하기 위해 규범을 그것의 적용으로부터 분리하는 것"을[14] 내용으로 한 예외상태의 핵심을 그야말로 '외설적'으로 구현하는 듯하다. 주권권력 스스로가 자체 질서에 대한 위반을 공공연히 표면화한 지금, 권력의 질서를 무너뜨리는 일은 어떻게 가능한 것일까.

아감벤이 제시한바 메시아적 효력 정지를 통해 법의 '비규범적 잠재성'을 회복하는 일이나 의미를 넘은 효력이 살아남지 못하도록 무의미한 '아무것도 아님'(Nothing)을 전복하는 일이 구체적으로 어떤 형태가 될지 여전히 모호하다. 대신 예외상태의 일반화라는 아감벤의 시대진단을 3장에서도 언급했던 지젝의 법 논의와 연결시킬 소지는 있지 않을까 싶다. 법과 그 '외설적 보충물'(obscene supplement) 즉 법적 질서를 가능하게 하면서도 그것을 위반하는 예외적인 (하지만 겉으로는 부인된) 토대라는 구도를 축으로 한 지젝의 논의는 예외상태에 관한 아감벤의 주장과 유사한 면이 많다.[15]

필자는 3장에서 지젝의 입장을 "법이 외적으로 허용하는 것, 다시 말

---

14 조르조 아감벤 지음, 김항 옮김 『예외상태』(새물결 2009) 65, 75면.
15 지젝의 구도에 나오는 '법'과 '보충물'의 내용을 각각 어떻게 규정하느냐에 따라 여러 해석이 가능하다고 보며, 지젝 자신의 설명도 항상 일정하지는 않은 듯하다. 서동욱은 반론에서 필자가 예전에 다른 지면에서는 지젝의 입장을 비판하지 않았느냐고 지적하는데 그때의 비판은 지젝이 이 '보충물'의 내용을 공동체적인 것 일반과 연결한 점을 겨냥한 것이었고, 보충물이라는 토대를 제거한 이후의 법의 모습은 어떠할 것인지 의문을 제기한 것이었다. 뭔가 선명한 결론을 내리기에 필자의 공부가 충분하지 못한 것이 사실이다. 하지만 한 사람의 이론가든 하나의 주장이든 그에 대한 입장이 비판과 지지, 딱 두가지로 나뉘어야 한다고는 생각하지 않는다.

해 기존의 질서가 암묵적으로는 금지하지만 명시적으로 허용하는 것에 철저히 따르는 일이야말로 가장 전복적이라는 주장"이라고 요약한 바 있다.[16] 그런데 더 최근의 글에서 지젝은 "혁명적인 상황"에서도 공적 법과 그것의 외설적 보충물 사이의 간극이 폐지되거나 "일말의 숨겨진 외설적 보충물도 없는 사회적 삶의 공적 규제를 성취하게" 되는 게 아니며 "간극은 남아 있지만 구조적인 최소치, 즉 사회적 규제 일체와 그 부재 사이의 '순수' 차이로 축소"될 뿐이라고 설명한다.[17] 그러니까 보충물을 완전히 철폐할 수 있다거나 제거해야 한다고 본 것은 아니라는 뜻인데, 이는 그가 보충물의 완전한 제거가 가져올 공적 규제 자체의 철폐를 목표로 삼지 않았다는 점과 연관될 것이다. 그는 또한 "진정한 행위"란 상징적 법의 보편성을 고수하고 외설적 보충물을 제거하는 것 혹은 그 반대로 법의 보편적 차원 자체를 외설적 환영으로 치부하는 것 사이에서 선택하는 문제가 아니라 보충물이라는 "이 지하의 외설적 영역에 개입하여 그것을 바꾸는 일"이라는 주장도 펼친다.[18] '법의 명시적 측면에 대한 충실한 준수'를 내세운 앞서의 입장과는 분명히 다르지만 이런 차이는 외설적 보충물의 완전한 제거가 가능하지 않은 점을 고려한 데 따른 강조점의 변화로 해석할 수 있다.

그러나 만일 아감벤이 얘기하듯 의미 없는 법이 효력을 발휘하는 상황이라면, 혹은 지젝식 용어로 외설적 보충물이라는 예외들이 '지하'에서 나와 공공연히 맹위를 떨치는 상황이라면, 그 어느 때보다 법의 명시

---

16 다시 한번 밝힌다면 이 요약은 Slavoj Žižek, *The Fragile Absolute: or, Why is the Christian Legacy Worth Fighting For?* (New York: Verso 2000) 147~50면을 근거로 한 것이다.

17 Slavoj Žižek, *The Parallax View* 382면.

18 같은 책 366면.

적인 보편적 차원을 더욱 강조할 필요가 있지 않은가. 달리 말해 의미 없는 법의 효력을 해체하기 위해서는 법의 의미를 회복하고 그 의미에 기대어 저항을 구축하는 것이 효과적인 방법일 수 있다는 것이다. 그런 점에서 지젝의 입장이 하나의 중요한 참조사항이라는 의견에는 변함이 없고 또 이를 아감벤이 말한 메시아주의적 법의 '완성'으로 가는 다른 길이라고 보아도 무방하지 않을까 싶지만, 그 점을 파고들려면 더 많은 검토가 필요할 듯하다.

5. 포샤가 하지 않은 일

이방인, 법, 보편주의의 문제들이 한꺼번에 들어 있는 고전적인 작품으로 셰익스피어(W. Shakespeare)의 『베니스의 상인』만큼 딱 떨어지는 사례도 많지 않을 것이다. 익히 알다시피 여기에는 유대인 샤일록이라는 '대표적' 이방인이 중심인물로 등장하고, 포샤라는 매력적인 여주인공이 재판관으로 변장해 법을 이리저리 요리하며, 그 과정에서 기독교 보편주의 원리로서의 자비(mercy)에 호소하는 수사가 여러차례 구사된다. 이런 막강한 쟁점들이 들어 있는 만큼 『베니스의 상인』은 '비평산업'을 거느린 셰익스피어 극 중에서도 유독 많은 논란의 대상이 되어왔고 거기에는 역시 '반유대주의' 문제가 큰 비중을 차지한다. 여기서 이 논란들을 규명하거나 해결하려는 건 물론 아니다. 앞서 제기한 이방인에 대한 인식의 문제 그리고 법과 보편주의가 뒤얽히는 역설적 광경을 재차 확인해주는 하나의 사례로 이 작품을 제시하려는 것이다. 더불어 이 글의 논의가 결국 또다른 질문과 추측에 다다를 수밖에 없었던 점을 변명할 요량도 되겠는데,『베니스의 상인』의 유명한 재판 장면을 되새겨 문학에서 펼쳐지는 이방인과 법과 보편주의의 주제가 얼마나 복잡한 난맥상인지 잠시 '음미'해보자.

이 극에서 셰익스피어는 베니스 사회의 이방인으로서 샤일록이 겪는 차별의 실상을 그 자신의 항변을 통해 분명히 전달하면서도 이 인물 자체는 그야말로 도를 넘어선 악당으로 그리고 있다. '살 1파운드'의 채무 계약은 샤일록이 오랫동안 '베니스의 상인'이자 이 사회의 도덕적 중심 역할을 해온 안토니오에게서 당한 경멸과 특히 업무방해의 원한을 갚기 위해 의도적으로 놓은 덫이었다. 안토니오는 고리대금업을 철저히 혐오하지만 벗 바사니오의 급박한 사정 때문에 '원칙을 거슬러' 샤일록과 거래했던 것이다. 그런데 여기서 이방인이자 악인인 샤일록이 지배층의 일원인 안토니오에게 복수하기 위해 활용할 수 있었던 수단이 바로 '법'이었다는 점이 흥미롭다. 재판 장면에서 바사니오는 판관으로 변장한 부인 포샤에게 "더 큰 옳은 일을 하기 위해" "한번만 그대의 권위로 법을 비틀어(wrest) 달라"고 호소하지만(4막 1장 210~12행), 포샤는 "베니스의 어떤 권력도 확립된 법령을 바꿀 수 없다"며 그런 전례를 만들어서는 법의 기강이 서지 않는다는 단호한 태도를 보인다. 또한 재판 내내 계약서에 근거한 샤일록의 법적 주장은 '정의'로 표현된다. 그러니 여기서 법은 이방인이 그나마 스스로를 표현할 수 있는 유일한 경로인 만큼은 '보편적'인 셈인데, 이 이방인이 도덕적 경멸을 산 원인이 되는 바로 그 '업무'상의 계약을 통해 법에 접근할 수 있었던 점도 주목할 만하다.

그런데 베니스의 군주가 관할하고 포샤가 주재하는 이 법정은 샤일록 주장의 법적 타당성에 일단 손을 들어주면서도 그에게 거듭 자비를 호소한다. 특히 포샤는 자비라는 것이 얼마나 자연스럽고도 축복받은 것이며 또 얼마나 강력한 것인지 설파하면서 "그것은 신 자신의 자질이며 따라서 자비가 정의를 부드럽게 만들어줄 때 지상의 권력은 신의 권력처럼 보이게 된다"면서(4막 1장 190~92행) 자못 감동적인 논리를 펼쳐보지만 샤일록은 꿈쩍도 않는다. 그는 이미 기독교도들이 노예를 사용하는 관행을 꼬집으면서 당신들에게 노예를 풀어주라거나 그들을 당신 자식들과 결혼시키라며 자비를 권하면 들을 것이냐고 되물은 바 있다(4막 1장 90~98행). 이후 샤일록의 목숨과 전재산의 몰수라는 최종 판결로 전세가 뒤바뀐 다음, 원고에 해당하는 베니스의 군주와 안토니오는 모범적인 기독교도답게 실제로 자비를 내려 샤일록의 목숨을 구제해주는 한편, 재산의 절반만 안토니오가 관리하되 샤일록이 죽은 다음에는 그 딸 내외에게 물려주는 것으로 감형해줌으로써 재판 전체를 자비라는 보편원리의 틀로 감싸는 제스처를 보인다. 그러니 여기서 자비가 전적으로 이데올로기적 허위에 지나지 않는다고 말할 수는 없다. 하지만 셰익스피어는 다시 안토니오가 자비의 조건으로 기독교 개종을 내거는 모습을 보여줌으로써 보편주의적 원리의 작동을 철저히 맥락화한다.

더욱이 자비가 '가장 강력한 것'이라고 설파하기는 했어도 실제로 포샤가 이 모든 재판과정을 주도한 것은 결국 법에 대한 해석을 통해서다. 계약의 보장이라는 법규정 하나에 의지한 샤일록을 상대로 포샤는 "그대는 바라던 것보다 훨씬 더 많은 정의를 얻게 될 것"(4막 1장 312행)이라는 무시무시한 선언과 함께 계약서에 딱 '살 1파운드'라고 했으니 피 한 방울이라도 흘리면 계약 위반이라는 다분히 '비틀린' 논리로 그의 계획을 일거에 좌절시킨다. 나아가 그녀는 이방인이 베니스 시민의 생명을 노린 경우 중형을 내린다는 또다른 법규정으로 샤일록을 완전히 제압한다. 반면 샤일록의 입장에서 보면 법은 베니스 사회에서 그의 유일한 대변자 역할을 해주었지만 그가 처한 문제를 해결해줄 '가장 강력한 것'은 될 수 없었던 것이며, 그런 한에서는 오히려 그가 일언지하에 거부한 자비 같은 '보편원리'를 파고드는 편이 더 적절한 방식일 수도 있었다.

물론 샤일록의 시도는 어떻게든 저지되는 게 옳았으나 이 재판의 결과 또한 못내 불만족스럽다. 사실 불만족을 주는 것이 재판이 갖는 더 큰 의의랄 수 있다. 왜냐하면 이 재판은 그것이 다룰 수 있는 문제를 능란하게 다루면서 동시에 결코 다룰 수 없는 많은 다른 문제들을 상기시키기 때문이다. 포샤는 시종 교묘하고 매끄럽게 재판과정을 주도하며 샤일록의 '살인적' 의도를 효과적으로 봉쇄하지만 법정 바깥에서 샤일록이 당하는 차별을 해결하고자 하지 않았으며, 장차 동일한 금융자본의 논리로 수렴될 안토니오와 샤일록의 사업상의 차이가 지닌 알량한 본질을 문제 삼지도 않았으며, 상업적 거래의 '보편적' 보장과 이방인에 대한 '특별' 규정이 짜깁기된 법의 모순이나 인간의 생명조차 법의 틈을 비집고야 겨우 확보되는 '자비의 위기상황'을 바로잡으려 하지 않았다. 포샤가 상기시키지만 이행하지 않은 이런 일들이 실제로 시도된다면 이 드라마는 얼마나 더 복잡해질 것인가. 그러나 절대적 환대나 법의 철폐를 믿는 인물이 등장한들 포샤가 한 만큼이라도 할 수 있었을지는 못내 의문으로 남는다.

제5장

보편주의와 공동체
바디우, 지젝, 니체의 기독교 담론

1. 종교의 귀환

크게는 전쟁과 테러 그리고 작게는 문화현상에 이르기까지, 최근 몇 년간 세계의 이목을 집중시키는 사건이 종교를 주된 내용으로 하거나 적어도 종교의 외양을 띠는 경우가 전근대의 예외적 잔존이라는 설명 이 더는 무색할 만큼 많아졌다. 오히려 종교는 온갖 갈등이 집중적으로 얽힌 마디 혹은 그런 갈등을 표현하기에 가장 용이한 표어 같은 것이 된 느낌이다. 이런 사태는 1990년대 초 '현실 사회주의'의 몰락을 기점으 로 이른바 이데올로기적 대립의 시대가 끝나고 역사의 종말이니 문명 의 충돌이니 하는 논의들이 기세를 얻을 때부터 어느정도 예견된 일이 기도 했다. 일정하게는 자신의 '귀환'을 예고한 이런 논의들의 활약에 힘입어 종교는 어느새 현대사의 중심부로 진입한 듯하다.

기독교 근본주의와 보수적 기독교 복음주의의 확산을 비판하고 우려하는 목소리도 적지 않지만, 현재 종교를 문제 삼을 때의 그 종교가 대개 이슬람교를 가리킨다는 사실은 말할 필요도 없다. 그렇듯 대립의 한 축은 이슬람으로 공공연히 명명되지만 다른 한 축은 종교적 견지에서 설명되지 않을 뿐더러 막연히 세계질서 일반이거나 더 나아가 민주주의 내지 문명으로 전제될 때가 많다. 전반적으로 균형이 맞지 않는 구도가 형성된 가운데 서구문명의 중요한 원천이라 할 기독교를 새로이 조명하는 비교적 최근의 이론적 시도가 눈길을 끈다. 사후에 출판된 장프랑수아 리오따르(Jean-François Lyotard)의 『아우구스티누스의 참회록』(*La Confession d'Augustin*, 1998)과 테리 이글턴(Terry Eagleton)의 『이론 이후』(*After Theory*, 2003), 알랭 바디우의 『사도 바울』(*Saint Paul*, 1998), 그리고 『연약한 절대』(*The Fragile Absolute*, 2000)를 비롯한 슬라보예 지젝의 몇몇 저서가 그런 사례다.

이론 영역에 등장한 기독교에 대한 이 새로운 관심을 두고 기독교계 일각에서는 "오늘날의 문화이론가들이 흥미로운 지적 작업에 필요한 이론적 원천을 결핍"한 데서 비롯된 것으로 "기독교의 지적 보화를 향한 이교적 동경"(pagan yearning for Christian intellectual gold)을 반영한다고 보기도 한다.[1] 그러나 적어도 여기서 살펴볼 바디우와 지젝의 작업은 '결핍'보다는 더 능동적인 이유에서, 그리고 '동경'보다는 훨씬 전투적인 자세로 기독교를 다룬다. 각자의 이론에서 제기된 내적 요구도 없지 않겠지만, 이들이 기독교에 주목하는 까닭은 종교가 다시금 위력을 발휘하게 된 오늘의 상황과 무관하지 않으며, 이런 상황에 수반되는 사회적·정치적 문제들을 정면으로 돌파하려는 의도가 크다. 바디우

---

1 Paul J. Griffiths, "Christ and Critical Theory," *First Things* 145 (2004) 46~55면.

와 지젝을 한데 묶어 볼 근거도 여기에 있는데, 두 사람 모두 특히 종교 문제에 얽힌 공동체(주의)라는 쟁점을 포착하고 (그들이 해석한) 기독교 전통의 보편주의를 통해 그에 대응하고자 한다. 그들의 시도가 기독교에서 보편성을 찾았다고 해서 앞서 지적한 이슬람 대 문명이라는 '불균형'과 유사한 또다른 유럽중심적 시각이라고 섣불리 단정할 일은 아니다. 그들이 주장하는 대로 기독교 전통이 제공한다는 보편주의가 공동체 문제에 과연 적절한 해답이 되는지를 따져보아야 할 것이다.

기독교를 중심으로 서구문명의 핵심적 일면을 조망하고 진단하는 작업 자체는 새로운 일이 아니다. 그와 관련하여 가장 먼저 떠오르는, 그러면서도 가장 도발적인 이름은 니체(F.W. Nietzsche)일 것이다. 더구나 니체가 논의한 기독교의 양상은 바디우와 지젝에게서 집중적인 조명을 받는 부분과 겹칠 때가 많은데 그에 대해 사뭇 대조적인 평가를 내리는 점도 흥미롭다. 실은 바디우와 지젝 두 사람이 명시적으로나 암묵적으로나 니체를 선행작업으로 의식했다고 보아야 옳을 것인데, 그런 점에서도 니체를 그들과 함께 고찰할 필요가 있다. 바디우와 지젝이 기독교 전통을 '대안'으로 삼는 만큼 이 대안의 문제해결 능력을 판단하는 데 니체라는 잣대, 구체적으로 니체의 기독교 비판을 얼마나 성공적으로 해소했는가라는 잣대가 유용하리라 본다.

2. 진리의 '사건'과 보편주의

바디우는 현대 프랑스 철학계를 조망한 글에서 이 시기 프랑스 철학의 "핵심적 욕망"이 "철학을 새로운 주체의 매개가 될 적극적인 글쓰기"로 만들기, "현자나 학자가 아닌 작가-전투원"으로서의 철학자 되기라고 말한 바 있다.[2] 그의 『사도 바울』은 바로 그런 욕망을 스스로 실천하려 한 노력의 산물이라 할 수 있다. 바디우는 통상 기독교를 제도화한 인물로 지목받는 바울을 새로운 각도에서 바라보면서 오늘날 널리 이루어지는 새로운 전투적 인물에 대한 탐색이 주목해 마땅한 인물로 그를 정의하고 그를 통해 주체 그리고 공동체 이론을 재정립하겠다는 의도를 표명한다.[3] 바디우에 따르면 바울에게 (그리고 사실상 바울을 다루는 바디우 자신에게) 문제는 집단으로 귀속되는 어떤 정체성에도 의존하지 않으면서 진리의 '사건'과 연결된 주체를 구성하는 것, 다시 말해 민족이든 도시든 제국이든 계급이든 어떤 식의 '공동체주의'의 영향에서 진리를 빼내는 것이었다(5면). 그런 아젠다에서 핵심적으로 제기되는 범주가 바로 '보편'이다.

바디우가 볼 때 진리의 절차는 정체성에 뿌리내릴 수 없고, 모든 진리의 단독성은 "즉각 보편화될 수 있는"(SP 11면) 성질이며, 이렇듯 보편화된 단독성은 정체성에 연루된 단독성과는 다르다. 한마디로 진리의 절차에 정체성주의적인 혹은 공동체주의적인 범주들이 있어서는 안 된다는 것이다. 이와 같은 보편적 단독성(universal singularity)을 위한 조건은 무엇인가. 이것이 바로 바울의 물음이었고, 그에게 이 물음은 복음을 유대공동체라는 제약에서 끌고 나오는 동시에 국가나 이데올로기 같은 일반적 범주에도 좌우되지 않게 하는 일을 뜻했다. 바디우가 보기에

---

2 Alain Badiou, "The Adventure of French Philosophy," *New Left Review* 35 (Sept-Oct 2005) 76면.

3 Alain Badiou, *Saint Paul: The Foundation of Universalism*, tr. Ray Brassier (Stanford: Stanford UP, 2003) 2~4면. 이하 *SP*로 약칭하고 면수를 표기한다.

바울이 확립한 조건 중 예수의 부활이라는 진리(혹은 바디우의 용어로 '사건')의 내용만 빼고는 현재의 상황에 적용하지 못할 것이 없다.

바디우는 개종 이후 바울의 행적을 추적하면서 그의 삶의 중요한 국면과 그의 텍스트(편지들)에 개진된 견해들을 세세히 짚어나간다. 먼저 바울에게 기독교적 주체로 거듭나는 과정은 변증법적 역전 같은 것이 아니라 우연적인, 그야말로 "시원(始原)을 이루는 사건"의 성격을 띤다(SP 17면). 참과 거짓으로 입증 가능한 층위가 아닌 이런 사건에는 즉각적인 주관적 인정과 그런 인정으로 뒷받침되는 보편성 이외에 어떤 다른 관습적 중간단계나 매개도 있을 수 없다. 그에 따라 바울은 율법에 대한 지식과 존중을 기준으로 등급을 나누던 율법과 유대기독교인과 분쟁을 벌이게 되고 분쟁은 결국 기독교 교리가 어디까지 유대공동체라는 기원에 의존하는가 하는 문제로 귀결된다. 유대기독교 분파는 그리스도-사건이 옛 질서와 관습을 폐지하는 것이 아니라 지양하며 율법을 종결하는 게 아니라 완성하는 것이므로 전통적 표지들이 여전히 필요하다고 주장한 데 비해, 바울은 사건의 새로운 보편성은 유대공동체에 어떤 특권도 부여하지 않으며 공동체로서의 특징은 부정적이지도 긍정적이지도 않은, 그저 진리와 무관하다는 입장이었다.

바디우에 의하면 바울이 구상한 보편성에는 평등이 필수적 상관물로 따라온다. 바울이 극복하고자 했던 그리스 담론과 유대 담론이 공동체를 아버지 성부(聖父)의 담론 즉 어떤 복종의 형식에 묶어놓는 데 반해, 바울에게 그리스도-사건은 무슨 계승이나 가르침이 아니라 "순수한 주어짐"(SP 63면)이다. 여기서 주체는[4] 율법에 속박되지 않으며 논증

---

4 여기서 주체의 선언은 진리와의 어떤 기적적 소통이라는 사적인 차원에 기대어 합법

이나 증거에도 매이지 않은 채 그저 사건을 선언할 뿐이라는 점에서 그 사건의 '아들'이고 따라서 주인(master)의 논리에 들어가지 않는 아들들의 평등이 성립한다. 그리스도는 인간으로서의 특수성과는 무관하며 부활이라는 사건 속에 전적으로 흡수되는 존재지 신을 알게 해주는 매개가 아니므로 '주인'일 수 없고, 사도 또한 그에게 '하인'으로 관계 맺지 않는다. 이런 식으로 새로운 존재가 되는 순간의 운명공동체가 성립되고 그리스도는 이 운명을 명하는 존재로서만 필요하다. 바울에게 율법은 특정한 것, 곧 차이를 지정하는, 그리고 정해진 차이에 의거한 고정된 분배를 뜻했다. 반면 진리는 인간의 주관적 능력과 무관하고 따라서 보상이나 댓가가 아니라 선물의 하사와 관련된다. 또 그렇듯 무상으로 주어지는 것이므로 모두에게 다가갈 수 있다. 바울의 진정한 혁명적 확신은 바로 이렇듯 유일자의 표지가 모두를 위한 것이며 예외가 없다고 본 점이었다고 바디우는 말한다.

그리하여 결국 차이의 문제는 보편성이 건설되기 위해 횡단하고 초월해야 할 것이 된다. 다만 횡단과 초월은 차이를 억누르는 것이 아니라 무관심해짐으로써 차이를 관용하는 것, 차이에서 물러나고 차이를 둘러싸고 논쟁하지 않으며 그저 무심하게 가로지르는 일을 뜻한다. 바울은 금지, 제의, 관습 등을 옹호하라는 요구에 저항했으며 또 그런 것들에 대한 도덕적 판단에도 저항했다. 특수성의 차원에선 모든 것이 허용되어야 하되 다만 그것들이 진리의 사건과는 무관하다는 것이 그의 입

화되는, 다시 말해 '말로 할 수 없음'이라는 것에 기초해서 합법화되는 선언과는 구별된다는 점에 유의할 필요가 있다. 진리는 그런 식의 확고한 주체가 아니라 나약하고 분열된 주체에 의존하지만 그럼에도 불구하고 이 주체는 사건을 '공적'으로 선언한다. *SP* 52~57면 참조.

장이었다.

이와 같은 바디우의 입장은 차이의 존중을 표나게 내세우지 않거나 보편성이나 동일성을 거론만 해도 즉각 전체주의를 연상하는 우리 시대 특유의 과민반응을 상대하는 그 나름의 대응이지만, 다른 한편 특정 집단이나 특정 정체성에 귀속되는 것은 뭐든 옹호의 대상으로 보는 경향에 대한 정면반박이기도 하다. 그가 '정체성주의' 혹은 '공동체주의'로 이름 붙인 이런 태도는 자본의 '보편성'에 대한 효과적인 저항이기는커녕 그것이 작동하는 한 계기일 뿐이라는 것이 그의 단호한 판단이고, 억압적 '보편'과 미심쩍은 '특수'의 공모관계를 돌파할 보편주의에 대한 강조가 거기서부터 비롯된다.

바디우는 시종 '사건'으로서의 '진리'에 기대어 논의를 전개하면서도 자신이 말하는 '진리'가 무엇인가에 관해선 구체적인 언급을 생략하는데, 일관성의 잣대에 비추어보면 그 편이 타당한 선택으로 보인다. 애초에 보편성의 주제를 다루면서 바울과 기독교적 진리를 예로 들 수 있었던 것도 그렇듯 진리의 내용'만' 제외하는 방식을 택했기에 가능한 일이었다. 다시 말해 그의 논의의 초점은 '무슨' 진리냐가 아니라 진리가 '어떤' 성격이며 '어떤' 주체를 형성하는가 하는 데 있다.

그러나 공동체와 진리의 관계에 대한 바디우의 진술은 역시 그가 배제한 보편적 진리의 '내용'을 어쩔 수 없이 다시 들여오는 면이 있다. 기독교도들에게 그리스도의 부활이 그런 것만큼 의문의 여지 없이 '모두'에게, 더구나 논증도 필요하지 않은 진리가 어떤 것이 있겠으며 도대체 있기나 한 것인가. 그가 예로 든 바울과 기독교는 실은 정체성이 분명한 특정 공동체의 특정 진리만이 이런 식의 보편주의를 가능하게 한다는 반증은 아닌가. 바울이 특정한 (여기서는 유대)공동체와 기존의 율법과 관습에 철저히 무심했다는 설명 또한 '진리'와 공동체가 완전히 다른 층위에 속한다고 전제하는데, 그런 식의 진리가 마치 화폐적 추상화에 기댄 자본의 '보편'처럼 공허하지 않을 수 있는가. 요컨대 공동체의 문제에 무심한 태도를 취하는 일이 공동체가 진리를 지향하는 것보다 조금이라도 더 현실성이 있는가.

바디우는 기독교가 다른 공동체들과 맺는 관계에 관해서는 선명하고 단호한 입장을 보여주는 데 비해 기독교의 주체들이 모여 이루는 관계를 해명하는 일에는 다분히 소극적이다. 그리스도와 다른 신자들이 위계를 형성하지 않는다거나 그들의 '율법'인 사랑이 자구에 얽매이지 않으며 지시하고 규정하는 방식으로 작동하는 것이 아니라는 설명은 있다. 그의 논의가 '주체'를 중심으로 진행되는 것이나 즉각적인 '주관적' 승인과 선언에 초점을 두는 것도 같은 맥락이다. 하지만 진리가 모두에게(보편성) 그리고 각각에게(평등성) 열려 있는 것이라 해도 모두가 일시에 진리와의 관계에서 주체로 거듭날 수는 없는 일이다. 그렇다면 진리의 주체들도 현실에서는 또 하나의 공동체라는 형태로 존재할 수밖에 없다. '사랑'을 진리에 대한 '충실함'으로 해석한 바디우의 관점에 따르더라도 그 공동체에서 더 충실하고 덜 충실한 차이도 있을 수 있고, 따라서 '주인과 하인'의 관계와는 다르지만 어떤 식의 위계가 성립하지 않겠는가.

물론 바디우는 진리의 주체들이 공동체를 형성한다 해도 보편적 진리에 근거를 둔다는 점에서 여타의 공동체와 결정적으로 다르다고 말할 것이다. 그렇다면 다시 문제는 진리의 '내용'으로 귀착된다. 여기서는 그가 말한 대로 즉각적인 '보편화' 가능성이 진리의 가장 중요한 속성이자 가늠자인가 하는 질문을 던지는 것으로 일단 멈추기로 하자.

3. '사랑'의 전복적 의미

바디우와 마찬가지로 지젝이 기독교에 관심을 쏟는 이유도 그 나름의 정세 판단과 그에 따른 실천적 대응의 성격을 띤다. 그는 이른바 포스트모던 시대의 가장 개탄할 양상이 종교, 특히 반계몽주의적 종교의 귀환이라 판단하고, 이런 새로운 정신주의에 맞서기 위해서는 맑시즘 내부의 종교적 전통을 부정하기보다 오히려 맑시즘과 기독교의 직접적인 계보를 인정해야 한다고 강조한다.[5] 유물론을 통해야만 기독교의 전복적 본질에 도달할 수 있고 또 반대로 진정한 유물론자가 되려면 기독교적 경험을 이해해야 함을 보여줄 필요가 절실하다는 입장이다.[6]

앞서 바디우의 주장에 제기했던 의문들을 염두에 두고 지젝의 기독교 분석을 살펴본다면, 우선 그와 바디우가 상당히 비슷한 문제의식을 공유한 점이 두드러진다. 지젝 역시 바울이 유대 전통을 내부에서 무너뜨림으로써 기독교가 유대 종파와 단절하고 그 전통을 넘어설 수 있게 만든 사실에 주목한다. 그가 보기에 기독교 주류 집단의 외부자인 바울이 정통으로 여겨지는 것들을 '배반'함으로써 오히려 기독교를 보편성의 종교로 확립한 점은 레닌(V. I. Lenin)이 당대 주류 맑스주의 집단과 맺은 관계에 비견된다고 본다(*PD* 9~18면).

다른 한편 지젝은 바디우에 비해 기독교 '진리'의 성격을 더 세세하

---

5 Slavoj Žižek, *The Fragile Absolute: or, Why is the Christian Legacy Worth Fighting For?* (New York: Verso 2000) 1~2면. 이하 *FA*로 약칭하고 면수를 표기한다.

6 Slavoj Žižek, *The Puppet and the Dwarf: The Perverse Core of Christianity* (Cambridge, MA: MIT P 2003) 6면. 이하 *PD*로 약칭하고 면수를 표기한다.

게 논의한 편이다. 가령 그는 그리스도의 죽음을 어떻게 해석해야 옳은
가 하는 질문을 던지면서, 전능한 신이 자기 아들을 희생하여 계획을 완
성한다는 일반적인 해석을 적용한다면 기독교 신은 '도착'(倒錯, perver-
sion)이라는 혐의를 벗기 힘들다고 지적한다. "아버지, 왜 저를 버리십
니까?"라는 예수의 말로 요약되는 이 문제를 두고 지젝은 기독교의 신
이 스스로 그리고 '스스로에게' 수수께끼였다는 반박논리를 제시한다.
신이 스스로에게 수수께끼며 그런 의미에서 스스로 소외되어 있기 때
문에 그리스도는 인류에게 신을 계시할 뿐 아니라 신 자신에게 신을 계
시해야 했고, 그를 통해 신은 신으로서 완전히 현실화할 수 있었다는 것
이다. '자신의 전능함의 한계에 걸려 비틀거리는 신'이라는 기독교적
사유는 신과 인간의 관계도 다르게 조명해준다. 인간이 영적 정화를 통
해 신에 다가간다는 논리가 뒤집히고 인간과 신의 거리가 신이 자신에
대해 갖는 내적 거리와 겹치면서 신이 행하는 본질적 자기포기를 통해
신과 인간의 동일시가 일어나는 것이다. 그리스도의 죽음이 인간의 빚
을 갚아준다고 하면서 실은 도저히 갚을 수 없는 더 무거운 빚을 부과하
는 또다른 도착으로 귀결되지 않을 수 있는 것도 바로 그 때문이라고 지
젝은 말한다.[7]

　또한 지젝은 기독교의 보편성과 평등이 갖는 정치적 의미를 더 강조
하는 편이다.[8] 공동체로부터 떨어져나오는 일을 보편성 확립과정의 핵

---

[7] Slavoj Žižek, *On Belief* (London: Routledge 2001) 145~46면. 이하 *OB*로 약칭하고 면수
　를 표기한다.
[8] 지젝은 바디우가 '사건' 혹은 진정한 '정치'란 구체적인 현실의 질서나 권력에 연루
　되어서는 안 된다고 규정함으로써 실상 비정치적 정치에 가까워진다고 비판한다(*OB*
　125~26면).

심으로 보는 것은 바디우와 지젝의 공통점이지만 지젝은 그런 단절의 사회적 의미와 효과에 비교적 큰 비중을 둔다. 그는 종종 기독교를 이교적 전통과 대비해서 논의하는데,[9] 우주가 조화이고 신성한 위계질서라는 이교적 우주관에 따르면 사회도 각자 고유한 자리를 갖는 조화로운 구조물이며, 여기서 선이란 균형이고 악은 혼란이나 과잉을 뜻한다. 그러나 기독교는 이런 이교적 전통에 완전히 이질적인 원리를 도입했다. 바디우와 대동소이하게 지젝은 이 새로운 원리가 개별 주체 누구나 보편성에 접근할 권리가 있고 따라서 사회질서 내의 위치가 어떻든 그와 무관하게 보편적 차원에 직접 참여할 수 있다는 생각을 가리킨다고 설명한다. 부모와 아내와 자식, 다시 말해 사회질서의 상징적 망을 미워하지 않는 자는 사도가 아니라는 누가복음의 언명이 여기서 비롯된다. '미워한다'는 것은 자신이 태어난 유기적 공동체와의 단절에 다름 아니다. 지젝은 종종 "언플러깅"(unplugging)이라는 표현을 사용하여 이런 단절이 마치 플러그를 뽑듯 그야말로 일거에 이루어짐을 강조한다 (FA 120~21면). 그런데 이 지점에서 바디우와의 차이가 뚜렷해진다. 바디우가 단절을 차이에 무심한 태도라고 표현한 반면, 지젝은 그것이 세속적 구별에 대한 무심함이나 주객분리의 해소, 조화와 평화 등이 아니라 오히려 '차이를 만드는' 진정한 '행위'임을 강조함으로써(PD 22면) 단절이 사회적·정치적 실천임을 전면에 내세우는 것이다. 그는 '언플러깅'이 구체적이고 사회적인 모든 차이가 마술처럼 사라진 이상화된 낭만

---

9 바디우와의 또 하나의 차이점이라고 할 수도 있겠는데, 지젝에게서는 종종 유대교와 기독교의 대비보다 이교도와 기독교의 대비가 두드러진다. 그의 입장은 유대교가 채 다하지 못한 것을 기독교가 실제로 이루었다는 논리에 가깝다. 뒤에서 다룰 '언플러깅'만 하더라도 지젝은 유대교에도 이런 것이 이미 있었다고 본다. PD 118~19면 참조.

적 우주로의 도피가 아니라 과거의 흔적을 지우고 0의 지점에서 새로 출발하려는 폭력과 승화의 몸짓이라 정의한다. 이것이 결국 기존 질서에 순응하는 주체를 만들어낼지 모른다는 의구심에 대해서도, 기독교의 '언플러깅'은 내적이고 사색적인 자세를 가리키는 것이 아니고 대안적 공동체를 창조하는 행위라고 응수한다(FA 128~29면).

이와 같은 기독교의 질서전복적인 성격은 기존의 질서를 위반하는 것 같지만 실은 그것을 유지하는 데 지나지 않는 '내재적 위반'과는 다른 성격이라고 지젝은 말한다. 유대교와의 대비가 다시금 등장하는 대목인데, 지젝에 따르면 유대교에는 공적인 법질서를 가능하게 하면서도 그런 법질서를 '위반'하는 성격을 띤 예외적인 법정립적 폭력이 유령처럼 떠돈다. 유대교는 겉으로 인정되지 않는 '보충물'에 집착하는, 다시 말해 이런 보충물을 고백하거나 상징화하지 않음으로써 역설적으로 그것에 충성을 바치며(FA 97면), 이런 은밀한 충성을 토대로 해서야 보편적이고 명시적인 율법의 차원 또한 유지할 수 있는(FA 99면) 종교다. 가령 십계명에 씌어진 율법의 문장을 대놓고 위반하지는 않지만 이 문장이 포괄할 수 없는 범위에서 교묘히 에둘러가는 방식으로 위반하는 식이다. 반면 죄를 생각하기만 해도 저지른 것이나 마찬가지라고 보는 기독교는 예외의 암묵적 인정을 고백한다는 점이 일단 중요한 차이이고, 더 나아가 이런 내재적 위반조차 금지함으로써 법과 (법을 위반하는 형태를 갖지만 실상은 법을 유지하는) 그 보충물의 악순환을 뛰어넘는다는 것이다.[10]

지젝은 철저히 법이 외적으로 허용하는 것만 하는 것, 더 구체적으로는 기존 질서가 암묵적으로 금지하지만 명시적으로 허용하는 것만 하는 것이야말로 가장 전복적이라고 말한다. 인권을 예로 들면, 현실에서 인권과 관련한 법이 이런저런 이유를 내세워 허용하는 예외(여자라서, 외국인이라서 등등)를 조금도 인정하지 말고 그야말로 문자 그대로 법에 충실히 따르는 것이야말로 공적 권력에 가장 강력한 타격이라는 것이다. 지젝에 따르면 주체가 자신을 권력과 완전히 동일시하지 않고 일말의 거리를 유지하는 한, 그래서 권력의 바깥을 몽상하고 바깥의 삶을 이상화하는 한은 여전히 권력의 지배 아래 있다. 이 거리와 몽상을 버리고 권력의 규칙과 그 규칙에 지배되는 세계를 완전히 받아들이는 순간 진정한 희망을 위한 공간이 열린다는 것이다. 그러므로 기존의 사회적 현실에서 자유로워지려면 먼저 일종의 자기공격을 감행하여 자신에게 가장 소중할 수도 있는 (내재적) 위반의 환상을 포기해야 한다(*FA* 147~50면).

그런데 여기서 지젝이 전개하는 법/위반의 악순환 끊기라는 설정에는 모호한 구석이 적지 않다. 법에 완전히 충실함으로써 질서를 전복한다는 설정이 작동하려면 '법'이 적어도 명시적으로는 보편적이고 윤리적인 가치를 담고 있다는 전제가 성립해야 한다. 따라서 지젝이 주요 표적으로 삼는 자유주의 스펙트럼에 속한다면 모를까, 명시적으로 억압적인 법이나 반대로 반국가적 혁명세력에 대해서도 동일한 논리를 적용할 수 있을지는 의문이다. 법/위반의 악순환이 존재하더라도 그 양상이 다를 수 있고 따라서 전복의 양식도 달라지지 않을까 하는 것이다.

---

10 따라서 지젝이 법의 '예외'를 법의 정당함의 근거로 만들고 있다는 클로디아 브레거의 비판은 초점을 벗어나 있다. Claudia Breger, "The Leader's Two Bodies: Slavoj Žižek's Postmodern Political Theology," *Diacritics* 31:1 (2001) 77~78면. 지젝은 단순히 법이 그런 식으로 정당성을 확보한다는 점을 '지적'하고 있을 뿐이며 나아가 그런 사태를 벗어날 방법을 그 나름으로 모색하고 있기 때문이다.

법과 위반에 관한 지젝의 분석은 그의 이데올로기론, 특히 이데올로기와 그 이면에서 이데올로기의 문구를 실제로 어떻게 이해해야 하는지를 알려주는 환상(fantasy)의 관계에 관한 논의와 중복되는 부분이 많다.[11] 환상은 이데올로기에서 벗어난 선택이 열려 있다는 오해를 유지하는 동시에 실제로는 선택을 폐쇄하는 역할을 하기 때문에 환상을 포기해야만 이런 악순환을 벗어날 수 있다는 논리가 그것이다. 여기서도 마찬가지로 어떤 종류의 이데올로기인가(또 그에 따라 어떤 종류의 환상인가) 하는 점이 세밀히 고려되지 않는다. 그 때문에 법 혹은 이데올로기를 철저히 고수함으로써 법/위반(혹은 이데올로기/환상)의 공생 관계에 기댄 질서를 전복한다고 할 때 그 과정에서 고수 대상인 기존의 법과 이데올로기에 어떤 일이 벌어지는지, 새로운 질서에서 법과 이데올로기는 어떤 형태로 남을지에 관해서는 뚜렷한 답이 없어 보인다.

지젝이 인권과 자유의 토대를 제공한다고 본 기독교적 사랑의 원리가 등장하는 대목에도 이런 모호함은 여전하다. 지젝은 '네 이웃을 사랑하라'라는 원리가 신 자신의 불완전함이라는 지평에서 발현되는 타자에 대한 사랑이며(OB 146면), 이웃을 자신의 거울이미지나 자기실현을 위한 방편으로 환원하는 것이 아니라 영원한 수수께끼이자 "외상적 사물"(traumatic Thing)로 사랑하라는 요구라고(FA 109면) 말한 바 있다. 한걸음 더 나가 그는 기독교의 업적이 신이 인간이 됨으로써 타자를 '동일성'으로 환원한 것이며 그와 같은 타자성의 중지가 기독교의 궁극적인 지평이라고 본다. 여기서 타자성의 중지란 타자를 꿰뚫어보거나

---

11 여기서 이데올로기와 환상의 관계에 관해서는 Slavoj Žižek, *The Plague of Fantasies* (New York: Verso 1997) 1장을 주로 참고했다.

그 자체로 경험한다는 말이 아니라, 타자라는 가면 배후에 무슨 숨겨진 신비나 진정한 알맹이가 있지 '않음'을 깨닫는 일을 뜻한다.[12]

그리스도와의 관계에서도 우리가 믿는 것은 그의 신성(神性)이 아니라 그의 믿음이며, ('왜 저를 버리십니까'에서 보이듯) 그리스도 자신이 잠시 믿음을 접었다는 사실을 상기하면 그리스도와의 진정한 합일은 차라리 그의 의심과 불신에 동참하는 일이다(PD 101~02면). 또한 기독교적 이웃 사랑이 이웃 너머에 무언가 신비한 것이 있다는 생각을 버리는 것이었듯, 그리스도가 죽으면서 그와 함께 성부가 있다는 은밀한 희망도 죽었다고 지젝은 말한다. 그러므로 남는 것은 믿는 이들의 공동체 즉 성령(聖靈)이며 이는 성부(혹은 대타자)의 지원을 박탈당한 공동체이므로 사실상 기독교는 무신론의 종교라는 것이다(PD 171면).

이렇듯 지젝에게서 '사랑'의 원리는 앞서 '언플러깅'에 대한 설명에서 그랬던 것처럼 어떤 때는 적극적이고 전투적이며 차이를 만드는 격렬한 열정이자 폭력으로 묘사되다가도 다른 때는 '아무것도 아닌' 성격이 강조되어 혼란을 일으킨다. 이런 혼란을 자초한 데는 아마도 '사랑'이 전복이라는 차원을 넘어 그 자체가 다시 '법'으로 귀결될 수도 있지

---

12 이는 다신교와 일신교 문제와도 맞닿아 있다. 흔히 다신교와 일신교의 정치적 함의를 다수 혹은 타자에 대한 관용과 배타적 하나에 의한 다수의 억압적 총체화로 생각하기 쉽지만, 실상 다신교가 타자에 대해 주장하는 것은 결국 타자 자체의 지루하고 단조로운 동일성에 이를 뿐인 반면, 일신교의 근본적 메시지는 타자를 유일자로 환원하는 것이 아니라 이 유일자와 '원천적으로 억압된' 그 상대편 간의 본질적 차이가 오직 유일자의 지평에서만 출현한다는 것, 다시 말해 유일자 혹은 절대에 내재한 '스스로에 대한 차이'로 나타난다는 주장이다. 이렇게 볼 때 배타적 일신교는 실상 은밀한 다신교라 할 수 있겠는데, 다른 신을 광신적으로 혐오하는 것은 그들을 '신'으로 인정하기 때문에 벌어지는 일이다. 따라서 진정한 일신교야말로 관용적일 수 있다는 것이다. PD 24~26면 참조.

않을까 하는 의혹을 예방하려는 의도가 있었을 것이다. 다시 법/위반의 악순환으로 돌아가면, 지젝은 법에 충실함으로써 악순환을 깨는 기독교적 사랑이 법의 철저한 내면화(그리고 나중에 살펴보겠지만 니체가 누누이 비판한 죄의식)를 특징으로 하는 더욱 억압적인 '초자아'적 법을 출현시키지 않는다는 점을 입증하고 싶어한다. 신의 불완전함이라든지 '연약한 절대'(fragile Absolute)를 언급하는 대목(FA 159면)들이 다이와 관련된다. 사랑은 법 너머에 있는 게 아니라 전적으로 법 안에 몰입하는 태도에서 스스로를 드러내므로, 실상 법이 스스로에 대해 거리를 유지하고 스스로를 중지시키는 일에 다름 아니다(PD 117면).

이렇게 '스스로를 중지시키는' 법이 어떤 모습일지 상상하기란 여전히 쉽지 않다. 법으로서의 '사랑'이 법 자체와 구분되는 한가지 분명한 지표가 있다면 '내재적 위반'의 허용 여부다. 이 위반은 명시적으로 드러나는 것이 아니기 때문에 위반을 끊어내는 일 역시 쉽게 알아볼 수 있는 성격은 아닐 테지만, 위반 여부를 매개로 볼 때 '아무것도 아니'면서도 동시에 근본적인 전복이 되는 사랑의 이중성이 어느정도는 선명해지는 면이 있다. 문제는 위반이 법에 내재적이며 법을 정립하는 토대작업이라면 위반과 법 사이에 구조적 필연에 가까운 긴밀한 유대가 있으리란 점이다. 물론 바로 그 점이야말로 위반을 허용하지 않음이 갖는 전복적 힘을 말할 수 있는 근거다. 그러나 거꾸로 이렇듯 단단히 함께 묶인 것을 분리하는 일이 수사적 언명 이상으로 실현 가능할 것인지, 지젝자신도 의식했다시피 '내재적 위반'이 더욱 철저히 억압될 따름이고 그래서 장차 더욱 '추악한' 형상으로 귀환하지 않을지 하는 의문은 해소되지 않는다. 내재적 위반을 계속 용인해야 한다는 뜻이 아니라 이런 위반이 법의 토대라면 일거의 단절보다는 양자가 얽혀 있는 구조에 더 주의를 기울일 필요가 있다는 의미다.

4. 기독교와 실제성

기독교에 대한 재평가와 옹호에서 출발하는 바디우와 지젝의 작업은 기독교 비판의 대표자인 니체에 대한 대응을 한 축으로 한다. 따라서 앞에서 밝힌 대로 그들의 시도가 얼마나 성공적이었는지를 가늠하는 데 있어 니체의 논의를 얼마나 효과적으로 무장해제하는가 하는 점이 하나의 기준이 될 수 있다.

잘 알려져 있다시피 니체가 기독교를 표적으로 삼은 이유는 기독교에서 모든 가치의 역전이 완성되었다고 보았기 때문이다. 이 과정은 자신들의 정복자에게 정신적인 복수밖에 할 수 없었던 유대인들이 선은 곧 고귀함이자 강함이고 미와 행복이라는 '귀족적인' 가치등식을 대담하게 뒤엎고 비참과 가난과 무기력, 고통과 박탈을 축복으로 내세우는 데서 시작되었다. 니체가 도덕적 "노예반란"이라 부른 이 가치의 역전, 이 "증오의 나무"에서 희생과 동정을 특징으로 하는 기독교적 사랑이 자라났으며, 사랑은 복수에 대한 갈망을 거부하기는커녕 오히려 복수의 절정이고, 유대인이 자신들의 복수의 도구인 예수를 부인한 것이야말로 온 세상을 다 속여먹은 사기다.[13] 힘의 의지의 발전과 분화로 삶을 설명하는 니체의 관점에서 볼 때 기독교에서 말하는 동정이란 생명

---

13 Friedrich Nietzsche, *On the Genealogy of Morals*, tr. Douglas Smith (Oxford: Oxford UP 1996) 18~21면.

력의 고양에 대한 반명제이며[14] 힘의 의지를 높이는 것이 선이라면 "십자가에 못 박힌 신"만큼 엽기적이고 도착적인 것도 없다.[15] 유대교와 기독교의 관계에 관한 니체의 견해는 기독교가 유대교의 계승이자 극복이라고 보는 점에서 바디우와 지젝과 '논리'적으로는 유사한 점이 없지 않다. 기독교는 (자연과 삶에 반하는) 유대적 본능을 극단의 지점까지 밀고 나가 급기야 자기부정의 단계, 즉 자신의 (남아 있는 최후의 현실인 '선택된 민족'으로서의) 정체성인 민족본능과 민족적 생존의지를 공격하고 그 구현체인 유대교회를 부정했다는 것이다(AC 151면). 여기서 니체가 이런 '유대인의 민족본능'을 최소한의 생존의 차원으로만 인정하는지 아니면 그 이상으로 평가하는지는 다소 모호하다.[16] 한가지 분명한 점은, 바디우와 지젝이 기독교가 유대공동체와 단절하고 보편성의 종교로 확립되었다고 평가해주는 바로 그 지점이 니체에게는 가치전도의 정점이 된다는 것이다.

보편성에 따르는 평등의 문제도 마찬가지다. 니체 역시 기독교가 '모두에 대한 진리'를 말한다고 보지만, 그에게는 "나의 판단은 '나의' 판

---

14 Friedrich Nietzsche, *Twilight of the Idols / The Anti-Christ*, tr. R. J. Hollingdale (London: Penguin 1990) 130면. 이하 *AC*로 약칭하고 면수를 표기한다.

15 Friedrich Nietzsche, *Beyond Good & Evil*, tr. Walter Kaufmann (New York: Random House 1989) 60면. 이하 *BGE*로 약칭하고 면수를 표기한다.

16 니체는 한편으로는 유대인들이 자연, 자연스러움, 현실, 외적·내적 세계 전체 등에 대한 근본적인 왜곡(falsification)을 댓가로 치르고 생존을 택했으며, 한 민족이 살 수 있고 또 살도록 허용되었던 모든 조건에 반하여 스스로를 정의했다고 말한다. 다시 말해 그들의 생존 자체가 자연적 조건들의 반명제였다는 식이다. 따라서 생존권 차원에서도 단순한 인정은 아닌 셈이다. 그러나 니체는 또한 애초에는 유대인들도 모든 것과 자연스런 관계였고 그들의 신 야훼는 힘, 자신에 대한 기쁨과 희망의 표현이었다고도 말한다(AC 146면).

단"이지 다른 누구도 쉽게 이를 얻을 자격이 없으며 이웃들이 너도나도 입에 담을 때 선은 더이상 선이 아니다. 위대한 것은 오직 위대한 이들에게만 남겨진다는 것이다. 평등을 말하는 사람들을 그는 수평주의자 (leveler) 혹은 민주주의적 취향과 관념의 노예라 부르는데, 이들이 원하는 건 안전과 안락과 더 쉬운 삶이며 그리하여 궁극적으로 인간의 창의력과 정신을 훼손하는 결과를 초래한다고 본다(*BGE* 52~54면). 이쯤 되면 바디우와 지젝이 기독교의 핵심에 가장 충실했다고 본 바울을 니체가 어떻게 평가했을지 충분히 유추가 가능하다. 니체에게 바울은 한마디로 복음 다음에 온 최악의 사태이며 기쁜 소식이 아니라 증오의 비전을 구현한 귀재였다(*AC* 166~67면).

이렇듯 상반된 해석과 관련하여 바디우는 보편주의에 대한 혐오가 니체의 고질적인 문제였고 특히 종교와 관련해서는 인종/민족에 토대를 둔 가장 고집스러운 특수주의 내지 공동체주의를 보여준다고 비판한다. 니체가 바울을 그토록 공격한 이유도 바울이 민족신을 없애고 특권을 지닌 모든 것에 대항하는 주체이론을 만들었기 때문이라는 것이다(*FU* 62면). 지젝 역시 니체가 기독교를 오해했고, 기독교와 대비해 그가 옹호한 고대세계의 질서가 실은 숨막히는 것이어서 그 속에 이미 어떤 과잉과 불균형, 장애, 나아가 기독교가 보여주게 될 다른 질서에 대한 욕구가 있었다고 말한다(*FA* 88, 92면). 또 앞서 본 대로 기독교가 죽음과 죄의식에 기댄 증오의 종교가 아니며, 기독교에서 약자를 강조하는 것 또한 신 자체의 한계를 드러내는 동시에 사회적 위계의 중단을 강조하기 위함이라는 반론을 펼친다(*FA* 123면).

니체에 대한 두 사람의 비판 혹은 반박은 사실상 그들 나름의 이론적 전제에 기반을 둔 동어반복이어서 결국 '보편주의'와 '평등' 같은 개넘 자체에 가치판단을 내리지 않고서는 어떤 식의 결론에 도달하기 어렵다. 전혀 다른 가치의 잣대를 전제로 하는 바디우, 지젝과 니체를 곧바로 비교하기보다 바디우와 지젝의 재해석이 니체의 비판에서 얼마나 자유로운가 하는 점을 보는 것이 이 글의 목표이다. 그럴 때 중요한 참조점은 니체가 선악에 관한 자신의 고유한 가치체계와는 다소 다른 각도에서 기독교를 평가하는 대목이다.

니체는 기독교 복음 그리고 기독교의 역사에는 사실상 단 한 사람의 기독교도가 있었을 뿐이라고 본다. 예수가 바로 그 유일한 기독교도였고(AC 163면), 그가 죽음을 통해 보여준 핵심은 기독교가 실제성(actuality)과 아무런 접점도 없다는 것이다(AC 175면). 니체가 보기에 예수의 죽음에는 모든 원한으로부터의 자유, 원한을 뛰어넘는 우월함이 들어 있으며, 예수는 죽음을 통해 아무것도 원하지 않았고 다만 자신의 가르침의 증거를 공적으로 제공했을 따름이다(AC 165면). 마찬가지로 복음이란 스스로를 증명할 필요를 느끼지 못하는 매순간의 기적이자 보상이고 전적으로 '내적'인 성격이며, 예수의 죽음은 구원을 위한 것이 아니라 "많은 것을 하지 않기"를 보여주려는 것이었다(AC 163면). 기독교의 개념세계가 이렇듯 현실과 관련이 없었던 반면, 바울로 대표되는 기독교 공동체의 뿌리에 있는 추동요소는 현실에 대한 본능적 혐오였다고 니체는 말한다(AC 163면). 그가 바울을 기독교 사상 최악의 인물로 지목하는 것도 바로 '실제와 무관함'이라는 기독교의 핵심을 배반하고 실제적 목적을 위해 거짓을 지어냈다는 이유에서다. 니체에 따르면 예수가 죄의식 자체를 없애고 신과 인간 사이의 어떤 심연도 거부했음에도 불구하고 예수를 '예외'로 고양한 것, 그리고 예수를 신의 제물로 보는 것이 바로 이런 거짓의 사례다. 바울이야말로 이 모든 거짓 해석을 합리화한 인물이다(*AC* 165~66면).

이런 대목에 '유일한 기독교도' 예수에 대한 일말의 존중심이 담겨 있음을 감지하기란 어렵지 않다. 바울에 대한 상반된 평가를 차치하면 여기서 니체가 예수를 묘사한 내용이 바디우와 지젝이 기독교에서 살려내고자 했던 전통과 연결된다는 사실도 분명하며, 더불어 그들의 논의가 니체에 빚진 것이 많다는 점 또한 확인된다. 현실의 차이에 대한 무관심 혹은 공동체로부터의 '언플러깅'에 기반을 둔 보편주의, 그리고 객관적 입증 없는 주관적 인정 같은 주장들이 바로 니체의 해석에 기반을 두었으리라 짐작된다. 그렇다면 바디우와 지젝의 논의는 니체 스스로 제기하고도 충분히 의식하지 못한 가능성을 발전시킨 창조적 해석의 사례인가. 또 그런 의미에서 처음부터 니체의 기독교 비판의 예봉에서 벗어나 있는 것인가.

판단을 내리기에 앞서, 니체가 (예수가 구현했다는) '실제와 무관함'이라는 기독교의 핵심을 (바울이 합리화한) '현실 증오'와 구분했고 그래서 그런 무관함을 일정하게 인정해주었다 하더라도, 그것이 어떤 맥락에서 나온 평가인지 더 살펴볼 필요가 있다. 니체가 예수의 가르침을 존중하는 것은 어디까지나 그것이 자체의 가르침에 충실한 한에서, 즉 실제 현실과 관련이 없음을 고수하는 한에서이다. 이 점은 바울을 둘러싼 논의의 초점이 현실과 무관한 것을 현실적인 것으로 만들었다는, 그리하여 그 과정에 필연적으로 허위가 개입했다는 비판이었음을 상기하면 분명해진다. 니체에게 예수는 죄의식과 원한에서 자유롭긴 했지만 그것은 어디까지나 다른 모든 것, 즉 '실제의 모든 것'과 단절했기 때문에 가능한 것이었다. 따라서 근본적으로는 니체가 기독교식 가치전도의 하나로 누누이 비판한 현실 부정의 의지가 예수에게서도 발동되고 있으며, 그런 점에서 그는 원한에서 벗어난 유일한 사례가 아님은 물론이고 가장 바람직한 사례는 더구나 못 된다. 이렇듯 예수에 대한 니체의 '긍정적인' 평가는 기독교에 대한 그의 신랄한 비판을 뒤집거나 교정하는 것이 아니고 어디까지나 비판대상 내에서의 차이일 뿐이다.

그렇다면 니체의 관점에서는 바디우와 지젝 역시 근본적으로는 바울의 거짓을 반복한다고 보일 것이다. 그들의 말대로라면 보편주의란 공동체를 비롯한 현실의 문제와 '무관한' 만큼만 의미가 있다. 하지만 그들은 동시에 보편주의를 마치 현실적 문제들의 해결책인 양 적용하려 든다. 니체식으로 보면 바로 그 순간 바울과 마찬가지로 어쩔 수 없이 거짓과 자기배반이 야기된다는 지적이 가능하다. '자가당착'으로 요약될 이 지적은 지젝이 강조한 법/위반의 악순환을 끊는 사랑의 전복적 힘에도 적용될 수 있다. 명문화되지 않은 암묵적 위반의 영역도 법만큼이나 실제의 일부이며 어쩌면 더 중요한 일부를 구성한다는 반박이 나올 수 있기 때문이다. 니체가 자연스런 삶이라고 부르는 것의 대부분이 지젝이 염두에 둔 법의 '바깥'에 속할 것이므로 지젝식으로 법에 충실하다는 것은 니체에겐 현실과의 접촉을 더욱 상실하는 행위가 될 수 있다. 그리고 꼭 그만큼 현실의 전복과도 더 멀어지는 셈이다.

5. 악순환을 넘어서

니체를 경유하여 바디우와 지젝의 논의에 제기한 의문은 앞서 바디우와 지젝을 각각 살펴보면서 던졌던 질문들과 대체로 겹친다. 이는 결국 공동체 문제를 해결하는 데 바로 그 공동체로부터의 무관심과 단절을 핵심으로 하는 보편주의가 적절한 대안이 될 수 있는가 하는 것으로 요약되는 질문들이다. 집단정체성에 근거한 공동체가 성격상 보편화되기 어렵다는 점은 분명하다. 하지만 그렇다고 해서 공동체가 단절하고 무심해야 할 대상이며 또 그럴 수 있는 대상인가. 바디우와 지젝처럼 '보편'만이 진리며 그에 충실한 것이야말로 진정 전복적이라는 전제가 있다면 공동체는 마땅히 단절해야 할 대상이 된다. 여기에 대해 니체라면 공동체의 생명력과 힘을 긍정하고 또 그것을 구현하는 일이 모든 건강한 종교의 본질이라 반박할 것이다. 더 나아가 공동체가 구현하는 진리도 있다거나 심지어 공동체를 떠나서는 진리를 말하기 힘들다는 주장도 나올 수 있을 법하다. 반면 니체의 입장은 상대주의나 특수주의라는 비판에서는 자유롭기 어렵다.

공동체와 진리의 관계를 접어두더라도 말 그대로 공동체에 무심하거나 그와 단절하는 일이 '가능한가' 하는 문제가 남는다. 무심이나 단절마저 현실적으로는 시시각각 벌어지는 공동체의 크고 작은 일들에 대한 반응으로 작동하고 해석되기 마련이기 때문이다. 가령 바디우가 은연중에 밝혔듯이 무심은 '특수성의 차원에선 모든 것이 허용된다'는 식으로, 또 단절은 공동체에 관련된 모든 것을 싸잡아 반대하는 식으로 귀결되지 않을까. 그런데 이런 반응들은 공동체 문제를 해결하기는커녕 공동체 '주의'의 확산에 기여하는 면이 있다. 지젝의 표현을 빌리면, 보편주의라는 이름의 법이 공동체라는 현실을 적절히 포괄하지 못했기 때문에 그것이 공동체주의라는 추악한 보충물의 형식으로 되돌아온 것이 아닐까. 그러나 또 한편으로는 공동체주의야말로 바디우와 지젝식의 보편주의를 야기한 당사자가 아닌가. 그러니 어쩌면 이처럼 상반되는 관점이야말로 악순환 관계를 구성하는 두 요소라고 할 만하다.

이 무거운 질문에 어떤 최종적인 답은 어림없고 다만 몇가지 의견을 제시하는 것으로 결론을 대신하고자 한다. 바디우와 지젝의 주장이 보여주다시피 공동체를 둘러싼 최근의 논의는 상대적으로 이 문제를 '외면'하고 '부정'하는 것이 오히려 해결책이라는 쪽으로 기우는 듯하다. 이렇듯 공동체 문제를 계속해서 추상화하고 해체해온 것이 서구 이론의 주된 경향으로 보이는데, 그 자체가 공동체가 '문제'가 되는 현실에 일정한 책임이 있다고 생각된다. 이런 맥락에서, 비록 공동체주의에 대한 적절한 비판이란 측면이 있고 또 공동체 문제를 아예 외면하자는 게 아니라 그에 대한 해결책을 마련하려는 '실천'의 소산임을 감안해도, 바디우와 지젝처럼 공동체를 더욱 '가열차게' 부정하는 것은 문제적 현실에 답이 될 수 없으리라 본다. 앞서 언급했지만 지젝이 말한 '언플러깅'이나 내적 위반의 금지로서의 사랑은 도리어 위험한 발상일 수 있다. 자신에게 가장 소중한 것을 잘라내는 윤리적 행위에 대한 지젝의 강조에(FA 150면) 담긴 정치적 선명함과 전투성은 한편으로 우리 시대가 요구하는 덕목일지 모르지만 역시 어떤 억지가 엿보이는 것이 사실이다. '단절'로 해결되지 않는 것을 그저 더 단호하게 단절하라고 밀어붙인다면 사태는 당연히 악화될 따름이기 때문이다.

바디우와 지젝, 그리고 니체의 입장은 첨예하게 갈리는 한편 공유하는 점이 없지 않다. 보편과 공동체의 대립이라는 구도에서 어느 한쪽의 손을 들어줌으로써 문제를 해결하려 했다는 점이 그것이다. 보편과 공동체가 쉽사리 양립할 수 없다는 것은 확실하지만 그중 하나를 택한다고 해결될 일이 아니라는 것 또한 분명하다. 그렇다면 보편이든 공동체든 한쪽을 잘라내거나 아니면 보편이 공동체에 귀속된다느니 공동체가 보편을 담지한다느니 하면서 섣불리 대립을 해소할 일이 아니라, 어떻게든 대립을 끌어안고 가는 것이 중요하다. 그렇게 끌어안은 채 공동체에 지침을 제공하고 또 공동체에서 새로운 영역을 발견하는 보편, 보편을 통해 성숙하며 보편을 풍성하게 하는 공동체를 끊임없이 상상하는 것이 올바른 방향이 아닐까. 다시 지젝의 표현을 빌리면, 악순환을 단번에 끊는 것이 아니라 서서히 '선순환'으로 전환하는 일이야말로 유일하게 현실적인 대안으로 보인다.

제2부

근대의
경계

제1장

'새로움'으로서의 근대성

1. 근대 개념의 내적 긴장과 '근대성'

자신이 속한 시대를 하나의 역사적 시기로 객관화하기란 쉬운 일이 아니다. 판단의 주체가 판단의 대상에 깊이 얽혀 있기 때문이기도 하겠지만, 해당 시기가 역사의 일부가 되는 순간 역사라고 불리는 다른 일부들과 마찬가지로 공식적으로 논쟁의 영역에 개방되는 탓 또한 클 것이다. 역사화에는 객관화의 지향이 내포되기 마련이면서도 둘이 같은 것이 아님은 물론 둘 사이의 거리를 좁히는 것도 그리 쉬운 일은 아니다. 같은 시대를 놓고 얼마나 다른 해석이 가능한가 하는 점은 얼마 전 한국 역사학계를 발칵 뒤집어놓은 때아닌 '역사교과서 논쟁'이 잘 보여주며, 조금 확장하면 동아시아 공간에서도 일본 식민주의 시기를 두고 도무지 양립할 수 없는 의견들이 충돌하는 중이다. 이런 사례가 일러주는 바는 역사가 됨으로써 객관의 외양을 취한 문제에 관해 사람들은 오히려 거리낌 없이 주관적 욕망을 투사하기도 한다는 사실이다.

일부 완강한 탈근대론자들의 주장을 접어둔다면 우리가 살아가는 이 시대를 최대한으로 늘려 잡을 때 그 외연을 포괄하는 이름은 아마도 '근대'(the modern period)가 될 것이다. 오늘날 한국과 동아시아의 '역사전쟁'이 이토록 첨예한 사정도 논란이 된 과거가 현재와 동일한 역사적 시기에 속하고, 따라서 해당 과거에 대한 해석이 곧장 현재에 대한 평가로 이어져서이다. 그런 점에서 '역사전쟁'의 무대에서 부딪히는 상반된 견해들은 근대 자체를 어떻게 이해하는가, 혹은 근대성(modernity) 개념을 어떻게 정의하는가 하는 문제에 어쩔 수 없이 연루되어 있다.

그런데 지금도 진행 중이라는 점은 근대라는 시기의 성격을 규명하는 일에 독특한 긴장을 부여한다. 역사의 특정 시점에 시작되었고 따라서 앞선 시대들과 마찬가지로 '역사적'인 지위를 갖는다는 사실은 분명한 반면, 이제껏 존재한 마지막 단계니만큼 역사의 텔로스(telos) 같은 특권을 부여하기가 용이하고 영원히 지속되리라 볼 여지도 생기는 것이다. 실상 근대를 지칭하는 '모던'(modern)이라는 말의 생성과정부터 이런 긴장의 흔적이 역력하다.

이 단어의 기원은 생각보다 멀리 5세기까지 거슬러간다. 교황 젤라시우스 1세(Gelasius I)는 살아 있는 예수를 직접 본 교부(敎父)들의 시대와 자기 시대를 구별하기 위해 라틴어 '모데르누스'(modernus)를 사용했는데, 이 단어는 '지금' 혹은 '지금의 시기'를 지시할 뿐 엄밀히 단절을 함축하거나 현재에 특전을 부여한 표현은 아니었다. 하지만 거의 같은 시기 역사가이자 정치가였던 카시오도루스(Flavius Cassiodorus)의 저작에서 이 단어는 고전시대와 근본적으로 구별되는 현재를 의미했다.[1] 연속성을 전제하면서 단순히 시기적으로 더 최근을 지칭하는 용법과 급격한 단절 및 그런 단절의 근거가 되는 차이를 함축하는 용법 사이의 구별인 셈이다. 이렇듯 '모던'으로 지칭하는 시기에 특별한 역사적 지위를 부여하는가 여부에서 오는 긴장이 이 단어의 기원에 새겨져 있다.

서구역사에서 흔히 근대의 시작으로 지목되는 르네상스의 이념이 보여주다시피 '모던'의 상대편으로 곧잘 소환되는 것이 고전시대다. 모던한 현재와 고전적 과거 사이의 대조는 12세기에 시작된 이른바 '신구논쟁'(Querelle des anciens et des modernes)이 보여준 고전 문화와 당대 문화의 우월성 다툼에서 잘 나타난다. 후기 낭만주의에 이르러서는 우월성 혹은 열등성을 둘러싼 고전과 모던 사이의 대립이 해소되면서 "과거 그리고 고대는 우월하지도 열등하지도 않고 다만 다를 뿐"이라는 결론이 제시된다.[2] 그러나 '그저 다르다'는 생각은 모던과 고전 사이의 동등함이나 중립적인 균형을 정착시켰다기보다 오히려 의미의 무게중심을 모던 쪽에 결정적으로 옮겨놓았다. 고전과의 대립에서 벗어남으로써 모던하다는 것은 어떤 식의 역사적 비교나 대조에 묶이지 않는 새롭고도 독립적인 시대를 가리키게 되었기 때문이다. 그런 점에서 이 시점은 특별한 의미를 갖는 역사적 시간대로서의 근대가 발생한 순간이라 할 수 있다.

다른 어떤 시대와도 근본적으로 다르다는 근대의 자의식은 개념사 연구로 잘 알려진 라인하르트 코젤렉(Reinhart Koselleck)의 근대 개념 분석에서도 확인된다. 코젤렉은 "근대 개념이 역사적 시간단위를 형식

---

1 Fredric Jameson, *A Singular Modernity* (London: Verso 2002) 17면. 여기서 제임슨은 '모던'이라는 단어의 역사를 추적한 한스-로베르트 야우스(Hans-Robert Jauss)의 *Literaturgeschichet als Provokation* (Frankfurt: Suhrkamp 1970)의 논의에 주로 기대고 있다.
2 같은 책 22면.

적으로 그 이전 단위와 나누는 것 이상을 의미하는가, 이를테면 새로운 시대를 지칭하는가"라는 질문을 근대 개념 고찰의 첫 단계로 삼는다.[3] 그에 따르면 독일어 '근대'(Neuzeit)는 1870년대에야 나타나지만 그것이 본격적으로 사용되기 이전부터 합성어로서의 이 개념의 모태에 해당하는 '새로운 시대'(neue Zeit)라는 표현이 역사 서술에서 빈번하게 발견된다. 이를 참조하여 코젤렉은 근대라는 새로운 시대가 가리키는 새로움에 그저 그때그때 새롭다는 정도와 이전과는 전혀 다르게 신기원적으로 새롭다는 뜻 둘 다가 함축되어 있었다고 지적한다. 전자의 의미가 지배적이다가 차츰 후자가 통용되면서 근대는 단순히 연대기에 부가된 또 하나의 시대라는 지위를 능가하는 역사적 자질을 획득하게 된 것이다.[4]

한편 '근대성' 개념으로 말하자면, '미완의 기획'(ein unvollendetes Projekt)으로 알려진 하버마스(J. Habermas)의 논의를 비롯한 담론들이 활발한 논쟁구도를 형성하다가 그런 논의를 낡았다고 치부하는 포스트모더니티의 주장들에 한동안 힘을 잃어가고 있었다. 근대성을 옹위하는 입장은 어떤 중심이나 본질주의에 여전히 매여 있는 '근대주의'로 비쳤으며 무엇보다 근대성 자체가 포스트모더니스트들의 주요 비판대상인 거대 역사서사의 구성요소였던 것이다. 하지만 포스트모더니티의 주장들이 발휘하던 이론적 매력 역시 어느정도 빛이 바랜 시점에서 근대성 개념은 '귀환'이라 할 만한 사태를 맞이한다. 이런 귀환이 다분히 퇴행적인 방식으로 이루어진다고 보는 프레드릭 제임슨(Fredric

---

3 라인하르트 코젤렉 지음, 한철 옮김 『지나간 미래』(문학동네 1998) 336면.
4 같은 책 345면.

Jameson)은 근대성 개념의 재등장을 추동하는 근본 동기가 전지구적 자유시장 논리에 있다고 파악하고, 근대화나 산업화 등이 일반적으로 불신을 받는 상황에서 일종의 에두른 대체용어로서 이 개념이 유통된다고 본다. 가령, 저개발국에 필요한 것이 근대화가 아닌 근대성이라는 식으로 이야기하면 이들 나라도 사실상 근대적이 된 지 오래라는 사실을 덮고 그들이 갖지 못했으나 갖기를 욕망해야 마땅한 무언가를 서구가 갖고 있다는 환상을 한층 용이하게 지속시킬 수 있다는 것이다.[5]

제임슨의 주장은 근대성이 자본의 세계화 논리를 뒷받침하는 수단으로 활용된다는 비판이지만, 그런 비판이 제기되었다는 사실은 도리어 근대성 논의의 재개가 반드시 부정적인 것만은 아니라는 점을 일러준다. 포스트모더니즘 담론들이 서둘러 근대 이후를 선언함으로써 근대성에 관한 이해와 해석의 심화가 충분히 이루어지지 못한 채 중단된 면이 있기 때문이다. 더욱이 그들의 주장과 달리 지금껏 실제로 근대 이후가 도래한 적이 없었다면 근대성이란 주제는 여전히 현재적이며 근대 이후가 쉽게 오지 않으면 않을수록 한층 첨예한 주제가 된다고 할 만하다. 한국의 담론지형으로 한정하면 현재 문화 혹은 문학 분야에서는 대체로 '포스트 담론'으로 일컬어지는 이론들이 강세고, 정치적·사회적으로는 여전히 근대화 담론의 영향력이 상당한 것으로 보인다. 하지만 다중적 내지는 대안적 근대성 논의들이 이미 거론되고 있으며, 동아시아라는 지역단위가 중요하게 부상하면서 동아시아 특유의 근대성을 해명하려는 움직임도 눈에 띈다.

앞서 보았다시피 '모던' 혹은 '근대' 개념의 역사는 대체로 이전 시대

---

5 Fredric Jameson, 앞의 책 7~8면.

와 다르다는 견지에서 스스로의 정체성을 구성하는 방향으로 전개되었다. 그렇듯 다른 시대와 다르고 다른 시대들이 서로 다른 것과도 다르게 '새로운' 근대가 구체적으로 어떤 성격인가, 다시 말해 근대의 근대성이란 어떤 것인가를 해명하는 일은 근대 개념의 의미와는 원칙적으로 별도의 사안이다. 하지만 근대성을 규명하는 시도는 '근대'의 개념사가 발산한 의미론적 자장에 영향을 받지 않을 수 없고, 어떤 방향을 취하든 다소간 '새로움'이라는 이 근대적 자의식과 연관되어왔다. 그렇다면 근대 개념의 틀을 충실히 반영하여 다름 아닌 '새로움' 자체로 근대성을 규정한 입장을 살펴보는 것이 근대성 개념의 쟁점을 파악하는 용이한 경로가 될 수 있을 것이다.

2. 무한히 반복되는 새로움

'새로움'으로 근대성을 규명한 대표적인 시도로서 대단히 포괄적이고 유연한 개념 해석으로 특히 문학의 근대성 논의에 주요하게 참조된 바 있는 마셜 버먼(Marshall Berman)의 담론을 들 수 있다. 잘 알려져 있다시피 버먼의 근대성론은 이 주제를 다룬 『모든 단단한 것이 녹아사라진다』(*All That is Solid Melts into Air*)라는 그의 책 제목에 고스란히 요약되어 있다. 이때 단단한 것이 녹아 사라지는 과정은 다른 한편 아직 단단해지지 않은 '새로운' 것들이 계속해서 창조되는 일을 전제하므로 버먼의 근대성 개념은 앞서 살펴본 모던 개념의 역사적 전개를 잘 요약하는 입론이며, 새로움의 창조가 무한히 반복되는 것으로 설정된 점에서 그런 역사적 전개의 한 정점을 보여준다. 그가 생각하는 근대성 개념은 책의 서문 첫머리에서 이렇게 정리된다.

> 오늘날 전세계 사람들이 공유하는 핵심적인 경험양식, 공간과 시간, 자아와 타자, 삶의 가능성과 위험을 경험하는 양식이 있다. 나는 이런 경험 일체를 '근대성'으로 부를 것이다. 근대적이 된다는 것은 우리에게 모험, 힘, 기쁨, 성장, 그리고 우리 자신과 세계의 변형을 약속하는 동시에 우리가 가진 모든 것, 우리가 아는 모든 것, 우리 자신인 모든 것을 파괴하려고 위협하는 환경에 놓인다는 것이다. … 이런 의미에서 근대성은 모든 인류를 하나로 묶는다고 할 수 있다. 하지만 그것은 역설적인 단일성, 불일치의 단일성이어서, 끊임없는 해체와 재생, 투쟁과 모순, 모호함과 고뇌의 소용돌이 속으로 우리 모두를 던져넣는다. 근대적이라는 것은 맑스가 말한 대로 '모든 단단한 것이 녹아 사라지는' 세계의 일부라는 것이다.[6]

버먼에 따르면 모호함과 모순, 역설과 긴장으로 가득한 근대성을 온전히 포착하고 또 그에 부합하는 비전을 가졌던 대표적인 모더니스트가 19세기의 맑스와 니체 같은 인물이었고, 20세기에 들어서면서 근대성에 관한 사유는 정체하거나 퇴행한다. 이 시기의 모더니스트들은 근대성을 "닫혀 있는 하나의 덩어리로 생각하여" "맹목적이고 무비판적인 열정으로 받아들이거나 아니면 … 냉담과 경멸을 실어 비난하는"[7] 식이었다. 그의 목표는 이런 퇴행을 되돌려 근대성에 대한 전체적이고

---

6 Marshall Berman, *All That is Solid Melts into Air: The Experience of Modernity* (New York: Penguin 1982) 15면.
7 같은 책 24면.

개방적인 비전을 회복하도록 촉구하는 데 있다.

앞의 인용에도 나타나다시피 버먼은 근대성 개념을 주로 맑스의 텍스트에 기대어 제시하고 있는데, 그가 특히 주목하는 점은 부르주아를 묘사하는 대목들에 담긴 역설이다. 버먼뿐 아니라 여러 사람이 이미 지적한 바 있듯이 맑스 이론의 궁극적인 무게중심은 부르주아계급의 한계와 프롤레타리아계급의 사명에 놓여 있지만, 가령 『공산당 선언』에서 맑스는 "부르주아의 작업과 사상과 성취들 두고 감동에 취하여 열렬하며 종종 서정적인 찬탄"을[8] 금치 않는다. 버먼에 따르면, 맑스 말고도 근대 부르주아의 기술과 사회조직의 힘을 찬양한 인물은 많았지만 그가 바친 찬가는 물질적인 것 자체보다 그것을 생산하는 새롭고도 부단한 활동에서 발현되는 삶과 에너지, 그리고 그런 활동을 통해 이루어지는 인간 능력의 해방과 성장에 초점을 둔다는 점에서 독특한 바가 있다. "근대의 시인, 예술가, 지식인 들이 그저 꿈꾸기만 한 것을 근대 부르주아들은 실제로 했다"는[9] 주장이 맑스의 요점이었다는 것이다. 모순과 역설에 주목하는 논자답게 버먼은 이와 같은 끊임없는 변화와 성장에는 부수고 무너뜨리고 집어삼키는 일이 수반되며, 발전과 창조의 이면에 어떤 안정성도 허용하지 않는 파괴와 혼란의 어둠이 조성된다는 사실을 아울러 강조한다. 이밖에도 버먼은 맑스로부터 감추어지고 가려진 것을 벗겨내어 드러나게 하는 것, 어떤 신비와 신성함도 허용하지 않고 세속화하는 것 등 근대성에 관한 주된 비유와 설명을 빌려쓰고 있다.

버먼의 근대성 개념이 갖는 남다른 유연함은 두가지 측면에서 뚜렷

---

8 같은 책 92면.
9 같은 곳.

이 확인된다. 하나는 근대를 꽤 분명하게 자본주의 생산양식의 차원과 연결하고 근대성의 의미를 자본주의가 이룬 획기적이고 지속적인 생산력 발전에 기대어 추출하면서도, 이를 다시 인간의 정신적 성장과 창조 역량으로 번역함으로써 좁은 의미의 경제적이고 기술적인 설명을 넘어선다는 점이다. 다른 하나는 그렇듯 사회 전체와 개별 주체에 함께 적용되는 성장과 창조에 필연적으로 파괴와 해체가 따른다고 봄으로써 일면적 이해라는 비판을 효과적으로 봉쇄하는 데 있다. 버먼은 괴테의 『파우스트』를 물질적 발전과 인간적 자기개발의 이중성, 그리고 창조와 파괴의 이중성 둘 다를 함축적으로 보여주는 근대성의 텍스트로 삼아, 개발을 향한 파우스트적 충동이 개인과 공동체 모두에 생기를 불어넣는 반면 그것의 가차없는 압력에 부응하지 못하는 모든 것이 무자비하게 휩쓸려 사라지는 것이 근대의 전형적 풍경임을 다채롭게 예증한다.

하지만 이토록 유연한 버먼의 근대성 개념이 배제하고 있는 것은 없을까. '모든 단단한 것이 녹아 사라진다'는 핵심 비유가 분명히 나타내주듯이 그의 근대성에서 결정적으로 배제된 것은 무엇보다 '단단한' 모든 것이다. 실제로 버먼은 탁월한 모더니스트인 맑스가 스스로 제시한 '녹아 사라지는 비전'(melting vision)을 투철히 고수하지 못한 채 끝내 '단단한 것'을 허용함으로써 결정적 오류를 범한다고 지적한다.

맑스는 공산주의를 근대성의 완성으로 기대했다. 하지만 공산주의가 자신이 해방시키리라 약속한 바로 그 근대적 에너지들을 누르지 않고 어떻게 근대세계에 확고히 자리 잡을 수 있단 말인가? 다른 한편, 그것이 이 에너지들에 무제한의 자유를 준다면 사람들의 에너지의 자발적 흐름이 이 새로운 사회구성체 자체를 쓸어버리지 않겠는가?[10]

맑스의 근대성을 오로지 단단한 것을 녹이는 에너지라는 견지로 해석하는 것이 타당한지 여부는 이후 다시 살피기로 하겠고, 어쨌든 버먼에게 근대를 이전과 구분해주는 핵심적인 '새로움'은 이렇듯 어떤 단단한 것도 허용하지 않는다는 점이다. 그가 주요한 모더니스트로 꼽는 또 한명의 인물 보들레르(C. P. Baudelaire)를 다루는 자리에서도 이 점은 확인된다.[11] 보들레르의 이름은 근대성 개념을 논의할 때 거의 빠짐없이 등장하며 흔히 서구에서 이 단어의 정착에 결정적인 역할을 했다는 평가를 받는다.[12] 특히 1863년에 발표된 에세이 「근대적 삶의 화가」(Le Peintre de la Vie Moderne)에 등장하는, " '근대성'이라는 말로 내가 의미하는 것은 덧없는 것, 일시적인 것, 우연적인 것, 예술의 반쪽이며, 예술은 영원한 것과 변하지 않는 것을 다른 반쪽으로 갖는다"라는 문장은 이 개념과 관련하여 널리 인용되는 대목이다. 여기서의 근대성이 버먼이 말하는 맑스의 '단단한 것을 녹이는' 근대성과 일맥상통한다는 점은 분명하다.

버먼은 근대성과 관련된 보들레르의 진술이 갖는 한가지 두드러진 특징으로 "근대적인 것의 의미가 놀랍도록 모호하고 포착하기 어렵다는 점"을[13] 지적하면서 그에게 완전히 상반되는 두 견해가 공존한다고 본다. 하나는 맑스에게서와 마찬가지로 부르주아계급이 주도하는 물질

---

10 같은 책 104~05면.

11 참고로 버먼이 근대성을 사유한 19세기의 위대한 흐름에 속한다고 꼽은 인물은 앞서 언급한 맑스와 니체 그리고 보들레르 외에 괴테, 헤겔, 스땅달, 칼라일, 디킨스, 헤르첸, 도스또옙스끼 등이 있다.

12 Fredric Jameson, 앞의 책 21면.

13 Marshall Berman, 앞의 책 133면.

적·정신적 진보에 대한 찬사라는 측면으로, 버먼은 이를 '목가적 근대성'이라 부른다. 이에 대립하는 보들레르의 '반(反)목가적 근대성'은 진보를 비롯한 근대적 이념과 삶 전체에 "반동적으로 과장된"[14] 경멸을 쏟아부으며 근대성을 미(美)와 예술에 적대적인 것으로 보는 태도다. 물론 버먼은 이 양자가 별개로 존재할 때는 일면적일 수밖에 없다는 입장이다. 목가적 태도가 표현하는 "눈물 없는 근대성"의[15] 찬양은 근대적 삶의 온갖 불화들을 깨끗이 소거하며 무엇보다 보들레르 자신의 내면적 불안과 고통에도 부합하지 않는다. 반목가성으로 말하자면 근대인과 근대적인 것을 향한 무조건적 혐오의 소산으로, 근대성의 대립항으로 설정된 예술을 '목가적' 개념으로 지나치게 이상화하는 결과를 낳는다고 버먼은 지적한다.

그런데 버먼 자신의 입장은 목가적 태도와 반목가적 태도를 동시에 견지하면서 그 긴장을 버텨내는 것이기보다 양자를 배제하고 그 사이의 중간지점을 찾는 것에 가깝다. 다시 말해 그가 생각하는 적절한 모더니스트의 태도는 근대적 성장이란 으레 눈물 속에서 이루어지고 근대의 눈물은 성장을 동반한다는 식의 절충이다. 이 태도가 갖는 문제적 성격은 근대적 삶과 근대예술의 관계에 적용되는 순간 분명해진다. 버먼은 "근대적 삶이 독특하고 진정한 미를 갖고 있으며 이는 그것의 내적 고통이나 불안과 떨어질 수 없는 것"이라는 사실이 보들레르를 위한 교훈이 되리라고 말한다.[16] 그러나 근대예술의 성취가 확실히 근대적 삶과 연관되어 있더라도 그 성취가 근대적 삶의 고통과 눈물에서 아름다

---

14 같은 책 138면.
15 같은 곳.
16 같은 책 141면.

움을 구하는 태도에서 나온다고 결론 내릴 수는 없다. 그것은 오히려 고통과 눈물에 철저히 공감함으로써 근대성을 근본적으로 재고하는 시도를 요구하는지도 모른다. 이를테면 보들레르의 "『악의 꽃』과 『파리의 우울』의 소재가 되는 도시와 대중과 일상생활은 시적인 것이 되었지만 그 자체로 시적이 되었다기보다는 **그것 자체는 부정하고 공감의 상상력을 통해 그것을 관통하면서** 위대한 예술로 갱신 … 하는 기획의 명분 아래에서 시적으로 변했다"고[17] 볼 수 있기 때문이다.

　파괴와 고통이라는 명백히 부정적인 이면을 감안하지 않더라도, 끊임없이 녹아 사라지는 창조와 성장이란 바로 그 창조되고 성장한 것 자체의 의미를 공허하게 만든다. 이 구도에서는 창조된 모든 새로운 것이 곧 낡은 것이 될 운명에 무력할 뿐 아니라 끝없는 창조라는 압도적인 무한반복 앞에서 개별 창조가 갖는 무게가 한없이 가벼워질 수 있다. 보들레르가 '변하지 않는 다른 반쪽'이라는 이름으로 근대예술을 근대적 삶에서 기어이 분리하고자 했던 이유도 여기에 있다. 버먼식 근대성 개념의 포용력으로는 맑스의 공산주의는 말할 것도 없고 보들레르의 근대예술에 내포된 "모더니티 자체에 저항하는 모더니티"도[18] 미처 수용할 수 없었던 것이다.

---

17 앙투안 콩파뇽 지음, 이재룡 옮김 『모더니티의 다섯 개 역설』(현대문학 2008) 40면. 강조는 인용자.
18 같은 곳.

3. '새로움'이 지우는 것들

새로움으로서의 근대성을 끊임없는 창조와 파괴, 개발과 고통으로 규정한 버먼의 시도가 궁극적으로 낯익은 근대화 담론이나 단선적 진보사관으로 귀결된다고 하면 지나친 단순화일지 모른다. 하지만 맑스와 보들레르를 논하는 데서 보이듯 그가 파괴와 고통의 심각성, 혹은 적어도 파괴와 고통에 대한 '비판'의 심각성을 충분히 감안하지 않았다고 볼 소지는 많다. 버먼의 논의가 그 자신의 의도와는 별개로 창조와 개발 쪽에 현저히 방점을 두고 이런 것들을 절대적인 요구처럼 제시하게 되었다면, 거기에는 창조, 성장, 개발 등에 관한 특정한 인식이 관련되어 있을 법하다.

근대성 담론을 두고 버먼과 논쟁을 벌인 페리 앤더슨(Perry Anderson)은 버먼에게 근대성의 경험은 "본질적으로 무제한적인 자기개발의 주관적 과정"이며, 아무 제약도 받지 않는 자기개발이라는 발상의 문제점은 버먼 자신의 논의에서 징후적으로 확인된다고 분석한다.[19] 가령 버먼은 개인이 먼저 자아를 발전시킨 다음 시민으로서 타자들과 상호 만족적인 관계로 진입한다는 루쏘(J. J. Rousseau)의 단계적 도식이 갖는 딜레마를 지적하지만, 정작 자신의 개발론에서는 이를 무시했다는 것이다. 버먼이 근대성 담론의 논거로 끌어오는 맑스에게서는 사회성이 개인성 다음에 오는 게 아니었으며 자아의 발전이란 이미 타자들과의 관계와 내재적으로 겹쳐 있으므로 결코 무제한적일 수 없었다고 앤더슨은 지적한다.[20]

---

19 Perry Anderson, *A Zone of Engagement* (New York: Verso 1992) 41면.

자기개발이 이럴진대 좀더 물질적인 차원, 가령 생산력의 발전은 더 말할 나위 없다. 버먼은 『파우스트』를 '개발의 비극'이라는 틀로 바라보면서도 파우스트의 동기와 목표를 개인적이고 단기적인 이익으로 환원할 수 없다고 주장함으로써 이 작품을 '자본주의적' 개발의 비극으로 분석한 루카치(G. Lukács)식 해석에 이의를 제기한다. 버먼이 보기에 단기이익에 몰두하는 자본주의적 사업가 유형에 잘 들어맞는 것은 메피스토펠레스이고 파우스트는 공적 기획자에 가깝다. 하지만 "'파우스트적 개발모델'이 국제적 규모의 대대적인 에너지 및 운송 프로젝트를 우선시"했으며 "즉각적 이익보다 장기적인 생산력 발전을 겨냥했고 이런 생산력 발전이 결국 모두에게 최상의 결과를 낳을 것으로 믿었다"는[21] 그의 진술은, 구조로서의 자본주의가 갖는 무한한 생산력 발전의 요구를 잘 표현한 쪽이 오히려 파우스트임을 일러준다. 자본주의 체제가 스스로 불러일으킨 그런 무한발전의 요구를 결코 충족시킬 수 없는 내재적 한계를 갖는다는 지적도 적지 않지만, 오늘날에 와서는 무엇보다 지구의 생태적 조건이라는 한계가 생산력 발전의 동력을 제약하리라는 사실이 분명해졌다. 버먼이 생각하는 끝없이 지속되는 개발이라는 관념은 물질적 층위에서는 더욱이 성립하기 힘든 것이다.[22]

---

20 같은 책 41~42면.

21 Marshall Berman, 앞의 책 74면.

22 다만 '자기개발'과 달리 이 경우는 버먼이 맑스의 논지를 자의적으로 취했다고 단정하기는 곤란하다. 가령 슬라보예 지젝은 맑스 자신이 어느 시점엔가 생산력 발전의 장애물이 되는 잉여가치를 제거하면 영속적인 발전이 가능하리라 생각했다고 본다. 이 점에 관해서는 Slavoj Žižek, *The Sublime Object of Ideology* (New York: Verso 1989) 51~53면 참조. 지젝에 따르면 이는 잉여가치야말로 생산력 발전을 촉발하는 계기임을 알아차리지 못한 데서 비롯된 오인이다.

근대성이 무제한적 성장과 발전, 곧 새로움의 무한반복을 의미한다면 일단 근대성이 성립한 이후에는 다른 시대에 대한 상상은 불가능해지고 역사 자체의 지평이 근대라는 지점에 고정될 수밖에 없다. 어떤 '단단한 것'도 허용되지 않는다는 버먼의 논지가 결코 녹아 사라지지 않는 단단한 근대를 역설적으로 성립시키는 셈이다. 앤더슨은 버먼이 맑스의 비전을 선택적으로 전유한 또 하나의 증거로, 근본적으로 평면적인 발전 개념을 내포하는 근대화 담론과 달리 자본주의 생산양식 전체의 역사적 시간에 관한 맑스 자신의 개념은 복잡하고 차별적인 시간성 개념을 함축했다는 점을 든다.[23]

이 문제는 근대성이 그 기원에서 근대라는 역사적 시간대와 묶여 있었음에도 '시대 구분'으로서의 성격을 서둘러 탈각해버리는 것과 관련되어 있다. 제임슨이 지적하듯이 "'근대성'은 언제나 날짜를 정하고 시작을 상정하는 일을 뜻"하며,[24] 갈릴레오나 데까르뜨 같은 이름과 종교개혁, 아메리카 대륙의 발견, 프랑스혁명, 산업혁명 같은 사건이 근대성의 해석에 계속해서 소환되는 것도 그 때문이다. 근대가 스스로를 독자적인 시간대로 발견 혹은 창조하는 과정은 현재와 구분되는 시대로서의 중세라는 과거나 역시 현재와는 다른 미래를 온전히 가정하고 상상해내는 과정과 일치하며, 그런 점에서 사실상 역사적 시대 구분 자체가 근대성 탄생의 전제가 된다. 하지만 근대가 역사적 시대로서의 자기 속성을 망각하기 쉬운 것처럼, 근대성을 추상하는 과정은 특정한 역사적

---

23 앤더슨에 따르면 버먼은 불연속적이고 이질적인 시간성 개념을 이해하지 못했기 때문에 그 자신이 주장한 20세기 모더니즘의 쇠퇴도 적절히 설명하지 못한다. Perry Anderson, 앞의 책 30~33면 참조.

24 Fredric Jameson, 앞의 책 31면.

시대의 성격을 규명한다는 출발점을 지우기 십상이다. 이런 망각의 지점에서 근대성은 영속적인 '인간의 조건'으로 탈바꿈하게 된다.

새로움으로서의 근대성에서 배제되는 또다른 사실은 새롭지 않은 것들 혹은 오래된 것들이 근대라는 시간대에 엄연히 그리고 지속적으로 존재한다는 점이다. 이 점과 관련해서는 버먼이 인용한 '모든 단단한 것이 녹아 사라진다'는 맑스의 문구에 "모든 단단한 것이 더욱 단단해진다"로 응수한 프랑꼬 모레띠(Franco Moretti)의 분석이 특히 흥미롭다. 앞서 본 대로 이 구절을 통해 맑스는 부르주아 시대를 앞선 모든 시대와 구분해주는 특징으로 생산과 사회적 조건의 끊임없는 혁신, 굳어진 관계나 사고방식의 일소 등을 지적한 바 있다. 모레띠는 주로 문학 텍스트를 전거로 부르주아계급에 대한 독자적 규명을 시도하면서, 맑스가 묘사한 "새롭고 예측 불가능한 플롯"은커녕 오히려 "규칙성(regularity)이 부르주아 유럽의 위대한 서사적 발명품"임을 보여주고자 한다.[25]

모레띠에게서 눈길을 끄는 것은 자본주의 패권국가로 승승장구하던 빅토리아 시대(1837~1901) 영국에 대한 분석이다. 버먼과 흡사하게 그는 부르주아의 시대에는 단단한 것이 녹아 사라지고 신성화된 것이 세속화되며 마침내 인간이 자기 삶의 실제 조건과 환상 없이 대면한다는 맑스의 묘사를 상기시키며 분석을 시작하지만, 곧이어 그 대목에 비추어 본다면 "이 시대의 가장 산업화되고 도시화되고 '선진적인' 자본주의가 '열광'과 '감상주의'를 '일소하기'는커녕 복원"한 것이 "빅토리아 시

---

25 Franco Moretti, *The Bourgeois: Between History and Literature* (New York: Verso 2013) 15면. 강조는 원문.

134 제2부 근대의 경계

대의 수수께끼"일 것이라 말한다.[26] 그는 회화와 문학, 건축 등 다양한 문화 텍스트를 넘나들면서 '빅토리아니즘'(Victorianism)으로 통칭되는 이 현상을 다각도로 조명한다.

특히 '녹아 사라지는 비전'과 관련하여 모레띠는 경제 영역에서는 창조적 파괴가 한창 일어나고 있었지만 문화 영역에 진입한 새로운 인물들은 오히려 옛 귀족의 문화적 헤게모니에 굴복하기 시작한 때가 빅토리아 시대였다고 말한다. 고딕양식의 부활에서 단적으로 드러나듯이 새로움보다는 전통적인 양식들을 열광적으로 옹호하면서 자기 시대를 과거 역사의 스크린으로 가렸다는 것이다.[27] 부르주아 시대가 어떤 편견과 신비화도 없이 현실과 직면하게 만든다는 맑스의 진술에 대해서도 모레띠는 19세기 중반의 영국 자본주의는 맑스가 예견한 식의 '부르주아 리얼리즘'을 위한 조건을 실제로 준비했으나 빅토리아 시대를 지배한 경향은 불편한 현실을 외면하고 덮어버리는 식, 다시 말해 "자초한 실명(self-inflicted blindness)"이었다고[28] 묘사한다. 마찬가지로 지식 일반에 대한 태도에서도 빅토리아 시대는 '반지성주의'를 보여준 시기여서, '유용한 지식'을 강조함으로써 오히려 지식을 제한하는 경향을 보였다.

이렇듯 새로움을 경계하면서 '이미 거기 있는 것'(déjà-là)을 옹호하게 된 사태는 매우 의식적인 선택의 결과였다는 것이 모레띠의 주장이다. 그에 따르면 19세기 중반이 되면 이미 자본주의는 강력한 지배체제가 되어 거기에 직접적으로 관련된 사람들뿐 아니라 "모두에게 이치

---

26 같은 책 108면. 강조는 원문.
27 같은 책 114면.
28 같은 책 112면.

에 닿는 것이어야 했고, 그런 점에서 실상 정당화라는 요구에 직면"하게 된다. 그러나 이런 일을 담당하기에 부르주아는 역부족이었고 따라서 정당성이 이미 보장된 기존의 것들, 곧 중세적이고 기독교적인 것들에 기대어 사회적 통제력을 확보하고자 했다.[29] 빅토리아 시대 '신사'(gentleman)의 이상이 보여주듯이 '기사'(knight)라는 기존 형태를 고스란히 유지한 것은 아니지만 기본 골자는 전(前)자본주의적인 가치에서 동원하는 식이었다는 것이다.

"고딕 첨탑에서 기독교적 신사까지 … 빅토리아니즘은 하나의 긴 위장된 이야기"였다는 모레띠의 결론은 "빅토리아니즘이 근대사에서 문화적 헤게모니의 최초 사례"였다는 사실에 비추어볼 때 근대성 이해에 중요한 시사점을 제공한다.[30] 모레띠는 만사에 때가 있다면 "부르주아에게 그와 같은 핵심적인 순간은 19세기 중반 영국이었고, 그때 했던 선택은 (맑스적) '사실주의적' 근대성 혹은 (베버적) '탈마술화된' 근대성 같은 근대성 재현들을 약화시키는 데 독특한 영향력을 발휘"했다고 주장한다.[31] 이와 같은 모레띠의 분석을 감안하면 버먼식 '새로움'으로서의 근대성에서 '오래된 것'의 유구한 존재가 배제된 사실이 분명해질 뿐 아니라, '새로움'으로 근대성을 정의하는 것 자체가 의문에 부쳐진다. 이때의 '오래된 것'은 근대성이 채 확립되기 전에 잔존하는 것이기보다 근대성이 경제적으로나 문화적으로 헤게모니를 확보하는 순간에 의식적으로 선택된 것이기 때문이다.

그렇다면 여기서도, 문화는 그렇다 쳐도 물질적 혹은 경제적 영역

---

29 같은 책 115~16면.
30 같은 책 144, 134면.
31 같은 책 134면.

에서는 근대성이 여전히 '새로움'으로 정의될 수 있지 않을까 하는 의문을 제기해볼 수 있다. 이른바 '토대'의 영역에서는 과연 옛것이 사라지고 끊임없이 새로운 것들이 만들어지고 있는 것일까. 낸시 프레이저(Nancy Fraser)는 자본주의가 모든 것을 상품화하는 전례 없는 변화를 추동한다는 통념에 대해, 상품시장 바깥의 활동과 재화가 계속해서 남아 있을 것이며 이는 "자본주의 이전 시대의 잔여물에 불과한 것도 사라지고 있는 것도 아니"라고 지적한다.[32] 이른바 공식경제에서 벗어난 이 영역은 "자본이 이윤을 얻고 의존하는 진행 중인 과정(an ongoing process from which capital profits and on which it relies)"이라는 것이다.[33] 얼마 전 '삐께띠 패닉'(Piketty Panic)이라는 조어를 낳을 정도로 엄청난 반향을 불러일으킨 또마 삐께띠(Thomas Piketty)의 책 『21세기 자본』(*Le Capital au XXIe siècle*, 2013)은 "1차대전 이전의 서구 사회는 사실상 상속재산을 가진 이들의 과두제로 지배되고 있었는데, 우리가 그 상태로 되돌아가고 있는 중임을 설득력 있게 입증"했다고 평가받는다.[34] 이와 같은 추세들이 매우 의식적인 선택의 결과라면 물질적 영역에서도 새로움으로서의 근대성은 자명한 사실일 수 없다.

---

32 Nancy Fraser, "Behind Marx's Hidden Abode: For an Expanded Conception of Capitalism," *New Left Review* 86 (2014) 59면.

33 같은 곳.

34 Paul Krugman, "The Piketty Panic," *The New York Times*, 24 April, 2014. http://www.nytimes.com/2014/04/25/opinion/krugman-the-piketty-panic.html?_r=0.

4. 새로움 대 오래됨이라는 패러다임

모레띠의 분석이 근대를 주도한 서구에서 '기존의 것'들이 엄연히 존재함을 입증했다면, 비서구 지역에서는 같은 현상이 더한층 복잡한 해석을 야기한다. 탈식민주의의 문제의식이 보여주듯이 이런 지역에서는 '기존의 것'을 헤게모니 유지를 위해 동원한다는 측면보다 그에 대한 일방적 경멸과 억압이 첨예한 쟁점이 되어왔기 때문이다. 버먼의 책을 자기개발에 방점을 둔 '교양소설'(Bildungsroman) 서사로 파악한 싼제이 쎄스(Sanjay Seth)의 비판도 버먼이 비서구 지역에서 전근대적인 것들이 "근대성에 어떤 지속적인 각인을 남긴다"는[35] 사실을 무시한다는 데 초점을 둔다.

쎄스는 버먼이 근대성을 하나의 일관된 전체로 파악함으로써 누군가는 현재를 살고 있고 또다른 누군가는 아직도 과거에 속한다는 발상, 곧 "다른 장소나 다른 사람들을 '중세적'이라 묘사하거나 폄하하는" 태도가 야기된다고 본다.[36] 이런 비판은 근대성을 새로움이라는 견지에서 정의할 때 결국 새로움이 하나의 평가기준 역할을 하게 되는 점과도 관련이 깊다. 새로움으로서의 근대성은 더 새로운 것이 더 근대적이라는 전제를 함축하며, 어딘가는 더 새롭고 앞서 나가며 또 어딘가는 덜 새롭고 따라서 뒤처져 있다는 줄 세우기를 암암리에 조장하기 때문이다. 쎄스의 주안점은 근대성을 "하나의 복합적인 체제"(a complex system)로[37] 파

---

35 Sanjay Seth, "Modernity without Prometheus: on re-reading Marshall Berman's All that is Solid Melts into Air," *Third World Quarterly* 33:7 (2012) 1382면.
36 같은 글 1380면.
37 같은 글 1381면.

악해야 한다는 것인데, 여기에는 일차적으로 서구와 비서구 사이의 차이를 앞서고 뒤처지는 시간적 차이가 아니라 서로 다른 지점에서 출발했기 때문에 나온 서로 다른 결과로 파악하는 일이 포함된다. 경제적·제도적 측면의 차이와 아울러 문화에서 나타나는 지역적 차이들이 서로 다른 종류의 근대성을 낳는다고 보자는 것이다.[38]

쎄스는 디페시 차크라바티(Dipesh Chakrabarty)의 논의에 기대어 자본주의적 근대성이 등장하는 데 필수적인 조건으로 작용한 역사적 과거, 그리하여 근대성으로 수렴되는 과거가 있는가 하면, 근대 이전부터 존재하여 근대와 공존하게 된 과거 중에 근대성의 논리적 전제조건도 아니고 근대성과 같은 성격이라 할 수 없는 것도 있다는 점을 인정하자고 강조한다. 말하자면 "우리의 근대성이 내부에 그것의 논리에 종속되거나 겹쳐지지 않는 삶의 형태와 방식들을 포함"(our modernity contains within it forms and ways of life that are not subservient to, or overwritten by, its logic)하며[39] 따라서 근대성을 정의하는 데 반드시 '차이' 개념이 도입되어야 한다는 것이다. 그는 이 '차이'의 성격과 중요성을 다음과 같이 설명한다.

---

38 이와 같은 주장은 '다중적 근대성'(multiple modernities)이라는 개념으로 이어질 수 있다. 이 개념은 서구적 근대성이 비서구 사회들에 널리 채택된 것이 사실이지만 "동시에 근대성과 비서구 사회의 만남은 근대성의 전제와 상징과 제도에 광범위한 변형을 가져왔으며 그 결과 새로운 문제들을 야기했다"고 강조하고, 그와 같은 변형을 허용하는 점이 근대성의 "자기교정 잠재력"(potential for self-correction)이라고 본다(S. N. Eisenstadt, "Multiple Modernities," *Daedalus* 129:1 (2000) 14, 25면). 하지만 다중적 근대성 논의가 근대성의 자기교정 능력을 강조할 경우 원래 의도와는 달리 쎄스가 말한 '이질적 시간성'을 오히려 부인하게 될 우려도 있을 것이다.

39 Sanjay Seth, 앞의 글 1385면.

지적인 면에서 그런 차이들에 주목하는 것은 중요한데, 그와 같은〔차이를 구성하는〕관행들은 멸종할 운명을 갖는 유물로 일축되어서는 안 되기 때문이다. 그것들은 오히려 근대적 조건의 일부인 틈(fissures)과 이질적 시간성(heterotemporality)을 드러내줄지 모른다. 또한 그것들이 근대성의 살아 있는 일부라면, 그리고 어떤 근대인들이 근대를 살아갈 만한 것으로 만들기 위해 길을 찾는 방식이라면, 다른 근대인들에게도 사례와 가능성을 제공해줄 수 있을 것이므로, '전근대적' 관행들을 진지하게 받아들이는 것은 윤리적으로나 정치적으로도 중요하다.[40]

쎄스가 말하는 '틈'과 '이질적 시간성'이 자본주의적 근대성과 정확히 어떤 관계를 맺고 있으며 그것이 제공하는 '가능성'이 어떤 성격인가 하는 점은 전근대적 관행 각각에 대한 개별적인 분석을 요청하는 사안일 것이다. 여기서는 이와 같은 쎄스의 논의까지 염두에 두면 근대성의 일부가 된 '기존의 것'을 최소한 세가지 존재형태로 분류할 수 있다는 점만 지적하고자 한다. 하나는 모레띠가 보여준바 부르주아 헤게모니의 근대성을 정당화하는 데 선택되고 동원되는 형태, 다른 하나는 쎄스가 보여주었듯이 근대성의 논리에 포섭되지 않고 이질성을 유지하는 형태, 그리고 나머지 하나는 통상 '멸종할 운명의 유물'로서 한동안 그저 잔존하는 형태이다. 쎄스가 말한 이질성 또한 더 상세히 분류한다면 지배적 근대성과 무리 없이 공존하는 사례와 적대하는 사례가 있고, 적대하는 경우에도 대안이라는 이름에 부합하는 것과 그렇지 않은 것으로 나누어질 것이며, 서구와 비서구라는 구분을 통과하면 이들 각각이

---

40 같은 글 1384면.

한층 세밀하게 갈라질 것이다. 그런데 이런 구분들이 전근대의 과거로부터 내려온 오래된 것에만 적용될 것인가? 새로운 것에 대해서도 유사한 분류를 적용하여 지배적인 근대성의 정당화에 기여하는지 혹은 근대성에 포섭되지 않는 이질성을 보여주는지, 아니면 그저 반복되는 새로움의 하나로서 이렇다 할 의미를 남기지 못한 채 멸종할 운명인지 물을 수 있지 않을까.

그렇다면 새로움으로서의 근대성이 안고 있는 한층 근본적인 문제는 새로움 대 오래됨이라는 패러다임을 구성함으로써 새로운 것과 오래된 것 각각이 어떤 성격인가 하는 물음을 봉쇄한 데 있다고 하겠다. 근대성이 아니라 근대성의 이데올로기를 말해야 하는 이유가 여기에 있다. 버먼의 근대성론은 사실상 근대의 새로움이 갖는 가능성에 대한 믿음이고 이는 새로운 것에 대한 특정한 태도, 곧 새로움 자체에 즉각적인 가치를 부여하는 태도를 함축한다. 근대성 담론의 이데올로기는 이런 패러다임에서 한걸음 벗어나 새로운 것이든 오래된 것이든 그것이 어떤 근대성을 어떻게 정당화하는가 혹은 어떤 근대성에 어떻게 포섭되지 않는 이질성을 간직하는가를 물을 때 비로소 드러난다. 이 질문에 대한 답이 근대성 자체를 하나의 역사적 현상으로 간주할 때, 다시 말해 그것을 역사의 영속적인 지평으로 받아들이지 않을 때만 가능하리란 점은 말할 필요도 없다.

제2장

법의 폭력, 법 너머의 폭력

1. 폭력이라는 상수

흔히 양차 세계대전을 목도한 20세기를 일컬어 '폭력의 세기'라고 하지만 실상 근대문명의 역사 전체가 폭력을 동반했다고 할 만하다. 이 역사의 출발과 정확히 중첩되는 식민주의가 그렇고, 이후 전체주의의 경험과 냉전, 이른바 '문명의 충돌'과 테러리즘에 이르기까지, 폭력은 근대문명의 진행과 내내 공존할 뿐 아니라 어떤 면에서 날이 갈수록 한층 더 일상적이고 가시적인 존재로 자리 잡는 듯하다. 오늘날의 세계 어느 곳에서나 폭력의 이미지가 문화를 지배하는 것도 이런 사태와 무관하지 않을 것이다. 주위를 둘러보면 국가폭력, 가정폭력, 학교폭력, 언어폭력 등 폭력은 더욱 촘촘한 범주로 세분되어 빈틈없이 일상으로 침투해 있고 차마 형용하기 힘든 강도와 성격으로 분출되는 일도 잦아졌다. 더욱이 이런 현상들이 문화매체를 통해 거듭 비춰지고 재현된다는 점에서 폭력은 우리 삶에 일종의 '제곱'으로 존재하는 유력한 상수(常數)가 되었다.

　폭력이 근대역사에서 차지하는 압도적 위상에 조응하여 그에 대한 성찰과 비판도 근대역사의 중요한 일부를 구성해왔다. 역시 식민주의의 폭력성에 대한 논의들이 그 두드러진 사례에 속한다. 폭력 비판을 통해 이루어진 그간의 중요한 통찰 가운데 하나는 폭력이 야만이나 반문명, 혹은 근대 이전 역사의 잔재라는 명제가 그리 신뢰할 만하지 않다는 점이다. '미완의 기획'이라는 이름으로 널리 대표되는 이 명제는 잘 알려져 있다시피 계몽이라는 근대적 기획 자체는 전체주의를 포함한 근대의 폭력적 재앙과 무관하며 이 기획이 아직 미완이라는 점이 그와 같은 폭력의 발생을 설명할 수 있다는 것이었다. 하지만 계몽에 대한 줄기찬 비판, 무엇보다 근대역사가 이만큼 진행되도록 좀체 사라질 기미가 없이 도리어 전례 없는 양상과 규모로 나타나는 폭력의 엄연한 현존으로 인해 이 명제는 성립하기 힘들어졌다. 그리하여 폭력은 잔재이거나 일탈, 심지어 부수현상 같은 것이 아니라 실상 근대문명과 모종의 내재적 관련을 맺고 있다는 인식이 갈수록 설득력을 얻게 된 것이다.

　이런 인식은 특히 주권권력의 주체이자 공공성을 수호하며 나아가 보편인권을 지원하는 역할을 자임하는 근대국가가 폭력에 깊숙이 연루되었음을 밝히는 작업과 맥락을 같이한다. 전쟁이나 쿠데타 같은 대규모의 물리적 폭력을 비롯하여 특정 계층과 세력에 대한 억압과 차별, 비시민권 거주자들에 대한 배제와 추방 등 국가 차원에서 자행되고 묵인된 각종 폭력들이 곳곳에서 밝혀지면서 국가의 존립근거부터 의문시되고 있다. 중립성과 공공성, 보편성 등 근대국가가 스스로를 정당화하는 논리로 내세우는 것들을 명백히 위반하는 경우뿐 아니라, 특별히 여기에 어긋날 것 없이 '합법적'으로 기능할 때조차 암암리에 폭력과 공모한다는 지적은 한층 더 심각한 비판이 될 것이다. 최근 들어서는 그와 같은 국가권력과 폭력의 상호구성이라든지 권력의 토대인 법의 설립과 작동에 개입하는 폭력을 둘러싼 이론적 관심이 커지고 있다. 여기서는 그렇듯 폭력이 얼핏 그 대립물로 생각되는 법을 통해 저지되기는커녕 가장 정상적이고 일상적인 법의 작동에조차 개입되어 있으며, 어쩌면 거기서야말로 가장 원형적으로 발현된다는 논의들을 검토하려 한다.

이런 논의들의 골자는 돌이켜보면 멀지 않은 과거에 널리 유포되었던 '구조적/체제적 폭력'이라는 용어와 의미가 이어진다. 자본주의적 근대의 법적·정치적·이데올로기적 장치들이 근본적인 구조의 차원에서 폭력을 내장한다는 문제의식은 한때 상당한 영향을 미쳤으나, 사회주의의 몰락을 비롯한 일련의 변화를 타고 '대안 불가'의 분위기가 강해지면서 급격히 이론적 관심에서 멀어졌다. 바로 그렇기 때문에 자본주의의 위기가 공공연히 운위되고 대안적 체제에 대한 상상이 다시금 활발해진 현재의 시점에 새로이 조명을 받을 만한 것이다. 그런데 구조적/체제적 폭력이라는 표현은 폭력이 관여하는 또 하나의 차원, 즉 구조와 체제에 대한 '저항'이 폭력과 맺는 착잡한 관계를 상기시킨다. 폭력적 체제를 겨냥한다는 점에서 저항은 폭력 자체에 대한 저항의 차원을 갖겠지만, 궁극적으로 권력 획득과 새로운 법의 정립으로 이어진다면 그 역시 폭력의 혐의에서 간단히 면제될 수 없다. 대안이기를 자처한 체제가 역사적으로 노정한 폭력들이 이 난점을 증언해준다. 또한, 저항이 폭력의 양상을 띨 경우 그것이 폭력인 한에서는 저항이나 혁명의 틀 안에 얌전히 머무를 수 있을까 하는 점도 의문으로 남는다. 어떤 이름으로 수행되든 폭력에는 그 이름을 벗어나는 자기탐닉과 과잉의 가능성이 내재하기 때문이다.

이렇듯 폭력과 법의 관계는 권력의 문제만이 아니라 권력에 대한 저항이라는 문제와도 이어져 있어 상당히 복잡한 양상을 보인다. 다른 한편 폭력과 법이 본질적이고 내재적인 관계를 형성한다는 이야기도 반드시 양자가 동일한 외연과 내포를 갖는다는 의미는 아닐 수 있다. 그렇다면 법을 초과하는 폭력이라든지 폭력을 넘어서는 법을 상상할 수도 있겠는데, 둘 사이의 근본적인 연관성까지 감안한다면 이는 스스로를 초과하고 넘어서는 법 혹은 폭력에 관한 이야기가 될지도 모른다. 이 글은 폭력과 법이 구성하는 그와 같은 이중 삼중의 겹치고 뒤엉킨 관계를 검토하면서 거기서 제출되는 쟁점의 날을 세워보려는 시도다.

2. 폭력과 법의 상호함축

폭력과 법에 관한 논의에서 하나의 중요한 출발점을 제공한 텍스트로는 발터 벤야민의 「폭력 비판을 위하여」(Zur Kritik der Gewalt)를 꼽을 수 있다. 여기서 벤야민은 폭력 비판의 과제가 무엇보다 "폭력이 법과 정의와 맺는 관계들을 서술하는 작업"임을[1] 분명히 하고 있다. 그에 따르면 무언가가 '비판'의 대상으로서의 폭력, 다시 말해 성찰과 가치평가 대상으로서의 폭력이 되는 것은 윤리적인 상황에 개입할 때인데, 이런 윤리적 관계를 지칭하는 것이 법과 정의 개념들이다. 벤야민은 우

---

1 발터 벤야민 지음, 최성만 옮김 『역사의 개념에 대하여, 폭력비판을 위하여, 초현실주의 외』(길 2008) 80~81면.

선 폭력에 대한 이해와 비판이 폭력을 수단으로 하는 목적의 정당성 문제, 곧 그것이 정당한 목적을 위해 봉사하는지 아닌지, 혹은 목적의 정당성을 보증하는지 아닌지의 문제로 귀결되지 않는다고 강조한다. 정당한 목적에 기여하더라도 폭력 자체가 수단으로서 윤리적인가 하는 질문은 여전히 남아 있으며, 또 설사 수단으로서 윤리적이라 하더라도 그 점이 곧 목적의 정당성을 입증해주지는 않는다는 것이다. 따라서 폭력을 자연적으로 주어진 것으로 보면서 부당한 목적을 위해 사용하지만 않으면 괜찮다고 보는 자연법주의나, 반대로 폭력이라는 수단 자체가 적법한가 여부를 따져 그것이 기여하는 목적의 정당성을 보증하려는 법실증주의 같은 것으로는 폭력 비판이라는 과제를 감당할 수 없다.[2]

이런 근거에서 벤야민은 목적의 영역과 별개로 수단으로서의 폭력 자체의 속성에 주목할 것을 요청한다. 그는 법이 개인들의 합당한 폭력조차 금지하고 폭력을 독점하는 것은 법적 목적을 지킬 의도라기보다 법 자체를 지키려는 의도에서 나온다는 점, 파업권과 전쟁권에 대해 국가가 두려움을 갖는다는 점, 평화적으로 맺어진 법적 계약이라도 계약 자체를 보증하는 폭력을 전제로 하며 어떤 법적 기관이라도 거기에 폭력이 잠재적으로 현존한다는 의식이 사라지면 퇴락한다는 점, 그리고 사형제도와 경찰제도에 함축된 폭력과 법의 관계 등을 짚어나간다. 이런 발견들을 토대로 그는 "모든 폭력은 수단으로서 법정립적이거나 법보존적"이며 따라서 "수단으로서의 모든 폭력은 … 법 일반의 문제성에 관련되어 있다"고 지적한다.[3]

---

2 같은 책 81~82면.
3 같은 책 96면.

벤야민의 글에서는 법에 대해 수단으로서가 아니라 다른 것으로서 관계 맺는 폭력, 이를테면 목적과 무관하게 분출되는 분노 같은 '발현'으로서의 폭력도 언급된다. 벤야민은 이런 종류의 폭력의 중요한 예들을 신화에서 확인할 수 있다고 이야기하면서 '신화적 폭력'(mythische Gewalt)이라는 문구로 이를 지칭한다. 하지만 그는 이내 그처럼 특정한 목적이나 의지가 아니라 마치 신들의 존재 자체를 발현하는 것 같은 직접적인 폭력이야말로 실은 법정립적 폭력에 가장 방불한 것이라고 덧붙인다. 법을 정립한다는 것은 결국 권력을 정립하는 일이며 그런 한에서 폭력의 직접적인 발현행위이기 때문이다. 따라서 법의 정립은 "폭력이 없는 독립된 어떤 목적이 아니라 그 폭력에 필연적이면서 내밀하게 연계된 목적을 법으로서 권력의 이름으로 투입하면서 일어난다"고[4] 정리할 수 있다.

벤야민의 폭력 비판은 이처럼 폭력과 법이 긴밀히 관련되는 데 그치지 않고 어떤 상호함축적인 회로를 형성함을 강조하고 있다. 폭력과 법의 내밀한 관계를 규명하는 이후의 논의들이 계속해서 그를 인용하고 변주하는 이유가 여기에 있다. 그 가운데는 한나 아렌트의 경우처럼 벤야민이 설정한 법과 폭력의 연결고리를 의식적으로 해체하려는 시도도 포함된다. 아렌트는 특히 권력과 폭력을 대조시킴으로써 이런 목적을 달성하고자 한다. 그에 따르면 "권력과 폭력이 동일하지 않다고 말하는 것으로는 불충분"하다. 둘은 명백히 "대립적"이며 이 두 대립물이 "서로를 파괴하지 않고 순조롭게 발전시킨다는 믿음은 아주 오래된 철학적 편견"이라고 아렌트는 잘라 말한다.[5] 하지만 이런 단언은 권력과

---

4 같은 책 108면.

폭력이 오래도록 함께 나눈 공통의 역사를 적절히 해명할 수 없으며, 따라서 가령 "근대 자유주의 국가권력이 … 폭력의 독점적 행사를 본질로 하는 구조적 체제일 가능성에 대해서는 성찰하지 못"했다는[6] 비판에서도 자유롭지 못하다.

다른 한편 벤야민의 폭력 비판을 수용하고 확장하면서 그와 마찬가지로 법의 정립에 근원적으로 내재하는 폭력을 강조한 사례로는 조르조 아감벤을 꼽을 수 있다. 아감벤은 '주권권력'의 구조에 관한 분석을 통해 벤야민의 논점을 재연하는데, 그의 핵심 주장 가운데 하나는 주권권력이 법질서의 효력을 정지시키는 '예외상태'를 만들어냄으로써 역설적으로 그 법질서가 효력을 발생하는 공간을 비로소 구성한다는 것이다. 이때 그가 중점적으로 해명하는 예외상태란 주권자가 법질서에서 배제시켜 어떤 종류의 보호도 받지 못하게 한, 그야말로 맨몸뚱이만 남은 '벌거벗은 생명'을 만들어내는 과정에 다름 아니다. 법의 테두리에서 밀려난 이 벌거벗은 생명들은 "누구라도 처벌받지 않고 죽일 수 있는 반면에 제의관습에 따라 죽일 수는 없는"[7] 자를 의미하는 '호모 사케르'라는 개념과 중첩된다. 언제든 죽임을 당할 수 있으나 그 죽음에 일말의 의미도, 심지어 희생의 의미조차 부여받지 못하는 가장 밑바닥의 존재라는 것이다.

아감벤이 보여주는 주권권력의 자기정립 과정은 이렇듯 호모 사케르를 배제하고 추방하는 폭력을 구성적 계기로 내포한다. "주권자와 호모

---

5 한나 아렌트 지음, 김정한 옮김 『폭력의 세기』(이후 1999) 90면.

6 강우성 「폭력과 법의 피안: 정치적 주체의 탄생」, 『안과밖』 30(2011년 상반기호) 16면.

7 Giorgio Agamben, *Homo Sacer: Sovereign Power and Bare Life*, tr. Daniel Heller-Roazen (Stanford: Stanford UP 1998) 72면.

사케르는 동일한 구조를 가지며 상관관계를 이루는 두개의 대칭적 형상들"로서,[8] 주권자에 대해 모든 사람이 잠정적으로 호모 사케르가 될 수밖에 없다면 호모 사케르에 대해서는 모든 사람이 주권자 행세를 할 수가 있다. 호모 사케르가 처한 이 극단의 곤경이 갖는 또 하나의 특징은 그렇듯 법질서에서 추방당하고서도 온전히 법 바깥에 있을 수 없다는 점이다. 법질서에서 추방과 배제를 당하지만 바로 그 추방과 배제의 형식으로 여전히 법질서와 관련되기 때문이다. 주권권력은 호모 사케르를 법질서에서 배제하면서 동시에 계속해서 권력의 대상으로 포섭하는 양면적 작동방식을 지니며, 따라서 거기에 연루된 폭력은 권력이 지속하는 한 계속해서 행사된다고 할 수 있다.

법의 정립과 보존 일체, 그리고 주권의 구조 자체에 깊숙이 각인된 폭력의 인장을 확인하는 벤야민과 아감벤의 작업은 삶에 권력이 편재한다고 말할 수 있는 한 거의 넘어설 수 없는 인간의 조건을 드러낸 것처럼 들리기도 한다. 과연 폭력은 떨칠 수 없는 문명의 댓가로 견뎌야 하며 다만 '인도주의적' 완화를 도모할 수밖에 없는 것인가, 아니면 법질서가 추방한 어느 주변의 '타자'들이 이 불가피한 폭력을 받아내는 동안 묵묵히 외면하며 지나치는 편이 차라리 정직한 것인가. 그러나 거의 '존재론적' 묘사로 들릴 소지가 다분한 벤야민과 아감벤의 설명을[9] 선불리 어떤 결론으로 몰아가는 대신, 폭력과 법의 상호함축을 좀더 구체

---

8 같은 책 84면.

9 물론 벤야민과 아감벤의 폭력 비판은 그와 같은 폭력과 법의 폐쇄적 순환고리를 벗어날 가능성에 대해서도 언급하고 있으며 이는 뒤에서 상세히 살펴볼 것이다. 그렇다고 해서 이들의 폭력 논의가 좁은 의미의 정치 영역뿐 아니라 인간 삶과 문명 일반의 내재적 구성요건을 환기한다는 사실은 변하지 않는다.

적인 사회역사적 층위에서 풀어낸 논의를 참조할 필요가 있다.

3. 주관적 폭력과 체제적 폭력

슬라보예 지젝의 폭력 비판은 벤야민과 아감벤의 논의와 유사한 문제의식을 담고 있으나 폭력이 한층 가시화되고 잔혹해지면서 그에 대한 대처가 중요한 사회적 의제로 대두한 현시대의 상황을 출발점으로 삼는다. 그는 범죄에서 테러와 대량학살에 이르는 직접적이고 물리적인 폭력과 인종차별과 성차별 같은 이데올로기에서 비롯된 폭력까지를 아울러, "분명히 지목 가능한 행위자에 의해 수행된 폭력"이라는 의미에서[10] '주관적'(subjective) 폭력으로 일컫는다. 그런데 그는 이런 종류의 폭력과 싸우는 일이 무엇보다 시급하며 특히 관용을 증진하려는 노력으로 이에 맞서야 한다는 인도주의적이고 자유주의적인 주장들을 두고 주관적 폭력에 '매혹'되어 무엇이 긴급한가에 대해 가짜 감각을 갖게 된 것이라고 비판한다. 인간을 대상으로 한 신체적·정신적 폭력이야말로 가장 심각한 인권유린이며 이를 구제하는 일은 인권이라는 기본 가치를 수호하는 최소한의, 그러나 가장 필수적인 의무라는 주장에 반박하는 그의 태도는 인권 자체를 부인하는 것만큼이나 터무니없다고 여겨질 법하다. 도발적인 이론가로 정평이 난 지젝이지만 폭력을 방기하자는 것으로 오해될 수 있는 이런 발언을 내놓는 데는 그 나름의 뚜렷한 동기가 있다. 주관적 폭력을 시급히 해결하려는 노력은 실제로 이를

---

10 Slavoj Žižek, *Violence: Six Sideways Reflections* (New York: Picador 2008) 1면.

해결할 수도 없거니와 그 자체가 다른 종류의 폭력을 용인하며 심지어 그 폭력의 지원을 받는 것임을 드러내기 위해서이다.

지젝은 이 비가시적이고 익명적인 다른 종류의 폭력을 '객관적'(objective) 폭력이라 부르는데, 이를 다시 둘로 나눈 점이 흥미로운 대목이다. 하나는 언어와 그 형식들로 체현된 '상징적'(symbolic) 폭력으로, 지젝은 여기서 일상적 언어행위에 재현된 사회적 지배관계의 작용 같은 것을 염두에 두면서도 더 근본적으로는 상징적 폭력이 "언어 그 자체, 언어가 어떤 의미의 우주를 부과하는 것"과[11] 관련된다고 본다. 정신분석적으로 말한다면 상징계로의 진입이 요구하는 댓가라고 할 수 있을 것이며, 그런 의미에서 상징적 폭력은 분명하게 인간 삶의 근본 조건을 지시한다. 그러나 지젝이 중점을 두고 분석하는 대상은 다른 종류의 객관적 폭력, 곧 그가 '체제적'(systemic) 폭력으로 부르는 것이다. 이 폭력은 "우리의 경제적·정치적 체제들의 원활한 작동이 낳는 흔히 재앙적인 결과들"을[12] 가리키며 여기서 그가 염두에 두는 '체제'는 물론 현재의 지구적 체제인 자본주의다. 지젝의 전략은 문명 자체가 어쩔 수 없이 내장하는 폭력을 인정하면서도 폭력 비판의 초점은 그런 일반화보다 구체적인 사회적·정치적 폭력의 차원에 맞춰져야 함을 강조하는 것으로 보인다. 이 전략은 특히 앞서 살펴본 아감벤의 논의가 계속해서 폭력을 '인간의 굴레' 일반으로 확장하는 움직임을 보이는 점과 대조된다.[13]

---

11 같은 책 2면.

12 같은 곳.

13 아감벤이 주권권력과 벌거벗은 생명 사이의 양극적 상관관계를 설정하고 그것이 "일종의 존재론적 운명"으로 작용하는 것으로 진술한다는 지적으로 Jacques Ranciére, "Who is the Subject of the Rights of Man?," *South Atlantic Quarterly* 103:2/3 (Spring/Summer 2004) 301면 참조.

지젝은 객관적 폭력이라는 개념이 "전적으로 역사화될 필요가 있다"고 강조하고 그것이 "자본주의와 더불어 새로운 형태를 띠게 되었다"고 본다.[14] 자본에 대한 맑스의 분석을 참조하면서 그는 철저히 자기중심적이고 투기적인 자본의 추상적 운동에 관한 맑스의 통찰이 일러주는 핵심은 그런 추상의 배후에 실제 사람들과 물질들의 관계가 놓여 있다는 이야기가 아니라고 지적한다.

그(맑스)의 핵심은 오히려 후자(자본의 운동)를 빼고는 전자(물질적 생산과 사회적 상호작용이라는 사회적 현실)를 제대로 파악할 수 없다는 것이다. 즉 실제 삶의 발전과 파국에 대한 열쇠를 제공하는 것은 바로 쇼를 운영하는 자본의 자기추진적인 형이상학적 춤이다. 자본주의의 근본적인 체제적 폭력이 거기에 있는데, 이는 전(前)자본주의의 직접적인 사회적·이데올로기적 폭력보다 훨씬 더 섬뜩하다. 이 폭력은 더는 구체적 개인들과 그들의 '사악한' 의도로 귀속될 수 없으며 순전히 '객관적'이고 체제적이며 익명적이다.[15]

이와 같은 자본의 추상적이고 환영적인 논리는 사회적 현실(Reality)을 결정하는 실재(the Real)라는 견지로도 이해될 수 있을 것이다. 지젝은 여기에 다시 객관적 과잉은 반드시 주관적 과잉으로 보충된다는 헤겔의 논리를 도입하여 점점 극단화되는 비합리적인 주관적 폭력이 자본주의의 체제적 폭력을 보충한다고 설명한다. 말하자면 주관적 폭력

---

14 Žižek, 앞의 책 12면.
15 같은 책 12~13면.

은 체제적 폭력이 전송하는 메시지가 "뒤집힌 진정한 형식"(inverted true form)[16]으로 되돌아온 것이다. 이때 '뒤집힌'이라는 형용사는 체제적 폭력이 정상적인 질서의 외양을 띠는 데 비해 주관적 폭력은 질서의 파괴를 보여준다는 의미이며, '진정한'이라는 수식은 정상적인 질서의 진면목이 폭력임을 가시화하는 점을 가리킨다. 따라서 이 메시지를 접수하지 못한 채 주관적 폭력을 수습하는 데 골몰하는 것은 잘못된 해결책을 제시하는 데 그치는 것이 아니라 체제의 부차적 기능 불량을 수리해주면서 오히려 구조적 폭력이 더욱 원활하게 수행되도록 돕는 행위가 된다. 지젝이 빌 게이츠나 조지 쏘로스 같은 사람들의 기부와 자선을 두고 "자신의 힘만으로 스스로를 재생산할 수 없고" "사회적 재생산주기를 유지하기 위해 경제외적 자선을 필요로"[17] 하는 오늘날의 자본주의와 공모하고 있음을 암시하는 것도 이런 근거에서다.

4. 체제적 폭력의 재현

주관적 과잉이 객관적 과잉을 보충한다는 관념은 체제적 폭력의 재현 문제와도 관련된다. 폭력을 전면에 배치하는 서사는 무수하고, 최근 들어 경쟁이라도 하듯 점점 적나라하게 폭력의 '과잉'을 전시하는 추세도 나타난다. 그러나 대다수의 텍스트는 삶 자체, 혹은 세계 자체가 폭력으로 가득한 현실을 비정하게 재현하면서도 지젝이 말한 주관적 폭

---

16 같은 책 10면.
17 같은 책 24면.

력의 편재성이라는 견지에서 다룰 뿐 그것이 객관적 과잉의 뒤집힌 형식임을 암시하는 데까지는 나아가지 못한다. 자본주의의 체제적 폭력이 근본적으로 비가시적이고 익명적이라면, 가시적이고 현실적인, 다시 말해 '주관적인' 영역을 본래의 자리로 갖는 문학 텍스트 같은 매체에서 그런 객관적 폭력을 재현하기란 애초에 쉽지 않은 일이다. 주관적 폭력을 세세하게 그린다고 하여 그것이 스스로 '뒤집힌 진정한 형식'임을 드러내지는 않을 것이니, 그런 점에서 '보충성'의 관계란 순전히 해석의 영역에 속할 것도 같다. 주관적 폭력과 체제적 폭력의 관계를 드러내기 위해서는 이 '뒤집힌 형식' 자체를 또 한번 뒤집는 작업이 필요할지 모르는데, 이런 작업을 탁월하게, 그러나 서로 다른 방식으로 수행한 두 텍스트를 통해 체제적 폭력이라는 '실재'의 재현에 접근해보자.

그 하나인 허먼 멜빌의 「필경사 바틀비」(Bartleby, the Scrivener, 1853)는 폭력은 고사하고 어떤 실질적 행동도 거부하는 방식으로 이런 '다시 뒤집기'를 수행한 인물의 이야기이고, 다른 하나는 현실적 불가능의 지점까지 폭력을 증폭시키는 방식으로 그와는 역방향의 뒤집기를 보여주는 박민규(朴玟奎)의 「루디」(2010)이다.

「필경사 바틀비」는 지젝과 아감벤을 포함해 들뢰즈(G. Deleuze)와 네그리(A. Negri)에 이르기까지 다양한 이론가들로부터 풍성한 해석적 관심을 받아온 바 있다.[18] 이 작품에 주관적 과잉이 나타난다면 그건 폭력의 과잉이 아니라 오히려 폭력의 '과잉결핍' 혹은 '과잉거부'라 부를 만한 것이다. 더 정확히 말하면 행위 일체의 결핍이지만 폭력이 행위

18 이론가들이 이 텍스트에 갖는 관심은 주로 바틀비라는 인물의 태도가 내포하는 정치적 함의에 초점을 두고 있다. 이 글에서는 구조적 폭력의 재현과 관련되는 것으로만 논의를 한정하겠다.

를 연루하는 한에서 폭력의 결핍이 되는 것인데, 이 독특한 과잉은 법무 필경사 바틀비의 저 유명한 대사 '안 하고 싶습니다'(I would prefer not to)에 집약되어 있다. 바틀비는 본업인 필경 작업뿐 아니라 하다못해 잔 심부름 같은 허드렛일에서 퇴근하는 일까지, 그리고 끝내는 밥 먹는 일마저도 전부 '안 하고 싶어 하며' 실제로도 전혀 하지 않는 가공할 수준의 결핍과 거부를 체현한다. 그의 거부는 이렇듯 성격상 극히 수동적이지만 그럼에도 그의 고용인인 변호사 화자에게 "완전히 피할 수 없는 불가사의한 권위"를[19] 행사한다. 흥미로운 점은 이 작품의 화자가 바로 지젝이 비판했던 자유주의적 박애주의자라는 사실로서, 화자는 "다 같은 인간이라는 유대감"에서[20] 바틀비를 관용함으로써 그가 만들어낸 선명한 균열을 어떻게든 봉합하고자 한다. 화자의 관용과 자선의 시도를 어디까지 좌초시키는가 하는 잣대를 통해 바틀비가 수동적으로 행사하는 과잉을 측정할 수 있다.

그렇다면 바틀비의 과잉결핍과 과잉거부는 어떤 방식으로 체제적 폭력을 재현 혹은 환기하는가. 우선 그가 하는 필경 작업이나 전직(前職)인 배달 불능 우편물 취급 같은 일들이 수반하는 인간적 소외와 좌절이 그런 기능을 수행한다고 볼 여지가 있다. 그러나 그가 (성공 여부를 떠나) 다른 어떤 '보람 있는' 일을 찾아 자기실현을 도모할 수도 있었다는 점에서, 그것만으로는 충분한 근거가 되지 못한다. 이 작품에서 체제의 객관적 폭력은, 무슨 대단한 치안교란 행위를 한 것이 아니라 그저 일상의 질서를 구성하는 행위를 거부한다는 바로 그 이유 때문에 바틀비

---

19 허먼 멜빌 「필경사 바틀비」, 허먼 멜빌 외 지음, 한기욱 옮김 『필경사 바틀비』(창비 2010) 84면.
20 같은 책 72면.

가 마치 거대한 톱니바퀴에 낀 이물질처럼 부서지고 만다는 데서 드러
난다. 함께 움직이다가 갑자기 홀로 정지했을 때 비로소 그 집단적 움직
임에 어떤 강제가 있었음이 드러나는 것과 같은 이치다. 그런 점에서 바
틀비의 태도가 "진정한 행위의 공간을 열어주는 급진적 제스처"라는 지
젝의 발언은[21] 다소 지나친 해석으로 보인다. 물론 이 해석 역시 바틀비
가 무언가를 실제로 시작한다는 의미가 아니라 어떤 새로운 시작이 가
능해지는 지점을 가리킨다는 의미일 것이다.[22] 바틀비가 화자의 삶에
어떤 섬뜩한 충격을 행사한 것만큼은 분명하다. 하지만 화자가 다른 우
회로를 찾지 못하게 막지는 못했으며 나아가 충격 자체를 다분히 의식
적으로 오인(誤認)하는 것도 막지 못한다는 사실이 지젝의 해석에서는
묻혀버린다.[23] 무엇보다 바틀비 자신이 철저히 삶을 소진하는 경로를
밟아나가며 그런 점에서 "바틀비의 실존은 죽음으로 향하는 부정적 존
재"임을[24] 감안하지 않은 해석이다. 바틀비가 갖는 '급진성'은 어디까지

---

21 Slavoj Žižek, *The Parallax View* (Cambridge, MA: MIT Press 2006) 342면.
22 지젝은 바틀비의 제스처를 활동적이지만 아무 일도 안 일어나게 만드는 '공격적 수동
   성'과 대비되는 '수동적 공격성'으로 정의하면서 바틀비가 순수한 물러남의 제스처를
   통해 거부를 '폭력'적으로 행사하고 있다고 이야기한다. 이러한 바틀비의 폭력에 대해
   지젝은, 부정하고 거리를 유지하는 척하지만 실제로는 기존 질서에 편승하는 식이 아
   니라 헤게모니를 쥔 위치나 그것에 기생하는 것 일체의 바깥으로 나옴으로써 정치의
   공간을 여는 행위이며, 그와 같은 공간이 대안질서의 원천이자 영구적인 토대라는 입
   장이다. 같은 책 381~82면 참조.
23 이 작품의 또다른 유명한 대사인 마지막 구절 "아, 바틀비여! 아 인간이여!"는 화자가
   바틀비의 삶과 죽음이 남긴 균열을 인간적 유대감이라는 자신의 구도 안에 다시 써넣
   으려는 시도로 볼 수 있다. 물론 그것이 온전히 성공적일 수 없으리라는 건 분명하며,
   그렇기 때문에 이 구절은 아이러니를 체현한 사례가 된다.
24 한병철 지음, 김태환 옮김 『피로사회』(문학과지성사 2012) 60면. 여기서 한병철의 논
   의는 바틀비가 아무것도 하지 않음으로써 어떤 절대적이고 순수한 잠재력을 체현하고

나 스스로의 행위 일체를 폐쇄하는 바로 그 압도적인 '부정성'으로 체제의 폭력을 선명히 부각하는 데 있다.

박민규의 「루디」 또한 바틀비만큼이나 개성적인 인물에 기대어 체제적 폭력을 폭로하지만, 루디라는 작중 인물은 바틀비와 정반대 유형이라고 해도 좋을 만큼 대조적이다. 바틀비가 아무것도 '안 하고 싶어' 함으로써 화자를 괴롭혔다면, 루디는 평범한 사회구성원답게 적당한 정의감까지 갖춘 인물 보그먼을 쉴 틈 없는 물리적 위협과 폭력 행위를 통해 괴롭히며, 여기서 '안 하고 싶어 하는' 쪽은 오히려 보그먼이다. 루디는 보그먼에게 계속해서 차를 몰아가도록 강요하는가 하면, 주유소에서 '정상적'으로 돈을 주고 기름을 사는 대신 어린아이를 포함한 일대의 모든 사람을 기어이 다 죽이고 기름을 갈취하는 엽기적 행각을 서슴없이 자행한다. 그럼에도 이 싸이코패스 살인자를 단순히 주관적 과잉 폭력의 주체로 볼 수 없는 것은 그의 과잉에 명백한 자기반영적 차원이 개입되어 있기 때문이다.

루디는 보그먼에게 "갈 길이 멀"고 "세상을 끌고 가는 게 쉬운 일은 아니"지만 "그래도 함께 가주겠다는 거"라며[25] 자신의 전방위적 폭력에 담긴 목적을 처음부터 밝힌다. 다시 말해 자신이 보그먼을 끌고 함께 길을 가는 행위는 세상을 끌고 가는 행위와 다르지 않고, 따라서 자신이 구사하는 폭력은 여하한 주관적 폭력의 소산이기보다 바로 '세상의 길', 다시 말해 체제의 일상적 작동이 야기하는 폭력을 재연하는 것이라는 이야기다. 이 점은 굳이 주유소를 습격하고서 "기름은 늘 이런 식

있다는 아감벤의 독법을 정면으로 겨냥한다.
25 박민규 『더블』 side B(창비 2010) 59면.

으로 얻어온 건데"라고 한다거나 굳이 어린아이까지 죽이면서 "약하니까… 늘 그래왔잖아?"라고 하는 데서 다시금 확인된다.[26] 무엇보다 왜 하필 자신이 표적이냐는 보그먼의 항변에 특별히 "잘못을 했다기보다는, … 월급을 줬지"라고 하거나 "누군들… 뾰족한 이유가 있겠는가 … 너도 평등하게 우릴 괴롭혀왔으니까"라고 설명하는 대목들은 그의 폭력이 갖는 독특한 성격을 잘 드러내준다.[27]

따라서 루디의 폭력은 체제적 폭력의 '뒤집힌 형식'으로서의 주관적 폭력이 아니라 극단적 '단축회로'를 통해 체제적 폭력에 곧장 접속하는 폭력이다. 그의 폭력에 어떠한 현실적인 주관적 폭력의 과잉도 결코 도달할 수 없는 불가능의 차원이 내포된 사실도 이 점을 강조해준다. 보그먼의 반격을 받은 루디는 너덜너덜한 내장을 움켜쥐고도 끄떡없으며 보그먼 또한 루디의 치명적 가해에 노출되고도 여전히 살아 움직인다. 폭력의 당사자들이 인간 주체의 범위를 넘어서 있다는 설정은 이 폭력이 주관적 성격이 아님을 재차 부각해준다.「루디」의 서사는 바로 그런 과잉의 과잉을 통해 체제적 폭력의 '진정한 형식'을 재현하고자 한 것이다.

5. 신적 폭력과 잔혹성

지젝의 논의가 구체적이고 역사적인 층위에서 이루어지고 있다고는

---

26 같은 책 68, 75면.
27 같은 책 79, 81면.

해도 자본주의 체제의 폭력성을 넘어설 대안적 체제를 상상하지 않는한, 더욱이 그 대안체제가 자본주의적 폭력뿐 아니라 폭력 자체를 내포하지 않으리라 장담할 수 없는 한, 벤야민과 아감벤이 지적한 법과 폭력의 상호구성적 회로가 갖는 효력은 건재하기 마련이다. 앞서 벤야민의폭력 비판이 이후 논의에 주요한 참조점이 되었다고 지적했거니와, 벤야민의 글에서 또 하나의 흥미로운 지점으로 이후 분분한 해석의 충동을 자극한 것은, 그와 같은 회로를 돌파하고 탈정립하는 것으로 '신적폭력'(göttliche Gewalt)을 제시하는 대목이다.

신화적 폭력은 그 폭력 자체를 위해 단순한 삶에 가해지는 피의 폭력이고, 신적 폭력은 살아 있는 자를 위해 모든 생명 위에 가해지는 순수한 폭력이다. … 신적 현상형식들은 … 마지막에는 모든 법 정립의 부재를 통해 정의된다. 그 점에서 이러한 폭력을 파괴적이라고도 부르는 것은 정당화된다. 그러나 그 폭력은 단지 상대적으로, 즉 재화·법·생명과 같은 것과 관련해서 파괴적인 것이지, 결코 살아 있는 자의 영혼과 관련해서 절대적으로 파괴적인 건 아니다.[28]

벤야민에 따르면 개입하여 통제하는 폭력인 법정립적 폭력(혹은 '신화적 폭력')이나 그 폭력에 봉사하는 관리된 폭력인 법보존적 폭력과달리, 신적 폭력은 "베풀어 다스리는"[29] 폭력이다. 이 개념은 폭력과 법이 상호의존하며 형성하는 스펙트럼 전체를 넘어선 차원이라는 점에서

---

28 발터 벤야민, 앞의 책 111~12면.
29 같은 책 117면.

주목할 만하다. 벤야민의 폭력 비판이 이후의 논의들을 가늠하고 분류할 좌표를 제공해주는 것도 사실상 이런 층위까지 포함하고 있기 때문이다. 그러나 신적 폭력에 관한 그의 설명 자체는 상당히 추상적이고 모호한 채로 남아 있으니만큼, 이 개념을 둘러싼 해석이 어떤 방향으로 진행하는지를 살펴보자.

아감벤에게도 주권권력 혹은 법질서의 구조를 넘어서는 차원이 메시아주의의 이름으로 제시되고 있는데, 법 내부에서 규율과 폭력을 벗어난 요소를 복원하는 일이 그 단초가 된다. 아감벤은 바울의 로마서에 나타난 약속(혹은 신앙)과 법의 대립을 참조하면서 약속의 형태로 작용하는 메시아적 권력이 법을 "작동하지 않게" 만들고 "활동력을 없애는" 방식으로 법을 그 잠재성의 상태로 복구한다고 해석한다.[30] 아감벤은 잠재성을 회복함으로써 이루어진 법의 완성이 "법 없는 정의의 현현"이며 "법 없이 법을 준수하기"라고 부연하는데,[31] 벤야민이 말한 법정립적이지도 법보존적이지도 않은 폭력과 연결해 본다면 이는 정립과 보존의 폭력을 연루하지 않은 법의 형상을 가리킨다고 할 수 있을 것이다. 그런데 작동하지 않고 효력을 발휘하지 않는다는 표현들이 암시하다시피 아감벤이 말하는 메시아적 법의 완성은 바틀비적 태도를 강하게 연상시킨다. 그렇듯 결핍과 정지를 통해 겨우 보존되는 잠재성에 얼마나 많은 것을 걸 수 있을까. 활동과 작동이 다시 시작되는 순간 법과 폭력의 상호구성이 재연되는 일을 막아줄 수 있을까. 아감벤 자신은 잠재성

---

30 Giorgio Agamben, *The Time That Remains: A Commentary on the Letter to the Romans*, trans. Patricia Dailey (Stanford: Stanford UP 2005) 97~98면. 이 점에 관한 더 상세한 논의는 이 책 1부 3장 65~66면 참조.

31 Giorgio Agamben, *The Time That Remains* 107면.

의 회복을 과잉과 충만과 완성이라는 수사로 설명하지만 그것이 결국 '순수한' 부정에 그칠지 모른다는 의구심은 여전히 남는다.

그에 비해 지젝은 벤야민이 말하는 신적 폭력을 두고 이런저런 모호한 신비화를 도모하지 말고 "실재하는 역사적 현상들과 과감하게 동일시"할 것을 주장하면서,[32] 흥미롭게도 이를 아감벤이 말한 호모 사케르와 연결시킨다. 죽여도 범죄가 아니며 희생제의도 되지 않는 호모 사케르처럼, 신적 폭력으로 제거되는 대상은 반드시 죄가 있으며 희생으로 승격될 가치를 갖지 않는다는 것이다. 그렇다면 구체적으로 어떤 특정한 역사적 현상이 신적 폭력과 동일시될 수 있는가 하는 점이 더더욱 문제가 된다. 물론 지젝은 혁명적 폭력을 염두에 두고 있으며 이를 "구조화된 사회적 장 바깥에 있는 사람들이 즉각적인 정의/복수를 요구하고 시행하면서 '맹목적으로' 내리치는"[33] 것으로 설명한다. 그러나 메시아적 완성을 말한 아감벤과 정확히 대조적으로 신적 폭력을 "신 자신의 불능"이라는[34] 견지로 파악하는, 다시 말해 특정한 폭력행위를 신적인 것으로 확인해줄 일말의 객관적 근거나 대타자의 보증도 없다고 보는 지젝 자신의 논지에 따른다면, 신적 폭력의 실재적 형태를 분별하고 구성하는 임무는 온전히 그리고 끝내 그 폭력을 행사하는 주체의 몫으로 남는다.[35]

벤야민의 신적 폭력 개념이나 그와 관련된 아감벤과 지젝의 논의는

---

32 Slavoj Žižek, *Violence: Six Sideways Reflections* 197면.

33 같은 책 202면.

34 같은 책 201면.

35 이렇게 본다면 사회적 질서에서 몫을 갖지 못한 사람들의 즉각적인 정의/복수 요구의 폭력을 뒤집힌 형식으로 체제적 폭력을 체현한 주관적 폭력과 구분해주는 경계도 극히 희미하다고 할 수밖에 없다.

법(권력 혹은 체제)과 폭력의 상호함축이 완벽하게 맞물린 폐쇄회로로는 아니며 법의 위치에서든 폭력의 위치에서든 이 회로에 과잉이나 잠재성 혹은 맹목성의 형태로 어긋남이 존재한다는 점을 일러준다. 그런데 중요한 문제는 그 어긋남이 반드시 신적인 다스림이나 메시아적 약속이나 즉각적 정의라는 명백히 긍정적인 방향을 갖는다는 보장이 있느냐는 것이다. 법을 넘어선 폭력이 혁명적 변화가 아니라 공허하고 무의미하고 섬뜩한 자기재생산으로 이어질 가능성도 있지 않을까.

법 너머에서 폭력을 기다리고 있을지 모를 더 큰 어둠에 관해서는 에띠엔 발리바르(Étienne Balibar)의 논의를 참조할 수 있다. 발리바르 역시 폭력에 단순한 해결이란 없으며 문명이나 정치가 단순한 폭력 제거 프로그램이 될 수 없다는 주장에서 출발하는데, 그의 경우 무엇보다 이는 폭력(Gewalt, the violence-of-power)이 이상성(ideality)과[36] 내재적 관계를 구성하는 데서 기인한다. 그는 "사회적·역사적 폭력에 관한 성찰은 탈중심적이고 탈중심화된 권력을 상정하더라도 그런 권력의 문제에 한정될 수 없다"고 보면서 폭력에는 권력과 대항권력이 만들어내는 구도를 벗어나는 층위가 있다고 지적한다.[37] 이를 가리켜 그는 "폭력의 가장 '과도하고' 가장 '자기파괴적인' 부분"으로 설명하는데, 그의 논의가 앞선 이론가들과 달라지는 지점은 이와 같은 폭력의 자기파괴성이 권력과 법을 넘어 어떤 긍정적인 초월이나 자기지양으로 이어지기보다 '잔혹성'과 연결된다는 사실이다. 발리바르에 따르면 폭력의 내재

---

36 발리바르에게서 '이상성'은 이념(idea), 이상(ideal), 이상화(idealization)를 모두 포괄하는 의미로 사용되었다.

37 Étienne Balibar, *Politics and the Other Scene*, tr. Christine Jones, et al. (New York: Verso 2002) 135면.

적 과잉을 적절히 다루기 위해서는 폭력과 권력(혹은 법)뿐 아니라 폭력과 잔혹성의 관계도 고려해야 한다.

발리바르는 권력의 폭력이 역사적 이상성과 연결되어 있는 반면 잔혹성의 형식은 매개되지 않는 물질성과 관계하고, 여기에 다시 이상성이 끔찍한 형상으로 회귀한다고 주장한다. 그는 잔혹성이라는 범주가 오늘날 특히 중요성을 갖는 이유로 하나는 소외된 노동에서마저 소외된 새로운 빈곤계층이 겪는 착취의 과잉을, 다른 하나는 전쟁, 특히 인종전쟁과 종교전쟁이 지닌 명백한 비합리성을 든다. 그런 측면에서 본다면 잔혹성이란 지젝이 지적한바 객관적 과잉을 보충하는 주관적 과잉으로 볼 수도 있을 것이다. 하지만 지젝에게는 이 과잉이 폭력과 등가였던 데 비해 발리바르에게서 잔혹성은 과잉으로서의 폭력 자체가 갖는 자기파괴적 과잉을 지시한다는 차이가 있으며, 또한 권력의 문제를 벗어난 것이라는 점에서 객관적 과잉의 보충물일 수 없다. 권력이나 법과 달리 잔혹성에 있어서는 신적이고 메시아적인 차원을 부여하는 시도 자체가 성립하기 어렵다. 그 때문에 발리바르는 폭력의 지평을 넘는 초월적 차원을 암시하는 대신, 국가 제도든 혁명적 제도든 폭력의 틀을 유지한 제도가 잔혹성의 형태를 막을 수 있을지를 묻는다.

잔혹성을 어떻게 봉쇄할 것인가 하는 점은 신적 폭력이 어떤 모습인지 해명하는 일만큼이나 난감한 사안이지만, 폭력에 관한 성찰이 나날이 심화되는 폭력적 현실에서 비롯되었음을 기억한다면 어쩌면 무엇보다 절박하고 불가피한 물음일지 모른다. 앞서 폭력과 폭력 재현이 만들어내는 제곱의 편재성을 언급했거니와, 여기에 폭력의 순수한 자기과잉으로서의 잔혹성도 상당한 몫을 담당한다고 볼 수 있다. 이와 같은 폭력의 자기과잉에 대응하기 위해서는 권력과 법의 잠재성을 회복하거나 체제적 폭력에 저항하는 것 이상으로 더 한층 적극적인 계기가 필요하리라 생각된다. 그것은 말하자면 폭력 아닌 어떤 것의 순수한 자기과잉이어야 할 것이다. 여기서는 다만 이 '어떤 것'이 무엇이어야 하는지 사유하는 일이 폭력 비판의 주된 과제임을 지적하는 것으로 끝맺도록 하겠다.

제3장

생존과 자유 사이의 심연
한나 아렌트의 정치 개념

1. 정치의 무거움

'정치'라는 말이 이토록 말할 수 없는 피로와 환멸을 자아내는 때도 드물었으리라 싶은 이즈음이다. 2012년 대선을 계기로 한차례 더 기대에 부푼, 그러나 어딘지 불안했던 정치적 희망이 사그라진 이후, 한동안 한국사회의 다수 구성원들 사이에서 정치는 농담과 풍자 형식으로도 가급적 다루고 싶지 않은 금기의 주제가 되었다. 그만큼 이곳에서 정치란 많은 것들을 담은 무겁고도 절박한 단어였던 것이다. 그래서인지 그 단어에 집중된 요구와 기대를 덜어내어 다른 영역으로 분산함으로써 이 가망 없는 정치가 방기한 해결책을 찾아야 한다는 의견이 제출되기도 한다. 그런 식의 해결이 바람직하고 또 가능한지 여부를 묻는 일과 더불어, 정치에 실린 무거움의 정체가 무엇이었는지 혹은 무엇이어야 했는지를 돌아보는 일 또한 여전히 필요하다. 특별히 정치의 '무거움'

이 계제가 될 때 한나 아렌트는 연상되는 이름의 첫 순위로 손색이 없다. 아렌트야말로 인간 삶의 핵심적인 중요성을 정치에 실었으며 그 개념의 독보적 위엄을 옹호하는 데 주저함이 없었기 때문이다.

아렌트와 같은 방식이든 아니든, 정치에 기대를 두는 사람이라면 그것이 개개인으로 겪어내는 자잘한 세속의 일과나 사소한 욕망 너머 어떤 대의의 지평을 열어주기를, 어떤 개방된 공공성으로 향할 영감을 제공해주기를 어쩌면 무엇보다도 간절히 바라는지 모른다. 하지만 동시에 정치가 대개 '먹고사는 일'로 표현되는 그 자잘하고 사소한 나날의 문제들을 합리적이고 효율적으로 해결해주기를 바라기도 한다. 정치가 더 높은 가치들을 실현하는 '운동'이자 일상을 매끄럽게 조직해주는 '경영'이기를 바라고, 그런 점에서 영웅이면서 집사이기를 기대하는 것이다. 이 두가지 모두 쉽게 포기할 수 없는 인간적 요구임은 분명하지만 어느 쪽이든 과연 정치를 상대로 제기해야 마땅한 요구인가 하는 의문에 답하기는 점점 어려워진 사정이다. 그런데 바로 그렇듯 분리된 삶의 영역을 화두로 삼아 정치를 논했다는 점에서, 아렌트는 이 의문을 풀어가는 데 적절한 참조점이 될 수 있다.

이 글에서는 한나 아렌트의 정치 개념을 특히 그것이 전제하는 생존과 자유 사이의 '심연'(gulf)과 관련하여 살펴보려 한다. 이 심연은 흔히 '필연적 삶과 자유로운 삶' 사이의 대립으로 표현되거나 '사적 영역과 공적 영역' 혹은 역사적으로는 '가정경제(oikos)와 폴리스(polis)' 사이의 간극으로 등장하고, '조에와 비오스'의 차이나 '노동과 행위'의 차이와도 관련된다. 이 글에서는 먼저 『인간의 조건』(*The Human Condition*, 1958)에 주로 기대어[1] 아렌트의 정치 개념에 기입된 이분법의 의미를 짚어보면서 아렌트가 정치의 난관을 어떻게 진단했는지 살핀 다음, 거꾸로 정치의 난관을 극복할 단서를 모색하는 방편으로 이분법의 틀에서 비어져나온 대목들을 찾아보고자 한다. 또한 아렌트와 마찬가지의 대립구조에 착안한 조르조 아감벤의 논의, 그리고 다소 의외의 조합이 되겠지만 단순히 생명을 유지하는 일과 삶을 살아가는 일이 다르다는 점을 마찬가지로 강조한 로런스(D. H. Lawrence)의 견해를 참조하겠다. 이 과정에서 아렌트가 정치 개념을 통해 해결하려 한 문제가 어떤 것이었으며 그 문제가 갖는 현재성은 무엇인가 하는 점에 가장 유의할 것이다.

2. 폴리스의 정치

아렌트의 동시대에도 정치에 대한 불신과 회의는 널리 퍼져 있었으며 그녀 자신이 누구보다 이를 예민하게 의식하고 있었다. 다만 아렌트가 보기에 그런 불신과 회의는 정당한 판단이 아닌 편견에서 비롯한 것이었고, 거기에는 정치가 동원하는 강제력으로 인류가 파멸할 수도 있다는 공포가 한편으로, 인류가 정치를 제거하고 행정기구와 제도로 대신할 수 있으리라는 탈정치의 희망이 다른 한편으로 작용하고 있었다.[2] 하지만 아렌트에게 정치란 모름지기 인간의 본질, 혹은 (본질이라는 표현이 오해를 불러일으킨다면) 적어도 근본적인 '인간의 조건'에 관계

---

1 한나 아렌트 지음, 이진우·태정호 옮김 『인간의 조건』(한길사 1996)을 중심으로 일부 대목에 한해 영어판 *The Human Condition* (Chicago: U of Chicago P 1958)을 참고했다. 이하 『인간의 조건』의 인용은 별도의 표시 없이 괄호에 면수만 표기하겠다.

2 한나 아렌트 지음, 제롬 콘 엮음, 김선욱 옮김 『정치의 약속』(푸른숲 2007) 136~37면 참조.

하는 것으로서 다시금 정립하고 복원해야 할 대상이었다.

정치를 복원하려는 아렌트의 시도는 일차적으로 정치의 역사적 의미를 거슬러 추적하는 형태를 취한다. 짐작할 수 있듯이 그 추적의 목적지는 일찍이 인간을 '정치적 동물'(zōon politikon)로 본 아리스토텔레스의 경험이 연원한, 그리고 서구에서 정치(politics)라는 단어 자체의 기원인 그리스의 폴리스이다. '정치적 동물'이라는 아리스토텔레스의 표현이 '사회적 동물'로 슬그머니 대체되어왔다는 사실은 정치의 본래적 의미가 얼마만큼 망각되었는지를 보여주는 사례인데, 무엇보다 정치란 단순히 사람들이 모여 사는 것 일반을 지칭하는 것은 아니기 때문이다.

아리스토텔레스에게 폴리티콘(politikon, 정치적)이라는 단어는 폴리스의 조직에 적용되는 형용사였지, 인간 공동생활의 모든 형태를 지칭하는 말은 아니었다. 그리고 그는 분명히 모든 사람이 다 정치적이라거나 인간이 사는 곳 어디나 정치, 즉 폴리스가 존재한다고 생각지는 않았다. 그의 정치에 대한 정의는 노예뿐만 아니라 야만인들도 배제하는데, 야만인들은 비록 아시아 제국 독재자들에 의해 지배를 받았지만 아리스토텔레스는 그들의 인간성을 결코 의심하지 않았다. 그가 의미한 것은, 폴리스에서 살 수 있다는 것은 인간에게 특별하다는 점, 그리고 조직된 폴리스는 인간의 공동생활 가운데 최고의 것이며, 따라서 특별히 인간적인 어떤 것이라는 점뿐이었다.[3]

여기서 아렌트가 강조하는 바는 고전시대의 정치가 엄밀히 그리스의

---

3 같은 책 157면.

폴리스에서 이루어지던 무엇을 가리킨다는 점이지만, 폴리스의 정치는 그저 지나간 한때의 역사적 사건으로 머무는 것이 아니라 하나의 예증으로 존재한다. 그녀의 정치 개념은 폴리스에서 행해진 그 '무엇'이 어떤 성격이었는가를 규명하는 작업에 다름 아니다.

아렌트에 따르면 폴리스에서 이루어진 정치는 무엇보다 자유와 관련된다. "정치의 의미는 자유"라든지 "자유는 정치라는 독특한 중개적(intermediary) 공간에서만 존재"한다는 표현들이[4] 일러주듯이, 폴리스의 정치와 자유는 실상 같은 외연을 갖는다고 할 수 있다. 널리 쓰이는 '정치적 억압'이라는 표현에 함축되어 있듯이 정치는 억압을 낳는다는 생각이 오히려 익숙한 시대고 보면, 정치가 곧 자유라는 등식은 오늘날 많은 사람들에게 생소하거나 순진하게 느껴질 법하다. 그런데 여기서 자유는 "생계에 기여하는 모든 생활방식을 배제"하는데, 이는 "생존의 필연성과 주인의 지배라는 두가지 강제에 예속된 노예적 삶의 방식인 노동뿐만 아니라 자유로운 장인의 작업하는 삶과 상인의 탐욕적인 삶 모두"를 배제한다는 뜻이다(61면). 이런 관점에서는 흔히 정치에 해결책을 요구하는 '먹고사는 문제'는 오히려 엄밀히 정치와 구분되고 그로부터 배제되어야 할 사안이 된다. 아렌트에게 자유는 무엇보다 생계와 생존의 요구와 무관함, 그리고 그런 요구에서 비롯되는 '노동'이나 좀더 지속하는 사물들을 생산하는 '작업'과도 무관함을 가리킨다. "생명에 대한 너무 지나친 사랑은 자유에는 방해"가 되고 용기가 "가장 우수한 정치적 덕"이 되는 것이(88면) 그 때문이다. 마찬가지로 아리스토텔레스가 정치적 삶을 가리킨 '좋은 삶'이란 "일상의 삶보다 더 훌륭하고 근심으

---

4 같은 책 148, 135면.

로부터 자유로우며 보다 고상한 생활이 아니라, 이것과는 질적으로 전혀 다른 삶"으로서, "노동과 생산으로부터 자유로우며, 자신의 생존에 대해 모든 피조물이 갖는 내적 충동을 극복하는 정도에 이르러서 더이상 생물학적 과정에 매여 있지 않게" 된 상태를 말한다(89면). 이렇듯 아렌트의 정치 개념에서 생존과 자유는 애초에 서로를 배제함으로써 각자의 정의를 얻게 되어 있다.

자유의 영역으로서의 폴리스가 '특별히' 인간적인 공동생활이라 했을 때는, 공동생활은 공동생활이되 특별히 인간적이랄 수 없는 것도 있다는 전제가 깔려 있다. 그와 같이 폴리스와 대조되는 영역이 가족을 중심으로 한 자연적 결사체로서의 가정이다. 가정 영역이라는 공동생활의 특징은 "필연성의 지배" 아래 "전적으로 필요와 욕구의 동인"에 의해(82면) 작동하면서 일차적으로 생명과 생존을 염려하는 데 몰두한다는 점이다. 같은 맥락에서 "고대인이 이해하기로는 '경제'에 관련된, 다시 말해 개인유지와 종족보존에 관련된 것은 무엇이나 정의상 비정치적인 가정사"였다(81면). 이 영역은 또한 가장이 전제적 권력을 휘두른다는 점에서도 자유인들 사이의 평등을 근간으로 하는 폴리스와 대조된다. 아렌트는 엄밀히 사적 영역에 속하는 '살림살이'가 집단적 관심사가 되고 공적 영역의 조직원리가 되며, 마침내 "경제적으로 조직되어 하나의 거대한 인간가족의 복제물이 된 가족집합체"로서의 사회와 "사회가 정치적 형태로 조직화된" 민족국가가 등장한 것이 근대가 낳은 변화였다고 설명한다(80~81면). 사적인 요구와 이해에 공적인 의미를 부여하는 사회의 등장으로 공론 영역으로서의 정치가 엄청난 타격을 입었을 것은 쉽게 짐작할 수 있다.

다른 한편, 아렌트의 논의에서 자유와 대척점에 놓인 노동과 작업 같은 단어도 각각 개념으로서 특정한 정의를 동반한다. 아렌트는 '활동적 삶'(vita activa)이라는 범주를 통해 "인간의 세가지 근본활동"을 서술하면서 이를 각각 노동(labor)과 작업(work), 그리고 행위(action)로 구분한다(55면). 이 중에서 고유하게 정치적인 활동은 물론 행위인데, 행위란 "사물이나 물질의 매개 없이 인간 사이에 직접적으로 수행되는 유일한 활동"이며(56면), 인간세계에 참여하면서 새로운 무언가를 시작하는 것이자 개별 존재로서의 자신을 드러내는 것을 가리킨다. 아렌트에 따르면 "특별히 인간적인 삶의 주요 특징은——이러한 삶의 출현과 소멸이 세계의 사건들을 구성하는데——삶 자체가 언제나 사건들로 가득 차 있다는 점이다. 이 사건들은 궁극적으로 이야기가 될 수 있고 전기도 될 수 있는 것이다. 단순한 생명(zōē)과 구별되는 삶(bios)을 아리스토텔레스는 '일종의 행위'(praxis)라고 말했다"(152면). 요약하면 행위는 어떤 것이든 곧 정치적인 행위이며 각각의 인간이 자신의 고유함을 다른 사람들에게 계시하는 방식으로 독특하게 인간적인 공동세계를 구축하는 활동이라 하겠다.

이와 달리 노동은 인간의 신체나 생물학적 과정과 연관되는 활동이고, 작업은 인공세계를 구축하면서 일정한 지속성과 가치를 갖는 사용물을 생산하는 활동이다. 노동과 작업 모두 행위에 미치지 못한다는 점은 마찬가지지만, 행위와 정면으로 대립하고 "반정치적"인(276면) 성격을 갖는 활동은 노동이다. 고대 그리스에서 노동은 노예와 묶여 있었고 당연히 존중받지 못했지만, 아렌트에 따르면 고대인들은 노예가 수행한다는 이유로 노동을 경멸했다기보다 "삶의 유지에 필요한 것을 제공하는 직업들은 모두 노예적 본질을 가"진다고(138면) 보는 쪽이었다. 생존에 묶여 있다는 점에서 노동은 다른 동물들의 삶과 구분되는, 따라서 독특하게 인간적인 것이 될 수 없었고, 노동의 결과물은 불멸성은 물론이고 여하한 영속성도 얻지 못한 채 만들어지자마자 소비될 운명이다. 또한 노동에서 "인간신체는 그 능동성에도 불구하고 자신에게 내팽개쳐져서 오직 자신의 살아 있음에만 전념하며 자연과의 신진대사에 갇혀" 있으며(171면), 노동하는 인간은 "자기 신체의 사적 성격 속에 갇혀서, 즉 누구와 함께할 수도 없고 온전하게 의사소통도 할 수 없는 필요의 충족에만 사로잡혀서, 세계로부터 추방"된다(175면). 이처럼 노동은 "무세계성에 이를 정도로 세계를 망각"하는 활동이며(174면) 그런 점에서도 특별히 인간적인 세계구축 활동인 정치와 대조된다.

3. 노동의 승리와 정치의 망각

앞서 '사회'의 등장이 정치에 미친 영향을 잠시 언급했지만 정치가 겪은 박해의 역사는 실상 이보다 더 길다. 아렌트는 먼저 행위와 노동, 작업을 아우르는 활동 일반을 상대로 박해가 이루어졌다고 설명한다.

고대 도시국가의 몰락과 더불어—아우구스티누스는 아마 시민이라는 것이 한때 무엇을 의미했는가를 이해한 마지막 사람인 것 같다— '활동적 삶'이란 용어는 그것의 특별한 정치적 의미를 상실하고 모든 종류의 세상사로의 참여를 의미하게 되었다. 그러나 이것이 작업과 노동이 인간활동의 위계에서 부상하여 이제 정치적 삶과 동일한 존엄성을 갖게 되었다는 사실을 말해주지 않는다는 것은 확실하다. 오히려 그 반대이다. 행위는 이제 지상에서의 필연적 삶으로 생각되는 까닭에 관조만이

유일하게 자유로운 삶의 방식으로 남게 되었다. (63면)

이렇듯 관조를 승격시키고 활동 일반을 부차적으로 만드는 위계의 수립을 승인하고 추인한 것이 기독교였다.[5] 활동 일반에 영향을 미쳤다고는 하나 이 변화는 '행위'의 측면에서 볼 때 유난히 심각한 박해라고 할 만하다. 행위로서는 그때까지 지녔던 자유와의 특별한 관계를 상실한 것도 타격이려니와, 이제 활동 내부의 구별이 흐려지면서 노동이나 그리 다를 바 없는 것이 되었기 때문이다. 행위, 그리고 그에 연관된 자유와 정치의 정의 자체가 일차적으로 노동과 구분된다는 데 있었음을 감안한다면 이 구분의 상실은 곧 독자적 정체성에 대한 위협일 수밖에 없었다. 아렌트는 근대에 이루어진 세속화와 그로부터 비롯된 활동과 관조 사이의 또 한번의 역전도 활동적 삶의 중심이었던 행위 곧 정치적 활동의 중요성을 회복시키지는 못했다고 설명한다.

근대에 이르러 '사회'가 등장함에 따라 이제 사회의 구성원이 된 사람들은 무슨 일을 하든 자신의 일을 주로 생계유지라는 관점에서 파악하게 되었고, 공적인 것의 의미 또한 생계유지를 위해 함께 생활하고 서로 의존한다는 내용으로 바뀌었다. 달리 표현하면 이 변화는 그간 사적 영역에 국한하도록 만든 제약에서 노동이 마침내 '해방'된 사건으로 이야기할 수 있다. 변화를 극적으로 뒷받침한 것이 바로 분업과 기계화를 통한 노동생산성의 획기적인 증가였고 그 규모는 "삶의 어떤 다른 영역

---

5 관조만이 자유로운 삶이라 생각되었다는 대목에서 아렌트는 토마스 아퀴나스(Thomas Aquinas)를 참조하라는 각주를 달았다. 아렌트에 따르면 기독교가 관조와 활동 사이의 위계를 "종교적으로 승인"했지만(65면) 이 위계의 기원을 따진다면 플라톤의 정치철학까지 거슬러가야 한다(63면).

에서도 노동의 혁명적 변형에서와 같은 탁월한 업적을 획득한 적이 없"었다고(100~01면) 할 만했다. 노동이 공적 영역을 점령함에 따라 행위의 능력이 오히려 사적 영역으로 추방당했고, 이렇게 해서 "공적인 것이 사적인 기능을 하는 까닭에 공적인 것이 사라지고, 사적인 것이 유일한 공동의 관심사로 남기 때문에 사적인 것이 사라짐으로써 결과적으로 이 두 영역이 사라"지는(123면) 사태가 초래된다. 근대에 발생한 노동의 승리와 관련하여, 아렌트가 보기에 전례 없는 노동생산성에 압도되어 노동이 모든 부의 원천이라 칭송한 애덤 스미스(Adam Smith)나 노동이 인간을 다른 동물과 구별해준다고 본 맑스는 둘 다 모든 근대인이 공유한 사고를 그저 일관되게 표현한 데 지나지 않는다.

노동이란 어디까지나 생존과 관련된 자연적이고 생물학적인 순환과정을 가리킨다는 것이 아렌트의 정의였지만, 엄청난 생산성을 자랑하는 오늘날 노동의 산물은 생물학적 요구를 넘어선, 이를테면 인간의 자기표현 혹은 심지어 자기실현의 수단으로 기능할 수 있지 않은가 하는 의문이 생길지 모른다. 이른바 소비주의 사회에서 소비를 둘러싼 논란들, 특히 근자에 '윤리적 소비' 같은 표현들을 통해 노동에 이어 소비마저 '해방'시키려는 시도를 생각해보면 더욱 그렇다. 하지만 아렌트에 따르면 소비는 노동과 더불어 "영원히 반복되는 생물학적 과정의 순환에서 두 단계"를(154면) 이룰 뿐이다. 노동과 소비로 이루어진 하나의 운동이란 "끝나자마자 다시 새로 시작해야만" 하고 노동과 소비는 둘 다 "모두 물질을 파괴하여 게걸스럽게 삼키는 과정"이므로(155면), 소비란 제아무리 '착한' 것이라도 생물학적 과정에 묶인 활동일 수밖에 없다. 더욱이 노동의 짝으로서의 소비는 경향적으로 증가하게 되어 있다. 노동을 통해 너무나 많은 것이 만들어짐으로써 발생하는 과잉생산의 문제가 "모든 생산재를 마치 소비재처럼 취급"하여 "의자나 탁자가 이제는 옷만큼 빨리 소비되고 옷은 빵만큼 빨리 해지"는 방식으로 해결되기 때문이다. 더불어, 이제 "생산성의 원천이자 인간성의 표현 자체"로 (156~57면) 지위가 상승한 노동은 소유 자체보다 소유를 향한 열렬한 추구, 곧 부의 축적과 관련된다. 소유가 사적 영역의 문제였을 때는 사적 개인들이 한정된 수명을 갖는다는 사실에서 원천적으로 제약을 받지만, 노동이 승리하면서 소유 자체가 공적인 문제가 되고 따라서 전체로서의 사회가 소유와 축적의 주체가 되고 나면 "부의 축적과정은 종의 삶의 과정만큼이나 무한"해진다(172면).

이와 같은 아렌트의 논의는 생물학적 과정이 어떻게 이토록 많은 시간과 에너지를 투여하고도 결코 저절로 충족되어 종결될 수 없는 과정인지를 해명해준다. 아렌트는 맑스 또한 "근대의 노동해방은 모두가 자유로운 시대를 이룩하는 데 실패할 뿐만 아니라, 오히려 그 반대로 모든 인류를 강제적으로 필연성의 멍에 아래 둘 것이라는 위험이 있음을" (187면) 알아차렸기 때문에 노동으로부터의 해방을 이야기했다고 본다. 하지만 노동에서 벗어난 여가가 필연성에서 벗어나게 해주리라고, 다시 말해 노동력이 "삶의 노역에 소비되어 고갈되지 않는다면 자동적으로 '보다 높은' 다른 활동을 장려할 것"(190면)이라고 여긴 맑스의 희망은 잘못된 것이었다. '노동하는 동물'로서의 인간은 아무리 많은 여가가 주어진들 소비에 몰두하고 부를 축적하는 데 쓸 뿐이기 때문이다. 아렌트에 따르면 여가가 많아질수록 자유를 망각했다는 사실 자체를 망각하게 되고 그러면서 자유의 망각은 도리어 깊어진다.

소비자 혹은 노동자의 사회에서 삶이 쉬우면 쉬울수록, 이 사회적 삶을 떠미는 필연성의 충동을 계속해서 의식하기란 더욱 어려워진다. 더구나 필연성의 외적 현상인 고통과 수고가 전혀 눈에 띄지 않기 때문에 더욱더 그렇다. 이러한 사회의 위험은, 이 사회가 증가하는 다산성의 풍요에 현혹되고 끝없는 과정의 원만한 기능에 사로잡혀 더이상 자신의 무상함, 즉 '노동을 한 후에도 지속되는 어떤 영속적 주체에서도 삶은 자신을 고정시켜 주체화할 수 없다'는 무상함을 인식할 수 없다는 데 있다. (192면)

사정이 이러하므로 아렌트의 관점에서는 노동의 승리와 자유의 망각이라는 문제를 의식하지 못하는 정치 또한 엄밀히 말해 스스로를 배반하는 정치일 수밖에 없다.

아렌트적 주제를 이어받으며 근대정치를 분석한 논자인 아감벤은 생명정치라는 견지에서 이 주제를 펼쳐 보인다. 아렌트식 이분법은 그의 논의 곳곳에서 확인되는데, 대표저작 가운데 하나인 『호모 사케르』의 서문은[6] 아렌트가 주목한 그리스 시대 삶(혹은 생명) 개념의 두가지 표현인 조에와 비오스의 구분으로 시작된다. 사실상 '벌거벗은 생명'과 '주권권력'의 관계를 둘러싼 논의 전체가 이 구분을 천착함으로써 축조된다. 아감벤에 따르면, 근대정치는 벌거벗은 생명, 곧 조에와의 "내밀한 공생관계"에 있으며(237면) "생물학적인 생명과 그러한 생명의 욕구가 도처에서 정치적으로 결정적인 사실"이 되었으므로, "이제 정치의 유일한 진정한 문제는 벌거벗은 생명에 대한 보살핌, 통제, 향유를 보장하

---

6 조르조 아감벤 지음, 박진우 옮김 『호모 사케르: 주권 권력과 벌거벗은 생명』(새물결 2008) 33~35면 참조. 이하 별도의 표시가 없는 아감벤 인용의 출처는 이 책이며 괄호 안에 면수만 표기하겠다.

는 데 가장 효율적인 정치조직의 형태가 무엇인지를 결정하는 것일 뿐"
이다(240면. 강조는 원문). 달리 말하면 근대에 등장한 정치의 새로운 주체
는 아렌트가 말한 자유인으로서의 인간이 아니라 생물학적인 신체다.
근대 민주주의 또한 이런 사태의 예외가 못 되고 "절대주의에 맞선 투
쟁의 정면에 시민들의 가치 있는 삶 즉 비오스가 아니라, 조에 즉 … 익
명의 벌거벗은 생명을 내세웠다"(244면).[7]

여기서 "생물학적 소여가 이렇듯 그 자체로서 즉각적으로 정치적이
며, 또한 정치적인 것은 이렇듯 그 자체로 즉각적으로 생물학적 소여라
는 사실이 바로 근대 생명정치의 새로움"이라는(283면) 아감벤의 설명은
근대의 탈정치에 대한 아렌트의 개탄과 대립하지 않는다. 오히려 근대
의 탈정치적 정치가 정작 조에 자체에 대해서도 전보다 한층 심각한 위
협이라는 점을 포착한 것이다. 근대 민주주의가 "조에들의 권리주장과
해방으로 등장"하여 "'조에의 비오스'를 찾아내려" 했지만 결국 "조에
를 전례 없는 파멸에서 구해내는 데 무능"했다는(47~48면) 지적이 이 점
을 분명히 요약해준다. 아렌트가 "전체주의적 지배를 지탱하지만 여간
해서는 상식으로 받아들여지지 않는 원리"가 드러났다고 생각한 나치
수용소가 아감벤이 보기에는 사실상 근대 "정치 공간의 패러다임 그 자
체"가 된 것이다(322~23면). 아감벤이 아렌트와 갈라지는 지점은 분석의
전제나 과정보다는 결론에 있다. 그는 『호모 사케르』 말미에서 "고전적
인 정치적 범주들을 복원하자는" "한나 아렌트의 제안은 단지 비판적
인 의미만을 가질 뿐"이며, "정치적 공간을 재사유하려는 모든 시도는

---

7 아감벤의 논지에 따르면 벌거벗은 생명 곧 조에는 근대정치뿐 아니라 주권권력 일반이
  성립하기 위한 구성요소이다. 이 책 1부 3장 60~61면 참조. 여기서는 근대에 들어 조에
  가 공인된 정치적 주체가 되었다는 사실에만 초점을 맞추도록 하겠다.

다음과 같은 사실, 즉 조에와 비오스, 사생활과 정치적 실존, 단순히 살아 있는 생명체로서의 가정을 고유한 공간으로 삼는 인간과 정치적 주체로서 국가를 고유한 공간으로 삼는 인간 사이의 고전적인 구분은 더 이상 찾아볼 수 없게 되었다는 사실에 대한 명료한 인식을 출발점으로 삼아야만 한다"고 강조한다(352면).

아렌트가 실제로 폴리스의 정치를 고스란히 복원하자고 제안한 것인지 여부는 더 따져볼 일이지만, 그런 식의 복원이 더는 가능하지 않다는 아감벤의 주장에는 쉽게 수긍하게 된다. 터무니없이 거창한 승리를 거두며 정치 영역을 압도적으로 점령한 노동이나 조에의 문제를 내버려둔 채 별도의 공적 영역을 개척하려는 시도는 도리어 현상유지를 뒷받침하는 데 그칠 공산이 크기 때문이다. 그러나 문제는 아렌트의 정치담론을 중요하게 참조하면서 새로운 방향의 정치를 모색하는 작업이 어떤 식이어야 하는가이다. 아감벤 자신은 "오늘날 비오스는 조에 속에 위치한다"고 선언하면서 "하지만 어떻게 비오스가 오로지 자신의 조에일 수 있을까?"라는 질문을 던져야 한다고 주장한다(353면). 언뜻 그의 질문은 근대의 변화가 야기한 사태를 그저 다시 한번 진술한 듯한 인상을 준다. 비오스를 조에 속으로 끌어와서 해소시키는 과정이 곧 아렌트가 말한 근대의 '노동해방'이었기 때문이다. 사태를 타개하기 위해서는 주어진 사태가 어떻게 그 사태가 되었는가 하는 분석을 거듭하기보다는 그 사태에 대해 새로운 반응을 만들어내야 하지 않을까. 그런데 다른 각도에서 보면 그의 질문은 비오스가 다름 아닌 '그것 자신의' 조에일 가능성, 다시 말해 지금처럼 해소되는 대신 비오스인 채 남아 있으면서 동시에 조에일 방도를 묻고 있는 것이며, 따라서 비오스와 조에 둘 다에 대한 새로운 반응을 요청한다. 그런 의미에서 아감벤이 요약한 질문에는 근대 민주주의가 기획했으나 실패했다고 한 조에의 진정한 해방이라는 문제, 곧 '조에가 어떻게 자신의 비오스일 수 있을까' 하는 질문이당연히 동반되어야 한다. 이 두 질문을 근거로 삼아 아렌트에게서 '조에의 비오스' 그리고 '비오스의 조에'를 해석해낼 단서들을 찾아보도록하자.

4. 살아 있음의 신성함과 행위의 연약성

앞서 정리한 아렌트 논의의 큰 줄기는 대체로 그녀가 각 범주들의 경계를 뚜렷이 하고 그것을 지키고자 한 일종의 "경계 단속반"(a policer of boundaries)이고 경계 구분의 목적은 정치와 자유의 영역을 순수하게 유지하려는 '청교도적' 충동에서 나온 것이라는[8] 인상을 만들어내고 강화한다. 이처럼 넘어서지 못할 선을 그어 정치의 순정성을 지켜내려는 시도가 정치를 복원하기보다 도리어 그녀 자신이 개탄한 탈정치화를 부추긴다는 비판은[9] 충분히 예상할 수 있는 바다. 이런 비판이 일리가 있을지 모르지만 아렌트의 시도가 무엇보다 자유의 망각과 정치

---

8 Patchen Markell, "The Rule of the People: Arendt, *Archê*, and Democracy," *American Political Science Review* 100:1 (2006) 4면. 이 글 자체는 민주주의와 통치의 관계에 있어서 아렌트가 반드시 경계를 고집하지는 않았음을 입증하는 방향으로 전개된다.

9 가령 랑시에르는 비정치적인 삶으로부터 순수한 정치의 영역을 보존하려는 아렌트적 의지는 정치의 무대에서 연기자들을 제거하고 궁극적으로 국가권력과 생명(조에)의 관계만 남기는 결과를 낳는다고 비판한다. Jacques Ranciere, "Who is the Subject of the Rights of Man?," *South Atlantic Quarterly* 103:2/3 (Spring/Summer 2004) 301~02면 참조.

의 실종으로 보일 정도의 심각한 불균형을 배경으로 하고 있다는 사실, 그리고 그 사태에 직면한 긴급하고 절박한 방어의 제스처였다는 점은 감안해야 할 것이다.

아렌트가 심연이라 표현할 만큼 생존의 필연과 자유, 그리고 사적 영역과 공적 영역, 오이코스와 폴리스, 노동(과 작업)과 정치의 분리를 강조하고 각각을 교집합 없는 상호대립으로 정의한 것은 분명하지만, 조에의 비오스 혹은 비오스의 조에를 묻는 질문과 관련해서는 그 구분의 틀 바깥으로 비어져나온 잉여의 요소들이 있다는 데 주목할 필요가 있다. 이런 잉여들이 아렌트가 그어놓은 경계가 마냥 선명할 수 없음을 보여준다는 점도 중요하지만, 그렇게 이루어진 경계가 잉여들의 존재를 억압했음을 드러낸다면 아렌트가 작금의 상황으로 진단한 정치 실종의 근원을 다른 각도에서 조명할 수 있을지도 모른다.

노동 또한 정치적 영역이 아닌가 하는 직설적 반박은 아렌트적 이분법에서 성립하기 힘들 테지만, 가령 필연성에 묶이고 생물학적 과정에 매인 노동이라는 활동에도 무언가 그와는 이질적인 요소가 있지 않은가 하는 우회적 질문은 해봄직하다. 아렌트는 노동생산성의 발전을 "'다산하여 번성하라'라는 태고의 명령"과 연결되는, 어디까지나 자연과 필연성의 영역에 두면서도, "노동의 '축복 또는 기쁨'은 모든 피조물과 공유하는 살아 있음의 순전한 기쁨을 경험하는 인간의 방식"이라고도 본다(162면). 여기서의 축복은 작업의 경우처럼 무언가를 성취했을 때 느끼는 만족과는 다르며, 그때의 "기쁨이 건강한 신체의 기능과 공존하듯이 행복은 과정 자체에 수반"하는(163면) 것이므로 노동의 결과물을 소비하거나 축적함으로써 얻는 만족과도 다르다. 따라서 그것은 결핍과 빈궁보다는 '다산'이나 '풍요'와 더 긴밀히 연결되어 있을지언정 반드시 거기서만 얻어진다고 볼 수는 없는, 행위가 그러하듯이 '그 자체가 목적인 활동'으로서의 어떤 충족감이 노동에 내재한다는 사실을 함축한다. 이와 같은 충족감은 아렌트가 '살아 있음'의 기쁨이라 부른 데서 알 수 있듯이 노동뿐 아니라 살아가는 일 전반에 대한 태도와 연결된다.

고대 그리스로마 시대의 풍습과는 달리, 삶을 신성한 것으로 여기며 따라서 죽음과 노동을 악한 것으로 여기지 않았던 구약성서는 족장들의 이야기를 통해 그들의 삶이 죽음에 대해 무관심했고, 지상에서의 개별적인 불멸성도 영혼의 영원성의 보장도 전혀 원하지 않았으며, '충분히 나이가 들면' 밤과 정적과 영원한 휴식이라는 친숙한 모습으로 죽음이 그들에게 다가왔다는 것을 보여준다. (162~63면)

여기서 이야기하는 '삶'은 분명 비오스가 아닌 조에일 것인데, 아렌트 자신은 조에를 '신성하게' 대접한 구약의 전통에서 다른 가능성을 끌어내기보다 여전히 자연의 신진대사로 귀속시키거나 '최대다수의 행복'이라는 근대적 이상의 원형을 확인하는 데 그친다. 하지만 죽음을 악하게 여기지 않았다는 묘사에서 드러나듯 삶을 신성하게 여기는 것은 도리어 생존, 다시 말해 생명유지 자체에 매이지 않는 태도를 수반하고, 그런 한 신진대사에 종속되어 있다는 아렌트적 노동 범주에서 벗어나 있다. 물론 '살아 있음'의 기쁨과 신성함은 인간의 개별적 유일성을 드러내는 것과는 거리가 있으므로 아렌트적 틀에서 행위나 정치에 속할 수는 없다. 그러나 조에로서의 살아 있음에 독자적인 기쁨과 신성함의 차원이 있다는 사실은 조에를 '단순한 생명'이나 '그저 생물학적인 삶'으로 환원시킬 수 없게 만들 뿐 아니라 오히려 그런 개념들이 인위적 추상일 가능성을 의심하게 한다. 아감벤이 지적한바 조에의 해방을 내세웠으나 파멸에서 구하지 못했다는 근대 민주주의의 실패도 애초에 조에를 순전히 '벌거벗은 생명'으로 인정한 그 지점에 이미 예견되어 있었을 법하다. 노동에서 얻는 '살아 있음의 기쁨'은 설령 그 자체로는 개별 신체에 한정된 경험이고 그 때문에 '무세계적' 성격이라 하더라도, 모든 피조물과 공유하고 따라서 모든 인간 구성원들과도 이미 공유하고 있다는 의미에서 하나의 거대한 '공동감각'을 구성한다고 볼 수도 있다. 이 공동감각은 구태여 교류하지 않더라도 인간 공동체를 구성하는 저변의 잠재성이며 그런 의미에서 공적 의제로서의 자격을 주장할 수 있지 않을까.

이론상의 정의가 얼마나 선명하건 특정한 활동이 아렌트가 말하는 노동, 작업, 행위 중 어디에 속하는지 결정하기란 그리 용이한 일이 아니다. 특히 아렌트의 행위 개념에 관해서는 "오랫동안 해석의 문제"가 연루되어왔으며, 행위의 "기준을 구체화하는 것이 그녀의 독자들로서는 미칠 노릇으로 힘든 일"이어서 극히 협소하게 해석되거나 모든 것이 다 행위로 해석되거나 하는 양극단으로 나뉘는 것처럼 보일 정도다.[10] 이를테면 아렌트는 인간의 유일한 인격을 계시하는 활동이자 물질의 매개 없이 수행되는 활동으로 행위를 정의하면서도, 다른 곳에서는 사람들이 "물질적인 대상의 확보에만 오로지 관심을 집중할 때조차 그들은 자신을 반드시 주체로 다른 사람들과 구별되는 유일한 인격으로 드러낸다"고(244면) 지적하는 식이다. 물질적 대상의 확보에만 관심을 집

---

10 Patchen Markell, 앞의 글 4면.

중한다는 것이 노동을 규정하는 특징이었음을 기억한다면 이 대목은 노동에서도 인간의 유일성이 표현된다는 의미로 읽힐 수 있다.

분류의 어려움과는 별도로, 행위가 새로운 것을 개시하는 활동이니만큼 여하한 제한이나 경계를 폐기하는 경향이 있으며 한번 시작되면 돌이킬 수 없고 또 완전히 끝날 때까지는 의미를 알 수 없다는 점도 주목할 만하다. 아렌트에 따르면 행위는 바로 그런 이유에서 '연약성'을 갖는다. 행위에서 도피하려는 오랜 경향도 연약성에서 비롯되는데, "생산과 제작에 내재하는 견고성을 인간사의 영역에 부여하기 위해 행위를 생산으로 대체하려는 플라톤의 바람"이(289면) 그런 사례였다. 행위하는 자를 통치하는 자라고 해석한 호메로스의 사례가 보여주듯이(251면) 행위로서의 정치에서 훨씬 안정적인 '통치'로 탈출하려는 시도도 오랜 역사를 갖는다. 아렌트는 "플라톤 이래 대부분의 정치철학이 정치로부터 완전히 벗어나기 위한 이론적 토대와 실천적 길을 발견하려는 시도"였다고(286면) 지적한다. 애초에 고대 그리스에서 정치를 높이 평가한 근거가 그것이 노동과 작업과는 다르게 어떤 영속성을 갖는다고 믿어서였다는(271면) 아렌트의 또다른 지적을 떠올리면, 행위의 연약성에 관한 언급은 행위 자체를 자못 아이러니한 범주로 만든다.

물론 노동과 작업과 행위 사이에 엄밀한 위계를 설정한 아렌트의 체계에서 행위는 스스로의 연약성마저 자체 내에서 극복할 수 있다고 되어 있다. 아렌트에 따르면, 반복적인 생존의 과정에 갇혀 있다는 노동의 곤경은 노동의 수고와 고통을 덜고 좀더 지속적인 세계를 구축하는 작업에 의해 구제되고, 제작한 모든 것의 가치가 결국 평가절하될 운명이어서 의미를 설립할 기준을 발견하지 못한다는 제작의 곤경은 의미를 만들고 불멸성을 추구하는 행위에 의해 구제된다. 반면 환원 불가능하고 예측 불가능하다는 행위의 곤경은 더 높은 차원이 아닌 바로 행위 자체에 잠재된 치유력으로 해결되며, 아렌트는 이런 잠재력을 '용서하는 능력'과 '약속을 하고 또 지키는 능력'으로 설명한다(301면).[11] 하지만 행위와 정치로부터의 도피가 그토록 오래된 역사적 경향이라는 아렌트 자신의 진술에 비추어보건대, 그렇듯 번번이 실패해온 잠재력에 기대야 한다는 설명이 강한 설득력을 갖는다고 보기는 어렵다. 오히려 아렌트에게서 행위가 갖는 연약성이 '사물이나 물질의 매개 없는 활동'이라는 그 정의 자체에서, 곧 노동이나 작업이 갖는 '매여 있음'이나 '지속성' 일체와 단절하는 데서 비롯되었다는 사실을 기억할 필요가 있다. 그러니 무엇보다 연약성의 근원인 노동이나 작업과의 단절을 먼저 들여다보는 것이 적절한 순서일 것이다.

생존에 결박된 노동의 한계를 아렌트만큼이나 강조한 인물이 로런스다. 정치를 내세우지는 않지만 로런스 또한 '좋은 삶'을 두고 엄밀한 정의를 내리는데, 그에게 "모든 살아 있는 것, 피조물, 혹은 존재의 최종적인 목표는 스스로를 온전히 성취하는 것"이다.[12] 식물에 비유하면 재생산을 보장할 씨앗이나 이익을 가져다줄 열매 쪽이 아니라 공연하고 쓸모없는 허영으로 보이는 꽃이야말로 "완성이자 절정"이며, 진정으로 고려해야 하는 것은 "내가 생산하는 산물이 아니라 내가 성취할 진정한 나(the real Me)"라는 것이 그의 주장이다. 생존의 필연성과 무관하게

---

11 아렌트에 따르면 용서하는 능력은 행위의 환원 불가능성, 곧 자신이 한 행위의 결과를 되돌릴 수 없어서 그에 얽매이게 되는 곤경에서 벗어나게 해주고, 약속을 하고 지키는 것을 통해 미래에 대한 예측 불가능성이라는 행위의 또다른 곤경이 치유될 수 있다.

12 D. H. Lawrence, "Study of Thomas Hardy," *Phoenix: The Posthumous Papers of D. H. Lawrence*, ed. Edward D. McDonald (New York: Penguin 1985) 403면.

유일한 존재로서의 자신을 계시하는 행위가 정치라는 아렌트의 정의를 기준으로 삼는다면 로런스가 말한 '진정한 나의 성취' 역시 순정한 정치적 행위라고 할 만하다. 물론 이때 아렌트가 말한 유일성의 계시는 다른 사람들의 존재를 필수적으로 요청하고 그런 의미에서 공적 성격을 가지므로 둘 사이의 차이는 엄연하다.[13] 그러나 로런스가 노동을 이야기하는 대목에서는 아렌트의 주장과 거의 온전히 겹치는 느낌마저 받을 수 있다.

어느 정도까지 '노동하는 것'과 '사는 것'이 같은 의미인가? … 노동은 그저 충분한 양의 식량과 거처를 생산하는 데 필요한 활동일 따름이지 그보다 더 신성한 무엇이 아니다. 그것은 자기보존 수단을 생산하는 것이다. 따라서 그것이 존재의 모든 것이자 궁극적인 것이 아니라는 점은 명백하다. … 노동이 더 충만한 의미를 갖고 있으며 인간은 노동할 때 가장 강렬하게 살아간다는 주장도 있을지 모른다. 소수의 몇몇에게는, 다른 식으로는 공허하게 살아갈 몇몇 예술가에게는 그럴지도 모른다. 하지만 다수에게, 인류의 99.9퍼센트에게 노동은 살지 않음, 존재 아님, 침잠의 형식이다. … 노동하는 인간은 그렇듯 입증되고 보증된 경험 안에서 안전하며, 삶의 고정된 통로와 경로를 가로지르며 짜릿함을 느끼는 것이다. 그는 삶이 통로로 삼기 위해 마련해놓은 열린 길들 가운데 일부에 관여할 뿐이며, 삶이 여전히 지나가지만 거기서 살지는 않는 낡고 고정된 경로를 다니면서 다만 이제껏 있어온 것과 하나가 될 따름이다. 그리고

---

13 로런스적 '성취'와 관련해서도 다른 의미의 공공성을 이야기할 여지가 얼마든지 있다고 보지만 여기서는 따로 다루지 않겠다.

결국에는, 이것, 그가 답사해야 하는 이 입증되고 보증된 경험, 삶의 이 과거란 언제나 그에게 감옥이다.[14]

이렇듯 엄밀히 구분되어야 할 노동과 진정한 삶(혹은 아렌트적 행위)을 혼동할 때 진정한 삶은 사라지며, 아렌트가 노동의 승리가 낳은 결과로 지목한 재산과 돈의 축적에 몰두하는 상태가 빚어질 것이다. 『까라마조프가의 형제들』의 '대심문관' 장면을 논평하는 글에서 로런스 역시 '지상의 빵'(재산과 돈)을 '천상의 빵'(진정한 삶)과 구분하지 못하는 사태를 개탄한다.

> 하지만 대다수의 사람들은 빵이 그저 생명 유지의 수단임을, 진정한 삶을 산다는 목적, 곧 "천상의 빵"으로서의 진정한 삶이라는 목적을 위해 자신을 유지하는 수단임을 보지 **못한다.** 사람들이, 대다수의 사람들이 삶이 위대한 현실임을, 진정한 삶이 우리를 활기찬 생명, 곧 "천상의 빵"으로 채워주며 지상의 빵은 그저 이를 도와줄 따름임을 이해하지 못하는 것은 이상한 일로 보인다. 참으로 사람들은 이 단순한 사실을 이해할 수 없고 이제껏 이해해본 적도 없다. 그들은 빵, 혹은 재산, 돈과 활기찬 생명 사이의 차이를 알아보지 못한다. 그들은 재산과 돈이 활기찬 생명과 같은 것이라고 생각한다. 소수만이, 잠재적 영웅이나 '선택받은 자'들만이 이 단순한 구분을 알아볼 수 있다. 대다수는 보지 **못하고** 앞으로도 결코 못 볼 것이다.[15]

---

14 D H. Lawrence, 앞의 글 423~25면.

15 D. H. Lawrence, "*The Grand Inquisitor*, by F. M. Dostoevsky," *Phoenix*, ed. by Edward D. McDonald, 285~86면. 강조는 원문.

문제의 핵심을 진정한 삶의 망각으로 진단하는 것은 일맥상통하지만, 아렌트가 이를 역사적인 차원의 변화로 진술했던 데 비해 여기서 로런스는 역사를 관통하는 진실로 이야기한다는 차이가 있다. 그러나 아렌트의 분석에서 행위가 삶의 중심이었던 역사적 사례가 엄밀히 그리스의 폴리스에 한정되고 그때 자유로운 자로서 폴리스의 정치에 참여한 사람들이 매우 제한되어 있었던 것이 사실이라면, '대다수는 언제나 그랬다'는 로런스의 주장도 역사적으로 그리 어긋난 진술은 아니게 된다. 그렇더라도 '앞으로도 그럴 것'이라 예단한 점에서 로런스의 입장은 훨씬 비관적으로 느껴진다.

그런데 이어지는 로런스의 논의가 향하는 곳은 새삼스럽게도 "그렇다면 천상의 빵이란 무엇인가?" 하는 질문이다. 로런스 자신이 내놓는 답은 "삶을 생생하고 기쁘게 만드는 것은 무엇이든 천상의 빵"이라는 것이다.[16] 앞서 본 대로 아렌트에게서는 어떤 활동이 행위인지 정확히 규명하기는 어려워도 적어도 노동에 해당하는 활동이 행위가 될 가능성은 꽤 분명히 배제되어 있었다. 그러나 로런스가 내린 정의에서는 삶을 생생하고 기쁘게 만드는 한은 '지상의 빵' 또한 천상의 빵이 될 여지가 한층 열려 있는 셈이다. 실제로 그는 씨 뿌리고 수확하는 노동에서 오는 수고와 기쁨과 노동을 통해 대지를 비롯한 환경과 갖는 풍요로운 접촉은 결코 상실해서는 안 될 "최상의 의식상태"이고 그 모든 것이 "지상의 빵을 얻는 과정에서 우리가 먹는 천상의 빵"이라 설명한다. 그렇게 해서 로런스는 "노동은 활동, 접촉, 의식의 천상의 빵이거나 혹

---

16 같은 글 288면.

은 그런 것이어야만 한다"(Work is, or should be, our heavenly bread of activity, contact and consciousness)는 결론을 내놓기에 이른다.[17]

이 지점에서 노동과정 자체에 '살아 있음의 신성함'이 있다는 아렌트의 언급을 충분히 연상할 수 있을 것이다. 스스로 별달리 주목하지 않고 넘어간 이 대목을 논의의 큰 줄기와 연결했다면 아렌트 역시 로런스와 유사한 결론에 도달하게 되지 않았을지 추측해볼 법도 하다. 마찬가지로 로런스의 이야기에서 행위의 연약성 문제에 관한 실마리를 찾을 수도 있다. 폴리스처럼 분명히 규정된 시공간적 분리를 통해 행위를 규정하기가 더는 불가능하고 그렇게 되면서 행위가 점점 더 '연약'해진다면, 노동과 제작을 포함한 온갖 활동들의 특정한 수행과 연결됨으로써 행위 혹은 정치가 한층 구체적이고 견고해질 가능성이 열릴지 모르기 때문이다.

5. 심연의 의미

아렌트가 생존과 자유 혹은 조에와 비오스 사이에 있다고 본 심연이 결국 건너가고 이어져야 하는 것이라면, 그래서 조에의 비오스와 비오스의 조에를 어렵사리 조합해야 하는 것이라면, 애초에 양자의 구분 자체가 문제였던 건 아닌지 질문해볼 수 있다. 그 점에 있어서는 로런스도 마찬가지다. 지상의 빵이 곧 천상의 빵이어야 한다는 결론을 낼 바에 이 두가지를 혼동하지 말아야 한다는 처음의 주장이 구태여 필요했을까.

---

17 같은 글 289면.

여기에 관해서는 무엇보다 생존과 자유의 심연을 건너간다는 것과 생존활동이 곧 자유로운 삶이라는 주장, 곧 근대의 노동 승리를 추인하는 일이 어떻게 다른지 재차 확인할 필요가 있다.

아렌트는 "노동의 해방은 노동계급의 해방의 결과가 아니라 그 반대"라고 했거니와(100면), 노동생산성이 이토록 발전을 거듭해온 이면에서 노동하는 사람들은 노동활동에 점점 더 얽매여왔으며 '성과사회'나 '피로사회' 같은 최근의 조어들이 일러주듯 급기야 생산성 향상을 자기실현으로 해석하며 자발적으로 스스로를 소진하기에 이르렀다. 따라서 결코 그렇게 될 수 없다고 못 박을 이유는 없다 해도 노동이 곧 자유롭고 참된 삶에 다름 아니라는 등식은 도리어 노동이 '천상의 빵'이 될 가능성을 더욱 희박하게 만든다. 소유와 분배, 심지어 그토록 놀랍게 성장한 생산성 자체를 포함한 노동의 문제들이 여전히 해결되지 않은 난제가 된 이유도 역설적으로 그런 것들이야말로 삶의 중심이자 공공영역의 핵심이라 추켜세운 탓이 결코 적지 않을 것이다. 따라서 노동이 곧 참된 삶은 아니라는 사실은 여전히 중요한 구분이며, 그것을 참된 삶으로 만드는 일이야말로 노동문제의 핵심이어야 함을 주장할 근거 또한 그로부터 나올 수 있다.

다른 한편, 활동 일체를 모두 생계와 관련지어 생각하게 된 것이 노동 승리의 주된 양상이지만, 동시에 생계와 관련되지 않았음이 특히 자명한 활동들을 개인의 삶에서나 공공영역에서나 모두 배제하게 되면서 많은 중요한 인간적 경험들이 상실될 위험에 놓여 있는 것 또한 그 승리가 야기한 중대한 인간적 패배다. 그 점에서도 노동이 자유와 맺는 관계가 매우 '연약'하며 그보다 자유와 더 가까울 수 있는 다른 많은 활동들이 있음을 기억하는 일은 도움이 된다. 오늘날의 정치에서 생존과 이익과 소유와 생산성은 당당하게 자기 몫을 주장하고 있고 또 일정하게 그래야 하는 것이겠지만, 덕과 유일성과 삶의 실현 같은 가치들은 아렌트의 주장대로 사적 영역으로 밀려나거나 거기서도 추방되고 있다. 그 가치들을 공공의 영역에서 조금이라도 무게 있게 주장하기 위해서라도 그것들이 다른 무엇에 앞선 본연의 정치적 주제였음을 내세워야 한다. 그러니 아렌트가 고집했던 이분법과 그 사이에 놓인 심연이 갖는 현재적 의미는 특정한 한쪽을 평가절하하는 데 있기보다 가장 중요한 것을 결코 놓치지 말아야 함을 일깨우는 데 있다. 정치의 복원이란 자유롭고 참된 삶이란 무엇이고 무엇이 아닌가 하는 아렌트적 질문 자체가 합당하게 다루어지는 지점에서 시작될 것이다.

제4장

'상상'의 모호한 공간과 민족주의
베네딕트 앤더슨의 『상상의 공동체』 읽기

1

하나의 개념이 불러일으키는 이론적 평가와 정서적 반응으로 따지면 민족주의만큼 큰 진폭을 가진 사례도 많지 않을 것이다. 한때 거의 특권적인 합법성을 거머쥐고 순도 높은 고양감을 몰고 다닌 이 개념은 또한 파시즘이나 인종주의와 결부되어 극히 위험한 변칙으로 경계를 받는가 하면, 또 어느샌가는 시대착오적 대상으로 치부되어 동네북처럼 만만하게 조롱당하기도 한다. 민족주의가 흥미로운 지점은 평가와 반응의 스펙트럼이 다양하다 못해 극단적이라는 것 자체보다 그런 극단적 평가와 반응을 아직도 생생하게 불러일으킬 수 있다는 사실이다. 지구화가 진부한 일상어가 된 지 오래며 초국가와 탈민족이 운위되는 지금도 민족주의는 담담히 논의되기 어려운, 난감하고 예민한 대상이라는 사실 말이다.

하지만 민족주의에 관한 분석과 이해라는 면에서는 분명 많은 변화가 있었다. 예컨대 "민족주의의 지지자와 반대자 모두가 저지르는 주된 잘못은 민족주의가 무언가 자연스러운 것이라는 가정"이며 "이러한 가정들은 너무나도 우리가 숨 쉬는 공기의 일부처럼 되어 있어서 아무런 비판을 받지 않고 당연하게 받아들여지기 일쑤"라는 어네스트 겔너(Ernest Gellner)의 개탄을[1] 돌이켜보면 격세지감이 무슨 뜻인지 실감이 된다. 자연 그 자체를 포함하여 온갖 '자연스러운 것'에 대한 의문과 해체의 세례를 통과한 지금, 적어도 특정 민족의 본질적 정체성 주장은 말할 것도 없고 민족주의와 민족국가 일반이 민족이라는 '자연스러운' 실체의 '자연스러운' 산물로 받아들여질 수 없다는 데는 광범위한 합의가 이루어졌다고 해야 할 것이다.

 자연스럽거나 본질적이지 않다는 느슨한 의미에서 민족을 '사회적 구성물'로 부르는 데 동의한다면, 베네딕트 앤더슨(Benedict Anderson)의 『상상의 공동체: 민족주의의 기원과 전파에 관한 성찰』(이하 『상상의 공동체』)이[2] 이와 같은 "민족주의에 관한 구성주의적 관점의 우세"에 결정적 기여를 했다는 평가는[3] 쉽게 납득할 만하다. 무엇보다 민족, 민족국가와 민족주의를 논하는 글에서 '상상의 공동체'만큼 자주 등장하는

---

1 어네스트 겔너 「근대화와 민족주의」, 백낙청 엮음 『민족주의란 무엇인가』(창작과비평사 1981) 131~32면. 이 국역본은 겔너의 *Thought and Change* (London: Weidenfeld and Nicolson 1964)의 7장 "Nationalism"을 옮긴 것이다.

2 이 글에서는 Benedict Anderson, *Imagined Communities: Reflections on the Origin and Spread of Nationalism* (Revised Edition, London: Verso 2006)을 텍스트로 삼았다. 한글 제목은 직역 '상상된 공동체'가 아니라 국역본을 통해 널리 알려진 '상상의 공동체'를 택했다. 이하 괄호 안에 면수만 표기한다.

3 Graham Day and Andrew Thompson, *Theorizing Nationalism* (New York: Palgrave 2004) 87면.

표현이 어디 있으며 또 이 표현만큼 '자연산'이 아님을 효과적으로 강조하는 것이 달리 무엇이 있는가. 물론 민족주의 담론에서 발휘한 영향력이 어떠하든 '구성주의적 관점' 여부로만 따지면 앤더슨의 개념이 독보적으로 기발한 발상이라 할 수는 없을 것이다. 앞서 인용한 겔너만 하더라도 일찍이 "민족주의란 민족들이 깨어나 자기의식을 갖게 되는 과정이 아니다. 그것은 민족이 없는 곳에서 민족을 발명한다"고(「근대화와 민족주의」 153면) 말한 바 있다. 앤더슨 자신은『상상의 공동체』서론에서 겔너의 해당 발언을 인용하며 "'발명'을 '조작'과 '허위'에 일치시킨 점"이 "이 정식의 결함"이라 비판함으로써(6면) 자기 논지의 차별성을 표명하고자 하는데, 겔너가 실제로 그랬는지는 따로 살펴볼 일이지만 '상상'이라는 표현 자체가 '발명'에 비해 창조와 허구의 양가성을 더 강하게 환기하면서도 어딘지 손에 잡히지 않는 모호함으로 '상상력'을 한층 자극하는 면이 있다. 책 전체의 내용과 별개로, 또 사회학과 정치학의 범위를 훨씬 넘는 광범위한 영역에서 '상상의 공동체'라는 용어가 일종의 독자적 은유로 활용되는 상황도 그 점과 연관이 있지 않을까.

이 글은 바로 이 지점, 곧 '상상'의 의미에 초점을 두고『상상의 공동체』의 논지를 되새겨보고자 한다. 달리 말하면『상상의 공동체』가 민족주의에 관한 이론적 연구에서 어떤 의의를 갖는가를 규명하려는 목표를 갖지 않으며 이른바 '상상의 산물'을 다루는 문학/문화연구자로서 이 텍스트를 읽어보려는 의도다. 무엇보다 '상상'이나 그와 유사한 행위의 작용을 설명한 대목들을 구체적으로 짚어가며 각각의 쓰임새를 살펴볼 것이며, 그런 과정을 통해 강력한 비유적 영향력을 걷어냈을 때『상상의 공동체』가 어떤 이야기를 전달하는지 들어보려 한다.

2

　제목의 무게를 감당하는 표현답게 '상상'이라는 용어는 일찌감치 등장한다. 앤더슨은 민족의 정의를 "상상된 정치적 공동체"(an imagined political community)로 제안하면서 그것이 '상상된' 것인 이유를 "가장 작은 규모인 민족의 구성원도 대부분의 다른 동료들을 알거나 만나거나 심지어 그들에 대해 들어본 적도 없지만 이들 각자의 마음속에는 그들과의 친밀한 관계에 대한 이미지가 있기 때문"으로 설명하고, 이어 민족뿐 아니라 "얼굴을 대하는 접촉으로 이루어진 원시마을보다 더 큰 공동체는 (그리고 어쩌면 이런 마을마저도) 모두 상상된 것"이라 부연한다(6면). 비교적 단순하고 평이한 내용을 전달하는 것 같은 이 대목의 진술들은, 그러나 다시 들여다보면 경계를 그어 정의하면서 동시에 정의를 통해 성립한 경계를 슬쩍 지우는 움직임이 함께 담겨 있다.

　무엇보다 민족은 정의상 '상상의 공동체'지만 실은 모든 공동체가 상상의 공동체이므로 상상 여부는 민족을 다른 공동체와 뚜렷이 구별하는 기준이 될 수 없다. 이 점과 관련하여 앤더슨은 "상상되는 방식을 기준으로"(6면) 보아야 한다는 세부 규정을 들여오고, 그럼으로써 이후 이 책에서 이루어질 분석의 방향을 제시한다. 그런데 특정 공동체를 다른 공동체와 구분해주는 변별의 기준은 제시되는 데 비해 여기서 '상상'에 해당하는 부분은 계속 애매한 상태로 남는다. 애초에는 '알지도 만나지도 들어보지도 못한' 사람들과 하나의 공동체라고 생각하는 점이 상상의 작용인가 싶지만, 괄호 속의 말까지 고려해보건대는 심지어 직접 접촉하는 사람들과도 유대의 이미지를 갖는 것 자체, 다시 말해 알건 모르

건 여러 사람들과 이루는 '하나의 공동체'라는 설정 자체가 상상에 속한다는 얘기인 것도 같다. 이 둘 사이에는 실상 무시 못할 차이가 있다. 전자는 실제로는 가깝지 않은 사람들과 가까운 관계에 있다는 상상이며 따라서 앤더슨 자신이 경계했던 조작이나 허위와 유사해지는 느낌이지만, 후자는 실제가 어떠하든 공동체적 관계라는 이미지와 유대의식 일반을 가리키기 때문에 이때의 상상의 범위는 실제에 방불한 의식으로까지 좁혀질 수 있다. 이렇듯 앤더슨이 말하는 '상상'은 정확한 위치와 공간을 지시하기가 처음부터 모호하다.

앤더슨은 민족의 등장 이전의 지배적 공동체였던 종교공동체와 왕국의 영향력을 약화시킨 "세상을 이해하는 양식에 있어서의" "근본적인 변화들"을 시간성이라는 견지에서 풀어내고(22~24면) 그 과정에서 상상과 관련된 흥미로운 매개체를 소개한다. "민족이라는 종류의 상상의 공동체를 재현하는 기술적 수단을 제공"한(26면) "상상하기의 두가지 형식"인(25면) 소설과 신문이 대표적 사례다. 소설 속의 등장인물들은 서로 알거나 만나지 않을 수도 있지만 동질적인 시간 속에 동시적으로 행동하는 것으로 그려짐으로써 작가와 독자까지 모두 포함하는 하나의 공동체적 결속력을 확인해준다(25~27면). 신문 역시 비슷한 역할을 한다. 따지고 보면 상호관계가 뚜렷하지 않은 기사들이 포괄적이고도 자의적으로 나열되지만 이들이 나란히 배치되어 있다는 사실에서 어떤 연관이 상상되는 효과가 발생하며, 구독자들이 자신뿐 아니라 다른 많은 사람들도 일상의 의식(儀式)처럼 신문을 소비하고 있다는 사실을 의식하는 것 역시 공동체를 향한 상상을 강화해준다(33~35면). 이런 식으로 "허구가 조용히 그리고 지속적으로 현실로 새어들어" 공동체에 대한 확신을 만들어낸다는 것이다(36면).

여기서는 소설과 신문기사의 개별 내용보다 배열방식이라는 측면이 중요하게 다루어졌는데, 소설과 신문이라는 '상상의 형식'이 그 자체로 상상의 산물인 민족과 맺는 관계는 단선적이지 않다. 이 형식들이 '재현의 기술적 수단'이라는 진술은 맹아적 형태로든 어떻든 이미 성립되어 있는 (다시 말해 상상되어 있는) 민족을 재현한다는 뜻으로 읽히지만, '현실 속에 스며드는 허구'라는 대목은 이것들 자체가 민족의 상상과정을 구성하고 있음을 암시한다. 나아가, 민족의 '상상적' 속성 자체가 소설이라는 근대의 대표적 허구양식에 비견되기도 한다.

　'상상의 공동체'란 개념을 제안함으로써『상상의 공동체』는 민족주의자들을 매혹시킨 이 일종의 게마인샤프트를 역설적이게도 무언가 불안정한 것, '유니콘'처럼 '상상적'이지도 그렇다고 'TV 수상기'처럼 있는 그대로 '현실적'이지도 않으면서, 플로베르와 멜빌이 상상한 그 순간부터 비로소 존재하게 된 마담 보바리〔플로베르G. Flaubert의 소설『보바리 부인』의 주인공〕와 퀴퀙〔멜빌의 소설『모비딕』에 등장하는 폴리네시아 원주민〕같은 것과 동일선상에 놓았다. (227면)[4]

소설, 더 정확히는 소설의 등장인물과의 유비관계는 민족의 '상상적' 성격을 선명하게 부각하는 효과도 있지만, 어찌 보면 한층 복잡한 해석의 영역으로 풀어놓는 면이 있다. 가령 문학연구자들에게 도대체 마담 보바리와 퀴퀙의 '상상적 성격'을 동일하게 묶는 것이 가능할 것이며, 가능하다 해도 무슨 의미가 있을 것인가. 그렇지만 여기서 앤더슨이 구

---

4 개정판 후기에서 집필경과를 설명하는 대목이다.

사한 유비관계가 그와 같은 정교한 분석을 겨냥하지 않는다는 건 분명하므로, 그가 말하는 '상상'이 어떤 좌표에서 움직이는 개념인지 보여준다는 점에 주목하는 편이 낫다. '유니콘'과 'TV 수상기'의 좌표, 다시 말해 지나치게 복잡한 현실 개념이 개입되지 않은, 단순한 의미에서 '어떤 물건처럼 실제로 존재하느냐 아니냐'를 양축으로 삼은 중간의 어디쯤이 앤더슨의 '상상'의 위치인 것이다. 그런 점에서 이 '상상'은 톰 네언(Tom Nairn)이 민족주의가 지닌 "이중의 내면성"의 하나로 지적한 주관성의 차원, 즉 개인적·심리적 요구에 대한 응답이라는[5] 면과도 다른 지점에 있다. '상상'이라는 표현을 통해 앤더슨이 민족주의가 감정적이고 심리적인 욕구를 어떻게 충족시켜주는가 하는 점에 관심을 기울이려던 건 아니기 때문이다. 그러나 하려고만 한다면 유니콘의 '현실성'이나 TV 수상기의 '상상성'이라도 얼마든지 분석할 수 있는 지금, 이런 애매한 상상의 공간은 역시 지나치게 협소하거나 혹은 지나치게 광범위한 것이 아닌가.

어느 쪽이든 앤더슨의 '상상'은 물리적 실제성을 준거로 삼은 개념이라는 점에서 토대-상부구조라는 낯익은 도식을 떠올리게 만든다. 아닌 게 아니라 『상상의 공동체』는 서두에서 맑스주의 이론이 오랫동안 민족주의에 정면으로 대결하지 못하고 "불편한 변칙"으로 회피해왔다는 지적과 함께 이 책의 목표가 "민족주의의 '변칙성'에 대해 좀더 만족스러운 해석을 제시하는 것"이라고 명시하고 있으며(3~4면)[6] 개정판

---

5 톰 네언 「민족주의의 양면성」, 백낙청 엮음 『민족주의란 무엇인가』 226면. '내면성'의 또다른 측면은 민족주의가 해당 사회의 내부적 요구에 상응한다는 것이다. 네언의 입장은 물론 민족주의의 주관적 측면은 객관적으로 결정된다는 것이다.

6 개정판에 덧붙여진 장에서는 민족주의를 제대로 파악하지 못했다는 점이 맑스주의만

에 덧붙인 후기에는 "일종의 역사적 유물론과 담론 분석을 결합하고자 시도"했다는 설명도 나온다(227면). 앤더슨이 말하는 '상상'은 바로 이와 같은 맥락에서 『상상의 공동체』가 갖는 분석적 차별성을 선언적으로 드러내는 표현이었다고 할 수 있다. 그런데 '유물론과 담론 분석의 결합'이라는 방법론이 표방하듯이 앤더슨의 구상에서 차별성은 독자적 영역의 구축만이 아니라 어떤 포괄성을 겨냥한 것으로 보이며, 그런 점에서 앞서 살펴본 '상상'의 모호한 성격에도 조응한다.

그렇다면 실제 분석에서 민족/민족주의의 '상상적' 차원은 구체적으로 어떤 영역을 지칭하며 어떤 대상들을 통해 해명되는지 살펴볼 필요가 있다. 다시 한번 앤더슨의 출발점으로 돌아가면, 민족이 상상의 공동체라는 정의에 앞서 그가 제시한 또 하나의 중요한 정식은 민족주의뿐 아니라 민족성(nationality) 혹은 민족됨(nation-ness)이 "특정한 종류의 문화적 가공품"이라는 것이다(4면). 그는 또 민족에 선행한 종교공동체와 왕국을 두고 "문화적 체제"(cultural system)라는 표현을 사용하고 민족을 상상할 가능성 자체가 "근본적인 문화적 개념들"의 변화에서 비롯되었다고 함으로써 민족주의가 무엇보다 문화와 관련되어 있음을 다시금 강조한다. 완전히 물리적·현실적이지 않지만 의식적·심리적인 것만도 아니라는 의미에서 문화야말로 앤더슨의 '상상'에 가장 부합하는 영역임은 새삼스러운 발견이 아닐 것이다.

문화를 중심으로 민족주의 연구를 재배치하려는 앤더슨의 의도가 '상부구조'의 한 세부 영역으로서의 문화를 염두에 두고 있지 않다는

의 실패는 아니고 고전적 자유주의와 고전적 보수주의에도 해당하는 사실이며, 실상 맑스주의가 자유주의보다는 나은 입장으로 보이지만 어쨌건 양자 모두에 새로운 사유가 필요하다는 제안이었다고 부연하고 있다(209면).

점은 분명하다. 이를테면 앞서 언급한 겔너의 글에서도 문화는 중요하게 언급되지만 그때는 주로 민족구성원의 자격이 교육제도에 의해 규정된다는 한정된 의미로 사용되며, 어디까지나 산업화와 근대화가 야기하는 불균등과 균열이 중점적으로 다루어진다. 그런 점에서 앤더슨의 논의는 프레드릭 제임슨이 '문화로의 전환'(cultural turn)으로 묘사한, "문화의 영역 그 자체가 확장되고" "사회적 공간이 이제 완전히 문화의 이미지에 젖어든" 현상과[7] 무관하지 않을 것이다. 앤더슨의 구도는 문화의 중요성을 적절하게 풀어내어 '문화로의 전환'을 설득해야 하는 과제와 더불어, "민족주의가 왜 정치적이고 경제적인 개념이 아닌가에 대해서 설명하지 않았다"거나[8] 반대로 민족을 문화의 산물로 제시하고서 왜 국가건설 같은 정치체제를 논의하느냐는[9] 비판에 노출될 소지도 안고 있다. 그러나 여기서는 '문화로의 전환' 자체와 관련된 평가보다 문화를 전면에 내세움으로써 어떤 방식으로 논의가 전개되는지를 따라가보자.

　앤더슨은 모두 네가지 유형으로 분류되는 민족주의의 역사적 사례들을 차례로 규명하기에 앞서 민족이라는 새로운 상상의 공동체의 가능성을 만들고 민족국가를 위한 무대를 마련한 일종의 토대를 설명하고

---

7 Frederic Jameson, *The Cultural Turn: Selected Writings on the Postmodern, 1983~1998* (New York: Verso 1998) 111면.

8 라디카 데사이 지음, 정은귀 옮김 「베네딕트 앤더슨이 놓친 것과 얻은 것: 『상상의 공동체』에 대한 비판적 검토」, 『창작과비평』 2009년 가을호, 408면. 이 글의 원문은 "The Inadvertence of Benedict Anderson: Engaging *Imagined Communities*," *The Asia-Pacific Journal: Japan Focus* (2009.3.16)이다.

9 가령 고부응 「균열된 상상의 공동체: 베네딕트 앤더슨의 민족과 민족주의 이론」(『비평과 이론』 2005년 봄/여름호)이 이와 유사한 비판을 제기하고 있다.

자 한다. 민족이 '문화적 가공품'이었다는 정식을 세운 다음에 올 주장으로는 다소 뜻밖에도, 그는 하필 민족이라는 '종류'의 공동체가 인기를 끌게 만든 다양한 요소 가운데 자본주의가 가장 중요했다고 꼽는다 (37면). 그런데 이어지는 설명을 보면, 이때의 자본주의는 경제체제 일반이 아니라 출판업을 위시해 그가 '인쇄자본주의'(print-capitalism)로 이름 붙인 특정한 분야 혹은 속성을 가리킨다. 언뜻 보기에 '경제적 하부구조'에 대한 설명이다 싶은 대목에서 방향을 틀어 인쇄자본주의가 추동한 인쇄언어(print-languages)의 발전, 그리고 인쇄언어에 가까운 지역어(vernacular)로 구성된 권력언어(languages-of-power)라는 방향으로 논의를 전개하는 것이다. 그러면서 앤더슨은 곧바로 "인쇄언어와 민족의식 및 민족국가 사이의 관계에 있는 불연속성"(46면), 곧 양자 간의 엄밀한 인과관계의 부재를 스스로 인정한다. 이 불연속성을 설명하기 위해서는 "스스로를 자의식적으로 민족으로 정의한" "1776년과 1838년 사이 서반구에서 일어난 새로운 정치적 실체들"에 주목해야 한다고 말한 다음, 비로소 구체적인 민족국가 성립의 사례들을 점검하는 순서가 등장한다. 앤더슨의 민족/민족주의론의 핵심을 이룬다고 볼 수 있을 유형별 민족국가 사례들에 관한 논의는 이렇듯 다소 복잡한 선행작업을 거친 후에 시작된다.

'크리올 선구자들'(Creole Pioneers)로 지칭된 사상 최초의 민족국가들이 18세기 말과 19세기 초에 아메리카에서 성립한 경위를 설명하는 대목은 앤더슨의 논지에 일정한 경향성이 있음을 확인해준다. 여기서도 먼저 그는 유럽 중심부의 지배정책 변화와 관련된 경제적 이해관계, 그리고 거기서 비롯된 중심부에 대한 저항과 새로운 경제·정치 이념의 전파 같은 것들을 먼저 언급하며 특히 경제적 이해관계가 "분명 근본적인 중요성을 띤"다는 점을 인정한다(64면). 하지만 이런 인정은 그 요인들이 불충분함을 강조하기 위한 포석임이 이내 드러난다. 앤더슨은 뒤이어 아메리카의 식민행정 단위를 언급하고 중심부가 이런 단위를 따라 각각 별개의 경제지대를 만들었다는 점을 지적하는데, 이 또한 엄밀히 따지면 경제적·정치적 설명에 속할 테지만 곧 "이 '자연'-지리적 혹은 정치-행정적 시장지대는 그 자체로는 [민족을 성립시킬 정도의] 애착을 만들어내지 않는다"고 부연한다(53면, 강조는 인용자). 궁극적으로 애착은 크리올 관리들의 순회여정(journey)과 인쇄기술, 특히 신문의 발행이 형성하는 공동체 개념에 귀속된다. 앤더슨의 입장은 다음과 같이 요약된다.

내가 제안하는 바는, 경제적 이해도 자유주의나 계몽주의도 그 자체로는 이 체제[앙시앵레짐]의 약탈로부터 방어할 상상의 공동체의 종류 내지 형태를 만들어낼 수 없었고 만들어내지도 않았다는 것, 달리 말해 그중 어느 것도 … 새로운 의식의 틀을 제공하지 않았다는 것이다. 이 특정한 임무를 완수하는 데는 크리올 순회관리들과 크리올 지방 인쇄업자들이 결정적인 역사적 역할을 담당했다. (65면, 강조는 원문)

앤더슨은 경제적·정치적 동력들을 언급하되 '그 자체로 민족이라는 형태의 공동체를 성립시켰는가' 하는 의문을 던지는 방식으로 이들의 '결정적' 혹은 '직접적' 관련성을 부정하고 그 틈새로 문화의 요소들을 들여온다. 이런 논법이 설득력을 발휘하기 위해 중요한 것은 바로 요소들이 나열되는 순서가 바뀌지 않아야 한다는 점이다. 가령 그는 아메리카 크리올 관리들의 순회 범위가 중심부 유럽에 비해 '수직적으로' 차단되어 있었음을 보여주지만 정작 그들이 주도한 민족국가 성립과 관련해서는 식민행정의 분할통치 단위라는 '평면적' 제약에 중점을 둔다. 하지만 크리올들의 경제적·정치적 이해관계가 '수직적 제약'과 더 관련되어 있음은 말할 필요도 없다. 또한 앤더슨은 크리올 혁명가들이 제국의 중심부를 "계승하거나 전복하거나 파괴"하려던 게 아니라 "내적 권력분배를 재배치"하려 했을 뿐이며 더욱이 이들의 전쟁에는 육체적 말살과 노예화 같은 엄청난 "판돈"이 걸린 게 아니었다고(191면) 덧붙임으로써 민족국가 수립에서 경제적·정치적 이해관계가 실상 그리 크지 않았음을 암시한다. 그러나 이런 부연은 앤더슨 자신의 의도와는 별개로, 그렇다면 '상상의 공동체에 대한 애착'은 전쟁을 일으킬 정도의 판돈이었나 하는 의문을 유발하는데, 이렇게 순서를 바꾸면 크리올의 여정과 인쇄술 또한 '그 자체로는' 민족이라는 형태를 만들어내지 못했다고 봐야 하는 게 아닌가 싶다.

　여기서 역사상 최초의 민족주의를 크리올 민족주의로 본 논점 자체가『상상의 공동체』에서 가장 눈여겨볼 대목의 하나임은 짚어둘 필요가 있다. 이 점은 앤더슨 자신이 표방한 "민족주의에 대한 이론적 연구의 탈유럽화"라는(209면) 논쟁적 목적에 크게 기여했을 뿐 아니라, 이 책이 "민족주의에 관한 비유럽중심적 맑스주의 이론의 제시"로[10] 평가받는 주된 근거이기도 하다. 앤더슨이 민족주의 연구를 탈유럽화하기는 커녕 미국이라는 의미에서 아메리카화함으로써 "묵직한 또 한겹의 유럽중심주의를 보탠 꼴"이라[11] 비판하는 데사이조차 프랑스혁명이 아니

10 Neil Lazarus, *Nationalism and Cultural Practice in the Postcolonial World* (Cambridge: Cambridge UP 1999) 129면.
11 라디카 데사이, 앞의 글 417면.

라 아메리카대륙에서 민족주의의 기원을 찾은 점만큼은 중요한 공헌으로 인정하고 있다. 그러나 앞서 살펴본 것처럼 크리올 민족주의에 대한 세부 묘사를 보면 "최초의 진정한 **근대적** 민족주의가 반(反)식민 민족주의로서 생겨났다고 주장했다"[12]는 래저러스의 판단만큼 '반식민성'이 실제로 강조되고 있는지는 의문의 여지가 있다.

아메리카에서 민족국가 성립이 일단락되는 시점과 일치하여 민족주의의 두번째 물결이 유럽에서 일어났고, 앤더슨은 이를 '언어적 민족주의' 혹은 '민중적 민족주의'라고 부른다. 두번째 물결에 대한 앤더슨의 설명은 크리올 민족주의를 다룰 때보다 경제적·정치적 측면들이 현저히 줄어들어 아예 생략되다시피 했다는 사실이 두드러진다. 앤더슨은 언어와 관련된 변화에 압도적으로 초점을 맞추어 라틴어의 특권 상실과 지역어들의 지위 상승, 지역어 연구의 활성화, 문맹률 감소와 독자층 증가, 인쇄언어가 된 지역어의 영향력 등을 통해 결속력이 형성되고 강화되는 과정을 열거한다. 그렇다면 이런 '언어적' 변화와 2세대 민족주의의 '민중적' 성격은 어떻게 연결되는가. 앤더슨은 문자해독률이 높아지면서 민족주의를 향한 민중의 지지를 불러일으키기가 쉬워졌다고 지적하고, 이를 그들이 "이제껏 보잘것없다고 여기며 사용해오던 언어가 인쇄되어 품위가 높아진 데서 새로운 영광을 발견"한 점과 연관 짓는다(80면). 이 지점에서 앤더슨은 또한 부르주아 인뗄리겐찌아 민족주의자들이 대중을 역사로 초대했다는 네언의 정식을 언급하면서 "이 초대가 어째서 그토록 매혹적으로 보이게 되었는가, 또 어떻게 해서 그토록 서로 다른 동맹세력들이 그 초대장을 발행할 수 있었는가는 결국 도용

---

12 Neil Lazarus, 앞의 책 129면. 강조는 원문.

(piracy)의 문제로 향하지 않고서는 이해하기 어려울 것"이라고 말한다 (80면).

대중이 이 초대장을 받아들인 이유는 "자신에게 제공되는 이득, 가령 부나 평등, 토지나 전기, 직업이나 위엄, 평화나 복수 등에 따"른 것일 뿐 어디선가 도용한 "다른 민족의 이미지에 따"른 것이 아니라는 데사이의 강력한 비판을 산[13] 이 대목은, 모형과 도용 같은 핵심어들이 처음으로 제시되는 부분인 만큼 면밀히 들여다볼 필요가 있다. 사실 앤더슨도 대중에게 주어질 이득이라는 측면을 아예 외면한 건 아니고 왕조제국, 절대주의, 세습귀족, 농노제 등과 대립되는 공화제, 보통시민권, 국민주권 등을 언급하고는 있다. 하지만 그는 그와 같은 '민중적 성격'을 어디까지나 이미 자리 잡은 개념적 모형의 영향으로 수렴시킨다. 이렇듯 '이득'과 '이득에 관한 개념적 모형' 사이의 거리가 바로 앤더슨이 중점을 둔 문화의 공간이라 할 수 있고, 데사이의 비판은 이 공간의 존재 근거가 설득력 있게 제시되지 못했다는 뜻으로 해석될 수 있다.

이 대목에서 등장한 '도용'이라는 용어가 '상상'의 활동과 유난히 관련이 깊다는 점은 말할 필요도 없을 것인데, 앤더슨은 민족주의의 최초 형태로서 규격단위(module) 역할을 한 크리올 민족주의를 제외한 나머지 세가지를 모두 이 용어를 중심으로 설명한다. 먼저 크리올 민족주의 운동 및 프랑스혁명을 인쇄지면을 통해 개념과 모형과 청사진으로 구성해낸 것이 민중적 민족주의였고, 유럽 왕조들이 주도한 '관제 민족주

---

13 라디카 데사이, 앞의 글 411면. 데사이는 네언의 발언의 두번째 측면, 즉 초대장을 발행한 쪽과 관련해서는, 이들 민족주의 지도자들이 다른 시공간에서 일어난 민족주의 운동에 관해 알고 있었으므로 이를 각자의 상황에 적용한 것은 자연스러운 일이었고, 더욱이 이는 적용이라기보다는 역사적 자원으로 동원한 행위였다는 입장이다.

의'는 다시 이 민중적 민족주의에 대한 반응이었다. 관제 민족주의는 당시 유럽 왕조들이 '민중적 민족주의'로 상상된 공동체에서 배제되거나 주변화될 위협에 대응하여 내놓은 타협의 산물이고 따라서 "선행한 대체로 자발적인 민중적 민족주의 모형에서 응용한"(110면) 정책들을 채택했던 것이다. 짜르 왕조의 '러시아화' 정책으로 대표되는 관제 민족주의는 말하자면 "민족의 짧고 팽팽한 피부를 늘려 제국의 거대한 육체 위에 덮는" "반동적이고 2차적인 모형화"(84면) 과정이었다.

'마지막 물결'로 지칭된 2차대전 이후 신생국가들의 민족주의로 말하자면 이와 같은 '도용'이 한층 심화된 형태로 나타난다. 앤더슨은 이 마지막 물결이 "자체의 특징을 지니고 있지만 그럼에도 이 특징은 앞서 살펴본 일련의 모형을 통하지 않고서는 이해하기가 불가능하다"고 지적한다(113면). "진정한 민중적 민족주의의 열정과, 대중매체와 교육제도 및 행정규제 등을 통한 민족주의 이데올로기의 체계적인 … 주입"이 둘 다 들어 있는 "민중적 민족주의와 관제 민족주의의 혼합"이었다는 것이다(114면). 뒤에 가서는 아시아와 아프리카 신생국가들의 민족주의가 19세기 유럽의 왕조국가들을 모형으로 삼았다는 초판의 주장이 근시안적이었다고 스스로 비판하면서 더 직접적인 계보는 왕조국가들의 식민주의 정책이 세운 식민국가에서 찾아야 한다고 수정한다. 하지만 모형과 도용의 구도는 그대로 유지될 뿐 아니라, 독립을 내세운 '탈식민' 국가와 '식민국가' 사이에 이 구도를 배치한 점에서 논란의 소지는 더 커진다.

시기적으로 앞선 민족주의들이 하나의 표준 규격단위가 되고 그 뒤에 이어지는 민족주의가 이들을 모형으로 삼아 도용한다는 설명의 메커니즘이 민족과 민족주의를 상상의 공동체이자 문화적 가공품으로 규정한 정식에 어떤 이점을 제공하는지는 분명하다. 무엇보다 각기 다른 종류로 구분된 민족주의 하나하나의 경제적 토대와 정치적 배경에 구태여 주의를 기울이지 않아도 무방해진다. 더불어 '그 자체로 민족을 형성한 건 아니다'라는 식의 변명에 가까운 논평을 할 필요 또한 적어진다. 거꾸로, 민족주의가 일단 모형화된 문화적 가공품이 되면 경제와 정치를 논의할 때보다 '도용'을 운위하기가 한층 수월해진다. 네가지로 구분한 민족주의의 설명에서 모형화와 도용이 핵심 개념으로 사용되었음을 볼 때 실상 이것들이 상상의 공동체를 낳은 '상상'의 주된 형태라고 할 만하다.

'발명' 개념을 허위나 조작에 연결한 탓에 "상상과 창조에 일치시키지 못했다"고(6면) 겔너를 비판한 것치고, 앤더슨 자신이 내세운 모형과 도용은 오히려 창조성과 상상의 결핍을 더 직접적으로 지시하고 있지 않은가. 도용이라는 용어는 때로 응용하고(adapt) 변형하고(transform) 개선한다(improve)와 같은 말로 풀이되기도 하는 만큼 있는 그대로 가져다 썼다는 의미는 아니다. 예컨대 민중적 민족주의를 도용한 관제 민족주의가 '반동적' 성격을 가졌다거나 식민지였던 아시아와 아프리카의 민족주의가 관제 민족주의가 낳은 식민국가 모델을 도용했다는 설명을 보면 어떤 도용행위도 고스란히 베끼는 과정일 수 없음이 분명히 드러난다. 하지만 응용과 변형과 개선이 '창조'라는 말에 값하는가 하는 것은 다른 문제다.

파르타 차터지(Partha Chatterjee)는 바로 이 점을 지목하며 탈식민세계의 민족주의가 유럽과 아메리카에서 만들어진 모형을 선택하는 문제였다면 이 세계 사람들이 "상상력마저 영구적으로 식민화"되었다는 얘기가 아니겠느냐고 비판한다. 그에 따르면 아시아와 아프리카의 민족주의적 상상력의 가장 강력하고 창조적인 결과는 오히려 서구가 전파한 모형과의 '차이'에 있다.[14] 래저러스도 지적하다시피[15] 앤더슨의 논지가 차이의 여지를 봉쇄한 건 아니었고, 반식민 민족주의의 가장 창조적인 프로젝트가 정신적 영역에서 비서구적인 방식으로 근대 민족문화를 구상한 점이었다고 보는 차터지의 주장도 선뜻 받아들이기 어려운 면이 많다. 하지만 그와 별개로 차터지의 비판이 앤더슨 논지의 중요한 부분을 건드리고 있음은 분명하며, 그 취지를 적절히 수용하려면 역시 앤더슨의 모형-도용이 수용하는 차이가 어느 정도이며 어떤 성격인지, 더 구체적으로는 도용이 만들어낸 차이가 모형의 성립에 육박하는 창조성의 발현인지가 관건일 것이다.

실제로 앤더슨은 차터지가 문제 삼은 아시아와 아프리카의 마지막 물결을 최초의 모형에 해당하는 크리올 민족주의와 비교하여 설명한다. 누가 보아도 둘 사이의 공통점은 무엇보다 식민지였다는 점이겠지만 이런 공통점을 어떤 견지에서 논의하는가는 저마다 다를 수 있다. 『상상의 공동체』는 양자의 주된 유사성을 제국주의 당시의 행정단위와 민족주의의 영토가 일치하는 점으로 제시하는 한편, 차이로는 아시아와 아프리카에서는 크리올이 아닌 식민지 인텔리겐찌아들이 중요했다는 점을 크게 지적한다. 그러나 이때 "인텔리겐차들의 전위적 역할은 그들이 2개 언어의 문자해독력을 가진 데서 나왔"으며 "2개 언어구

---

14 Partha Chatterjee, "Whose Imagined Community?," *Mapping the Nation*, ed. Gopal Balakrishnan (New York: Verso 1996) 216면.

15 Neil Lazarus, 앞의 책 130면. 래저러스는 차터지의 앤더슨 독법이 매우 편향적이며 차터지 자신이 오히려 민족주의를 서구성이나 근대성이라는 축을 중심으로 한 문화주의적 견지로 보면서 자본주의라는 결정적 계기를 부정하는 문제점을 노정한다고 비판하는 입장이다.

사력은 유럽의 국가언어를 통해 넓은 의미의 근대 서구문화, 특히 19세기에 다른 곳에서 만들어진 민족주의, 민족됨, 그리고 민족국가 모델들에 접근할 수 있었음을 의미했다"고 설명된다(116면). 그밖의 다른 차이들도 제국주의 정책의 차이나 관제 민족주의 모델의 영향이라는 견지에서 논의될 따름이다. 따라서 '상상력의 식민화'까지는 몰라도 도용의 상상적 힘을 뚜렷이 앞세웠다고 하기는 어려운 것이다.

3

　모형과 도용을 중심으로 유형별 민족주의를 설명한 이후 앤더슨의 '상상' 논의는 민족과 민족주의가 스스로를 '죽음을 불사하는' 애착의 대상으로 만드는 방식(8장 애국주의와 인종주의), 베트남·캄보디아·중국이라는 사회주의 국가들도 민족주의의 도용 사례라는 것(9장 역사의 천사), 식민국가가 지배권을 상상하는 방식을 형성한 쎈서스와 지도와 박물관이라는 권력제도가 아시아와 아프리카 민족주의에 계승되었다는 것(10장 쎈서스, 지도, 박물관), 기억과 망각의 장치들을 통해 민족의 역사가 소급적으로 구성되는 과정(11장 기억과 망각)으로 이어진다. 앞선 논의에 대한 더 자세한 부연도 있지만 대체로 민족주의가 상상 혹은 도용된 이후 스스로를 강화하고 정당화하는 과정에 초점이 맞추어져 있는 것이다. 앤더슨 자신의 의도와는 별개로 '상상의 공동체'라는 표현이 창조성은 고사하고 민족주의의 '허위성'을 강조하는 맥락에서 널리 사용되는 것도 이런 점에서 전혀 근거 없는 '도용'은 아닌 셈이다.
　실상 앤더슨은 상상과 창조를 나란히 언급했을 때부터, 가령 차터지가 말한 독자적이고 대안적인 성취로서의 창조성이라든지 데사이가 질적으로 새로운 문제들에 직면해서 제3세계 민족주의자들이 보여준 창조력이라고 할 때의 어떤 분명한 가치평가를 염두에 두지 않았을 가능성이 크다. '상상의 공동체'에 연루된 상상이 가장 창조에 가까웠던 시점은 결국 애초의 모형인 크리올 민족주의인 셈인데, 그런 모형에서조차 상상의 의미는 처음으로 그런 종류와 형태의 공동체를 만들었다는 '중립적' 차원이었다. 크리올 민족주의의 반식민성을 강조한다든지 그것이 확립한 민주주의 제도들을 적극적으로 평가한다든지 하는 시도는 이루어진 바 없었던 것이다. 아메리카 최초의 민족주의가 앤더슨의 논의에서 차지하는 중요성을 감안할 때 이 사실은 더욱 두드러진다. 하려고만 들면 적극적인 평가가 얼마든지 가능했으며, 가령 "민족적 또는 민족주의적 이데올로기는 또한 보편주의적"이며 "평등이라는 관념에 가장 효과적인 이데올로기적 무기를 제공해준 것이 민족주의"라는 논의를 펼치기에[16] 강력한 뒷받침이 되었을 법한 것이다.

평가를 자제하기로 치면 '도용'에 있어서도 마찬가지겠지만, 민족을 둘러싼 감정의 과잉을 생각하면 가치평가를 삼가고 중립을 도모하는 편이 소모적 논쟁을 피하는 길로 보이는 것도 사실이다. 하지만 정치적 무관심이라면 어떨까. 『상상의 공동체』가 '상상'에 취하는 '중립적' 태도는 실상 문화를 앞세운 점과 연관이 깊다. 그런데 여기서 문화는 '문

---

16 에티엔 발리바르 지음, 최원·서관모 옮김 『대중들의 공포』(도서출판b 2007) 410면. 이와 관련하여 민족주의를 특수주의적 이데올로기로 파악하는 관점을 비판하며 보편주의적 사고방식의 매개자로서의 민족국가를 논의한 사례로 서동진 「다문화주의라는 사유의 궁핍─다양한 것과 보편적인 것 사이의 조우를 위하여」, 『문학과사회』 2009년 여름호 참조.

화적 가공품'이라는 정식이 표방한 애초의 포괄적이고 야심찬 기획에 비해 다분히 협소한 틈에서 운신하고 있으며, 그렇듯 기획상의 포괄성과 실질적 협소함을 가까스로 화해시키려는 시도에서 일종의 스파링 파트너로 소모되는 대상이 바로 정치경제적 차원이다. 사정이 이러하다면 '상상의 공동체'란 표현은 말할 것도 없고 앤더슨의 기획 자체가 '문화로의 전환'에 정치적인 것의 억압이 연루되어 있다는 비판에서 자유로울 것인가.

탈민족과 초국가가 논의되는 지금의 시점이 민족주의와 민족국가에 대한 정치적 논의가 한층 세밀하고 예리하게 다듬어져야 할 순간이기에 앤더슨식의 '상상의 모호함'은 더욱 아쉽다. 민족주의와 민족국가가 넘어야 할 산이라고 생각한다면, 혹은 이미 무너지는 산이라고 믿는다면 그럴수록 민족주의가 이룬 정치적 성취들을 온당하게 평가하는 것이 중요하다. 성취를 짚는 과정을 동반할 때만 무게 있는 비판이 가능하기도 하지만, 더 나은 것에 대한 믿음과 자신감 역시 이미 이루어놓은 것과의 정면 대결을 통해 생겨날 것이기 때문이다. 그런 일에서 앤더슨이 시도한 문화를 통한 접근이 흥미로운 단서들을 제공한 것은 부인할 수 없는 사실이다. 그 때문이라도 '상상의 공동체'가 '허위성'을 가리키는 은유로 환원되는 일만큼은 없어야 할 것 같다.

제3부

문학과
현실

제1장

리얼리즘과 함께 사라진 것들
'총체성'을 중심으로

1. 리얼리즘이라는 교착

기본개념들의 역사를 추적함으로써 사회적 변화를 그려내는 연구분야가 있다. 개념사로 지칭되는 이 방법을 적용하여 한국문학사를 재구성한다면 빠뜨릴 수 없는 기본개념의 하나가 '리얼리즘'이다. 근대문학이 시작된 이래 리얼리즘의 이름만큼 줄곧 그 역사의 한귀퉁이를 차지해온 예는 별로 없을 것이다. 게다가 이 개념의 역사 자체가 서로 다른 의미들 사이의 치열한 부딪힘이나 이른바 경험공간과 기대지평[1] 사이의 예리한 간극, 정치적·이데올로기적 당파성의 불가피한 표출 같은 극

---

1 경험공간과 기대지평은 흔히 개념사를 대표하는 인물로 꼽히는 코젤렉이 역사적 변화를 인식하기 위해 필요한 메타역사적 범주로 제시한 것이다. 라인하르트 코젤렉 지음, 한철 옮김 『지나간 미래』(문학동네 1998) 394~99면 참조. 여기서는 리얼리즘 개념에서 실제로 경험된 바와 기대된 바 사이의 차이를 가리킨다.

적인 요소로 풍부하다. 이런 특성은 다소간 지금도 이어지지만, 극적인 역사에 으레 동반되는 '영욕'의 파란만장함을 완성하듯 오늘날 문학의 의미장에서 리얼리즘은 초라하고 낡은 시대착오를 지시하며 다른 이름들의 신선함을 증명해줄 배경으로 소환되는 형편이다.

리얼리즘이 문학적 사유를 밀고 나가고 때로 비약하게 하는 현재적 개념으로서는 거의 사라진 것 아닌가 싶은 이즈음, 뜻밖에 몇몇 문예지에서 이 개념의 복권 가능성을 조심스레 검토하고 요청하는 글들이 실렸다. 뜻밖이라고는 했지만 실은 그럴 조짐이 아주 없었던 것은 아니다. 이미 문학과 정치를 둘러싼 논의라든가 현실의 귀환을 감지한 비평적 분석들에 그 역사적 연속성에 대한 일말의 반추가 있었고, 거기에 분명히 발화되지 않은 예감으로서 리얼리즘의 자리가 이미 마련되고 있었는지 모른다. 『오늘의 문예비평』 2014년 봄호는 '다시 리얼리즘이다!' 라는 담대한(?) 제목의 특집으로 각기 초점을 달리한 세편의 글을 실었는데, 첫번째 조정환(曹貞煥)의 글 서두에서 리얼리즘을 둘러싼 쟁점을 리얼한 것 혹은 리얼리티에 대한 정의의 문제라고 정리한 점이 시사적이다. 아마도 리얼리즘을 '다시' 논할 수 있는 근거 또한 사라지지 않는 리얼리티의 엄연함에 있을 것이다. 『자음과모음』 2014년 봄호의 특집은 '하나이면서 여럿인, 리얼(리즘)'이라는 다소 조심스런 제목으로 역시 리얼리즘의 문제를 제기했다. 여기서 권성우(權晟右)는 "리얼리즘은 단지 가능한 소설 양식 중의 하나가 아니라, 여전히 문학에서 가장 핵심적인 미학적 태도에 해당"한다고 역설한다.[2]

이 두 계간지에서 리얼리즘을 실제비평 차원에서 논한 최원식과 권

---

2 권성우 「리얼리즘의 품격과 아름다움」, 『자음과모음』 2014년 봄호, 175면.

성우의 글은 공교롭게도 모두 한국전쟁과 분단의 역사를 담은 김원일 (金源一)의 『아들의 아버지』(문학과지성사 2013)와 조갑상(曺甲相)의 『밤의 눈』(산지니 2012)을 다루었다. 최원식은 "루카치식 정통 리얼리즘에서 한 걸음 비켜나 있"으면서도 잊고 있던 소설의 힘을 강렬하게 일깨운 두 작품을 상세히 읽으며 "'형식의 앙가주망'이란 급진적 차원"의 개척을 촉구한다.[3] 권성우는 낡은 것으로 치부되는 역사적 소재들에서 "늘 새로운 관점이 형성될 수 있으며 아직까지 형상화되지 않은 신선한 소재들이 수없이 존재한다는 사실을 상기하자"고 강조한다.[4] 두 글은 리얼리즘을 환기함으로써 작품이 구현한 미덕을 적극적으로 설명하고 있지만, 그 미덕을 토대로 리얼리즘을 재구축하는 작업에 착수하지는 않은 듯하다. 실상 리얼리즘 '론'이라는 측면에서 볼 때 두 잡지의 특집은 리얼리즘에 대한 기존의 통념을 수용하고 들어가는 인상이어서, 갱신 방안을 제시하는 순간에도[5] 일정한 패배주의의 기색이 묻어난다.

이런 판단에는 구체적이고 개별적인 논의가 뒷받침되어야 하지만 이 글 또한 리얼리즘론을 전면적으로 검토하여 분명한 개선안을 제시하려는 시도는 아니라는 점을 미리 밝혀둔다. 심지어 지금 필요한 문학론의 갱신이 리얼리즘론으로 수렴될 수 있는지 여부에도 준비된 답을 갖고 있지 못하다. 대신 리얼리즘이 조장하고 수행한 일련의 미학적 지향과 운동이 마땅히 이어져야 한다는 것, 그러나 이런 이어짐이 그 여전한 이

3 최원식 「사실의 힘, 진실의 법정 ──『아들의 아버지』와 『밤의 눈』」, 『오늘의 문예비평』 2014년 봄호, 63~64, 78면.

4 권성우, 앞의 글 192면.

5 그와 같은 갱신의 방안은 『오늘의 문예비평』 2004년 봄호 특집의 경우 '내재성의 리얼리즘'(조정환) 혹은 '포스트-리얼리즘'(장성규)이라는 용어로 제시되고 『자음과모음』에서는 '네이션을 넘은 공통적인 것의 상상'(허희)으로 요약된다.

름으로 수행되기에 리얼리즘론은 좀체 돌파구를 만들기 어려운 상태라는 전제에서 출발한다. 그런 교착상태에서 조금이나마 운신의 공간을 만들기 위해 이 글은 리얼리즘이라는 무겁고 둔한 덩어리에서 '총체성'이라는 한가지 세부를 떼어내 보기로 했다.

2. 총체성이라 쓰고 전체주의라 읽는다

그런데 정작 '세부'가 되기에는 총체성 또한 꽤나 둔중한 것이 사실이다. 어쩌면 리얼리즘의 교착에 총체성의 부피야말로 무엇보다 큰 책임이 있는지 모른다. 일찍이 대표적 포스트모더니즘론자인 장 프랑수아 리오따르가 콕 집어 "총체성과의 전쟁"(a war on totality)을 선포한 바 있거니와,[6] 지난 몇십년간 이 개념을 둘러싸고 비판에 비판이 거듭된 나머지 이미 거기 드리운 '암운'은 걷어내기 힘들고 평판은 돌이킬 수 없이 손상되지 않았는가 하는 의문마저 든다. 총체성 비판은 프레드릭 제임슨의 지적대로 거의 '시대정신'에 가깝다고 하겠는데,[7] 그것이 '시대정신'인 한 이를 반복 재생산하는 쪽에서는 구태여 그때그때 스스로를 정당화할 필요조차 느끼지 않으며 그런 점에서 사실상 시비를 '초월한' 자리를 차지하고 있는 듯 보인다.

먼저 총체성에 부여된 부정성의 세목을 간략히 정리해보자. 제임슨의 요약을 참고하면, 지적 권위라는 면에서 총체성은 총체적 앎이 가능

---

6 Jean-François Lyotard, *The Postmodern Condition: A Report on Knowledge*, tr. G. Bennington·B. Massumi (Minneapolis: U of Minnesota P 1984) 82면.

7 Fredric Jameson, *Valences of the Dialectic* (New York: Verso 2010) 210면 참조.

한 어떤 특권화된 주체를 가리키고, 사회적 관계 면에서는 차이와 분화의 억압을, 정치 면에서는 다원적 사회운동과 대비되는 일당(一黨)정치를, 철학 면에서는 타자와 자연을 억압하는 헤겔식 사유를, 미학 면에서는 유기적 통일체로서의 작품을, 윤리와 정신분석 면에서는 중심화된 주체와 단일한 삶의 기획을 의미하게 되었다.[8] 이 다양한 '죄목'에 담긴 공통점을 더 간단히 추릴 때 결국 총체성은 중심이 있고 단일하며 차이를 억압하는 유기적 전체이고, 이는 곧 전체주의라는 등식이 나온다. '전체주의'라는 딱지는 대체로 향후의 어떤 진전된 논의나 재고도 불필요함을 확증하는 역할을 하므로, 일단 전체주의와 결합하는 순간 총체성은 절대 피해야 할 위험목록의 윗자리에 간단히 등극한다.

이런 비판이 하나의 공식처럼 널리 통용되었음은 리얼리즘의 쇄신을 요청하는 글에서조차 확인된다. 앞서 언급한 특집 글의 하나에서 "과거의 리얼리즘이 현실의 다양한 측면을 '총체성'이라는 개념을 기준으로 환원시켜왔음은 주지하는 바와 같"으며 지금도 "총체성의 이름으로 억압되었던 것들은 귀환하지 못한 채 산발적으로 다시 억압되었다는 표현이 적합"하다고 진단한 장성규의 진술이 그러하다.[9] 사정이 실제로 그러하다면 리얼리즘을 새삼 언급하는 것 자체가 민망한 셈이고 그 쇄신의 요구는 더구나 무모한 노릇이 된다.

일찍이 '항상 역사화하라'(Always historicize!)라는 구호를 내세웠던 제임슨은 총체성과의 전쟁 역시 역사적으로 이해할 필요를 제기하면서 이 '시대정신'이 지적으로나 정치적으로나 맑스주의의 운명, 특히 프랑

---

8 같은 곳 참조.
9 앞서 나온 장성규의 글 「포스트-리얼리즘을 위한 세 개의 논점」, 『오늘의 문예비평』 2004년 봄호, 56~57면 참조.

스 맑스주의의 운명과 긴밀히 연계되어 있다고 설명한다. 1990년대 이후 일어난 문학장의 변화를 돌이켜볼 때 이 점은 한국의 상황에도 마찬가지로 적용됨직하다. 그렇다면 여기서 역사화 기제를 또 한번 가동하여 총체성 비판이 현재 시점에서 어떤 역사적 활동을 수행하는가 하는 질문도 던져볼 수 있을 것이다. 이 질문은 곧 총체성 개념의 여전한 필요성이란 문제와 이어지는데, 이 개념을 '시대정신' 수준보다 조금이라도 더 진지하게 논의하기 위해서는 먼저 맑스주의 전통 안에서 총체성을 두고 줄기차게 다른 해석을 제시되어왔음을 기억할 필요가 있다.

총체성과의 전쟁에서 명시적으로든 암묵적으로든 종종 '악의 축' 역할을 떠맡게 되는 루카치의 총체성 개념부터가 그렇다. 그에게 리얼리즘이란 "총체성을 향한 열정"(passion for totality)에[10] 다름 아니었음은 널리 인정되는 사실이지만, 루카치를 습관적으로 전체주의적 총체성의 대변자로 처분하기에 앞서 그의 총체성이 전체에 대한 어떤 실정적(實定的, positive) 제시를 함축하지 않는다는 해석을 감안해야 한다. 예컨대 그의 미학에서 총체성과 특권적 관계에 있는 장편소설이 정작 총체성보다는 "총체성을 가로막는 조건과 계기"를 드러내며 "부정적인 방식으로 [서사시에서 가능했던] '긍정적 총체성'을 환기"할 따름이라거나,[11]

---

10 주지하다시피 이 표현은 Antonio Negri, *Marx beyond Marx: Lessons on the Grundrisse*, tr. H. Cleaver·M. Ryan and M. Viano, ed. Jim Fleming (New York: Autonomedia 1991)에 나온다. 총체성 해석의 다양성을 보여주는 또 하나의 사례로서 이 대목을 인용해둔다. "우리는 여기서 [*Grundrisse*] 총체성을 향한 열정을 볼 수 있지만 획일적인 의미가 전혀 아니라 연속과 비약의 다원성(multiplicity)이라는 형태의 총체성이다. 그것은 무엇보다 복수성(plurality) 그리고 마찬가지로 다양한 주체성을 갖는 역학이며 어디 하나 닫혀 있는 데가 없다"(13면).

11 김경식 「루카치 장편소설론의 역사성과 현재성」, 『창작과비평』 2013년 여름호, 336~37면.

그에게 총체성이란 앎의 형태가 아니라 비판적이고 부정적인 방식으로 이데올로기 전략을 탈신비화하는 "방법론적 기준"이며 알뛰세르(L. Althusser)적 '부재원인'에 다름 아니었다는[12] 주장들은 간단히 무시할 수 없는 일관성을 담고 있다. 이런 해석으로 볼 때 루카치가 장편소설과 현실 사이에 이른바 투명한 반영이라는 상동관계를 설정했다는 통념 또한 성립하기 힘들다. 그의 총체성 개념은 차라리 습관적 인식의 직접성을 교란하는 "'낯설게 하기'를 내포"하기[13] 때문이다.

우리 시대에 보기 드물게 비평가로서 맑스주의자로 남아 있는 제임슨 자신의 총체성 해석도 참고할 만하다. "총체성은 그것으로 끝이 나는 무언가가 아니라 그것으로 시작되는 무언가"라는 주장은[14] 앞서의 루카치 해석과도 공명하는 대목이지만, 여기서 제임슨이 무엇보다 강조하는 것은 애초에 "총체적 체제를 구성하면서 총체화하는" 쪽은 전지구적 자본주의라는 것이다.[15] 그러니 자본주의를 비판하는 입장에 대고 총체성 개념을 폐기하지 않는다고 비난할 일이 아닌 것이다. 그런데 제임슨에게 자본주의는 총체화하는 체제이면서 동시에 스스로의 총체성을 은폐하면서 유지되는 체제이므로, 비평에서도 총체성은 그와 같은 이중성을 모두 감당해내야 한다. 그로부터 "물신화와 파편화의 극복"이되 "차이들을 삭제해버림으로써가 아니라, 근본적 차이를 사상하지 않으면서 파편들을 단일한 정신적 행위 안으로 결합해낼 수 있는 개

---

12 Fredric Jameson, *The Political Unconscious: Narrative as a Socially Symbolic Act* (London: Methuen 1981) 52~53면.
13 Fredric Jameson, *Valences of the Dialectic* 206면 참조.
14 같은 책 15면.
15 같은 책 286면.

념적 혹은 미학적 긴장을 통해 이루어"지는 극복으로서의 총체성이라는 주장이 나온다.[16] 다시 말해 총체적 체제라는 것과 더불어 (물신화와 파편화의 형태로 은폐되는) 그 체제의 총체화 과정에도 동시에 관여하는 것이 총체성 개념인 것이다.

이렇게 볼 때 이른바 현실에 대한 총체적 인식과 재현이 원칙적으로 전체주의적 단순논리가 될 수 없는 이유가 바로 현실의 총체성이 갖는 복합성에 있다고 할 수 있다. 반면, 이 점은 총체성 개념의 구현이 그만큼 어렵다는 반증이 될 수 있고 나아가 어쩌면 그것의 '불가능'을 말할 근거로 작용할 소지도 있다. 총체성의 이런 양면은 맑스주의 전통과 이어진 지젝의 설명에서 더 분명히 확인된다. 그는 맑스주의에서 총체성은 "이상(理想)이 아니라 비판적 개념이며, 어떤 현상을 그 총체성에 둔다는 것은 전체의 숨겨진 조화를 본다는 의미가 아니라 하나의 체제 안에 그것의 모든 '증상들', 그 적대와 불일치 들을 뗄 수 없는 내적 일부로 포함한다는 의미"라고 설명한다.[17] 여기서도 총체성 개념의 '비전체주의적' 성격은 체제의 속성으로부터 비롯하고 있다. 그런데 지젝에게서는 통상적인 전체라는 것 자체가 사실상 완결될 수 없는 구조라는 점이 강조된다. 총체성에 관한 한 루카치보다 더 한층 의혹의 대상이며 전체주의라는 혐의의 상징이 되어버린 헤겔의 총체성 개념을 지젝은 다음과 같이 옹호한다.

헤겔적 총체성은 정의상 '자기모순적'이고 적대를 포함하며 일관성을

---

16 프레드릭 제임슨 지음, 신현욱 옮김 『문화적 맑스주의와 제임슨: 세계 지성 16인과의 대화』(창비 2014) 65면.

17 Slavoj Žižek, *Living in the End Times* (New York: Verso 2010) 154면.

갖지 않는다. '진리'(the "True")인 '전체'(the "Whole")는 전체에 그 증상들, 곧 그것의 비진리성을 드러내는 의도치 않은 결과들을 더한 것이다. 맑스에게 자본주의의 '총체성'은 위기를 불가결한 계기로서 포함하고 프로이트에게 인간 주체의 '총체성'은 주체의 공식적 이미지에서는 '억압된' 지표로서의 병리적 증상들을 포함한다. 여기에 깔린 전제는 전체란 결코 진짜 전체가 아니라는 것, 전체에 대한 모든 개념은 무언가를 빠뜨리고 있으며, 변증법적 노력은 이 과잉을 포함하고 그것을 설명하려는 노력에 다름 아니라는 것이다. … 헤겔적 총체성의 공간이란 바로 ('추상적') 전체와 전체에 의해 발생했으나 그것의 손아귀를 벗어나는 세부들 사이의 상호작용의 공간이다.[18]

이 대목에서 우선 제임슨이 '체제가 만들어낸 은폐'로 설명한 요소가 '체제의 불능'이라는 차원으로 이동한 변화가 눈에 띈다. 물론 이때 불능은 '변증법적 노력'이 발생하는 조건이며, 전체와 전체 아닌 것의 상호작용으로서의 총체성이 가동되는 조건이다. 그런데 문제는 '전체'가 진짜 전체가 될 수 없다는 사실과 '전체에 대한 개념'이 늘 무언가를 빠뜨리고 있다는 사실이 동일한 층위에 놓인 점이다. 이것은 현실을 상징체계로 파악하는 라깡주의의 일반적인 태도로 설명할 수 있겠으나, 그럼으로써 체제의 불능이 체제인식 혹은 체제재현의 불가능성으로 단번에 옮아갈 소지도 생긴다. 총체성이 전체주의의 혐의를 벗는 댓가로 스스로의 무능을 자인하는 형국이 될 수 있는 것이다.

---

18 Slavoj Žižek, *Less Than Nothing: Hegel and the Shadow of Dialectical Materialism* (New York: Verso 2012) 523면.

3. 불가능과의 접속

불가능에 관한 한, 파편화 극복이 매우 복잡한 절차를 요구한다는 제임슨의 지적에 이미 단서가 주어져 있다. 실제로 '포스트모던' 시대를 의미있는 단절로 강조하는 그의 설명은 총체성이 불가능해졌다는 진단에 근접할 때가 많다. 자본주의체제가 너무 거대하고 복잡해지고 파편화된 나머지 그것이 여전히 총체적 체제임이 분명하더라도 그에 대한 총체적 재현은 극히 힘들어졌다는 식이다. 가령 총체성 재현의 핵심적인 매개로 '알레고리'를 제시할 때도 일정한 모호함이 나타난다. 제임슨은 성경에 대한 알레고리적 해석이나 맑스주의의 토대-상부구조 알레고리를 예로 들어 알레고리가 환원론이기는커녕 해석의 지평을 열어주는 매개가 된다는 설명을 내놓은 바 있다.[19] 마찬가지 맥락에서 그는 "포스트모더니티에서 보편과 특수는 알레고리로서야 비로소 서로 연관된 것으로 이해"되며 "하나의 체계가 자신의 보편적 요소를 제거하기를 원해서 더이상 하나의 체계로 인식될 수 없을 때 … 그 (보편과 특수 사이의) 연관은 언제나 알레고리적으로 이루어져야 한다"고 주장한다. 그러나 다른 한편으로 그와 같은 "알레고리는 또한 불완전한 재현, 혹은 재현의 실패," 곧 "충만한 재현이 언제나 필연적으로 실패한다는 것을 의미"한다고 부연하는 것이다.[20]

---

19 Fredric Jameson, *The Political Unconscious* 31~33면 참조.

20 프레드릭 제임슨, 앞의 책 278~79면. 인터뷰로 구성된 이 책에서 제임슨이 탈구조주의 입장에 맞서 자기 견해를 펼쳐야 하는 방어적 위치에 있을 때가 많다는 점은 고려해야 한다.

그렇다면 총체성 개념은 '분명 안 되겠지만 시도는 해야 한다'는 비장한 윤리적 제스처에 불과한가. 그런 바에야 처음부터 한계를 인정하고 물러나는 편이 정직하지 않을까. 최근의 비평에서 자주 마주치는 불가능의 언술들, 특히 '(재현) 불가능성에 대한 재현'이라는 진단에 이런 질문이 내포한 곤경이 단적으로 압축되어 있거니와, 논의를 폐쇄하고 해석을 종결짓는다는 점에서 불가능의 선언은 또 하나의 '시대정신'으로 발전할 조짐마저 보여준다. 이런 상황에서 총체성 개념이 여전히 필요함을 입증하는 일은 해석을 바로잡는 것과는 다른 차원의 작업을 요구한다. 총체성이 불가능의 차원에 접속할 때 거기에 압도되지 않을 수 있을까? 불가능을 한켠에 포함하는 총체성이 비평적 수행성을 온전히 발휘할 수 있을까? 이 질문의 답을 찾기 위해서는 먼저 '불가능성'으로 뭉뚱그려진 수사의 모호함을 걷어내고 거기에 연루된 차이들에 주의를 기울일 필요가 있다. 한동안 '재현 불가능성'의 상징으로 거론되곤 했던 아우슈비츠를 논한 조르조 아감벤의 한 대목을 통해 이 점을 살펴보자.

아감벤은 "아우슈비츠에서 일어난 사건들 하나하나를 열거하고 묘사할 수 있다 해도 우리가 진실로 이해하고자 할 때 그 사건들은 독특하게 불투명한 것으로 남는다"라는 이야기로 시작하여, 그렇듯 "사실적인 요소들을 초과할 수밖에 없는 하나의 현실, 그런 것이 아우슈비츠의 아포리아"라고 말한다. 이 아포리아는 "역사적 인식 자체의 아포리아"로서 "사실과 진실 사이의, 입증과 이해 사이의 비(非)일치"에 다름 아니다.[21] 여기서 이미 한가지 종류의 불가능성이 등장하고 있다. 다만 그것

---

21 Giorgio Agamben, *Remnants of Auschwitz: The Witness and the Archive*, tr. Daniel Heller-Roazen (New York: Zone Books 2002) 12면. 이어지는 대목은 이 책의 1장 '증인'(The Witness)의 내용을 요약한 것이다.

이 사실의 차원이 아닌, 진실과 이해에 있다는 점을 눈여겨보아야 한다.

아감벤에 따르면 너무 많이 너무 빨리 이해하고 싶어 하면서 섣불리 모든 것에 설명을 내놓거나 반대로 이해를 거부하고 값싼 신비화를 도모하는 것은 이 아포리아를 제대로 밀고 나가는 자세가 아니다. 가령 아우슈비츠 생존자들의 증언을 심판(judgement)과 혼동하는 것은 '섣부른 설명'에 해당한다. 아감벤에게 법적 범주로서의 심판은 정의를 바로잡는 것도 진리를 증명하는 것도 아니다. 아우슈비츠에 관한 법적 절차는 마땅히 필요하지만 동시에 그 절차는 아우슈비츠의 문제가 해결되고 극복되었다는 잘못된 생각을 유포할 우려가 있다. 다른 한편 '값싼 신비화'에 해당하는 예는 아우슈비츠를 두고 '말할 수 없다'거나 '이해할 수 없다'고 말하는 태도다. 아감벤은 "왜 말할 수 없는가? 왜 몰살에 신비의 위엄을 부여하는가?"를 반문하면서, 말할 수 없음과 이해할 수 없음은 신의 속성으로 묘사되어오던 것이므로 의도가 어떻든 이런 발상은 아우슈비츠를 침묵으로 경배하며 그것의 '영광'에 기여하는 태도라고 선을 긋는다.

하지만 아감벤 자신도 진실과 이해의 불가능성을 언급하지 않았던가? 그러나 여기서 아감벤이 반대하는 것은 이해 불가능성 자체가 아니다. 이해 불가능한 것으로 이해하는 것, 정확히 말하면 이해 불가능하다고 말함으로써 이해를 종결짓는 것에 대한 반대다. '우리가 진실로 이해하고자 할 때'라는 앞의 인용구절이 갖는 의미가 여기서 드러난다. 섣부른 설명과 값싼 신비화는 각기 명시적이고 암묵적으로 불가능성을 부인하는 일에 다름 아니다. 불가능성이 비로소 나타나는 순간은 바로 '진실로 이해하고자 할 때'이기 때문이다.

유사한 차이가 생존자의 증언이 본질적으로 '누락'을 포함한다는 설명에도 유지된다. '살아남은' 사람들로서 이들은 '진정한' 혹은 '완벽한' 증인인 죽은 이들을 대리하는 유사증인들(pseudo-witnesses)이며 그들의 증언은 빠져 있는 증언에 대한 증언에 불과하다. 그러나 동시에 죽은 이들의 증언이란 애초에 존재하거나 성립하지 않으므로 '대리'라는 규정은 이치에 닿지 않는다. 그런 의미에서 "그들(죽은 이들)의 이름으로 증언하는 사람은 증언하기의 불가능성이라는 이름으로 증언해야 하는"[22] 셈이다. 이 대목은 엄밀히 말해 생존자의 증언 자체가 불가능하다거나 그 증언의 내용이 곧 증언의 불가능에 관한 것이라는 이야기가 아니다. 오히려 (생존자의) 증언이 (죽은 이들의 증언하기의) 불가능성에서 발생한다는 것, 다시 말해 불가능성에 토대를 두고 증언의 가능성이 생긴다는 뜻으로 해석되어야 한다. 아감벤의 논의를 재현이라는 견지로 번역해본다면, 재현에 내재된 불가능성을 받아들이는 태도가 스스로의 불가능성을 거듭 되뇌는 '자기반영적' 재현으로 환원되지 않는다는 사실이 드러날 것이다.

비평에서 불가능성이라는 범주가 널리 유행한 데는 불가능으로서의 '실재'(the Real)를 말한 정신분석 담론의 역할을 빼놓을 수 없다. 이 담론의 영향은 위기와 파국과 재앙을 말하는 비평에서 특히 두드러지는데, 여기서는 어떤 돌연하고 섬뜩한 파편이나 무엇으로도 채워지지 않는 심연처럼 상징계로서의 현실에 맞추어넣기가 불가능한 것들이야말로 핵심적 중요성을 갖는다고 생각된다. 총체성이 아니라 총체성이 깨어지는 지점에 진실이 있다는 것이다. 그러나 '실재' 범주의 도입이 현실에 대한 한층 치밀한 탐구로 이어지는 대신 현실 너머를 암시해줄 외

---

22 같은 책 34면.

상적인 이미지를 발견하고 재현하는 데 골몰하게 만드는 순간, '실재주의'라고 이름 붙일 만한 어떤 안이함이 생겨난다.[23]

실재는 상징계로서의 현실과 그에 대한 인식에 기입될 수 없는 것이지만 동시에 상징계 바깥이나 너머에 "또다른 중심"으로 존재하는 "더 깊고 더 진정한 핵 혹은 블랙홀" 같은 것이 아니다. 지젝에 따르면 그렇듯 실재가 어떤 외상적인 '물자체'라는 생각이야말로 실재를 가리키는 "궁극적인 유혹"이거나 "궁극적인 베일"이다.[24] 라깡적 실재의 일관된 규정은, 그것이 상징계로서의 현실이 내포하는 빈 곳일 뿐이지만 그것에 의지하여 상징계가 일관성을 유지하고 그것과의 조우를 피하려는 시도를 통해 상징계가 작동한다는 점에서, 상징계 자체를 성립시키는 공백이라는 것이다. 그러므로 실재의 불가능성이란 곧 상징계가 노정하는 불가능성이며, 실재의 재현이란 상징계의 불가능성 혹은 공백을 재현하는 것이다.

그런데 이때 공백이 말 그대로 어떤 빈자리나 심연 혹은 독특한 외양을 띤 하나의 실체로서 존재하는 것이 아니라면, 그것을 기입하기 위해서는 상징계가 작동하지 않는 자리를 찾아내어 그 작동 불가능을 재현하는 수밖에 없다. 여기서 다시, 작동하지 않는 자리란 단순히 일시적 장애나 지엽적 오류가 아니라 상징계 자체의 구조라는 차원에서 발생한 것이어야 한다. 실재란 실재 개념의 속성을 연상시키는 현실의 단편을 발견하는 일이 아니라 현실을 그 경계까지 사유할 때 비로소 나타난다. 그러니 총체성은 완결된 것으로 성립하기가 분명 불가능하지만, 다

---

23 이 점에 관한 상세한 논의는 이 책 3부 2장 참조.

24 Slavoj Žižek, *The Puppet and the Dwarf: The Perverse Core of Christianity* (Cambridge, MA : MIT Press 2003) 67면.

른 의미에서는 이 불가능 자체가 총체성을 통해, 더 정확히 말하면 총체성을 포착하려는 사유의 효과로 비로소 나타난다.

4. 이것이 전부인가를 묻는 일

리얼리즘이라는 말이 사라진다 한들 문학에서 현실에 대한 관심과 탐구가 사라질 리는 없다. 하지만 우리 시대의 문학 읽기 곧 비평이 자기 할 바를 수행하는 데 필요한 것들이 리얼리즘과 더불어 사라지고 있는 건 아닌지, 그런 사라지는 것들을 되살리기 위해 그 이름의 힘을 간직해야 하지 않을지 살피는 일은 중요하다. 그런 점검의 하나로 리얼리즘을 구성하는 중요한 일부였던 총체성 개념을 다루어보았다. 앞의 논의에 비추어 총체성 개념의 여전한 필요성이 무엇일지 정리하는 것으로 끝맺으려 한다.

먼저 부정적이고 비판적인 방식으로 이데올로기적 인식을 교란하는 부재원인으로서의 총체성은 실상 포스트모더니즘이 수행하는 총체성과의 전쟁에도 언제나 이미 작동하고 있다. 따라서 자기 이론의 전개에 필수적으로 요구되는 것을 스스로 부인할 이유는 없다는 의미에서, 총체성 개념은 다른 무엇에 앞서 이론적 자기인식의 차원과 관련되어 있다. 맑스주의 전통이라는 면에서 총체성 개념의 근거는 무엇보다 자본주의가 다른 어떤 체제에 비할 수 없는 규모로 총체화하는 체제이면서 동시에 총체적 인식을 한층 더 어렵게 만든다는 데 있다. 따라서 이 개념의 필요성은 자본주의를 체제로서 사유할 필요성과 연결되어 있으며, "체제라는 것이 없다면 체제적 변화를 환기하는 것이 불필요하고 부적절"해지리라는 의미에서[25] 총체성 개념은 "미학적 생산이나 이론적 분석에 있어서는 말할 것도 없고 정치적 행동의 전제조건 중 하나"라고[26] 할 수 있다. 총체성 개념이 체제 바깥에 대한 정치적 사유와 행동의 전제라면 그것은 다시 비평적 판단의 엄밀성과도 이어진다. 제임슨은 "모든 것이 체제를 복제하는 반면 체제 안의 미세한 변화와 변주야말로 어떤 것을 전복이나 재전유로 만들어준다"고 보는 태도를 "모더니즘의 논리"로 설명한 바 있다.[27] 총체성은 일단 전복 자체가 안 된다고 전제한 다음 한결 기준이 낮은 전복성의 인정을 남발하는 비평적 판단의 느슨함을 경계하고, 어떤 것이 진짜 바깥을 넘보는 전복성인가에 관한 탐문을 지속하게 해준다. 그럴 때 총체화하는 이 체제가 봉합할 수 없는 내적 균열과 공백을 품고 있어서 결코 완결된 총체화가 불가능하다는 점이 총체성을 폐기할 근거가 될 수는 없다. 이 불가능성을 온전히 드러내고 보존하며 이를 다른 가능성의 실마리로 만들고자 하는 것이 바로 총체성의 작용이기 때문이다. 그러니 총체성이야말로 불가능성과 어떤 특권적 관계에 있다고 하겠다.

하지만 이름마저 거창한 이 총체성이라는 개념이 반드시 체제라는 거대 단위를 들먹일 때만 등장할 수 있는 건 아니다. 우리가 마주치는 그때그때의, 하나하나의 문제적 현실에 총체성은 어떻게 개입되는가.

---

25 Fredric Jameson, *Valences of the Dialectic* 299면.

26 프레드릭 제임슨, 앞의 책 77~78면.

27 Fredric Jameson, *Valences of the Dialectic* 359면. 모더니즘의 논리가 이러하다면 포스트모더니즘의 논리는 전복이라는 발상마저 무효화하고 파편화 자체를 다원성이라는 견지에서 찬양하는 식이라고 하겠다. 물론 제임슨 자신의 입장 또한 체제의 복제와 체제를 넘은 유토피아를 선명하게 가를 수 있다는 것과는 거리가 멀고 '변증법적인 대립물의 통일'에 근거한 분석을 요구하는 쪽이다.

삼백여명의 목숨을 앗아간 세월호 참사의 진실이 아직도 수장되어 있는 오늘, 우리에게 특별한 의미로 다가올 수밖에 없는 '증언' 이야기를 기억해보자. 죽은 이들의 불가능한 증언이 현실에 기입되는 순간은 바로 살아 있는 이들의 증언이 이어지는 동안이다. 그리고 이 증언은 지금 우리에게 '진실로 이해하고자 하는' 질문의 형식으로 이루어진다. 끝내 남김없이 답할 수 없으리란 걸 드러내기 위해서라도 우리는 묻고 또 물을 수밖에 없다. 이것이 전부인가. 지금까지 보고 말한 것이 현실의 전부이며 진실의 전부인가. 그리고 그것들이 우리가 말할 수 있고 또 말하지 못하는 전부이며, 우리가 할 수 있고 또 하지 못하는 전부인가. 이 물음을 가능한 모든 방향에서 가능한 오래 지속하기, 이것이 총체성 개념의 존재양식이며 사라져서는 안 될 리얼리즘의 '운동'일 것이다.

제2장

실재와 현실, 그리고 '실재주의' 비평

1

한참 더 오래된 현상일지 모르겠지만 지난 몇년을 돌아보더라도 비평의 세계에서 씨즌별로 바뀌는 패션만큼 민감하게 이론의 동향을 감지하고 이목을 끌 만한 부분을 재빨리 뽑아쓴 다음 또 그만큼 빠르게 폐기하는 일이 빈번하게 이루어진다는 점은 분명하다. 그런 가운데 유행의 흐름에서 좀체 밀려나지 않고 비교적 긴 시간 '기본 아이템'으로 자리 잡은 것으로는 라깡주의 정신분석 이론을 꼽을 수 있다. 말할 필요도 없이 정신분석의 이런 독보적 지위에 일등공신 역할을 한 인물은, 짐작건대 지금 이 순간에도 새로운 책을 쓰거나 찍어내고 있을 슬라보예 지젝이다. 그는 난삽한 라깡 이론을 대중문화를 통해 흥미진진하게 풀어 보임으로써 우리에게 그 이론이 의외로 접근 가능한 것일지 모른다는 지적 환상을 심어주었을 뿐 아니라, 심지어 그것을 조급하게 폐기해버린 맑스주의와 결합시킴으로써 우리를 정치적으로 머쓱하게 만들었고, 신자유주의의 맹위가 사라지지 않은 와중에 과감하게도 위기와 폭력과 혁명을 이야기함으로써 감정적 카타르시스마저 제공해주었다. 이론적 세련성과 정치적 급진성의 이같은 날렵한 결합으로 지젝은 다른 곳에 서와 마찬가지로 한국에서도 확고한 입지를 굳혔으며, 상당부분 그의 덕분으로 정신분석을 사회비판에 곧장 접속시키는 시도가 매우 자연스 러운 일이 되었다.

이 글의 출발이 된 의문은 그렇듯 급진적 이미지를 확립한 지젝식 라 깡주의에서 영감을 받은 비평들이 대체로 지젝이 다양한 텍스트를 활 용하여 라깡 이론을 설명한 행위를 반복하고 있지는 않은가 하는 것이 었다. 그런 비평들 상당수가 강력한 현실비판을 표방하고는 있지만 이 미 폭로된 한계나 구조에 대한 일반론을 되풀이하는 경우가 많다는 인 상을 받았던 것이다. 그러나 이런 인상이 근거가 있다 해도 그것은 개별 비평의 문제라기보다 지젝식 라깡주의를 전유하는 일 자체가 안고 있 는 난관인지도 모른다. 잘 알려져 있다시피 지젝의 라깡주의에서 가장 중요한 범주는 '실재'라고 할 수 있다. 시기에 따라 무게중심이 이동하 지만 최종적인 입장을 나타낸다고 할 후기 라깡에서는 실재가 핵심을 차지한다고 지젝 자신이 여러차례 지적한 바 있다. 무의식의 발견이 의 식에 대한 새로운 해석을 가능하게 해주었듯이 '실재'의 발견도 우리가 통상 현실이라 부르는 어떤 것에 대한 인식을 더욱 정교하게 만들어주 거나 적어도 그 인식이 더욱 정교해져야 함을 깨닫게 해주었다. 하지만 동시에 현실보다는 그것의 숨겨진 진실처럼 보이는 '실재'를 여러 다른 방식으로 설명해내는 데 골몰하게 만드는, 말하자면 '실재주의'를 부추 기는 경향도 있지 않을까.

그런데 실재에 대한 몰입은 현실을 외면한 채 곧장 환상의 세계로 돌진하거나 무의미한 파편적 이미지를 남발하는 일을 권장하기보다는 현실을 비판 혹은 전복하고자 한다는 의지를 앞세울 때가 많다. 따라서 이때의 몰입이란 '실재'에 대한 관심이 현실의 면밀한 탐구와 폭넓은 이해로 이어지는 대신, 현실을 대하는 태도를 특정한 방향으로 고착시키는 경향을 가리킨다고 하는 편이 옳을 것이다. 예컨대 현실에서 '실재'에 대한 라깡주의적 정의에 부합하는 양상을 찾고 거기에 '실재'에 이르는 공식 경로로서의 자격을 부여하여 현실 전체를 지탱하거나 전복하는 특권을 허락하는 일이 그런 것이다. 뒤에서 살펴보겠지만, '실재'의 정의 자체가 단일하지도 일관되지도 않기 때문에 각종 오해가 양산되는데다, 현실의 여하한 어긋남이 섬뜩한 '실재'의 환기로 부풀려지는 과잉해석과 거꾸로 현실 전체를 붕괴시킬 재앙에 미달하는 그 어떤 사태도 무의미한 것으로 치부하는 과소해석, 혹은 이 두가지의 이런저런 조합들이 빈번하게 이루어진다. 이 글은 현실을 어느 정도로 또 어떤 방식으로 고려 혹은 외면하든 실재의 흔적에 골몰하는 일이 현실인식을 특정하게 굴절시키지 않는지, 그리고 그와 같은 굴절이 라깡주의적 실재 개념 자체에 내장되어 있는지 여부를 다소 두서없이 탐문하는 식으로 진행될 것이다.

2

지젝이 지적하듯이 라깡적 실재 개념은 모순적인 규정들을 담고 있다. 그것은 상징화 과정의 출발점과 토대를 뜻하지만 때로는 그 과정의 산물로서의 잔여나 나머지를 말하며, 상징적 질서가 도입하는 결핍을 아직 갖지 않은 어떤 충만함을 지시하기도 하지만 다른 한편으로는 상징적 질서의 결핍이나 구멍을 가리키기도 한다.[1] 이런 모순적인 면은 때로 각각 상상계, 상징계, 실재계라는 서로 다른 출발점에서 얻게 되는 실재의 세가지 다른 양상(modalities)이라는 식으로도 설명된다. 지젝에 따르면 상상계라면 그 상상계를 중지시키는 무시무시한 원초적 이미지로서의 실재에, 상징계라면 의미 없는 문자로서의 실재에 도달할 것이며, 실재계라면 순수한 가상(semblance)이라는 유령적인 차원의 실재에 도달하게 된다.[2]

그런데 이 가운데 실재에 관해 이야기할 때 가장 빈번하게 언급되는 면, 그리고 지젝 자신이 가장 강조하고 있는 면은 상징적 질서, 곧 주어진 현실이 구조적으로 포함하는 결핍 혹은 공백이라는 정의다. 실재는 상징적 질서로서의 현실이나 우리의 인식에 기입될 수 없는 (그리고 그런 것으로서 현실과 인식의 한계를 나타내는) 것이지만 동시에 그것은 "상징질서 너머 어딘가에 접근할 수 없는 단단한 핵으로 존속하는 초월적이고 실정적인 실체, 일종의 칸트적 '물자체'는 아니"기도 하다. 이 양자의 조건을 충족시킬 수 있는 논리적 규정은 실재가 "기입의 불가능성에 다름 아니"라는 것인데, 그와 같은 "[기입] 불가능성 자체는 기입할 수 있는 성격"이므로 엄밀히 상징적 질서 바깥에 있지 않고 그 질서 '의' 공백이 될 수가 있다. 결국 실재란 "그 자체로는 아무것도 아니고 상징적 구조에서 그런 불가능성을 표시하는 빈 곳일 뿐"이라는 게 라깡의

---

1 Slavoj Žižek, *The Sublime Object of Ideology* (New York: Verso 1989) 169~70면.
2 Slavoj Žižek, *On Belief* (London: Routledge 2001) 82면.

주장이라고 지젝은 설명한다.[3]

이와 같이 실재가 어떤 식으로든 별도의 존재 혹은 실체가 아니라는 점은 지젝의 글에서 거듭 강조되는데, 더 나아가 지젝은 실재가 모든 것을 삼키고 모든 정체성을 녹이는 어떤 원초적 심연이라는 생각이야말로 "궁극적인 유혹"이며, 우리가 직접 맞설 수 없는 "외상적이고 견딜 수 없는 지시대상으로서의 사물(the Thing) 개념 자체가 실재를 가리는 궁극적인 베일"이라고까지 이야기한다.[4] 그는 또한 실재가 "또다른 중심"이나 "더 깊고 더 진정한 핵 혹은 블랙홀"이 아니므로, 그와 관련하여 "더 높은 현실(Higher Reality)의 이름 붙일 수 없는 핵심"이라는 식의 "반계몽적 주제"는 완전히 폐기되어야 마땅하다고 본다. 그리하여 실재계로 들어가는 건 무슨 혼돈의 심연으로 몸을 던지는 일이 아니라 오히려 그 반대, 즉 "상징계를 회피하는, 의미의 어떤 외부지점에 대한 인유(allusion)를 버리는 일"이 된다.[5]

이렇듯 현실보다 더 높거나 낮은, 온전히 충만하거나 순전히 파괴적인, 절대 깨지지 않는 중핵이거나 모든 것을 삼키는 심연으로서의 실재 개념이 유혹이고, 실재란 다만 상징계로의 기입 불가능성 자체 혹은 "현실의 찌푸림(grimace)"이자 "현실을 통해 빛을 발할 따름인 무(Nothing)의 순수한 나타남"임을[6] 받아들인다면, 이제 남는 것은 주어진 상징계 혹은 현실이다. 지젝은 실재에 관한 부적절한 태도의 사례로

---

3 Slavoj Žižek, *The Sublime Object of Ideology* 172~73면.

4 Slavoj Žižek, *The Puppet and the Dwarf: The Perverse Core of Christianity* (Cambridge, MA: MIT Press 2003) 66~67면.

5 같은 책 69~70면.

6 Slavoj Žižek, *On Belief* 81면.

서 가령 전통적인 리얼리즘은 대상의 충실한 묘사를 믿어서 문제였다기보다 그렇듯 충실하게 묘사된 대상 너머에 어떤 절대적인 '사물'이 있어서 장애와 금지를 넘어설 수만 있다면 그것을 소유할 수 있다는 믿음,[7] 다시 말해 실체로서의 실재를 상정해서 문제였고, 반면 포스트모더니즘의 문제는 실재(의 효과) 일반을 망상으로 치부한 데 있었다고 말한다.[8] 포스트모더니즘식 씨뮬라크르에 대한 지젝의 견해는 씨뮬라크르가 만연하면서 흔히 확고하고 진실된 실체가 없어진다고 생각하지만 정작 없어지는 것은 외양이라는 '상징적 허구'의 영역이라는 것이다. 상징적 외양이라는 차원이 붕괴될 때 상상계와 실재는 점점 구별하기 어려워지고 결과적으로 실재의 차원 역시 사라진다.[9] 이와 같은 진술들을 참조하건대 실재의 인식에서 상징계 혹은 현실의 범주를 폐기하지 않는 것이 매우 중요하다고 할 수 있다.

그런데 정신분석을 주로 참조한 비평들 중에서 실재를 둘러싼 이 '궁극적인 유혹'에 자못 기꺼이 넘어간 사례들이 적지 않다는 것도 비판받을 일이겠지만, 실은 지젝 자신도 필요에 따라 실재의 여러 정의 사이를 아무렇지 않게 오간다는 점이 사태를 복잡하게 만든다. 이를테면 그것이 실체가 아님을 누차 설명한 다음에도 심연이나 중핵처럼 스스로 유

7 Slavoj Žižek, *The Fragile Absolute: or, Why is the Christian Legacy Worth Fighting For?* (London: Verso 2001) 37면. 여기서 지젝은 귀스따브 꾸르베(Gustave Courbet)의 회화를 통해 리얼리즘과 모더니즘의 차이를 설명하는데, 그는 꾸르베의 모더니즘이 숭고한 외양과 (실제로는 도달할 수 없는) '사물' 사이의 리얼리즘적 관계를 벗어나 '사물'에 대한 망상 없이 공백으로서의 승화구조 자체를 연출한다고 본다.
8 Slavoj Žižek, *On Belief* 81면. 지젝에 따르면 이런 입장에 대해 라깡은 한층 전복적인 '망상의 실재'라는 차원을 대립시켰다.
9 Slavoj Žižek, *The Ticklish Subject: The Absent Centre of Political Ontology* (London: Verso 2000) 195면. 여기서는 특히 실재의 정치와 관련하여 논의가 이루어진다.

혹이라 규정한 어떤 별도의 '존재론적' 차원을 암시할 때도 많고, 실재가 "직접적 접근이 가능하지 않은 사물이면서 동시에 이 직접적 접근을 막는 방해물, 더 정확히는 전자에서 후자로의 관점의 이동"이라는 진술이 보여주듯이[10] 모호하게 얼버무리는 인상을 주기도 한다. 대립하고 모순되는 규정들의 즉각적 일치야말로 라깡적 실재라는,[11] 얼핏 더 상위의 정의처럼 들리는 주장도 이런 혼란을 말끔히 해결해주지는 않는다. 그러니 어떤 의미에서는 실재에 대한 갖가지 해석을 두고 '정통'이 아니라거나 근거 없다고 비판하기 힘들게 되어 있는 것이다. 하지만 지젝에 따르면 라깡의 최종적 입장, 그리고 그렇게 규정함으로써 지젝 자신의 최종적 입장으로 제시된 상징계의 결핍이자 현실의 찌푸림이라는 정의를 일단은 붙잡고 가보도록 하자.

이제 상징적으로 구성된 현실에서 가장 의미가 집중되는 지점은 바로 실재를 환기하며 사실상 실재 그 자체인 이런 상징화의 공백, 구멍, 결핍 같은 것들이 된다. 상징계를 중심으로 이야기하더라도 바로 그런 것들이 핵심이 된다고 할 수 있는 이유는, 그와 같은 결락이야말로 상징계 자체를 떠받친다고 되어 있기 때문이다. 지젝의 설명에서 흔히 볼 수 있는 반전논리의 하나가 장애물이나 불가능성이 곧 가능성의 조건이라는 것인데, 여기서도 상징적으로 구성되는 현실이 일관성을 유지하며 성립할 수 있는 것은 바로 실재라는 불가능성에 힘입은 것으로, 상징적 질서의 작동은 실재와의 조우를 피하려는 시도를 통해 이루어진다. 그런데 이 지점에서 라깡주의를 참조하는 비평이 직면해야 할 문제는 현

---

10 Slavoj Žižek, *The Sublime Object of Ideology* 77면.
11 같은 책 171면.

실의 결핍과 공백이 과연 무엇을 가리키는가, 혹은 어떤 것을 현실의 결핍과 공백으로 해석해야 마땅한가 하는 물음이다. 여기서 결핍과 공백이 현실의 이런저런 양상이 아니라 현실 그 자체를 범위로 해서 붙여지는 이름임을 잊지 않는다면 사실상 이 지점에서 주어진 현실의 '총체성'을 건 판단이 이루어져야 하지만, 바로 여기에 정형화된 해석과 재현이 개입할 위험도 가장 커진다. 이를테면 결핍과 공백으로 특징지을 수 있는 현실의 일면들을 곧장 현실 자체의 결핍이나 공백과 동일시하는 것이다. 그런 정형화는 대개 또다른 실체로서의 실재 개념에 슬그머니 기대기가 십상이다. 떠나야 할 곳을 한사코 맴돈다거나 가야 할 곳에 결코 도달하지 못한다거나 하는 '소박한' 부조리뿐 아니라, 무자비한 폭력과 엄청난 위기와 참혹한 재앙의 설정 또한 현실의 결핍보다는 어떤 불가해한 심연의 환기로 제시하기가 한층 용이한 것이다.

여기에 또 한겹의 의문을 덧붙일 수 있다. 주어진 현실(상징적 질서)이 구체적이고 역사적인 것인 한 그 현실의 빈틈이나 공백 역시 역사적인 것이라는 가정이 성립하고, 그럴 때 이 빈틈과 공백이란 결코 상징화될 수 없고 그런 의미에서 역사적일 수 없는 실재의 다른 이름이지만 동시에 주어진 상징적 질서의 역사적인 성격을 지시한다고 볼 수 있을 것이다. 그런데 여기서의 비역사성과 역사성이 온전히 겹쳐진다고 할 수 있을까. 상징계로의 기입 불가능성 자체와 주어진 상징계의 결핍 사이에는 미세하나마 어떤 간극이 있다고 볼 수 있지 않을까.

그 간극을 가늠하기에 앞서 실재라는 불가능성과 상징계의 가능성 사이의 간극 문제, 더 정확하게는 실재라는 불가능성이 상징계의 가능성으로 작용하는 과정을 들여다볼 필요가 있다. 이 간극이 저절로 해소되지는 못하므로 여기에는 또다른 층위가 개입할 수밖에 없을 텐데, 그

다른 층위에 해당하는 것이 불가능성을 봉합하는 '증상' 혹은 '환상'으로 보인다. '봉합'이라는 표현이 일러주듯이 증상 혹은 환상은 실재와 만나지 않게 만듦으로써 현실의 구성을 가능하게 해주지만, 동시에 불가피하게 흔적을 남긴다는 점에서 현실의 한계가 드러날 위험이 집중된 매듭이다. 실재를 봉합하면서 대체하는 이 환상 혹은 증상과 실재 사이의 차이, 그리고 그 차이의 중요성을 가늠하기 위해서는 역시 지젝의 이데올로기론을 살펴보아야 할 것이다.

3

라깡주의에서 현실이 상징적으로 구조화된 질서를 가리킨다는 점, 다시 말해 현실이 실제적이고 물질적인 성격을 가지면서도 그 실제성과 물질성이 상징적인 것이라고 보는 관점은 다양한 해석의 지평을 열어준다. 이데올로기 분석은 그런 지평이 지젝에게서 매우 탁월하게 펼쳐진 사례일 것이다. 그는 대개 맑스주의의 '고전적인' 이데올로기 비판의 부적절함을 지적하는 것으로 자신의 논의를 시작하는데, 잘못된 인식, 다시 말해 사회적 현실에 대한 오인(誤認)이라는 이데올로기의 고전적 정의는 '자기가 뭘 하는지 모르면서 한다'가 아니라 '알면서도 한다'는 "냉소적 이성"의 시대에는 적합하지 않다.[12] 그에 따르면 흔히 이데올로기를 설명할 때 이야기되는 환상이 '인식' 쪽에 있지 않고 '사회적 현실' 쪽에, 다시 말해 사람들이 아는 바가 아니라 하는 바에 담겨 있

---

12 같은 책 28~30면.

음을 알아보는 일이 관건이다. '알면서도 한다'는 표현이 함축하듯이, 설사 제대로 알고 있다 해도 마치 모르는 듯이 행동하는 데 연루된, 바로 그런 '마치 …인 듯이'라는 형태의 믿음의 구조가 중요한 것이다. 그러니까 사람들이 간과하고 오인하는 것은 사회적 현실 자체라기보다 '환상이 사회적 현실을 구조화하고 있다'는 사실이며, 이렇게 간과된 환상이 바로 이데올로기적 환상이다.

이런 식으로 환상과 이데올로기를 인식이 아닌 현실 쪽에 가져다두는 일이 가능한 것은, 한편으로는 라깡주의에서 설정한 현실 자체가 '상징적' 질서이기 때문이지만 다른 한편으로는 사람들의 믿음이라는 것이 내적이고 정신적인 것이 아니라 매우 객관적인 것으로서 "항상 우리의 실질적 사회활동에서 물질화되어" 있으며 "사회적 현실을 규제하는 환상을 지원"하기 때문이다.[13] 마찬가지 맥락에서 현실이라는 상징적 구조 역시 단순히 객관적이고 외면적인 것이 아니라 "우리의 내적인, 가장 진실하고 내밀한 믿음들의 운명이 미리 상연되고 결정되는 공간"이 된다.[14] 지젝의 이데올로기론에 따르면 요컨대 "현실은 우리로 하여금 우리 욕망의 실재를 감출 수 있게 해주는 환상-구성물"이고 이데올로기 또한 "가장 기본적인 차원에서는 우리의 '현실' 자체를 떠받치는 지지물 역할을 하는 환상-구성물"이다.[15]

이와 같은 객관과 주관, 현실과 환상 사이의 (지젝 자신이 매우 좋아하는 표현인) '단락'(short circuit)회로를 포착하지 못한 점은 이데올로기 분석의 주요 논자인 알뛰세르의 약점이기도 하다. 지젝의 주장은 알

---

13 같은 책 36면.
14 같은 책 43면.
15 같은 책 45면.

뛰세르가 이데올로기적 국가기구와 (주체로부터 이데올로기의 내면화를 끌어내는) 호명 사이의 연결고리를 발견하지 못했다는 것이다. 알뛰세르처럼 이 국가기구를 순전히 외적인 것으로 설정할 경우 호명은 결코 온전히 성공할 수 없고, 따라서 호명으로 통합되지 않는 주체 안의 잉여는 이데올로기로의 복종을 방해하는 요소로 생각된다. 하지만 지젝의 설명에서도 주체의 내밀한 믿음이 '알기 때문에 하지 않는다'가 아니라 '알면서도 한다'는 쪽으로 작동하게 해줄 연결고리는 여전히 필요하다. 그에 따르면 호명의 온전한 실현을 방해하는 이 잔여와 잉여야말로 주체가 이데올로기의 호명에 따르게 만드는 요인이다. 주체의 '외적'이고 '객관적'인 복종은 이데올로기적 국가기구 혹은 '법'이 부과하는 어떤 강제와 압박이 아니라, 그 법이 불가해하고 불합리한 어떤 외상적인 성격을 갖는다는 바로 그 이유 때문에 그 법에 무조건적인 권위를 부여하는 데서 나온다.[16] 여기서 불가해와 불합리, 비일관성, 외상 등이 실재를 묘사할 때 흔히 등장하는 수사였음을 기억한다면 법의 한계, 곧 법의 '실재'적 성격이 법의 작동을 가능하게 한다고도 말할 수 있을 것이다.

하지만 왜 그렇게 되는 것일까. 법이 일관성 없고 불합리하다는 사실이 왜 불복종이 아니라 복종의 조건으로 작용하며, 불가능성이 도리어 가능성으로 전화하는 그 지점에는 또 어떤 기제가 작용하는 것일까. 앞서 보았듯이 '불가능성이 곧 가능성의 조건'이라는 지젝식 라깡주의의 논법은 실재와 현실(상징계)의 관계를 설명하는 주된 요소다. 만약 그것이 고스란히 작용하는 한, 이를테면 한계가 곧 구조의 성립요건이자

---

16 같은 책 37면.

작동요건이라면 꼬리를 문 순환적 틀에서 벗어나기 어렵게 되는데, 지젝이 그런 폐쇄회로를 설정하는 것도 아니지만, 그의 설명을 따라가 보면 법이 일관성을 결여한 외상적 성격을 갖기 때문에 더욱 권위를 발동하는 데는 그런 불가해와 비일관성의 배후에 "어떤 진리, 의미를 가정"하는 전이기제가 개입한다.[17] 알 수 없으므로 무언가 숨겨진 깊은 의미가 있다고 보기 때문에, 다시 말해 알 수 없음에 어떤 진리의 지위를 부여하기 때문에 발생하는 일이라는 것이다.

그렇듯 일관성 없는 법의 권위가 그 속에 어떤 진리가 있다는 환상에 기초하고 있다는 사실을 직시하는 일은 '대타자는 없다'는 라깡의 유명한 진술과 이어질 텐데, 여기서는 일단 불가능성에 진리의 권위를 부여함으로써 가능성을 만들어내는 메커니즘에 초점을 맞추어보자. 이를 앞서 살펴본 실재의 정의 문제와 관련시켜 본다면, 상징적 현실의 결핍과 공백을 감지하되 여기에 궁극적 실체로서의 (잘못된) '실재'의 지위를 부여하는 일과 유사하다고 볼 수 있을 것이다. 그런데 다시 질문을 던지자면, 상징계 혹은 법의 결핍에 더 높은 현실이나 더 깊은 심연이 숨겨져 있다고 생각하는 이데올로기적 환상의 메커니즘이 어쩌면 그런 결핍이 갖는 '실재급' 중요성을 인식하는 일에 구조적으로 내장되어 있는 것은 아닐까. 달리 말하면, 진리 혹은 외상이라는 '이질적' 권위를 가장하지 않고도 결핍의 '실재성'을 강조할 방도가 있는 것일까.

일관성 없는 것에 역설적인 권위를 부여하는 환상의 메커니즘은 '음모론'을 연상시키는 면이 있다. 일찍이 프레드릭 제임슨은 예의 그 '인식의 지도 그리기'(cognitive mapping)라는 개념과 관련지어 음모론을

---

17 같은 곳.

설명한 바 있다. 그에 따르면 음모론 혹은 음모서사의 생명력은 주로 "사유나 재현이 불가능한 것을 재현할 새로운 형식을 발명"하는 문제, 구체적으로는 "너무 거대하기 때문에 인간이 통상 정향(定向)의 수단으로 삼는 자연스럽고 역사적으로 발전된 인식범주로는 포괄될 수 없는 체제를 사유하려는 시도"와 관계되어 있다.[18] 사회적 현실이 점점 더 비가시화되고 그와 대면하는 사회적 상상력이 점점 마비되는 상황에서 어떻게든 일관성 있는 설명으로 내놓는 알레고리가 음모론이라는 것인데, 알 수 없는 대상에 전능함을 방불하는 음모의 능력을 부여한다는 점에서 그것은 불가능성에서 가능성으로 옮겨가는 이데올로기적 환상의 전이기제와 유사하다. 하지만 "음모는 … 포스트모던 시대 **초라한 인간의 인식적 지도 그리기**"이고 "후기자본주의의 총체적 논리에 대한 **격 떨어지는 비유**"라는 진술에서도 알 수 있듯이,[19] 음모론은 하고자 하는 일을 성공적으로 수행하는 것과는 거리가 멀다. 지젝의 논법을 참조한다면 음모론은 일일이 알 수 있는 것으로 제시함으로써 거꾸로 주체의 호명을 방해하며, 불가능성을 하나하나 해명함으로써 도리어 가능성을 훼손한다고 하겠는데, 상징계의 결핍이 충분한 권위를 가지기에는 너무 덜 외상적인 것으로 가공되기 때문이다.

　지젝 자신은 음모론에서도 이데올로기적 환상의 작동을 탐지해낸다. 그는 음모론을 단순히 퇴행적인 현상으로 치부해서는 안 된다고 지적하면서 그것을 이데올로기에 냉소적 거리를 취하는 것이 일반화된 오

---

18 Fredric Jameson, *The Geopolitical Aesthetic: Cinema and Space in the World System* (Bloomington: Indiana UP 1995) 1~2면.

19 Fredric Jameson, "Cognitive Mapping," *Marxism and the Interpretation of Culture*, ed. C. Nelson and L. Grossberg (Urbana: U of Illinois P 1988) 356면. 강조는 인용자.

늘날의 현상과 연결시킨다. 냉소를 통해 대타자의 부재 혹은 대타자에 대한 불신을 노골적으로 전시하는 이면에서 역설적으로 그렇듯 '부재하는' 대타자가 출현한 것이 음모론이라는 것이다.[20] 말하자면 권력 자체를 포함하여 상징계의 작동(과 오작동) 일반을 조종하는 어떤 비밀스러운 존재를 설정하는 편집증적 환상이라 할 수 있다. 그렇게 보면 음모론조차 이데올로기적 환상 기제의 예외가 아닌 셈이며, 도리어 결핍과 부재를 진실과 권위로 승화시키는 이데올로기적 환상에서 좀체 벗어나기 힘들다는 사실을 반증해준다.

4

비평에서 이런 문제들이 어떻게 나타나는지 살펴보기 위해 지젝이 이데올로기적 환상을 탁월하게 재현한 것으로 평가하는, 그래서 알뛰세르 이데올로기론의 비판자로 명명한 카프카의 사례를 따라가보자.

통상 카프카는 자기 소설의 '불합리한' 우주를 통해 근대 관료제와 그 속의 개인의 운명에 '과장되고' '환상적이며' '주관적으로 왜곡된' 표현을 부여했다고 이야기된다. 그렇게 말하면 바로 이 '과장'이야말로 '실질적인' '실제의' 관료제 자체의 리비도적 작동을 규제하는 환상을 명확히 표현하고 있음을 간과하게 된다.

---

20 Slavoj Žižek, "The Big Other Doesn't Exist," *Journal of European Psychoanalysis* 5 (1997) 참조. http://www.psychomedia.it/jep/number5/zizek.htm.

소위 '카프카적 우주'는 '사회적 현실에 대한 환상-이미지'가 아니라, 사회적 현실 그 자체에서 작동하는 환상의 미장센이다. 즉 우리 모두는 관료제가 전능하지 않다는 것을 잘 알고 있지만, 관료제 조직이 있는 데 서 이루어지는 우리의 '실질적' 행동은 그 전능함에 대한 믿음으로 이미 규제를 받는다.[21]

이 대목은 이데올로기적 환상이라는 것이 인식이 아니라 현실 쪽에, 혹은 현실에서 '마치 그런 것처럼' 하는 행동 쪽에 있다는 그의 주장에 이어진다. 앞서 살펴보았듯이 지젝이 말하는 '마치 그런 것처럼'에는 근본적인 차원에서 어떤 과장과 왜곡이라는 일종의 과잉이 개입될 수 밖에 없는데, 이것은 '아니라는 걸 안다'와 '그런데도 그런 것처럼 행동 한다' 사이의 간극을 메우는 데 요구되는 댓가이자 흔적일 것이다. 카 프카 작품의 '환상적이고 주관적이며 왜곡된' 우주는 그런 의미에서 매 우 '현실적인' 묘사가 된다. 다소간 불합리한 실제 관료제와 달리 카프 카적 우주의 관료제는 이해 불가능한 외상적 불합리를 갖는 기구로 '과 장'되어 있지만, 실제 관료제, 그러니까 불합리하다는 한계 이면에 아무 런 진실도 갖지 않는 관료제가 바로 그렇듯 불합리하지만 (때로는 심지 어 불합리할수록) 뭔가 알 수 없는 진실 같은 걸 숨기고 있는 듯이 보임 으로써 역설적으로 권위를 갖게 되는 현실을 재현한 것이다.

지젝이 맑스주의 이데올로기 비판의 한계에서 출발했음을 기억한다 면, 앞의 인용에서 그가 인용하는 과장과 주관적 왜곡이라는 평가를 보 며 카프카를 바로 그렇게 이야기한 맑스주의 비평가 루카치를 자연스

---

21 Slavoj Žižek, *The Sublime Object of Ideology* 36면.

레 연상하게 된다. 역시 널리 알려져 있다시피, '프란츠 카프카냐 토마스 만이냐'라는 한때 상당히 도발적이었을 제목의 글에서 루카치는 불안이라는 기본 경험의 직접적 환기와 세부묘사의 암시성에서 달성한 카프카의 탁월함을 지적하면서도, 그가 "본질적으로 주관적인 비전을 현실 자체와 동일시"하고 있으며 그의 작품이 속하는 "모더니즘이 비판적 거리 없이 이〔현실의〕왜곡을 묘사하므로 … 왜곡을 더 한층 왜곡한다"고 비판한다.[22] 이런 비판은 지젝이 강조한 대로 인식/주관과 현실/객관의 통상적 이분법에서 벗어나지 못한 탓에 주관적 비전이 실제로 현실 자체를 구성하며 따라서 현실의 왜곡 안에 이미 한층 더한 왜곡이 구조적으로 내장되어 있음을 간파하지 못한 것으로 보인다. 따라서 루카치가 카프카를 위시한 모더니즘 작가들이 불안을 덥석 수용하고 그에 휘둘린 나머지 "세계를 초월적 무의 알레고리"로 만들고 "무에 잘못된 객관성을 부여"했다고 지적할 때,[23] 지젝이라면 세계 혹은 객관성이 실제로 그런 무를 내포하며 그것을 통해 구성된다고 응수할 법하다.

다른 한편, 지젝이 카프카를 묘사하는 데서도 앞서 실재의 정의에 대한 그의 태도와 마찬가지로 모호한 면이 없지 않다. 그는 카프카 소설의 불합리한 관료제가 이데올로기적 환상의 재현인 동시에 "주체가 어

---

22 Georg Lukács, *Realism in Our Time: Literature and the Class Struggle*, tr. John and Necke Mander (New York: Harper & Row 1964) 52, 75~76면.

23 같은 책 81면. 이후 루카치는 카프카에 대해서만큼은 자신의 평가를 수정했는데, 여기에 관해서는 정남영 「루카치의 문학이론의 성취와 한계」, 『SESK』 1호(2001) 165~66면 참조. 루카치는 「프란츠 카프카냐 토마스 만이냐」에서도 근대 자본주의세계의 끔찍함과 그와 대면한 인간의 무력함이 카프카 작품의 실제 제재라는 점은 분명히 하고 있으며, 나아가 불안에 대한 카프카의 탁월한 재현이 형식주의적 실험의 소산이 아니라는 점에서 차별화된다고 평가한다.

떤 동일시, 인정, 주체화 이전에 마주치는 이데올로기적 국가기구"의 재현이라고[24] 이야기하기도 한다. 또 이 점을 나타내는 것으로 카프카 소설의 출발점에서 호명은 호명이되 동일화나 주체화의 명분을 제공하지 않는 호명이 이루어지며 그 때문에 동일시를 절박하게 추구하는 주체가 등장하는 점을 들기도 한다. 그러니 지젝에서 카프카적 우주는 실재를 메우고 대리하는 환상과 관련되지만, 동시에 상징계 작동 이전의 어떤 불가해한 토대로서의 실재와도 연결되어 있는 것이다. 지젝에게서 이데올로기적 환상을 실재와 동일시할 수 없고 만약 그렇게 하면 이데올로기 비판 자체가 근거를 상실하리라는 사실을 염두에 둘 때, 지젝이 보여주는 이런 해석의 분방함은 꽤나 당혹스럽다.

　간략하게 정리해보자면, 카프카의 작품이 이데올로기적 환상 기제를 탁월하게 재현했다는 것은 그 자체로 뛰어난 성취를 이루었다는 평가이긴 하지만, 이데올로기적 환상 기제를 해체 혹은 돌파했다거나 지젝 자신이 흔히 쓰는 표현대로 그 환상을 '가로지른' 것이라는 이야기는 아니다. 반면 그의 작품이 이데올로기의 실재, 곧 이데올로기와 관련된 어떤 저 깊은 토대나 중핵을 탁월하게 환기했다고 주장하면 이데올로기의 어떤 궁극적 실체에 다가간 것으로 평가하는 셈이 된다. 이 두 평가 사이의 차이를 무시하는 것이 어쩌면 오늘날의 비평에서 흔히 마주치는 혼란의 하나가 아닌가 생각되는데, 지젝 자신의 주된 입장이 무엇보다 실체로서의 실재 개념을 거부한 데 있으므로 그의 라깡주의를 따르더라도 후자를 고스란히 승인할 수는 없는 일이다. 더욱이 그가 환상과 실재를 구분하며 "우리의 질서정연한 표면의 근저를 이루는 저 깊은

---

24 Slavoj Žižek, *The Sublime Object of Ideology* 44면.

공포의 이미지와 마주할 때 이 무시무시한 소용돌이의 이미지들이 궁극적으로 진정한 공포가 어디에 놓여 있는지를 잊게 만드는 하나의 미끼, 덫이라는 점을 결코 잊지 말아야 한다"고 한 진술이[25] 카프카의 작품에 그대로 적용될 가능성도 남아 있다.

실상 카프카를 둘러싸고 이데올로기적 환상과 실재 사이의 혼란이 초래되는 데는 그의 작품이 그리는 환상의 기제가 현실의 표면에서는 '억압된' 것으로 보이며 따라서 그것을 간파하고 재현하는 일이 숨겨진 진실의 폭로라는 형식을 취한다는 점이 중요하게 작용하는 듯하다. 그러나 반복하자면, 설령 원초적으로 '억압되어' 있다 해도 역시 환상은 환상일 수밖에 없고 따라서 그것이 '회귀한다'고 해도 여전히 무언가(더 정확히는 아무것도 없음)의 대체물이라는 것이 지젝의 주장이었다. 또다른 이유로는 카프카의 작품에서 호명에 노출된 주체가 겪는 외상적 불안이 실감나게 그려졌다는 점을 들 수 있을 것인데, 이때에도 공포와 외상의 이미지들, 심지어 "순전한 재앙의 이미지들도 실재에 접근하게 해주기는커녕 실재로부터 보호해주는 방패로 기능할 수 있다"는 점을[26] 기억해야 할 것이다.

환상과 실재 사이의 구분에 유의한다면, 전혀 다른 개념을 구사하기는 했어도 루카치가 카프카의 성취를 평가하며 보여준 것과 비슷한 유보와 비판의 거리가 지젝의 카프카 평가에도 함축되어 있다고 할 만하다. 카프카의 작품이 주체의 반응까지 포함하는 현실의 불안을 탁월하게 그렸더라도 그것이 곧 현실의 핵심적 진실을 충실하게 구현한 것은

---

25 Slavoj Žižek, *The Fragile Absolute* 73면.
26 같은 책 78면.

아니라는 게 루카치의 취지였듯이, 지젝에게서도 카프카가 탁월하게
재현한 이데올로기적 환상은 "그 자체로서 해석되어야 하는 것이 아니
라 다만 가로질러져야 하는 것"이며 "우리가 해야 할 것은 환상 뒤에 아
무것도 없다는 것"을 경험하는 일이기[27] 때문이다.

5

　그렇다면 어떤 것이 이데올로기적 환상을 가로질러 '실재'에 육박하
는 방도가 될 수 있을까. 루카치는 카프카를 비롯한 모더니즘 문학이 현
실의 총체적 재현에 미치지 못하는 데는 "전망(perspective)이 결정적인
역할을 한다"고 파악하고[28] '(사회적, 혹은 사회주의적) 전망의 부재'나
'사회적 발전양식에 대한 파악 불능'이라는 비판을 내놓는다. 그는 이
른바 '비판적 리얼리즘'을 염두에 두면서 "알다시피 리얼리즘의 가능
성은 부르주아 사회가 제공하는, 더 나은 쪽으로의 변화에 대한 최소한
의 희망과 긴밀히 연결되어 있다"고도 지적했는데,[29] 이처럼 루카치가
말하는 전망의 문제는 '역사' 혹은 '역사의식'이라는 범주를 논의로 끌
어들인다. 역사의 문제는 '실재'를 논하는 지젝의 설명에서도 중요한
위치에 놓인다. 가령 지젝은 실재의 흔적으로서의 증상(symptom)과 관

---

27 Slavoj Žižek, *The Sublime Object of Ideology* 126면.

28 Georg Lukács, *Realism in Our Time: Literature and the Class Struggle* 55면. 여기서는
　'perspective'를 일반적인 관행에 따라 '전망'으로 옮겼지만 '관점'이나 '시각'으로 보
　는 편이 더 적절할 때가 많다.

29 같은 책 68면.

련하여 증상의 억압된 의미가 어디서 회귀하는가 하는 질문을 던지고는 이 의미가 "역설적으로 미래에서", 다시 말해 "과거의 숨겨진 깊이에서 발굴되는 게 아니라 소급적으로 구성"된다고 이야기한다.[30] 의미와 관련하여 이처럼 결과가 원인에 선행하는 시간적 역설이 가능한 것은 '상징적 질서'로 현실을 정의하는 라깡주의에서 과거 또한 현재나 미래와 마찬가지로 상징적 현실이기 때문이며, 기표와 관련한 의미 효과가 항상 소급적이라는 사실과도 연관된다.

여기서 알 수 있듯이 역사에 관한 지젝의 논의는 기본적으로 상징적 현실에 대한 논의와 겹친다. 인간의 역사는 동물의 진화와 달리 그 중심부에 비역사적인 자리, 곧 실재의 자리를 참조하는데, 상징화될 수 없는 이 자리가 실상은 상징화 과정 자체에 의해 소급적으로 만들어진다는 것이다.[31] 역사에서 이 비어 있는 자리는 또한 역사적 전통의 총체적 삭제 가능성을 함축한다. 그가 벤야민의 「역사철학테제」를 끌어오는 것이 이 지점이다. 지젝은 맑스주의의 역사를 통틀어 역사에 대한 사유를 이 빈자리, 곧 역사의 0도까지 가져가는 유일한 사례로 벤야민의 테제를 평가하고, 벤야민이 그럴 수 있었던 것은 맑스주의자치고는 드물게 "역사를 텍스트, '존재하게 될' 일련의 사건으로 생각"했기 때문이라 설명한다.[32] 벤야민은 사건의 역사적 차원과 의미가 차후에 그것이 상징적 의미망에 기입됨으로써 결정된다는 점을 알고 있었다는 것이다.

그런데 지젝이 벤야민에게서 특히 주목하는 점은 서로 대립하는 두 가지 시간성 양식이다. 하나는 동질적인 지속성의 시간으로, 여기서는

---

30 Slavoj Žižek, *The Sublime Object of Ideology* 55~56면.
31 같은 책 135면.
32 같은 책 136면.

피지배자들의 실패가 배제되고 현재를 지배하는 자들을 그 지배에 이르도록 해준 진보만이 지속하므로 엄밀한 의미에서 역사적 운동은 억류되어 있다. 이에 대비되는 비지속성의 시간은 피지배자들의 실패라는 과거가 구원의 열망이라는 형태로 이미 미래의 차원을 포함하고 있으며, 또 그런 것으로서 반복을 통해 이 실패를 소급적으로 구원할 현재의 행위를 요청한다. 지젝은 '총체성'이라는 견지에서 볼 때 이 두 시간성의 대립은 사건들을 상호작용의 총체성에서 파악함으로써 옴짝달싹할 수 없게 만드는 것과 그런 폐쇄된 총체성에서 세부를 떼어냄으로써 새로운 의미의 가능성을 여는 것 사이의 차이라고 본다.[33]

지젝의 벤야민 해석은 몇가지 면에서 통상적인 맑스주의 역사관에 대한 일종의 반전을 내포한다. 상호작용의 운동과 변증법, 연속적 진보와 총체성 사이의 익숙한 고리들을 끊고 대신 정지와 반복, 단절과 파편 같은 범주들을 혁명적 가능성으로 해석하는 것이다. 여기서도 루카치 입장과의 대비는 자못 선명하나, 루카치 역시 폐쇄된 지속의 시간으로 현재를 파악하는 데 반대했음은 기억해둘 만하다. 마찬가지로 루카치는 사회와 역사를 그 총체성에서 보아야 한다고 강조했고 그런 한에서 지젝의 설명과 표면적으로 상충하지만, 앞서 '실재' 개념이 사실상 현실과의 '총체적' 대면을 요구한다는 점을 보았거니와 지젝에게서도 '총체성'은 단순히 폐기되었다고 보기 어려운 면이 많다. 그는 소급적으로 의미를 부여받는다는 점에서 역사적 사건이란 언제나 '현재'(is)가 아닌 '미래완료'(will have been)로 존재하는데, 그 점을 이해한다는 것은 곧 "적어도 암묵적으로라도 '최후의 심판'의 관점에서" 역사를 보

---

33 같은 책 138~39면 참조.

는 일이라고 설명한다.[34] 이 정도라면 역사적 총체성치고도 보기 드문 규모를 제시한 셈이다. 물론 그는 '최후의 심판'의 관점이 역사의 객관적 필연에 의해 승리가 보장되어 있다는 스딸린식 주장과는 다르며, 실패와 공백과 무의미한 흔적에 대한, 매번 말소와 재구축으로 이루어지는 단절로서의 의미 부여임을 재차 강조한다. 그러나 그와 같은 의미의 소급적 재구축이란 주어진 역사적 좌표 전체를 겨냥해야 한다는 점에서 실상 그때그때마다 이루어지는 총체성의 재구축에 다름 아니다.

지젝이 말하는 과거가 사실상 역사 일반이라면 역사의 공백을 미래의 의미로 복원한다는 발상은 루카치가 '전망'이라는 말로 표현한 문제의식에서 그리 멀지 않을 것이다. 그런데 '실재'에 대한 접근을 묻는 애초의 질문과 관련하여 유의할 대목은 지젝의 논의에서 역사의 비어 있는 지점으로서의 '실재'와 소급 기입되는 의미로서의 역사적 '구원'을 이어주는 '단락'이다. 그에게서 말소와 종말 가능성을 함축하는 빈자리로서의 '실재'는 역사의 파국과 재앙에 대한 상상으로 향하기는커녕 구원의 가능성이자 혁명적 요구로 귀결된다. 이 '단락'의 기제는 그가 이데올로기적 환상의 기제로 제시한 '불가능성에서 가능성으로의 전환'과 구조적으로 닮아 있다. 하지만 여기서는 불가능성에 어떤 알 수 없는 진실이 숨어 있으리라 믿는 대신, 그 불가능성이 가능성으로서의 진실의 기입을 적극적으로 요구한다고 받아들이는 것이다. 전환이 일어날 수 있는 것은 무엇보다 공백과 실패를 어떤 불가해한 실체와 연관시키지 않고 철저히 '상징적 현실'의 공백과 실패라고 받아들이기 때문이며, 동시에 공백과 실패를 어떤 식으로도 승화시키지 않고 바로 '공백

---

34 같은 책 142면.

과 실패'로서 받아들이기 때문이다.

'실재'를 둘러싼 '단락'의 구조는 라깡주의의 윤리 문제로 이어진다. 지젝은 "불가능으로서의 실재의 역설적 지위를 제대로 이해하기 위해" 필요한 '반전'을 설명하는 가운데 라깡주의적 실재의 윤리를 해체주의의 윤리와 대조시킨다.[35] 그는 해체주의 윤리가 행위의 불가능성, 다시 말해 행위가 결코 일어나지 않고 언제나 지연된다는 논리, 그리고 행위가 일어나지 않게 하는 장애물이 우연적인 게 아니라 구조적이라는 논리에 토대를 둔다고 요약하고는 다음과 같이 이어간다.

> 라깡도 이런 논리에 완벽하게 들어맞는 듯 보인다. 상상적 환상의 망상적 충족감이란 구조적 틈을 은폐하는 게 아니겠으며, 정신분석이란 욕망의 조건으로서의 그 근원적 틈 그리고/혹은 구조적 불가능성을 영웅적으로 받아들일 것을 주장하는 게 아니겠는가? 바로 이런 것이야말로 '실재의 윤리', 곧 구조적 불가능성의 실재를 받아들이는 윤리가 아닌가? 하지만 라깡이 궁극적으로 목표로 삼은 바는 정확히 그 반대다. 사랑의 예를 들어보자. 연인들은 대개 어떤 신비한 타자성("어떤 다른 때, 어떤 다른 곳")에서라면 자신들의 사랑이 진정한 충족을 얻게 되리라고, 다만 현재의 우연한 상황 탓에 이런 충족이 이루어질 수 없다고 상상한다. 그러면 여기서 라깡주의의 교훈이란 이런 장애물을 구조적으로 필연적인 것으로 받아들여야 한다는 것, 충족의 '다른 장소'란 없고 이 타자성은 그런 환상의 타자성일 뿐이라는 것 아니겠는가? 그렇지 않다. '불가능으로서의 실재'가 여기서 의미하는 바는 그 불가능이 일어난다는

35 Slavoj Žižek, *On Belief* 83면.

것, 사랑(혹은 1921년에 레닌이 말했듯이 "어떤 점에서 혁명의 기적"이므로, 정치적 혁명) 같은 '기적들'이 실제로 일어난다는 것이다. 이렇게 해서 우리는 '일어나기란 불가능하다'는 데서 '불가능이 일어난다'로 옮겨간다. 최종적 해결을 영원히 지연시키는 구조적 장애가 아니라 바로 이것이 가장 받아들이기 어려운 것이다.[36]

여기서 '일어남의 불가능'에서 '불가능의 일어남'으로 가는 윤리란 앞서 벤야민을 통해 끌어낸 의미의 소급 구축과 그리 다르지 않다. 이 윤리적 과정이 다분히 비약으로 보이기는 하지만 적어도 이 대목에서 명시된 지젝의 입장으로 볼 때, '실재주의' 비평들이 흔히 그러듯 불가능을 끌어안고 그 부정성을 진리로 승화시키며 이를 빌미로 어떤 심연과 재앙의 상상에 몰입하는 일이 '실재'에 충실한 길이 아니라는 사실만은 다시금 분명해진다. 그리고 그런 불가능의 가능성을 받아들이는 일이 가장 어렵다는 마지막 발언은 구조적 장애를 현실인식의 첨단 지평으로 여기는 태도를 정확히 겨냥하고 있다.

이와 같은 '단락'의 논리는 윤리뿐 아니라 정치의 가능성을 설명하는 지점에서도 만나게 된다. 지젝은 '보편'을 표방하는 모든 이데올로기적 관념은 언제나 "바로 그런 보편성을 채색해주고 그것의 효용을 설명해줄 특수한 내용"을 찾고 또 그렇게 함으로써 헤게모니를 갖게 되며, 그런 점에서 우스꽝스러워 보이는 사회주의 리얼리즘의 '전형' 개념이 일말의 진실을 담고 있다고 주장한다. 이데올로기 싸움의 승패는 어떤 특수한 내용을 전형으로 칠 것인가 하는 이 층위에서 결판이 난다는 것이

---

36 같은 책 83~84면.

다.[37] 그런데 온전한 의미의 정치 역시 "언제나 보편적인 것과 특수한 것 사이의 일종의 단락을 내포"한다고 할 때[38] 그가 염두에 두는 것도 '전형'의 결정을 둘러싼 이 층위다. 정치에 관한 최근의 논의가 흔히 인용하듯이, 사회 속에서 자기 몫을 갖지 못하는 사람들이 스스로를 사회 전체로서의 보편자와 동일시하는 것이야말로 근본적인 정치적 행위라면, 주어진 현실에서 그렇듯 자기 몫을 갖지 못한 사람들을 어떻게 혹은 누구로 정의할 것인가 하는 질문이 쟁점이 되어 마땅하기 때문이다. 요컨대 지젝은 어떤 것도 보편자의 텅 빈 자리에 들어서기란 불가능하다거나 모든 보편적 관념은 특수한 전형을 요구하므로 허구라는 식이 아니라, 정치란 바로 그런 허구의 영역이며 전형이 보편자와 맺는 '단락'이야말로 정치의 가능성이라고 말하고 있다.

6

지젝식 라깡주의를 참조한 비평들이 말하자면 '실재주의'로 부를 수 있을 정도로 실재에 골몰하고 그것의 흔적을 발견하는 일이 곧 현실 탐구의 지평이자 발본적 현실 비판이라 생각하는 경향이 있지 않은가, 그리고 지젝식 라깡주의 자체에 그런 경향을 부추기는 면은 없는가 하는

---

37 Slavoj Žižek, *The Ticklish Subject: The Absent Centre of Political Ontology* 174~75면. 가령 복지체제를 반대하는 측에서 이 체제의 비효율성을 보여주기 위해 흑인 편모를 전형으로 내세운다거나 낙태 반대를 주장하는 측에서 '타고난' 모성의 임무보다 직업적 경력을 우선시하는 성공한 직장여성을 전형으로 내세우는 식이라고 지젝은 설명한다. 38 같은 책 188면.

질문에서 시작된 이 글은, 결론의 지점에서 돌아보건대 지젝이 말하는 '실재'가 어떤 것인가를 따라가는 데 급급한 꼴이 되고 말았다. 하지만 이렇게나마 앞서 던진 의문들은 어느정도 정리되었다고 본다. 지젝의 라깡주의는 '실재'에 관해 상당히 폭넓은 해석을 열어두고 있고, 그런 한에서 '실재주의'를 허용하고 일정하게 조장한다고 볼 여지가 있다. 하지만 지젝 자신이 가장 무게를 둔 정의에 따르면, '실재'는 현실 너머에 숨어 있는 진리기는커녕 언제나 상징적 현실의 결과이며 현실을 총체적으로 이해하려는 불가능한 시도를 투입하고서만 드러나는 잔여나 공백이다. 따라서 제아무리 섬뜩한 심연과 파국적 재앙의 이미지도 '실재'의 기입이 되기 위해서는 현실을 그 경계까지 면밀히 사유하는 작업과 결합해야 한다. 그러니 심연과 재앙의 흔적, 불안과 분열의 징표에 너무 안이하게, 또 너무 오래 머물 일이 아니라고 하겠다.

반복이 되겠지만 지젝이 말하는 '실재'에 대한 정당한 이해는 실상 매우 적극적인 개입과 실천을 요구하며, 그에 따르면 그것이 정신분석의 윤리이자 정치다. 한편으로는 불가능으로서의 실재가 발견이 아닌 탐구를 통해서만 드러나기 때문이고, 다른 한편으로는 그런 불가능이란 역설적으로 의미의 소급 기입으로서의 가능성을 개방하고 요청하기 때문이다. 그리고 이런 개입이 철저히 현실의 층위에서 일어난다는 점에서 지젝의 '실재'주의는 사실상 '현실'주의에 가까워 보인다. 피상적 수준의 언급이지만 지젝을 비평적으로 전유하는 일이 사실상 루카치적 리얼리즘의 문제의식과 맞닿아 있다고 한 것은 그 점을 강조하려는 취지였으며, '총체성'과 '전형' 같은 비평개념을 들먹인 것도 그런 의도였다. 이 개념들을 다시 비평의 중심으로 가져와야 한다는 얘기라기보다 그것들을 통해 수행한 비평적 고민이 계속되어야 한다는 생각이다. 하지만 실재의 차원을 고려하는 작업이 리얼리즘이 수행한 현실 탐구에 구체적으로 어떤 갱신을 요구하는지는 여기서 찬찬히 짚어보지 못했고, 무엇보다 지젝의 논의가 전제하는 '상징적 질서'로서의 현실 개념이 리얼리즘적 인식과 어떻게 만나고 또 갈라지는가 하는 문제도 전혀 다루지 못했다. 다음의 과제로 남겨둔다는 상투어로 마무리를 대신한다.

제3장

자끄 랑시에르와 '문학의 정치'

1. 문학과 정치

자끄 랑시에르라는 이름은 지난 몇년간 한국의 비평계를 사로잡았다고 표현해도 좋을 정도로 널리 유통되고 인용되었다. 이 현상은 한국 사회에서 그간 벌어진 각종 퇴행 양상이 불러일으킨 정치적 개탄과 분노가 (다른 대다수와 더불어) 문학에 종사하는 사람들을 사로잡았고, 그에 따라 공공연히 문학의 정치를 논하는 랑시에르의 주장이 급속도로 현재성을 획득했기 때문으로 짐작된다.

문학과 정치를 연결하는 비평으로 치면 랑시에르가 처음도 아니고 유난하지도 않다는 점은 말할 필요가 없을 것이다. 1980년대 한국의 문학담론에 강력한 영향력을 발휘했던 죄르지 루카치의 이름이나 이런저런 맑스주의 문학이론을 떠올리기만 해도 충분히 알 수 있는 일이다. 하지만 개인과 욕망 등의 키워드가 급속히 부상한 1990년대 이래 한국에서 문학의 정치성을 둘러싼 주장들은 대개 열렬히 부정되거나 의식적으로 망각되었다. 랑시에르는 이렇듯 잠잠해진 논의를 표면으로 끌어낸 역할을 한 셈인데, 그것이 일시적 관심이 될지 지속성 있는 복원이 될지 아직은 확실치 않다.

하지만 그 점에 관한 예측보다 더 중요한 사안은 새삼 그런 논의를 이어가는 일이 필요한가 하는 질문일 것이다. 실상 문학을 정치와 가까이 두는 입장들이 앞다투어 폐기된 데는 사회주의권의 몰락을 비롯한 정치 영역에서의 변화가 큰 몫을 했다. 정치 자체의 필요성이 의문에 부쳐지는 상황에서 하물며 정치에 복무하는 문학으로 단순화되기 십상인 문학의 정치성은 재론의 여지가 없는 일로 치부되어 마땅한 듯했다. 그러나 정세의 격변에서 주로 추동된 문학담론의 변화는 서둘러 진행된 만큼 '유품 정리'조차 적절히 거치지 못한 면이 많았다. 그런 점에서 랑시에르가 촉발한 문학과 정치 논의는 최소한 생략해버린 정리 절차를 수행할 기회라 할 만하다.

이를 제대로 해내기 위해서는 몇가지 작업이 필요할 것이다. 그 가운데는 랑시에르를 인용한 최근의 문학과 정치 관련 논쟁들을 세밀하게 짚어보는 일도 포함되어야 하며, 무엇보다 한동안 묻혀 있었던 지난 논쟁들과 비교 분석하는 일이 필요하다. 이 글에서는 그와 같은 필수작업들은 염두에 두는 데 그치고 랑시에르의 '문학의 정치' 담론을 자세히 들여다보는 데 초점을 두고자 한다. 하필 랑시에르가 이 주제를 다시금 상기시킨 데는 그의 논의가 가진 중요성과 잠재력이 크게 작용했다고 볼 수 있기 때문이다.

먼저 랑시에르에 기대어 진행된 문학과 정치 관련 논쟁에서 어느정도 분명해졌다고 생각되는 점은 대략 세가지로 요약할 수 있을 듯하다.

첫째, 문학의 정치성을 정치에 종속된 문학이라는 식으로 비난하는 태도는 공허하며 문학과 정치는 어떤 식으로든 긴밀히 관련된다. 둘째, 그러나 양자의 관계는 작가의 정치 참여 여부나 다루는 소재의 문제가 아니다. 셋째, 문학은 '고유의' 정치를 갖지만 그것은 흔히 말하는 '문학의 자율성'으로 환원되지 않는다. 그렇다면 랑시에르는 정치와 가까우면서도 일치하지는 않는 이 '문학의 정치'를 어떻게 설명하는지, 그리고 이 설명이 우리에게 문학과 정치를 어떻게 사유하게 하는지를, 『미학의 정치』[1]와 『문학의 정치』[2]에서 제시된 주장들을 중심으로 살펴보는 것이 이 글의 일차적인 목적이다.

2. '감지 가능한 것의 배분'과 예술의 역사적 체제

랑시에르가 미학과 정치 사이에 어떤 근원적 연관을 설정할 수 있었던 것은 그의 작업에서 핵심 위치를 차지하는 '감지 가능한 것의 배분' (distribution of the sensible)이란 개념에 기댄 바가 크다.[3] 그는 이 개념

---

1 Jacques Rancière, *The Politics of Aesthetics*, tr. Gabriel Rockhill (London: Continuum 2004). 이하 *PA*로 약칭하고 면수를 표기한다.

2 Jacques Rancière, *The Politics of Literature*, tr. Julie Rose (Cambridge/Maiden: Polity 2011). 이하 *PL*로 약칭하고 면수를 표기한다.

3 여기서 'the sensible'은 '감성' 혹은 '감각'이나 '감각적인 것'으로 번역되기도 하지만, 'sense' 자체에 감각과 감성에 한정되지 않는 인식의 측면이 포함된다는 점을 고려하여 '감지 가능한 것'이라는 번역을 수용했다. 여기에 대해서는 *PA* 85면에 나오는 역자의 설명 및 백낙청 「현대시와 근대성, 그리고 대중의 삶」, 『창작과비평』 2009년 겨울호, 16면의 주2) 참조. 'distribution'에 해당하는 프랑스 원어는 'le partage'로서 영어로는 'partition'으로 번역되는 사례도 있다. '분배'나 '분할'로도 옮길 수 있겠지만 몫을 나

을 "공동의 것의 존재를 드러내는, 그리고 그 내부의 상대적 부분과 자리들을 정하는 경계 설정의 존재를 드러내는, 감각적 지각에서 나온 자명한 사실들의 체계"라고 설명한다(*PA* 12면). 그에 따르면 이 체계가 개인의 몫과 참여와 역할, 공간과 시간과 활동의 분배, 공동의 공간에서 가시적인 것과 그렇지 않은 것 등을 결정하고 정의한다. 요컨대 공동체의 외적·내적 경계를 결정하는 이 배분이 정치적인 성격을 갖는다는 점은 자명하다.

그런데 여기에 미학이 얽혀들어가는 것은 랑시에르에게 "일차적 미학"(primary aesthetics)이란 칸트적인 의미에서 "무엇이 감각체험에 스스로를 제시하는지 결정하는 선험적 형식들의 체계"로서, 역시 공간과 시간을 비롯해 볼 수 있는 것과 없는 것, 언어와 소음 등의 경계를 설정할 뿐 아니라 "경험형식으로서의 정치의 공간과 이해관계를 결정"하기 때문이다(*PA* 13면). 그러니 "정치의 핵심에 '미학'이 있다"라고(*PA* 12면) 바꾸어 말해도 무방한 것이다. 이렇듯 감지 가능한 것의 배분을 통해 예술은 예술의 형식이면서 동시에 공동체 감각을 기입하는 형식으로 인식된다. 따라서 랑시에르에게 미학(혹은 문학)과 정치는 실상 "감지 가능한 것의 배분이 갖는 두가지 형식"이며[4] 둘 사이의 관계에 관한 질문은 바로 그 배분의 층위, 다시 말해 공동체와 공동의 것에 관련된 경계 설정의 층위에서 제기되어야 한다. 이렇게 되면 애초에 예술이 자율적이라거나 정치에 종속되어서는 안 된다는 이야기들은 부질없는 논란이 되는 셈이다.

누고 할당한다는 의미를 좀더 살릴 수 있을 듯하여 여기서는 '배분'으로 옮긴다.

4 Jacques Rancière, *Aesthetics and Its Discontents*, tr. Steven Corcoran (Cambridge/Malden: Polity 2009) 26면. 이하 *AD*로 약칭하고 면수를 표기하겠다.

랑시에르에 따르면 이 배분은 서구의 전통에서 역사적으로 세가지 다른 방식을 취한다. 예술체제(artistic regime)로 명명된 이 세 배분방식을 간추려보면 다음과 같다. 먼저 윤리적 체제(ethical regime)가 있는데, 여기서 예술은 개별화되지 않았으며 입법자의 시선에서 상(이미지)의 진리 내용과 목적, 활용과 결과의 문제로 다루어진다. 시학적 혹은 재현적 체제(poetic/representative regime)로 지칭되는 두번째 체제는 모방이라 불리는 특정 실체를 생산한다고 정의함으로써 예술을 개별화해내고, 공동체의 위계적 질서에 조응하는 표현형식과 장르 및 소재 사이의 적절한 위계적 상응관계를 수립한다. 다음으로 미학적 체제(aesthetic regime)에서는 예술이 특정한 감각체험의 양식으로 규정되며, 그런 의미에서 미학이란 감성이나 취향, 쾌락에 관한 이론을 가리키는 게 아니라 예술적 대상의 존재양식을 가리킨다. 또한 재현적 체제에서 강조한 소재와 장르의 위계, 모방이라는 경계, 예술의 규칙을 사회적 활동의 질서와 구분하는 경계들을 허물어버리는 것으로 예술의 독자성을 정의하므로, 이 체제에서 예술은 "스스로에게 이질적"이라고 할 수 있다(PA 20~24면).

미학과 정치의 관계에 관한 질문을 역사적 예술체제라는 층위에 두지 않을 때 혼란과 오류가 나올 수밖에 없다고 랑시에르는 말한다. 그런 예를 특히 그는 '근대성' 개념의 결함에서 발견한다. 이 개념이 지시하는 것의 진정한 이름은 바로 미학적 예술체제로서, 근대성이란 미학적 체제의 역사적 성격을 제대로 파악하지 못한 채 이 체제의 "복잡한 구도에서 선명한 구분을 만들어내려는 수상쩍은 개념"이라는 것이다(PA 25면). 이것이 초래하는 혼동 때문에 "옛것과 새것, 재현적인 것과 비재현적 혹은 반재현적인 것 사이의 단순한 이행이나 단절을 추적하며 열광하거나 개탄하는"(PA 24면) 사태가 빚어진다.

이를테면 리얼리즘은 유사성의 중시가 아니라 오히려 유사성의 중시를 포함하는 구조인 재현의 위계를 파괴한 것이라거나, 반(反)모방성을 예술의 순수 형식의 성취로 보는 모더니즘이든 미학적 자율성 패러다임을 목적론적 혁명의 패러다임으로 삼고자 했던 모더니티즘(modernatism)이든 모두 일면적이라는 점, 그리고 포스트모더니즘이란 이런 일면성이 오류임을 인정한 데 지나지 않는다는 점 등은 재현 대 비(非)재현이라는 근대성의 틀에서 벗어나 예술체제의 성격을 고려해야만 알 수 있는 사실들이다. 그런데 그런저런 일면적 인식이 나타나는 것은 실상 미학적 예술체제 자체가 모순을 자기구성의 핵심 계기로 삼고 있기 때문이다. 이 모순의 성격, 특히 그 정치적 성격을 파악하는 것이 미학적 체제를 이해하는 데 필수적이며, 문학과 정치를 둘러싼 현재의 의문들과도 직접 관련된다.

앞서 감지 가능한 것의 배분이라는 개념을 통해 살펴보았지만, 미학적 예술체제는 무엇보다 예술의 자율성을 예술창작 활동의 자율성이 아니라 감각적 경험형식의 자율성으로 규정함으로써, 그리고 예술의 형식과 정치적 공동체의 형식 사이에 긴밀한 관계를 수립함으로써, "예술의 순수성과 그것의 정치화(politicization) 사이에 아무런 갈등도 없"게 만든다(AD 32면). 달리 표현하면, 미학적 예술체제에서 예술의 정치는 예술의 정의 자체에 내재한 역설, 즉 "예술은 예술이 아닌 한에서 혹은 예술이 아닌 다른 무엇인 한에서만 예술이라는 근본적인 역설"에 의해(AD 36면) 결정된다고 할 수 있다. 그렇지만 미학과 정치의 구조적 관련성, 혹은 미학 자체의 근본적인 정치성을 받아들인다 하더라도 그것이 어떤 '종류'의 정치성인가를 해석하는 문제는 여전히 남는다.

랑시에르의 설명에서 미학적 예술체제는 여러모로 재현적 예술체제와 대비된다. 대개 아리스토텔레스의 『시학』에 기대어 제시되는 재현적 체제는 허구(fiction)를 거짓에서 분리하고 나아가 허구와 현실도 선명하게 구분하여, 경험적 무질서에 따라 사건을 제시하는 역사에 비해 사건의 배열에 (필연성과 개연성 같은) 인과적 논리를 부여하는 시(허구)의 우월성을 주장한다(PA 35~36면). 이런 우월성을 적절히 담아내는 재현방식에 엄격한 위계가 내포되어 있음은 말할 필요도 없다. 반면, 미학적 체제는 현실 혹은 사실의 논리와 허구의 논리 간의 구분을 흐리고, 허구 안의 묘사적·서사적 배열 논리가 사회적·역사적 현상들에 대한 묘사나 해석의 배열과 근본적으로 구분되지 않는다고 선언한다. 그런 의미에서 허구의 논리의 우월성을 보장해주는 재현적 질서도 당연히 부정된다.

이렇듯 미학적 체제는 일차적으로 위계의 파괴를 내포하며 바로 그런 점에서 "어떤 평등의 이행"이다(PA 52면). 미학적 체제가 구분과 위계를 부정한다는 것은 현실과 허구 혹은 이야기와 역사를 가르는 경계에만 한정되는 이야기가 아니다. 가령 미학적 체제는 사유하고 결정하는 사람과 물질적 노동에 매인 사람 사이의 구분을 부정한다. 윤리적 체제로 귀속되는 플라톤의 『국가』에서 모방자(mimetician)가 해악적 존재로 치부된 데는 그 체제의 속성과 관련된 이유가 있었다. 당시의 공동체란 각자 본성에 따라 한가지 일을 하도록 되어 있고 그에 따라 노동자는 노동시간 때문에 공동의 것에 참여할 수 없는데, 모방자 혹은 예술가는 이 배분 구조를 흔들어 공적 가시성에서 추방된 노동에 공공의 무대를 제공하기 때문이다. 재현적 체제에 와서 예술가의 예외성이 존중되고 안정화되며 모방의 예술이 자체의 고유성을 기입할 수 있게 되었지만, 미학적 체제는 이와 같은 공간 분할을 결정적으로 교란하고 나아가 물질적 실행과정을 공동체가 자신의 의미를 스스로에게 제시하는 것과 동일시함으로써 노동의 적극적 가치를 발견한다는 것이 랑시에르의 설명이다. 그에 따르면 노동을 인류의 유(類)적 본성으로 승격시킨 맑스의 견해는 미학적 체제가 이루어놓은 바로 이런 변화를 토대로 한 산물이다(PA 44면).

랑시에르는 미학적 체제가 수행한 위계의 폐지를 이 체제 성립에 중요한 계기를 담당한 칸트와 실러(F. Schiller)의 주장을 통해서도 재차 확인한다. 미학적 경험에 대한 칸트의 분석이 강조한 '자유로운 유희'(free play)란 "질료에 대한 형식의 권력, 감성에 대한 지성의 권력을 중지시키는" 일을 함축한다. 한편 실러는 프랑스혁명의 맥락에서 이와 같은 칸트의 철학적 명제를 "감각의 계급에 대한 지성의 계급의 권력, 자연인에 대한 문화인의 권력"을 부인하는 인류학적이고 정치적인 명제로 번역했다는 것이 랑시에르의 분석이다(AD 31면).

그런데 랑시에르는 미학적 체제가 수행한 이와 같은 위계의 중지와 파괴 또는 평등의 이행으로부터 미학적 체제의 정치성이 갖는 '정치적' 의미를 곧장 추론하지는 않는다. 이를테면 미학적 체제가 정치적 민주주의를 옹호하고 증진한다는 결론으로 직행하지 않는 것이다. 그는 오히려 모든 평등이 그 자체로 정치적이지는 않다든지, 정치적 평등과 미학적 평등이 같지 않으며 미학적 민주주의가 정치적 형식으로서의 민주주의는 아니라는 중요한 단서를 붙인다(PA 51~53면). 나아가 정치 고유의 미학과 미학 고유의 정치 사이에 "적절한 상관관계의 공식은 없다"고 단언함으로써(PA 62면) 둘의 관계를 더욱 복잡하게 만들어놓는다. 실제로 이 문제는 평등, 민주주의, 정치 각각을 어떻게 정의하는가에 따라 상당히 다른 해석이 나올 수밖에 없는데, 여기서 이렇듯 얽혀 있는 개념들을 하나하나 검토하기란 벅찬 일이다. 대신 한층 구체적인 분석에 해당하는 랑시에르의 '문학의 정치'론으로 옮겨가 미학과 정치의 관계에 내재한 복잡성의 면목을 좀더 상세히 살펴보겠다.

3. 문학의 세가지 정치

문학은 미학적 예술체제가 성립하는 데 중요한 촉매 역할을 했다고 할 수 있는데, 여기서도 우선 '문학'이라는 표현이 무엇을 지칭하는지부터 분명히 할 필요가 있다. 랑시에르는 '문학'이 초역사적 용어가 아니라 19세기에 와서야 학문을 아는 사람들이 가진 지식이라는 옛 의미를 떨어내고 글쓰기 예술(art of writing)을 지칭하게 되었다는 데 주목한다(PL 4면). 미학에 관한 설명과 유사한 방식으로, 랑시에르는 역사적 개념으로서의 문학이 모더니즘 패러다임에서 주장하듯 외부의 지시대상과 단절한 언어의 순수한 상태나 용법에 토대를 두지 않으며, 말할 수 있는 것과 볼 수 있는 것, 말과 사물을 연결하는 새로운 방식을 뜻한다고 설명한다. 여기서 문학이 취하는 새로운 연결방식 역시 '구분의 해체'로 요약될 수 있다. '문학성'(literality)이란 문학언어의 특수성이 아니라 문학언어와 일상언어의 구분을 부정하는, 그리하여 "누구라도 파악할 수 있는 문자의 급진적 민주주의"이며, 그런 점에서 문학적 고유성의 조건이면서 동시에 그 조건에 대한 위협이기도 하다(PL 13면).

영문학의 예를 들면, 문학이 구현하는 위계의 철폐와 새로움은 신고전주의 대 낭만주의라는 낯익은 구도에 용이하게 맞아들어간다. 실제 랑시에르도 문학의 성립에 기여한 워즈워스(W. Wordsworth)의 『서정담시집』(*Lyrical Ballads*, 1798) 서문의 의의를 심심치 않게 언급한다. 낭만주의 선언문으로 알려진 이 시집 서문이 "전체 세계질서와 조화하는 시적 위계"를 뒤흔들어 제재와 인물 혹은 문체와 제재 사이의 조화의 원칙 일체를 깨뜨리는 혁명원리를 공식화했다고 평가하기도 한다(*PL* 10면). 하지만 랑시에르가 문학의 정치를 말할 때 주로 인용하는 작가는 역시 워즈워스와 콜리지(S. T. Coleridge)의 이 작업을 "그 논리적 결론으로 가지고 간"(*PL* 10면) 플로베르, 위고, 발자끄, 프루스뜨 등의 소설가들이고, 그들을 통해 문학의 정치가 취하는 여러 형태들을 구분한다.

앞에서 보았듯이 기본적으로 누구나 어떤 주제이든 어떤 언어로든 쓰고 수용할 수 있게 된 것만으로도 문학의 정치가 갖는 민주주의적 성격은 확인되지만, 랑시에르는 "문학이 '민주적인' 사회의 표현"이라 생각하는 것은 지나치게 단순하다고 본다(*PL* 19면). 그에 따르면 문학은 민주주의 정치무대와 거리를 두려는 경향도 갖는다. 정치무대는 실상 "인민의 연설가들"(the orators of the people)이 예전의 주요 텍스트와 지배적 수사를 가져다씀으로써 성립하기 때문이다(*PL* 20면). 문학의 정치가 취하는 차별성을 설명할 때 랑시에르가 흔히 동원하는 것 중의 하나는, 플로베르의 작품에 대한 비판으로 (그의 동시대인들과 싸르트르 등에 의해) 제기된 '언어의 석화(石化, petrification)'라는 개념이다. "인간행위와 중요성에 대한 감각의 상실"(*PL* 10면), 그리하여 모든 단어를 평등하게 취급하는 "무심함"(*PL* 11면)을 보여준다는 의미의 '석화'는 일차적으로 예의 위계질서에 대한 무시를 가리킨다. 달리 말해 플로베르에서는 극히 평범하고 미미한 삶의 면면도 다른 어떤 것 못지않게 문학에 대한 정당한 권리를 주장한다.

하지만 '석화'는 그와 같은 민주주의적인 '소음'이면서 동시에 그것에 대항하여, "과학자들이 고대인들의 삶의 진실을 복원하거나 침묵하는 자연에서 머나먼 옛 시기의 비밀을 빼내듯이"(*PL* 16면), 기호들의 거대한 구조로서의 현실세계에서 한 시대나 문명 혹은 한 사회의 숨겨진 진실을 증언하게 하는 것을 말하기도 한다. 발자끄(H. de Balzac) 소설을 들어 설명하는 이런 의미의 '석화'에는 특히 닫힌 파사드와 어두운 지하통로와 더러운 하수구 같은 '사물'들을 고고학자나 지질학자처럼 파헤치는 근대 도시의 산문이 중요한 사례가 된다. 랑시에르는 진부한 것들에서 세계를 좌우하는 법칙을 찾아내고 또 이 진부한 것들에 초감각적이고 환상적인 양상을 돌려주는 맑스주의의 서사가 바로 이와 같은 "문학 고유의 발명품"인 "징후적 읽기 모델"에(*PL* 23면) 힘입은 것이라고 말한다.[5]

그런데 문학적 '석화'는 사물에 쓰인 기호 해독에 연루된 해석학적 '수다'와도 또다른 양상을 갖는다. 랑시에르는 문학이라는 새로운 글쓰기 형식을 발명한 모든 작가들에게 공통적으로 가해진 비판, 즉 (부분과 기능의 조화로 구성된 유기적 총체를 나타내는 비유인) '아름다운 동물'을 무수한 신체들(bodies)로 조각냈다는 비판에 주목한다(*PL* 37면). 그는 그와 같은 "묘사적 과잉"(descriptive excess)을 사회적 위계와 엄격히 조응하는 시적(詩的) 비율의 폐기 및 그 비율을 구현한 안정적 전체의 파괴로서의 리얼리즘과 연관시키는 한편, 개체성의 다른 형식이라는 문제를 새롭게 제기한다(*PL* 39~40면). 랑시에르는 가령 플로

---

5 랑시에르는 문학을 탈신비화해야 한다는 기치 아래 문학 텍스트에서 어떤 사회적 법칙이나 상태에 대한 진실을 해독해내려는 비평은 문학 자체가 이미 성립시킨 모델에 기초한 새삼스러운 주장일 뿐이라고 보는 입장이다.

베르가 소설에서 잎사귀를 하나하나 세다시피 하는 묘사를 구사한다면 그건 민주주의적 통일성(unity)을 반박하는 행위인 셈이라고 설명하면서, 문학의 주민(population)은 민주주의적 주민과는 다른 종류의 셈(count) 단위를 제시한다고 주장한다. 랑시에르에 따르면 여기서 다른 종류의 셈이란 한덩어리의 전체(the molar)와 대비되는 분자적인 것(the molecular)이다. 문학의 주민은 단일한 신체로 정의되는 인간 개체들이 아니라 "원자들의 무심한 뒤섞임에서 나오는 전(前)인간적 개체"라는 것이다(PL 40면). 랑시에르는 이를 '운동과 정지의 순수관계'를 뜻하는 들뢰즈의 엑세이떼(heccéités/hecceities) 개념으로 풀어내면서, 플로베르가 "쾌락에 대한 모든 개인의 평등한 권리에 전개인적인 엑세이떼 층위에서 작동하는 근본적인 평등을 대립"시켰다고 설명한다(PL 62~63면).

'석화' 개념을 매개로 랑시에르가 제시한 설명을 따라가다보면 결국 문학에는 "세가지 형태의 평등을 정의하는 세가지 표현체제" 혹은 "세가지 민주주의"가 관여된 것을(PL 26면) 알 수 있다. 첫번째는 인물과 제재와 문체의 서열을 일절 폐지한다는 점에서 '누구나 무엇이든 어떻게든'으로 요약될 수 있는, 이른바 저잣거리 소음으로서의 민주주의다. 두번째는 세계의 사물들에서 징후적으로 진실을 읽어내는 "무언의 사물들의 민주주의"이며, 마지막은 전개체적 단위를 가시적인 것으로 만드는 "분자적 민주주의"로 지칭된다. 랑시에르에 따르면 "이 세 정치는 서로 긴장상태"에 있으며, "문학의 정치는 이 [세가지] 정치들의 충돌"이다(PL 26면).

랑시에르에게 문학의 정치는 곧 민주주의이며 이 민주주의의 핵심은 평등으로 설정되어 있다는 사실은 여기서 다시금 확인된다. 인간 개체가 되었건 사물, 나아가 분자와 원자가 되었건 결국 그간 문학의 '주민'으로 인정받지 못했던 모든 개체들에 권리를 부여한다는 점에서 평등이며, 이때의 권리가 원칙적으로 일체의 위계 없는 권리라는 점에서도 평등이다. 그렇다면 이런 유형의 평등이 '모두에게 한 표'라든지 '모든 것이 상품'이라는 논리와 어떻게 차별화될 수 있는가.

4. 문학적 평등과 정치적 평등

먼저 세가지 문학의 정치가 정치 영역과 어떤 관련을 맺는지, 민주주의의 정치무대에 놓일 때 어떤 다른 공연을 연출할 것인지 질문해보자. 첫번째 문학의 정치는 앞서 보았듯이 대체로 (인민의 연설가라는 식으로 표현되는) 민주주의적 정치와 무리 없이 연결될 수 있다. 이를테면 랑시에르도 언급했다시피 『서정담시집』에서 수행된 문학적 혁명과 프랑스혁명 사이의 상관관계를 떠올려보면 될 것이다. 문제는 두번째와 세번째이다. '무언의 사물'과 '분자'의 층위에 관계하는 이 두가지 문학적 민주주의는 궁극적으로 인간 개체에 관여할 정치와는 어떤 방식으로 연결되는가.

랑시에르가 문학의 정치를 문학적 '오해'라는 측면에서 접근하는 대목들이 참고가 될 만하다. 그는 오해라는 표현을 통해 기존의 셈의 질서를 교란하는 계산착오를 강조함으로써 문학의 정치성을 설명하고자 한다. 과잉의 신체들을 들여와 "신체와 말 혹은 의미 사이의 소위 조화라는 것"을 어긋나게 하는 일, 또는 "셈에 들어가지 않는 사람들이 스스로를 셈에 넣게 해주는 수단이 되어줄 말을 발명함으로써 언어와 무언(無

言) 사이의 질서 잡힌 분배를 흐리는 것"으로 문학적 계산착오를 해석하고 이를 정치와 연결되는 토대로 삼는다(*PL* 40면). 이런 식으로 문학과 정치는 모두 '합의'의 패러다임을 공격하는 '불일치'이지만, 서로 다른 측면을 공격한다는 차이는 여전히 남는다. 정치가 "누구라도 스스로를 셈에 넣을 수 있는 새로운 집단을 세우는 이름과 발언과 주장과 논증을 발명"하는 문제라면, 문학은 "합의의 논리가 신체를 의미에 묶어두는 방식으로서의 개체성 형식들을 중지"시키며, 따라서 "정치는 전체(the whole)에 작용하고 문학은 단위(the units)에 작용"한다는 것이다 (*PL* 41면).

이런 차이와 긴밀히 관련되는 또다른 점은 정치적 불화가 "익명의 존재들의 선언을 … 정치적 대상과 행위자 영역을 재설정하는 일과 동일시하는 주체화 과정"으로 작용한다면, 문학적 오해는 의미와 사물의 상태 사이의 '다른 관계'를 펼쳐 보이며 "정치적 주체화의 표지들을 무효화"한다는 설명이다.[6] 문학이 생산하는 '다른 관계'란, 한편으로는 앞서 살펴본 두번째 민주주의에 해당하는 "공동의 세계에 대해 정치적 발언들보다 더 잘 말해주는 사물들을 상연하기"이고, 다른 한편으로는 인간보다 작은 미시개체들의 세계로 인식을 끌어내려 정치적 주체들의 규모와는 다른 규모를 부과하는 "이유도 의미도 없이 거기 존재하는 무언의 사물들을 상연하기", 즉 세번째 민주주의를 가리킨다. 달리 말하면 문학은 (각각 두번째와 세번째 문학의 민주주의에서 발생하는) "의

---

6 사족일지 모르겠지만, 애초에 주어진 감지 가능한 것의 분배에 도전하는 정치적 주체들의 형성에 문학이 기여한다는 것도 물론 사실이다. 다른 대목에서 랑시에르는 "정치적 주체화를 위한 경로는 상상적 동일시가 아니라 문학적 해체"라고 주장한다(*PA* 40면).

미과잉"(super-meaningfulness)과 "의미결핍"(sub-meaningfulness) 둘 다를 작동시키며, 이 둘 사이의 간극은 문학이 정치적 불일치에 단순히 기여할 수 있다고 생각하기 어렵게 만든다(*PL* 43~44면).

정치라는 개념 역시 어디까지나 기존의 합의체제를 깨는 불일치 혹은 불화를 가리킨다는 사실을 상기한다면, 이런 대목들에서 문학의 정치가 갖는 함의가 적잖이 혼란스러운 것이 사실이다. 논리적으로 몇가지 추론은 가능하다. 하나는 문학의 정치는 기존의 합의체제에 대한 공격이면서 동시에 정치가 겨냥하는 새로운 집단적 전체나 정치적 주체화가 도달할 수 있는 어떤 상태에도 합의해주기를 거부함으로써, 정치에 그 본연의 불화의 임무를 추동하는 것일 가능성이 있다. 말하자면 문학적 불화는 정치적 불화보다 더 근본적이고, 그런 의미에서 문학의 정치는 정치보다 더 정치적인 것이라는 이야기가 된다. 그러나 이렇게 보려면 정치가 갖는 불화의 의미가 상당히 퇴색하고 정치에 항상적인 자기배반 위험이 있다는 의혹이 전제되어야 한다. 다시 말해 '전체'에 대한 정치의 작용이란 궁극적으로는 단일하고 질서 잡힌 총체로서의 '아름다운 동물'에 이를 뿐이라는 진부한 정치회의론으로 돌아가게 되는 것이다.

랑시에르는 문학이 정치와 비교해 단위와 개체성에 관여한다고 하면서도 더 상세한 설명에서는 문학이 문제 삼는 것이 실상 단위와 전체 사이의 관계라고 말하기도 한다. 전체라는 개념이 없다면 단위개체들이 동일한 문학적 실체의 발현임을 입증할 수 없게 된다는 것이다. 다만 문학은 단위들의 총합이 아닌 단위들에 내재하는 전체를 보여주는 것이며, 따라서 문학적 실체가 스스로를 증명하는 방식은 언제나 더 빼거나 더한 계산착오가 된다(*PL* 42면). 그러나 유토피아가 아닌 다음에야 정치가 세우고자 하는 '누구라도 스스로를 셈에 넣을 수 있는 새로운 집단' 또한 주어진 현실에서 늘 계산착오의 형태가 될 수밖에 없지 않을까.

반대로 기존의 합의체제 혹은 기존의 셈법 일체를 공격하는 문학의 정치가, 정치가 행한 불화를 사실상 무력화함으로써 간접적으로 합의체제의 지속을 방기할 가능성도 있다. 이 가능성은 문학의 불화가 갖는 합의체제 공격의 실효성에 대한 의문에 다름 아니고, 이는 다시 '합의' 체제란 대체 무엇을 의미하는가 하는 물음이며, 결국에는 감지 가능한 것의 배분이라는 개념 자체로 향한다. 여기서 새삼 떠올리게 되는 것은 랑시에르가 문학의 정치를 두고 이야기한 대상은 어디까지나 19세기에 설립된 역사적 체제로서의 '문학'이라는 사실이다. 그렇다면 문학이 불화하는 합의 또한 역사적 체제로서의 합의였던 것이고, 구체적으로 말한다면 선명한 경계, 비율의 조화, 딱 떨어지는 셈, 완결된 분배를 중시하는 합의며, 더 근본적으로는 합의가 있어야 한다는 합의다.

그런데 바로 그 역사적인 문학체제에 힘입어 이제는 구분을 인정하지도 요구하지도 않으며 잠정적으로 계산착오를 내재화한 '감지 가능한 것의 배분'의 시대가 되었다면, 랑시에르가 말하는 문학의 정치는 이런 종류의 '불화에 대한 합의'에 어떤 다른 불화를 도입할 수 있을 것인가? 랑시에르의 역사적 설명에 이런 시대착오적 질문을 하게 되는 것은 그의 설명이 어느 순간 문학적 불화가 감지 가능한 것의 끊임없는 '(재)배분' 자체를 지시하는 탈역사적 개념이란 인상을 주기 때문이다.

역사성과 탈역사성 사이의 혼란은 해석과 변혁에 관한 그의 주장과도 연관된다. 문학이 삶을 바꾼다고 상상하지만 실은 삶을 해석만 하고 있을 뿐이란 비판에 대해, 랑시에르는 문학의 해석이 공동의 세계에서 볼 수 있는 것의 형식을 바꾸고 그 안에서 신체들이 행사하는 능력을 바꿀 때 그것은 그 자체로 실제적 변화라고 반박한다(*PL* 30면). 그러나 그가 논증하는 문학적 해석의 '변혁성'에 대한 주장은 다분히 자기완결적이어서 변혁에 대한 (자기)해석 절차를 고려하지 않으며, 나아가 해석 바깥의 변혁을 실제로 상정하는지도 때로 의심스럽다. 애초에 예술의 역사적 체제들을 각각 이전 체제에 대한 반발로 설명해내는 그의 방식에 어떤 폐쇄적 속성이 내장되어 있을 법하다.

5. 문학의 평등과 교환의 평등

그렇다면 문학의 민주주의와 상품교환의 무차별성은 어떻게 다른 것일까. 영문판 『미학의 정치』에 실린 인터뷰에서 문학적 평등과 교환의 평등의 구별에 관한 질문에 랑시에르는 다음과 같이 답한다.

아주 거칠게 말하면, 쓰인 말을 마음대로 손에 넣을 수 있는 것처럼 자본을 마음대로 손에 넣을 수는 없는 일이다. 언어의 위계에 토대를 둔 질서를 위반하는, 위계 없는 언어의 유희란, 1유로가 1유로의 가치를 가지며 1유로짜리 상품 두개는 서로 등가라는 단순한 사실과는 완전히 다른 무엇이다. 그것은 절대적으로 누구든지 언어에 담긴 권력을 장악하고 그 방향을 바꿀 수 있음을 아는 문제이다. (*PA* 55면)

그러니까 현실적으로 소유관계 혹은 계급관계라는 위계 안에서 운용되며 그런 위계질서의 위반과는 무관한 상품교환에 비해, 문학적 평등은 그 자체로 위계가 성립할 어떤 근거도 해소한다는 것이다. 그런 한에서 문학의 평등은 정치적 평등만이 아니라 교환의 평등에 비해서도 더욱 철저한 평등이라 말할 수 있겠다. 나아가 랑시에르는 문학에서는 평등의 여러 형태들 간에 "상동성이 아니라 갈등"이 존재하고 그런 갈등이 여러 층위에서 기능한다는 점에서, "상업적인 무차별"과는 달리 문학에는 차이가 다시 들어온다고 본다(*PA* 55면).

그러면 여기서 다시 문학의 세가지 정치가 만들어내는 간극 내지 갈등의 문제로 돌아가보자. 직접적으로 해당하는 것은 역시 두번째와 세번째, 즉 '사물의 민주주의'과 '분자적 민주주의'라고 할 만하다. 양자는 모두 단위를 문제 삼고 새로운 단위의 개체들에 동등한 권리를 준다는 점에서는 특별히 갈등을 일으킬 소지가 없다. 하지만 말과 의미의 관계, 사물과 의미의 관계라는 층위에서는 정확히 대조를 이루며, 이 대조는 앞서 '의미과잉'과 '의미결핍'으로 설명된 바 있다. 그런데 랑시에르는 양자의 차이나 간극을 지적하면서도 각각의 정치성이 갖는 차이를 더 파고드는 대신, 둘 다 기존 셈법으로 볼 때 계산착오라는 선에서 문제를 마무리하는 경향을 보인다.

그러나 이렇듯 계산착오의 측면을 강조할 때 사실상 두번째 '의미과잉'의 민주주의는 온전한 대접을 받기가 힘들다. 무의미한 미시개체의 도입은 해당 개체들이 '무의미'로 남아 있는 한 어떤 적극적인 의미를 부여하는 일이 애초에 불필요하며 기존의 개체-의미 관계를 이완하고 교란한다는 간접적 의미 부여만 가능하기 때문이다. 하지만 '의미과잉'에서 중요한 것은 과잉 자체만이 아니라 그렇듯 과잉의 형식으로 성립되는 의미의 '내용'이다. 사물들에 대한 '징후적 읽기'가 곧 그 사물들이 정치적 발언보다 더 잘 보여주는 한 시대와 사회와 문명의 '진실'을 읽어내는 것인 한, 문학의 세가지 정치 중에서 의미의 해석에 단연 관련이 깊을 수밖에 없는 것이다. 그러나 랑시에르는 이 정치의 '진실' 해석을 해석학적 '수다'로 수렴함으로써 다시금 의미의 많고 적음이라는 문제로 바꾸어놓는다. 다시 말해 문학의 두번째 민주주의가 갖는 정치성은 평등의 형식, 더 정확히는 이 형식이 담고 있는 평등이라는 내용만 인정될 뿐 사회 전체에 대한 그때그때의 새로운 진실의 측면은 방기되는 인상을 남긴다.

이 지점에서 이전 시대 맑스주의 문학이론가였던 루카치와의 두드러진 차이에 주목할 필요가 있다. 주지하다시피 루카치는 「서사냐 묘사냐」(Erzählen oder beschreiben?, 1936)라는 글에서 졸라(E. Zola)와 똘스또이(L. N. Tolstoy), 졸라와 발자끄, 혹은 플로베르와 스콧(W. Scott)의 작품들을 비교하면서, 필연성을 내포한 탄탄한 소설 구성이란 묘사의 철저함에서 나오는 게 아니라는 점, 다시 말해 의미를 결핍한 '잎사귀'들을 하나하나 세는 데서 나오는 게 아니라는 점을 강조한다. 랑시에르가 미시적 민주주의를 설명할 때 주요 사례로 드는 플로베르에 대해서도, 가령 『보바리 부인』에서 배경은 독자적인 반면 인물은 배경의 관찰자에 불과하다고 평가하고, "임의적인 세부, 우연한 유사성, 우발적 태도, 뜻밖의 만남들이 중요한 사회적 관계의 직접적 표현을 제공한다고 가정되어 있다"고 비판했다.[7] 발자끄와 똘스또이에게서처럼 인물의 삶의 전개를 통해 사회적 의미가 출현하고 그럼으로써 사건들의 의미를 내재적인 것으로 경험하게 되는 것이 아니라, 사건들 자체가 회화의 한 장면처럼 느껴지며 사회적 의미는 정물처럼 제시된다는 것이다. 이

---

7 Georg Lukács, *Writer and Critic: And Other Essays*, ed. and tr. Arthur Kahn (Lincoln: iUniverse 2005) 115면.

렇게 되면 도식성과 단조로움을 피할 수 없고 "포괄적이며 잘 조직되고 다면적인 서사시적 구성"에[8] 이를 수 없다. "서사는 비율을 수립하고 묘사는 그저 평평하게 만든다"는 루카치의 발언은[9] 이런 차이를 요약하고 있다.

여기서 루카치가 디테일의 의미 없는 과잉을 비판하고 있기는 하지만, 그가 옹호하는 똘스또이와 발자끄 등의 작가들도 일정한 분량을 사물 묘사에 할애하고 있고 실제로 루카치의 분석은 바로 그런 사물 묘사가 어떻게 다르게 이루어지는가를 보여주면서 진행된다. 따라서 '사물들'이 알려주는 진실에 주목한다는 점에서는 그의 논지가 랑시에르가 분류한 두번째 민주주의와 겹치는 면이 있다. 그러나 루카치가 구사한 '비율'이라는 표현에 대상과 사건이 갖는 서사적 중요성의 질서와 위계가 함축된 것도 분명하다. 특히 그가 거듭 강조하는 (그러나 앞서 랑시에르가 설명한 '석화'에는 배제된) '인간적 중요성'(human significance)이라는 표현은 '무의미'한 미시개체의 가시성에 초점을 두는 분자적 민주주의에 정확히 대조된다. 랑시에르의 구분법을 빌리자면, 루카치는 '사물들'이 정치적 발언보다 진실을 더 잘 보여줄 수 있다는 점, 다시 말해 문학의 두번째 민주주의의 역량을 전제하면서도 '진실'에 방점을 두는 한에서 문학의 세번째 민주주의에 비판적일 수밖에 없는 것이다.

이와 같은 루카치의 입장이 진실 자체의 끊임없는 갱신을 내포하지 않는다면, 그리고 그가 말하는 인간적 중요성이 랑시에르가 강조한 위

---

8 같은 책 143면.
9 같은 책 127면.

계의 철폐로서의 평등을 연루시키지 않는다면, 그저 주어진 진실을 반복하면서 그 진실이 수립한 중요성의 위계를 기득권으로 방어할 우려가 크다. 다시 말해 재현적 예술체제의 한계에 스스로를 가둘 수 있는 것이다. 그러나 루카치의 관점을 참조할 때 랑시에르가 지적하면서도 파고들지 않았던 문제가 선명하게 드러난다. 새로운 의미와 새로운 진실을 향한 운동이 없다면 의미과잉과 의미결핍이 기존의 의미를 깨뜨리는 효과를 갖기보다 의미의 불가능성에 대한 지시에 그치게 되리라는 사실 말이다. 루카치가 말한 '정물화'는 바로 이처럼 의미를 둘러싼 내적 역동을 상실하고 정태적 무의미만 남는 사태를 지칭하는 표현일 것이다. 랑시에르가 문학의 정치들 사이의 간극과 갈등을 언급한 것은 이런 역동성을 확보하려는 시도로 해석될 수 있지만, 그런 간극과 갈등이 어떤 기제를 통해 '부단한' 운동으로 성립할 수 있는지는 모호하기만 하다.

이 점은 문학의 평등과 화폐적 등가성의 차이에 대한 랑시에르의 설명이 충분하지 않다는 인상과 이어진다. 사실 앞서 보았던 랑시에르의 답변은 소유관계라는 외적 요인을 들여옴으로써 평등 자체의 속성을 겨냥한 질문을 피해간 면이 있다. 어떤 개체가 상품체제에 편입되면서 발생하는 문제는 해당 개체가 상품이 될 수 있느냐 아니냐, 혹은 누가 그 상품을 소유하느냐 하는 문제와는 별개다. 그러니까 문학적 평등을 상품의 평등과 구분하기 위해서는 소유관계가 성립할 수 없다는 진술만으로는 부족하며, 문학적 주민으로 적합한가를 가르는 위계를 깨뜨린 점을 지적하는 것으로도 충분하지 않다. 해당 개체가 문학적 주민이 되었을 때 어떤 고유한 개별가치를 인정받는가 하는 차원이 들어와야만 하는 것이다. 따라서 다시 의미와 진실이 문제될 수밖에 없다.

애초에 랑시에르의 논의에서 평등이 키워드였음을 생각할 때, 그가 '진실'에 대해 깊이 파고들지 않은 것은 역시 루카치가 말한 대로 진실에는 비율 혹은 중요성의 위계가 연루되어 있기 때문일지 모른다. 랑시에르적 어법을 빌려온다면 평등의 진실성도 있고 진실의 평등성도 있으며 그런 점에서 양립 불가능하지야 않겠지만, 평등과 진실은 서로에 대해 어떤 긴장관계에 놓일 수밖에 없는 것인가. 어쩌면 이 질문은 랑시에르에게 국한되는 것이 아닐 수 있지만, 평등을 핵심으로 삼아 끌고 온 랑시에르의 문학의 정치 논의는 기어이 이 질문에 대면하게 만든다.

6. '윤리로의 전환'과 미학적 체제의 난국

지금까지 미학·문학의 정치에 관한 랑시에르의 주장들을 따라가면서 몇가지 의문을 제기해보았다. 그런데 흥미로운 점은 이런 의문들이 랑시에르 자신이 오늘날 미학적 체제가 맞닥뜨린 난국으로 묘사한 문제들과 상당히 겹친다는 사실이다. 그런 점에서 랑시에르가 현재의 예술에 관해 지적하는 바는 사실상 미학·문학의 정치 일반에 관한 그의 설명에 이미 담겨 있어야 하지 않았나 하는 생각을 갖게 되는데, 이 점을 살펴보면서 글을 마무리하도록 하겠다.

랑시에르는 미학의 정치가 취한 구체적인 형태를 다음과 같이 정리하고 있다. '예술은 스스로가 아닌 다른 무엇인 한에서만 예술'이라는 미학적 체제의 근원적 역설로부터 한편으로는 예술이 예술로서의 차이를 지움으로써 삶의 형식이 되는 미학적 혁명의 계획이 나오고, 다른 한편으로는 예술적 형식을 (억압적이고 상업적인) 삶의 다른 형식들과 분리함으로써 하나의 저항형식으로 만들려는 시도가 나온다. 그리하여 "예술로서의 자신을 제거함으로써 정치를 만들어내는 예술유형과 일체의 정치적 개입을 피하고 자신의 순수성을 유지하는 조건에서 정치적인 예술유형" 사이의 대조가 생긴다(AD 40면). 랑시에르는 근대성과 탈근대성의 선형적 씨나리오라든지 예술을 위한 예술과 참여예술 사이의 대립 같은 것이 사실 이런 "미학의 두 거대한 정치, 곧 삶-되기(the becoming-life)의 정치와 저항형식(the resistant form)의 정치 사이의 본원적이며 집요한 긴장"임을(AD 44면) 여러차례 강조한다. 아방가르드 운동의 예를 들면, 예술형식을 예술이 더이상 별개의 실체로 존재하지 않는 새로운 세계 건설을 위한 형식과 동일시하는 방향이 있는가 하면, 권력과의 타협이나 자본주의 세계의 상품화된 삶의 미학화에 저항하는 방식으로 예술의 자율성을 보존하려는 방향으로 나뉜다는 것이다(PA 129면).

그런데 랑시에르는 오늘날의 미학과 정치에 강력한 영향을 미친 '윤리로의 전환'(ethical turn)이 이 구도에 상당한 변화를 가져왔다고 본다. 먼저, '윤리로의 전환'이란 언뜻 그 말에서 떠올리듯 정치와 예술을 도덕적 판단에 종속시키는 경향이기는커녕, 반대로 정치적 실천과 예술적 실천의 특정성을 해소할 뿐 아니라 도덕의 핵심을 형성한 사실과 법, 존재하는 것과 존재해야 마땅한 것 사이의 구별을 해소하는 것을 말한다. 그에 따르면 윤리란 "규범이 사실로 해소"되는, 다시 말해 규범이 사라지고 사실이 규범이 되는 것을 지칭한다(AD 110면). 현재의 윤리적 전환은 한편에서는 평가하고 결정하는 판단력이라는 심급이 법의 강력한 권력 앞에 움츠러들고 다른 한편으로는 법이 어떤 대안도 남겨놓지 않으면서 사물의 질서와 동일해지는 현상이 맞물린 결과이다. 이처럼 사실과 법 사이에 구분이 사라짐에 따라 '무한한 악과 정의'에 관한 유례없는 드라마들이 출현하게 되는데,[10] 그는 이 사태를 '합의'라고 부른다. 이때의 합의는 "공동체를 구성하는 정치적 핵심, 즉 불화를 소거하는 상징적 구조화 양식"에 다름 아니다. 이렇게 해서 윤리는 불일치를 핵심으로 하는 정치적 공동체를 "모든 사람이 셈에 들어간다고 가정되는" 단일한 국민 공동체로 바꾸어놓는다(*AD* 115면). 그리고 그에 상응하여 국제적 차원에서도 처음에는 인도주의, 나중에는 악의 축에 대항하는 무한한 정의를 내세워 윤리가 지배권을 확립한다.

랑시에르는 윤리로의 전환의 주된 특징으로 "시간 흐름의 역전"을 꼽는다(*AD* 119면). 여기서 '역전'이란 시간이 진보든 해방이든 달성해야 할 목표를 향하는 게 아니라 지나온 과거의 재앙을 향한다는 의미이고 그런 재앙의 형태를 무차별화하는 것이다. 재앙의 상황이 존재론적 운명이 되어 정치적 불화 가능성과 미래 구원의 희망이 소거되는 것이다. 그렇게 해서 정치 영역에서는 합의와 '무한한 정의'가 결합하며 예술에서도 유사한 변화가 일어난다. 세계의 모순을 증언하는 대신 사회적 유대의 균열을 수선하고 모호한 공동의 윤리적 소속감을 고취하는 것을 목적으로 삼는 예술과, 재현 불가능성에 초점을 맞추고 끊임없이 재앙을 증언하는 일을 목적으로 삼는 예술로 재분배가 이루어진다.

랑시에르는 특히 후자의 경향에서 광범위하게 활용되는 '숭고' 개념을 통해 사태를 구체적으로 진단한다. 칸트적 '숭고'에서는 상상력이

---

10 랑시에르는 2002년에 개봉된 두 영화 라스 폰 트리에 감독의 「도그빌」과 클린트 이스트우드의 「미스틱 리버」, 나아가 부시 정부의 '테러와의 전쟁' 같은 사례들을 분석하면서 도덕이라는 단어가 함축했던 법과 사실 사이의 구분이 억압되는 것이 윤리적 전환의 핵심적 특징임을 보여주고자 한다(*AD* 110~14면).

사유와 일치하지 못하는 한계를 경험하지만 이 실패는 이성의 '무제한성'으로 열리는 계기가 되고, 이것이 또한 미학에서 도덕 영역으로 가는 통로를 나타낸다. 반면 리오따르적 해석에서는 정신이 감지 가능한 것의 단독성을 포착하는 임무에 소환되는데, 이때 감지 가능한 것의 단독성이란 사실상 단 하나의 물화된 경험, 즉 프로이트적 '사물'(Thing)이나 모세적 율법 같은 문명적 트라우마로 환원되기 때문에 임무 수행은 처음부터 불가능하다(AD 127~28면). 따라서 근대예술을 숭고 개념 아래 포섭하는 일은 미학적 체제가 재현적 체제를 탈피하면서 확보한 재현 가능성 및 재현수단의 무제한성을 거꾸로 되돌리는 일이 된다.

랑시에르는 '윤리로의 전환'이 오늘날의 정치와 예술을 다 장악한 것은 아니지만 "어제까지만 해도 급진적인 정치적·미학적 변화의 촉발을 목표로 삼던 사유형식과 태도형식 들의 코드를 바꾸고 반전시킬 능력"(AD 131면)을 가졌다고 우려하면서 다음과 같은 비판을 내놓는다.

윤리로의 전환은 단순히 정치와 예술 사이의 다양한 불화(dissensus) 유형들을 합의적 질서 속에 유화시키는 데 그치지 않는다. 그것은 오히려 이런 불화를 절대화하려는 의지의 궁극적 형식으로 나타난다. 예술의 해방적 잠재력에서 문화적 상업성과 미학화된 삶과의 일체의 타협도 삭제하기를 바라는 아도르노적인 모더니즘의 엄격함이 예술을 재현 불가능한 재앙에 대한 윤리적 증언으로 환원시키는 것이 되었다. 정치적 자유를 사회적 필요와 분리하려 했던 아렌트의 정치적 순수주의는 합의적 질서의 필연성에 대한 정당화가 되었다. 칸트적인 도덕법칙의 자율성은 타자의 법에 대한 윤리적 종속이 되었다. (AD 131면)

그러나 불화 자체를 절대화하는 이런 태도는 위계의 철폐로서의 평등을 강조한 랑시에르 자신의 문학의 정치 논의와 무관한 것일까. 앞서 현재의 '불화에 대한 합의'에 랑시에르의 문학의 평등이 어떤 다른 불화를 도입할 수 있을지 질문했거니와, 정치적 주체화의 표지 일체에 대한 무효화라거나 말과 의미의 불일치 자체를 강조한 그의 입장에서 '진실'과 '인간적 중요성'이 옆으로 밀려나는 양상과, '윤리로의 전환'에서 재현 불가능성이 강조되고 문학의 해방적 지향이 밀려나는 양상이 상당한 유사성을 보여주는 것은 사실이다. 그렇다면 랑시에르가 정리한 문학의 정치에서 두번째와 세번째 민주주의를 '평등'으로 수렴하는 대신 둘 사이의 '갈등'을 실질적으로 활성화할 기제를 생각해보아야 하지 않을까. 이런 기제가 정치적 민주주의에 어떤 함의를 갖는지 살펴보는 것이 랑시에르의 '문학의 정치'에 담긴 문제의식을 발전시키는 계기가 되리라 믿는다.

제4장

비평의 위기, 비평의 정치

1. 비평의 예정된 위기

거의 모든 것의 위기라고 느껴질 만큼 멀쩡한 것이 드문 시대를 살고 있다. 거짓말, 뻗대기, 적반하장 같은 것은 갈수록 기세를 더하고 있지만, 그런 것들은 원래가 '멀쩡함'과는 거리가 멀기 때문에 논외로 쳐야 한다. 우리가 알던, 그리고 한번도 온전히 승인할 수 없었던 세계가 마침내 결정적 분기점에 도달한 모양이라고 애써 긍정해볼 수 있겠지만, 그렇다고 우리가 일찍이 알지 못했던 도무지 승인할 수 없는 세계가 도래할 가능성까지 없어지지는 않는다. 하지만 인간은 역시 적응의 동물인지 이 위기가 파국을 향할지 모른다는 불안을 키우는 동안 차라리 세상의 종말이라는 관념에 익숙해져간다. 다 끝난다는 데는 달리 도리가 없고 무엇보다 이렇고 저렇고 생각할 여지가 없다. 그런 점에서 어떤 것의 위기는 언제나 그에 대한 사유의 위기를 내포한다.

한동안 위기와 종말 담론을 심심찮게 등장시켰던 비평에서도 급기야 '그렇게 말하는 나 자신은 무사한가'를 묻기 시작한 것으로 보인다. 위기론이 대개 그렇듯이 비평의 안위를 논하는 데서도 무엇보다 비평이 스스로를 갉아먹은 죄과가 심문에 부쳐진다. '좀비 비평'이라는 신랄한 표현이 동원되어 "판단과 평가를 배제한 수동적 리뷰어로서의 역할만이 할당"됨으로써 "비평가의 비평 작업이 출판 시장의 호객 행위와 별다르지 않게 된 현실"이 되었다는 진단도 제출된다.[1] 하지만 이런 난국이 '판단과 평가'의 회복으로 헤쳐나갈 수 있는 성격이었다면 애초에 위기라 지칭되지도 않았을 것이다. 대신 비평가는 "이제 어떤 확고한 미학적 기준을 바탕으로 텍스트의 미적 서열을 확정적으로 재단할 수가 없"음을 자인하여 "법관이 아니라 역사가에 가까워야" 하리라고 권고받는다.[2] 비평이란 '알려지고 생각된 최상의 것을 배우고 퍼뜨리려는 사심 없는 노력'이라 본 19세기 영국 비평가 매슈 아놀드(Matthew Arnold)의 간명한 정의에 비추어볼 때, 이제 '최상의 것'이 무엇인지 판단할 수 없거나 오직 유보적으로만 그렇게 하도록 요청받은 비평은 실로 심각한 지경에 처했다고 할 만하다. 그러나 여기서 문제 삼는 비평이 무엇보다 문학에 관한 사유라 할 때 문학의 위기, 심지어 종언을 말하기 시작하는 순간, 그렇게 말함으로써 자신의 지반을 위태롭게 한 비평의 위기는 사실상 이미 예정된 각론이었다고 보인다.

지금 비평이 놓인 상황은 여러 각도의 조명을 요구하고 있고 이런 작업들은 그간 일정하게 실행되어왔다. 자주 언급되는 비평의 제도적 독

---

1 소영현 「좀비 비평의 미래—비평의 죽음에 관한 다섯 개의 주석」, 『문학과사회』 2012년 겨울호, 406면.
2 강동호 「파괴된 꿈, 전망으로서의 비평」, 『문학과사회』 2013년 봄호, 361~62면.

립성 부족과 출판계의 상업주의, 어느 분야에서건 들을 수 있는 '신자유주의적' 변화 같은 것들은 굳이 분류하면 외적 요인에 해당된다. 내부적으로는 비평이 작품의 엉성하고 피상적인 의도와 기획을 마치 숨겨진 주제인 양 '발견'해주거나 때로 작품이 하지 않은 바, 그리고 아마 원하지도 않는 바까지 애써 '기입'해주는 일, 그리고 스스로 작품이어야 한다는 요구를 무분별한 자기탐닉의 전시로 충족시킬 수 있다고 착각하는 일까지, 두루 지적할 사안이 적지 않을 것이다. 여기에 또 한가지 짚어보아야 할 점은 오늘날의 비평에서 단연 존재감을 과시하는 '이론'이라는 요소다.

언제부턴가 특정 이론가의 주장이 비평적 논의의 핵심으로 인용되는 일도 흔해졌고, 인용이 없더라도 어떤 이론이 해당 비평의 숨은 텍스트인지 분간할 수 있을 정도로 그 영향력이 뚜렷할 때가 많다. 비평의 독창성이라는 견지에서 이런 현상은 어떻든 우려를 살 만하지만, 한국문학에만 유난한 일은 아니고 비평이 이론에 잠식된 사태로만 보기도 어렵다. 비평의 언어, 나아가 문학의 언어가 개념언어를 빼고 난 잔여로서의 수사(修辭)는 아니기 때문이며, 비평으로 들어오는 이론들 또한 철학적 개념의 고정된 명징함을 의문시하면서 허구와의 경계를 스스로 무너뜨리는 경향을 가졌기 때문이다. 비평의 위기와 관련해서도 이론의 비중이 급속히 늘어난 점이 문제의 한 원인인지 아니면 그것의 증상 혹은 심지어 해결의 시도인지 분간하기란 쉽지 않다. 비평에서 이론의 도입은 분명 문학에 대한 논의를 더 엄밀하게 만들고 그 지평을 넓히는 데 기여할 가능성이 있다. 이론과 접속함으로써 좋든 싫든 비평은 자신의 이야기가 어느 지점에 위치하는지 나타내는 '인식의 지도 그리기'에 스스로를 개방하는 것이다. 그러나 이론의 난삽함을 고스란히 베끼면서

가독성을 떨어뜨리거나 인용하는 이론의 맥락을 소거한 채 장식으로 활용하여 오히려 논리의 혼란을 초래하는 일도 빈번하다.

이 글은 현재 한국문학 비평이 놓인 자리를 '문학의 위기에 관한 사유'의 위기라는 면에서 접근하고자 한다. 비평이 사유한 '문학의 위기'는 무엇보다 '문학의 위기에 관한 이론'이었으므로, 이런 접근은 또한 비평에서 이론의 도입이 갖는 가능성과 문제점을 살피는 이중적인 작업이 된다. 그런 과정을 통해 가능하다면 지금 문학의 공간에서 작동하는 비평의 정치를 그려볼 것이다.

2. '문학의 종언'과 비평

그간 비평이 눈길을 준 이론이 너무 다양했던데다 그 눈길이 스치고 지나간 속도마저 빨랐던 탓인지, 문학의 위기 혹은 죽음과 관련된 논의를 돌아보는 일은 벌써 새삼스러운 느낌을 준다. 잘 알려져 있다시피 이 논의는 카라따니 코오진(柄谷行人)의 '근대문학 종언론'을 핵심적으로 참조하면서 이루어졌다. 카라따니의 담론을 둘러싼 한국 비평의 반응은 크게 보아 "(근대문학이) 끝났다는 사실 자체에 대한 판단만은 망설임 없이 받아들일 수 있을 것"이라는[3] 거의 직관적인 동의를 한끝으로, 바로 그런 '사실 자체'의 판단이 갖는 자의성에 대한 비판을 다른 끝으로 하는[4] 스펙트럼에, 일정한 유보적 인정과 일정한 수정재생산, 그리고 숱

---

3 김영찬 『비평의 우울』(문예중앙 2011) 16면.
4 여기에 대해서는 한기욱 「문학의 새로움은 어디서 오는가」, 『창작과비평』 2008년 겨울호, 47면 참조.

한 인용과 반복 들이 두루 배치된 양상이다. 그런데 종언론을 계기로 그 렇듯 무성한 논란이 가능했다는 사실이 오히려 놀라울 정도로, 아니 다시 생각해보건대 그런 논란에 분명한 책임이 있다고 여겨질 정도로, 카라따니의 「근대문학의 종언」이라는 텍스트 자체는 엄밀함과는 거리가 있다.

카라따니의 글은 '종언'이 가리키는 바가 "문학이 근대에 특별한 의미를 부여받았고, 그 때문에 특별한 중요성, 특별한 가치가 있었지만, 그런 것이 사라졌다는"[5] 의미임을 분명히 하고 있다. "'문학'이 윤리적·지적 과제를 짊어지기 때문에 영향력을 갖는 시대는 기본적으로 끝났"다는(65면) 진술로 보건대, 이 특별함은 한갓 오락이 아닌 것으로서 문학이 떠맡은 '윤리적·지적 과제'에서 나온다. 카라따니가 싸르트르를 인용하며 설명하는 바에 따르면, 문학이 윤리적·지적 과제를 떠맡는다 함은 다시 "혁명정치가 보수화되고 있을 때, 문학이야말로 영구혁명을 담당했다는 것을 의미"하고(45면), 이런 주장은 "문학은 무력하고 무위이고 반정치적으로도 보이지만, (제도화된) 혁명정치보다 더 혁명적인 것을 가리킨다"는(52면) 인식과 맞닿아 있다. 따라서 근대문학이 '윤리적·지적 과제'를 떠맡음으로써 가졌던 '특별함'은 곧 그것의 정치성, 더 정확히는 혁명성과 이어진다.

카라따니 종언론의 뼈대를 구성하는 것은 이렇듯 진보적 정치성을 상실하고 스스로 오락이기를 선택한 문학은 더이상 근대문학이라 볼 수도 없다는 비판으로, 유난히 단호하고 비타협적인 어조라는 점을 빼

---

5 가라타니 고진 지음, 조영일 옮김 『근대문학의 종언』(도서출판b 2006) 43면. 이하 괄호에 면수만 표시한다.

면 이른바 포스트모더니즘 문학의 탈정치성과 상업성을 비판하는 진술들과 그리 달라 보이지 않는다. 그런데 근대문학의 특별함을 해명하는 과정에서 등장한 근대 '미학'이 '상상력'을 그 특별함의 토대가 되는 창조적 능력으로 재평가한 경로를 진술하는 대목에 이르면 뜻밖의 의문이 생긴다. 카라따니는 미학에 힘입어 "이제까지 감성적 오락을 위한 단순한 읽을거리였던 '소설'에서, 철학이나 종교와는 다르지만, 보다 인식적이고 실로 도덕적인 가능성이 발견"되며, 이 가능성이란 소설이 "'공감'의 공동체, 즉 상상의 공동체인 네이션의 기반"이 된다는 것, 곧 "지식인과 대중 또는 다양한 사회적 계층을 '공감'을 통해 하나로 만들어 네이션을 형성"하는 것이었다고 한다(51면). 그런데 오늘날에는 이미 "네이션으로서의 동일성은 완전히 뿌리를 내렸"으므로 "그 같은 동일성을 상상적으로 만들어낼 필요는 없"어졌고(55면) 따라서 문학이 "내셔널리즘의 기반이 되는 것은 이제 어려울 것"(63면)이다. 카라따니가 말하는 혁명성으로서의 문학의 '특별함'은 그 시작과 끝 모두에서 '네이션'(nation)의 동일성을 상상하는 문학의 '특별함'과 별다른 위화감도 긴장도 없이 나란히 놓여 있는 것이다.

'네이션으로서의 동일성 형성'이라는 주장은 말할 필요도 없이 민족에 관한 베네딕트 앤더슨의 그 유명한 '상상의 공동체' 입론과 이어진다. 소설이 "민족이라는 종류의 상상의 공동체를 재현하는 기술적 수단을 제공"한 "상상하기의 두가지 형식"의 하나라고 했던 앤더슨의 진술은[6] 무엇보다 민족의 '상상적' 성격에 방점이 놓여 있다. '민족'이란 만

---

6 Benedict Anderson, *Imagined Communities: Reflections on the Origin and Spread of Nationalism* (Revised Edition, London: Verso 2006) 각각 26, 25면.

들어질 현실적 필요는 있었으나 어떤 실제적 근거도 갖고 있지 않았기에, 한갓 상상에 불과한 그것이 확고히 현실화한 데는 그것을 '이미' 성립한 공동체로서 재현하는 허구의 효과가 핵심적이었다는 것이다. 따라서 이런 측면에서 근대소설의 특별한 가치를 인정한다는 건 민족을 앤더슨식으로 이해하는 일을 전제한다.

네이션 개념을 토론할 자리는 아니므로 이 문제는 가급적 덮어두고, 앤더슨의 논의에서 소설이 동일성을 구축하는 방식을 설명한 대목을 들추어보자. 소설 속의 숱한 등장인물들은 서로 만나지도 심지어 알지도 못하는 경우라도 동질적인 시간 속에 함께 살아가는, 그런 의미에서 공동체에 속하는 것으로 그려지며, 그럼으로써 소설은 작가와 독자까지 모두 그런 공동체에 포함시키는 효과를 발생시킨다. 소설이 보여주는 "비어 있는 동질적인 시간을 통해 달력의 순서에 따라 움직이는 어떤 사회학적 유기체라는 관념은 정확히 민족이라는 관념의 유사체(analogue)"라는 것이다.[7] 여기서 앤더슨의 서술은 '윤리적·지적 과제'를 수행하는 소설의 '특별함'은 고사하고, 달리 무엇을 하지 않더라도 이 정도는 하게 마련인 최소한의 기능을 말하는 것에 가깝다. 더욱이 여기서 민족이라는 공동체 상상하기와 관련하여 앤더슨이 소설 말고 지목한 또 하나의 주요 기제가 신문이었음을 간과할 수 없다. 소설에서 만난 적 없는 등장인물들이 하는 역할을 신문에서는 상관관계가 뚜렷하지 않은 기사들이 담당하지만, 부지불식간에 '어떤 연관성을 상상하게 만든다'는 기본적인 효과 자체는 소설의 방식과 전혀 다르지 않다.[8]

---

7 같은 책 25면.
8 같은 책 33~35면 참조.

앤더슨이 기술적 기능의 차원에서 진술한 소설의 '상상력'은 카라따니에게서는 '인식적이고도 실로 도덕적인 가능성'으로 해석된다. 그리고 이런 해석은 "타자들과의 공감 능력을 훈련"하는 것으로[9] 정의됨으로써 한층 분명하게 윤리적 차원으로 귀속되는 일을 예비한다. 이 문제를 공감과 상상력에 대한 평가의 차이로 보는 것은 부질없이 사태를 복잡하게 만들 뿐이며, '네이션으로서의 동일성 형성'이라는 과제를 어떻게 보는가 하는 것이 핵심이다. 이 지점에서 최소한 그간 민족주의를 두고 이루어진 비판들, 특히 그것이 '동일성'을 가정함으로써 노정한 '윤리적·지적' 폭력에 대한 숱한 고발과 증언을 감안하면 동일성 형성을 윤리적 과제와 이어주는 연결점이 얼마나 허술한지 알 수 있다. 문학이 더이상 내셔널리즘의 기반이 되지 않는다는 진술과 도덕적 과제를 벗어난 문학은 그저 오락일 뿐이라는 진술이 동일한 층위에서 발화된다면 거기 담긴 위기의식이란 겨우 문학의 사회적 위상 하락이라는 평면적 차원이 아니었는지 의심스러워진다.

이렇듯 카라따니의 종언론에 대한 비평의 반응에서 돌이켜볼 대목은 근대문학, 더 정확히는 근대문학의 특별함이 '끝났다'는 주장을 진지하게 받아들였다는 점보다 애초에 근대문학의 '특별함'에 대한 그의 주장을 진지하게 받아들인 점이다. 근대문학을 무엇보다 네이션 형성과의 관계 속에서 파악한다면, 그리고 이 관계를 그렇듯 단순하게 파악한다면, 카라따니 자신이 말하는 근대문학의 '혁명성' 또한 매우 협소한 것이 되며 실상 근대가 성립하고 발전한 과정에 근본적으로 각을 세우지 못하게 된다. 그렇기에 근대문학의 가능성이 '불완전한 근대화'를 조건

---

9 김홍중 『마음의 사회학』(문학동네 2009) 109면.

으로 하며 근대의 완성과 더불어 소진되는 것이라는 주장은[10] 그 자체로는 카라따니 논의의 충실한 연장이라고 할 수 있다. 하지만 네이션과의 관련성을 명시적으로 인정한 한국 '민족문학'의 역사만 하더라도 그 관련을 네이션의 '상상'이라는 틀에 넣을 수는 없으며, 동일성 형성에 대한 기여로 규정한다면 더구나 부당한 일이 될 것이다. 네이션의 동일성에 대한 끊임없는 심문이야말로 오히려 '민족문학'의 빠뜨릴 수 없는 요소였음이 분명하기 때문이다. 근대문학의 '혁명성'에 대한 이와 같은 일면적 이해는 종언론 이후 비평의 또다른 화두로 등장한, 불화를 도입함으로써 감성적 현존질서를 흔드는 것으로서의 '문학의 정치' 담론과도 양립하기 힘든 성격이었다.

종언론을 둘러싼 논의에서 또 한군데 유의할 지점은 근대문학이 구성한 '내면성'이 상실되면서 '스노비즘'(snobbism)이 지배하게 되었다고 이해하는 방식이다. 「근대문학의 종언」에서 카라따니는 소설의 내면성을 구체적으로 "근대일본인의 정신적 원동력"인(75면) '입신출세주의'와 연결하여 설명하고 있다. 봉건적 신분질서를 부정하는 근대 입신출세주의는 타인의 인정을 얻으려는 욕망에 지배되므로 내부가 아닌 타인을 지향한다. 그러나 카라따니에 따르면 "근대적 자기라는 것은 전통이나 타인을 넘어서 자율적인 뭔가를 구하는 것"이고(77면) 현실에서는 발현하기 어려운 그 뭔가를 문학에서 찾게 된다. 타인지향적 입신출세주의 또한 분명 근대정신의 핵심 요소라면, 근대적 자아는 그렇듯 타인지향성을 내장하면서도 그와 대립하는 자율성을 추구하는 다분히 분열적인 주체라고 하는 편이 정확할 것이다. 카라따니가 "입신출세코스

---

10 김영찬, 앞의 책 31면.

로부터 탈락하고 배제됨으로 생겨나는 근대문학의 내면성, 르상티망"
을(78면) 언급한 것은 근대문학이 구성하는 내면성이 어쨌든 입신출세
주의 같은 철저히 '근대적인 정신'에 한끝을 매어두고 있음을 함축한
다. 또한 "넓은 의미에서 근대이지만, 협의의 근대적 내면성을 물리치
는 형태, 예를 들어 르네상스적인 것의 회복"으로서의(180면) 문학의 가
능성을 한때나마 기대했다는 사실로 미루어, 카라따니 자신이 근대에
대한 '르상띠망'(ressentiment, 원한)으로서의 근대문학적 내면성을 전
적으로 긍정하는 입장이 아니었다고 짐작할 수 있다. 다만 포스트모던
으로 분류되는 문학이 그런 르네상스적 기풍을 회복하기는 고사하고
근대문학적 내면성에 담긴 긴장마저 팽개친 채 철저히 타인지향의 스
노비즘으로 귀착했다는 것이다.

그런 점에서 근대문학의 '내면성'이 궁극적인 잣대라면 결국 "이 세
계는 그래서 좋다고도, 나쁘다고도 할 수 없는 곳"이고[11] 그 속에서 이
루어지는 '영구혁명'이란 지루하게 이어지는 '듀스포인트'일 뿐이다.
현실적으로 다른 것을 기대할 수 없다고 단언하기는 했지만 카라따니가 적
어도 내면성의 모던과 스노비즘의 포스트모던으로 문학의 지평을 설정
하지 않았다는 사실이 중요하며, 종언의 선언은 그런 식의 지평을 인정
할 수 없다는 의지의 표명으로 읽어볼 수 있다. 그런데 반대로 내면성에
관한 진술이 근대문학의 특징만이 아니라 정치적이고 저항적인 주체를
형성한 근대의 윤리적·지적 장치 일반을 포괄한다고 확장한다면, 내면
성의 소진은 결국 "진정성의 윤리에 기초하는 사회운동과 정치적 동력
의 소실, 청년문화의 저항적인 에너지의 고갈, 사회학·철학·인문학과

---

11 박민규 『핑퐁』(창비 2006) 118면.

같은 비판적 지식체계가 누리던 권위와 실력의 소멸",[12] 다시 말해 지금까지 '저항성'을 구성해온 것의 전일적 상실이라는, 카라따니보다 훨씬 비관적인 입장으로 귀결된다. 저항의 가능성을 사실상 부정해버린 후에 다른 종류의 저항을 구하는 태도는 문학의 종언을 선언한 채 정치의 가능성을 탐색한 카라따니보다 훨씬 더 공허한 제스처인지 모른다.

3. '유토피아 이후'와 비평

이렇듯 카라따니의 종언론이 계기가 되어 문학의 저항성을 애도하는 방식으로 그 저항성을 폄하하고, 저항성 일반의 약화를 개탄하는 방식으로 저항 가능성 자체를 부인한 정황이 포착된다. 그런 자기패배적인 시선으로 문학의 위기를 곱씹은 비평의 분위기는 (그 사이 '타자에 대한 윤리'라는 형태로 일종의 완충단계가 있기는 했지만) '문학의 정치' 논의와 함께 일순 전환된다.[13] '문학의 정치' 담론이 어떤 사회적 맥락에서 등장해서 어떻게 전개되었는지 다시 서술할 필요는 없을 것이다. 여기서 살펴보려는 바는 비평이 그 내부에서 일어난 이런 단절적 전환을 얼마나 의식적으로 성찰했는가 하는 점이다.

이 과정에서 자끄 랑시에르가 집중 호명되었음은 잘 알려진 대로다.

---

12 김홍중, 앞의 책 132면.

13 '사회참여와 참여시 사이에서의 분열'을 화두로 삼아 자끄 랑시에르의 미학담론을 적극적으로 참조하며 "삶과 정치가 실천되지 않는 한 문학은 실천될 수 없다"고 강조한 진은영의 글 「감각적인 것의 분배: 2000년대의 시에 대하여」(『창작과비평』 2008년 겨울호)에서 촉발되어 한동안 진행된 '문학과 정치' 논의는 최근 몇년간 한국사회에서 일어난 심각한 민주주의의 후퇴와도 무관하지 않다.

랑시에르가 공동의 것에 대한 감각을 기입하고 공동체의 경계를 설정하는 일을 가리키는 '감지 가능한 것의 배분'이란 개념을 토대로 문학과 정치가 내재적으로 연결되어 있음을 제시한 것, 예술의 역사적 체제를 셋으로 나누고 그중 근대미학의 예술체제가 위계와 합의를 부인하는 평등과 불화의 정치를 담고 있음을 보여주려 한 것 등, 비평에서 자주 인용된 주장들을 반복하지는 않겠다. 그런데 다른 많은 경우처럼 랑시에르의 인용도 대체로 선택적이었고, 비평 내부의 논의를 이어가기 위해 매우 필요하지만 정작 인용되지 않은 대목들이 있었다. 그 가운데 하나가 근대문학의 위기에 대한 논의와 관련된 것이다.

랑시에르에게서 문학을 포함한 근대예술의 위기는 일차적으로 그것을 성립시킨 기원에서, 즉 미학적 체제 자체에서 비롯된다. 이 체제는 그보다 앞선 재현적 예술체제가 정해놓은 언어, 소재, 장르의 위계를 부수고 예술의 규칙을 다른 사회적 활동과 구분해주는 경계를 허물면서 등장했다. 그런 점에서 근대미학이란 실상 "새로운 무질서에 대한 생각"이라 할 만했다.[14] 이 무질서는 재현적 체제가 위계와 규칙으로 보장해주던 사실에 대한 허구의 우월성을 부정하는 것을 의미했고, 나아가 예술이란 "예술이 아닌 한에서 혹은 예술이 아닌 다른 무엇인 한에서만 예술이라는 근본적인 역설"을(36면) 구조적으로 내포한다는 것을 의미했다. 매순간 자기해체의 계기와 새롭게 직면해야 하므로 이 체제에서 예술은 항구적 비상사태로 존재한다. 하지만 이 위기의 지점은 또한 예술의 정치가 시작되는 원천이기도 하다.

---

14 Jacques Rancière, *Aesthetics and Its Discontents*, tr. Steven Corcoran (Cambridge/Malden: Polity 2009) 13면. 이하 괄호에 면수만 표시한다.

가령 랑시에르는 조각상을 예로 들어 이렇게 설명한다. "한편으로 조각상은 예술이라서, 특정한 경험의 대상이고 그럼으로써 특정한 분리된 공동의 공간을 도입하기에" 공동체에 대한 약속이고, "다른 한편으로는 예술이 아니라서, 그것이 표현하는 것이라고는 공동의 공간에 거주하는 방식, 특정한 경험영역으로 분리되는 경험을 갖지 않는 삶의 방식일 뿐이기에" 공동체에 대한 약속이다(35면). 다시 말해 미학적 체제에서 예술은 두가지 방식으로 정치적이다. 하나는 지배적 삶의 형식에서 스스로 떨어져나옴으로써 그런 삶에 대한 저항을 수행한다. 다른 하나는 삶과 분리된 예술임을 부인함으로써 그렇듯 예술을 분리하지 않은 삶을 현실화하려는 방식으로 정치를 수행한다. 따라서 예술의 순수성과 정치성의 구분, 예술을 위한 예술과 정치적 예술의 구분, 본격예술과 상업예술 간의 구분 같은 것은 무의미하며, 각각 "저항형식의 정치"와 "삶–되기의 정치"로(44면) 요약되는 이 두가지 정치가 있을 뿐이다. 랑시에르에 따르면 그 둘 사이에 놓인 근원적이고도 질긴 긴장은, 예술과 정치가 연루되는 바람에 생긴 불행한 결과기는커녕 미학적 체제 자체가 기능하도록 만들어주는 힘이다. 이어 그는 다음과 같이 말한다.

대립적인 이 두 논리를 따로 떼어내고 그 둘이 다 제거되는 극단적 지점을 짚어낸다고 해서 정치의 종말이나 역사 혹은 유토피아의 종말을 말하듯 미학의 종말을 선언해야 하는 건 아니다. 오히려 그것은 겉보기에 단순한 '비판적 예술'(critical art)의 기획, 곧 작품이라는 형식 안에 지배에 대한 설명이나 존재하는 세계와 존재할 수 있는 세계 간의 비교를 배치하려는 기획에 가해지는 역설적 제약들을 이해하게 해준다. (44면)

이렇게 섣부른 종언론을 경계한 다음, 랑시에르는 두 정치의 긴장에서 나오는 미학적 체제의 내재적·구조적 위기(이면서 이 체제를 성립시킨 토대)가 아닌, 그런 긴장 자체가 제거될 위협에서 비롯되는 (아마도 미학적 체제 자체를 붕괴시킬 가능성이 될) 위기를 설명한다. 그는 "미학적 유토피아", 곧 "예술이 집단적 존재조건의 절대적 변화를 수행할 능력을 가졌다는 생각"이 끝장났다는 주장이 만연한 작금의 상황을 지적하고(19면), 그와 같은 '유토피아 이후'의 예술이 크게 두가지 태도를 취한다고 정리한다. 하나는 미학적 유토피아라는 이념이 전체주의나 상업주의의 미학으로 귀착되었다고 비판하면서 예술의 진정한 급진성은 '숭고' 개념이 일러주듯 "경험을 일상성에서 뜯어내는 힘"에 있다고 본다. 여기서 강조되는 것은 숭고의 경험을 야기하는 극히 "이질적인 단독성"으로, 이것 역시 어떤 공동체의 감각을 불러일으키긴 하지만 이때의 공동체란 "근대예술이 접속할 수 있었던 정치적 해방의 전망이 무너진 폐허에 축조되는 공동체"이며 "모든 집단적 해방의 기획을 반박하는 윤리적 공동체"이다(21면). 다른 하나의 태도는 "예술의 새로운 겸허함에 대한 선언"으로(21면) 이해될 수 있는바, 예술적 형식의 단독성을 통해 공동세계를 설립한다는 미적 유토피아의 기획을 깨끗이 접고, 예술이란 세계를 변혁할 능력이 없음은 물론이고 예술적 대상의 단독성을 주장할 수도 없음을 인정하자는 입장이다. 이른바 '관계적 예술'로 지칭되는 이 경향은 주어진 세계와 타협하도록 대상과 이미지를 재배열하거나 시선이나 태도를 살짝 조정함으로써 "사회적 유대를 돌보는 것"을(120면) 목표로 삼는다.

이 두 갈래가 "미학적 급진성과 정치적 급진성 사이의 동맹을 해체함으로써 출현"했다는(21면) 랑시에르의 묘사는 근대문학이 '혁명성'을 상실함으로써 종언에 이르렀다는 카라따니의 주장을 연상시키지만, 동시에 '혁명성'을 내던진다 해도 카라따니가 말하듯 단순한 장난이나 오락이 되지는 않는다는 사실을 일러준다. 문학이 스스로의 정치성을 포기한다고 어떤 의미로도 정치적이지 않게 되는 건 아니라는 것이다. 예술에서 이질적인 요소들을 병치하는 테크닉을 예로 든다면, 예전에는 그것이 착취로 얼룩진 세계의 모순을 강조하고 그런 세계에서 예술은 어떤 위치를 갖는지 질문했다면, 이제는 어떤 모호한 공동의 세계를 기록하고 그에 대한 소속감을 고취하는 "사회적 중재 기능"을(123면) 수행할 따름이다. 랑시에르는 정치가 합의의 문제로 전락해 공적 공간이나 창의성이 축소됨에 따라 스스로의 정치를 확신하지 않는 예술이 "하나의 대체적인 정치적 기능"을 부여받아 점점 더 정치적 개입을 요청받는 역설도 지적하고 있다(60면).

'숭고'의 예술로 향하는 노선 또한 정치적이기는 마찬가지다. '숭고' 개념의 강조는 대개 포스트모더니즘 미학으로 분류되는데, 일상적 삶과 아무 관련이 없는 극단적 이질성으로서의 예술을 말하는 이 미학은 실상 예술의 고유성을 강조하는 모더니즘에서 추동된 면이 있다. 고유성을 강조할수록 점점 더 알 수 없고 재현할 수 없는, 그런 의미에서 절대적인 타자로 향하게 되며, 급기야 예술은 그와 같은 타자의 힘, 혹은 그 힘을 망각함으로써 촉발되는 재앙을 증언하는 '윤리적' 임무가 된다는 것이다. 정신분석의 틀로 옮겨본다면 이 증언은 '실재'의 환기로 번역될 법하다. 여기서도 현실보다는 외상적이며 섬뜩한 '실재'야말로 숨겨진 진실이며 이를 환기하는 것이 문학의 임무라는 일종의 '실재주의'적 편향이 나오는 것이다. 미학적 예술체제가 재현의 위계를 부수고 '누구나 어떤 것이든 어떤 방식으로든' 재현 가능하다는 '문학의 민주주의'를 성취하면서 시작되었다면, 숭고의 예술이 나타내는 재현 불가능성에 대한 몰입은 그렇게 얻은 민주주의를 자진 반납하는 일이 된다.

그렇듯 '유토피아 이후'의 예술이 취한 두 방향에도 정치성은 농후하고 '윤리적·미적 과제'에 대한 의식도 뚜렷하다. 다만 그것은 '삶에 저항하기'와 '삶-되기'를 긴장시키며 새로운 공동체를 구상하는 '예술의 정치'가 아니라, 그것의 폐지로서의 정치고 윤리다. 비판적 예술이 직면한 이 위기의 그림에 오늘의 한국문학의 풍경을 겹쳐 읽기란 어렵지 않을 것이다. 약간의 아이러니를 가미하며 고루하지 않게 일상의 연대를 재구축하는 기획도 있고, 그런 일상을 완전히 무너뜨리는 섬뜩한 재앙과 트라우마를 증언하려는 기획도 분명 있다. 이런 관찰이 문학의 종언론을 뒷받침해주지 않느냐는 주장에 반박하려면 그런 것들이 전부가 아님을, 그와는 다른 방식으로 여전히 문학의 정치를 수행하는 작품들이 있음을 입증하는 작업이 필요할 것이다. 그런 작업의 중요성은 말할 필요도 없겠지만, 그에 앞서 비평이 이 두 노선에서 얼마나 자유로웠는지 돌아보는 일이 필요하리라 본다. 이 두 노선의 어느 쪽인가를 지평으로 삼아 문학의 역량을 설명하거나 문학의 종언을 진단하지 않았는지, 그리고 그렇게 함으로써 '문학의 정치'를 남 먼저 폐기하지 않았는지 자문해야 하는 것이다. 자신이 무엇을 하고 있는지 알지 못하는 비평은 문학이 지금 무엇을 하고 있는지 판단할 처지에 있지 않기 때문이다.

4. 비평의 정치

문학이 어떤 변화를 맞이할 때 이를 감지하고 분별하고 설명하는 것은 마땅히 비평의 임무일 것이다. 그 변화가 위기처럼 보인다면 더더욱 그럴 테지만, 그때 비평은 한층 엄밀해질 필요가 있다. 위기에서 문학의 본령이 뚜렷해지듯이 위기를 사유할 때 비평의 역량은 적나라해진다. 비평도 분명 문학공간의 일부라면 비평이 감지한 문학의 위기에는 무엇보다 위기를 사유하는 비평의 위기가 포함된다. 그러므로 위기는 언제나 비평에서 가장 증폭될 위험이 있다.

카라따니와 랑시에르에 대한 비평의 반응을 돌아보면 문학의 위기에 관한 논의는 사실 처음부터 문학의 정치에 관한 논의였음을 알게 된다. 논의과정에서 그들의 담론이 때로 부당하게 확대되고 또 때로 부주의하게 생략되는 양상을 볼 때, 지금 이곳에서 비평의 정치는 대체로 모더니즘과 포스트모더니즘으로 이루어진 회로를 돌고 있는 듯하다. 모더니즘의 이름으로 포스트모더니즘의 정치를 질타하고 다시 포스트모더니즘의 이름으로 모더니즘의 정치를 장례 치르는 식이다. 비평이 강박적으로 새로운 것의 등장을 말하고 시대적 단절을 선언하는 것도 이런 폐쇄회로의 징후처럼 보인다.

이 회로가 주어진 조건이고 엄연한 현실이라는 입장이 있을 것이다. 하지만 랑시에르가 일러주듯이 문학의 정치는 실로 오래 지속된 것이며, 카라따니가 생각하듯 정치 또한 오래 지속될 것이다. 지금 가동할 필요가 있는 비평의 정치는 포스트모더니즘과 다른 방식으로 모더니즘을 환멸하고 모더니즘과 다른 방식으로 포스트모더니즘을 비판하는 일이 아닐까 싶다. 무엇의 이름으로? 이 질문에 답하는 데는 더 긴 논의가 필요하겠다.

수록글 발표지면

제1부 보편의 귀환

인권의 보편성과 정치성:『크리티카』4, 2010년.

동아시아 담론과 보편성: 2013년 한림과학원 학술대회 '동아시아–역사적 실천으로서의 개념' 발표문.

'윤리'에 묻혀버린 질문:『창작과비평』144, 2009년 여름호.

이방인, 법, 보편주의에 관한 물음:『창작과비평』146, 2009년 겨울호.

보편주의와 공동체: 기독교를 둘러싼 바디우, 지젝, 니체의 논의:『안과밖』21, 2006년.

제2부 근대의 경계

'새로움'으로서의 근대성:『영미문학연구』26, 2014년.

법의 폭력, 법 너머의 폭력:『인문논총』67, 2012년.

생존과 자유 사이의 심연: 한나 아렌트의 정치 개념:『안과밖』34, 2013년.

'상상'의 모호한 공간과 민족주의: 베네딕트 앤더슨의『상상의 공동체』읽기:『안과밖』27, 2009년.

제3부 문학과 현실

리얼리즘과 함께 사라진 것들: '총체성'을 중심으로:『창작과비평』164, 2014년 여름호.

실재와 현실, 그리고 '실재주의' 비평:『크리티카』6, 2013년.

자끄 랑시에르와 '문학의 정치':『안과밖』31, 2011년.

비평의 위기, 비평의 정치:『문학동네』76, 2013년 가을호.

개념비평의 인문학

초판 1쇄 발행／2015년 12월 15일

지은이／황정아
펴낸이／강일우
책임편집／정편집실·박대우
조판／신혜원
펴낸곳／(주)창비
등록／1986년 8월 5일 제85호
주소／413-120 경기도 파주시 회동길 184
전화／031-955-3333
팩시밀리／영업 031-955-3399 편집 031-955-3400
홈페이지／www.changbi.com
전자우편／human@changbi.com

ⓒ 황정아 2015

ISBN 978-89-364-8347-0 93800

＊ 이 저서는 2007년 교육과학기술부의 재원으로 한국연구재단의 지원을 받아 수행된 연구임
　　(NRF-2007-361-AM0001).